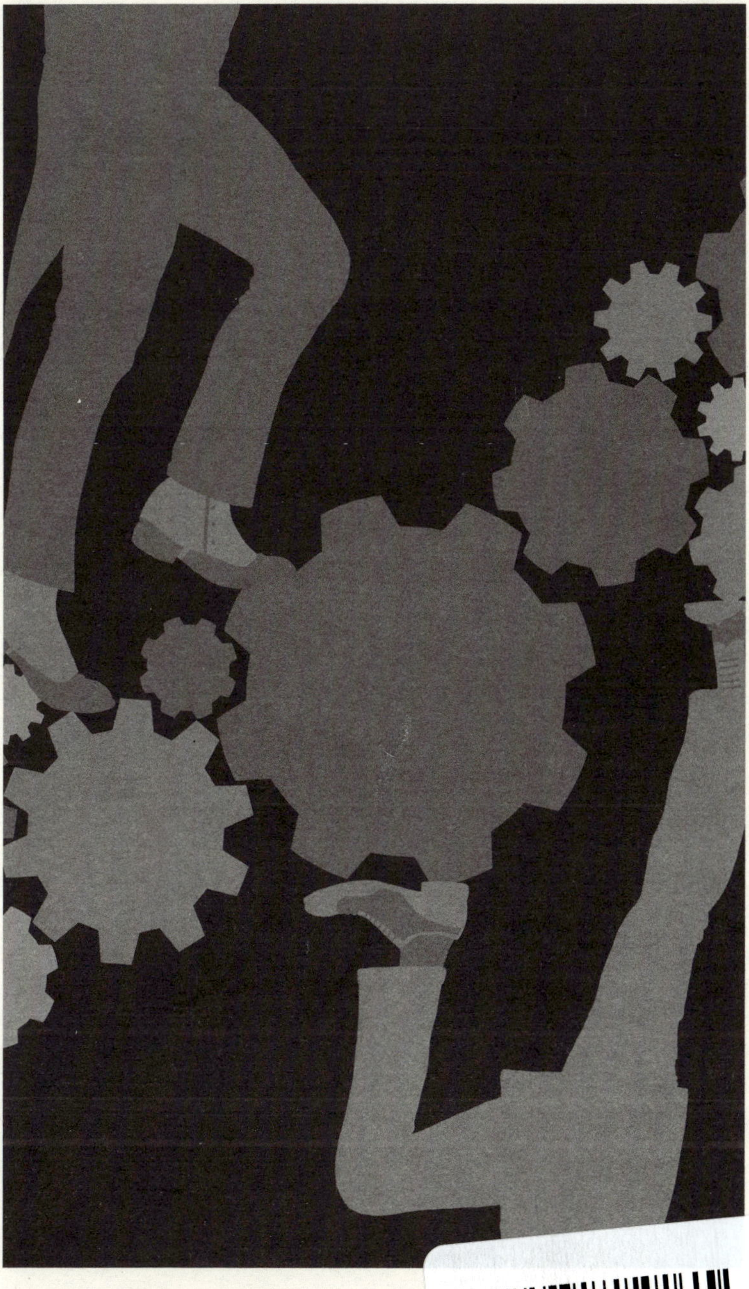

Maurice
Leblanc

Tradução
FERNANDO PAZ

813

ns
São Paulo, 2021

813

813 by Maurice Leblanc
Copyright © 2021 by Novo Século Editora Ltda.

EDITOR: Luiz Vasconcelos
COORDENAÇÃO EDITORIAL: Nair Ferraz
TRADUÇÃO: Fernando Paz
PREPARAÇÃO: Equipe Novo Século
REVISÃO: Daniela Georgeto • Ariadne Silva
DIAGRAMAÇÃO: Manu Dourado
ILUSTRAÇÃO DE CAPA: Kash Fire

Texto de acordo com as normas do Novo Acordo Ortográfico da Língua Portuguesa (1990), em vigor desde 1º de janeiro de 2009.

Dados Internacionais de Catalogação na Publicação (CIP)
Angélica Ilacqua CRB-8/7057

Leblanc, Maurice, 1864-1941
    813 / Maurice Leblanc; tradução de Fernando Paz. — Barueri, SP: Novo Século Editora, 2021.

Título original: *813*

1. Ficção francesa I. Título. II. Paz, Fernando

21-1725   CDD 843

Índice para catálogo sistemático:
1. Ficção francesa

<ns
uma marca do
Grupo Novo Século

Alameda Araguaia, 2190 — Bloco A — 11º andar — Conjunto 1111
CEP 06455-000 — Alphaville Industrial, Barueri — SP — Brasil
Tel.: (11) 3699-7107
www.gruponovoseculo.com.br | atendimento@gruponovoseculo.com.br

SUMÁRIO

Primeira parte. A DUPLA VIDA DE ARSÈNE LUPIN 7
O massacre 9
o senhor Lenormand inicia a operação 64
o príncipe Sernine em ação 86
o senhor Lenormand em ação 130
senhor Lenormand é derrotado 154
Parbury - Ribeira - Altenheim 181
A sobrecasaca cor de oliva 215

Segunda parte. OS TRÊS CRIMES DE ARSÈNE LUPIN 243
Santé-Palace 245
Uma página de história moderna 282
O grande plano de Lupin 302
Carlos Magno 323
As cartas do imperador 342
Os sete bandidos 378
O homem de preto 409
O mapa da Europa 438
A assassina 466

Epílogo 497
O suicídio 499

Primeira parte
A DUPLA VIDA DE ARSÈNE LUPIN

O massacre

– 1 –

O sr. Kesselbach deteve-se na entrada da sala, pegou o secretário pelo braço e murmurou preocupado:

— Chapman, entraram aqui de novo.

— Ora — protestou o secretário —, o senhor mesmo acabou de abrir a porta do vestíbulo, e durante o almoço, no restaurante, a chave não saiu do seu bolso.

— Chapman, entraram aqui de novo — repetiu o sr. Kesselbach. E mostrou uma mala sobre a cornija da lareira. — Aí está a prova. Aquela mala estava fechada. Agora não está.

— O senhor tem certeza de que estava fechada? Além disso, naquela mala não tem nada de valor, só itens de toalete... — Chapman objetou.

— Porque tirei minha carteira antes de sair, por precaução, senão... Não, Chapman, alguém entrou aqui enquanto estávamos almoçando.

Junto à parede, havia um telefone. Ele tirou o fone do gancho.

— Alô! Aqui é o sr. Kesselbach, do apartamento 415. Por favor, senhorita, ligue para a chefatura de polícia, serviço da Sûreté*... precisa do número? Está bem, obrigado... Eu aguardo.

Um minuto depois, volta a falar:

— Alô? Alô? Gostaria de falar com o sr. Lenormand, o chefe da Sûreté. Aqui é o sr. Kesselbach... Alô? Sim, ele sabe do que se trata. Estou ligando com autorização dele... Ah! Ele não está... Com quem estou falando? Com o sr. Gourel, inspetor de polícia... Tenho a impressão de que o senhor estava presente, ontem, quando conversei com o sr. Lenormand... Isso! Aconteceu a mesma coisa hoje. Entraram no meu apartamento. E se vierem aqui agora, quem sabe descobrem alguma coisa, algum indício... daqui a uma ou duas horas? Perfeito. É só perguntar pelo apartamento 415. Mais uma vez, obrigado!

De passagem por Paris, Rudolf Kesselbach, o rei do diamante, como era conhecido — ou também como o Senhor da Cidade do Cabo — o multimilionário Rudolf Kesselbach (cuja fortuna era estimada em mais de 100 milhões), ocupava há uma semana o apartamento 415, de três cômodos, no quarto andar do Palace-Hôtel. Os dois cômodos maiores — a sala e o quarto principal — ficavam à direita e davam vista para a avenida, e o outro, destinado a Chapman, seu secretário, ficava à esquerda, sobre a rua de Judée.

Ao lado desse quarto, cinco cômodos estavam reservados para a sra. Kesselbach, que deveria sair de

---

* A Sûreté foi um órgão pioneiro de polícia investigativa criado no início do século XIX, na França, e que, por sua atuação, inspirou a criação de instituições como o FBI e a Scotland Yard. (N. do T.)

Montecarlo, onde estava no momento, para encontrar o marido, ao primeiro sinal deste.

Durante alguns minutos, Rudolf Kesselbach andou de um lado para o outro, com ar preocupado. Era um homem alto, de rosto corado, ainda jovem, a quem olhos sonhadores, de um azul-claro visível por trás dos óculos de ouro, conferiam um aspecto gentil e tímido, que contrastava com a energia da testa quadrada e das mandíbulas proeminentes.

Ele foi até a janela, que estava fechada. Como afinal alguém poderia ter entrado ali? O balcão privativo que rodeava o apartamento terminava à direita. E, à esquerda, uma parede de pedra o separava dos balcões da rua de Judée.

Ele foi ao seu quarto, que não se comunicava com os cômodos vizinhos, e, em seguida, ao quarto de seu secretário: a porta que dava para os cinco cômodos reservados à sra. Kesselbach estava trancada.

— Não entendo, Chapman, não é a primeira vez que vejo coisas por aqui... coisas estranhas, você há de admitir. Ontem, mexeram na minha bengala... Anteontem, com certeza mexeram nos meus papéis... mas, como é possível?

— É impossível — exclamou Chapman, homem tranquilo e bem-educado, que não costumava se perturbar. — O senhor está apenas supondo... não tem nenhuma prova... apenas a impressão... E mais! Só se entra neste apartamento pelo vestíbulo. Ora, o senhor mandou fazer uma chave especial no dia em que chegou, e só o Edwards, seu funcionário, tem uma cópia. Não confia nele?

— Claro que sim! Há dez anos que trabalha comigo... Mas o Edwards almoça no mesmo horário que nós, e isso está errado. De agora em diante, ele só vai descer depois que tivermos voltado.

Chapman deu de ombros. Definitivamente, o Senhor da Cidade do Cabo andava estranho, com aqueles temores inexplicáveis. Que risco poderiam correr num hotel, se não tinha nadam de valor por perto, nenhuma soma em dinheiro relevante?

Ouviram a porta do vestíbulo se abrir. Era Edwards.

— Você está de libré, Edwards? Ah! Ótimo! Não estou esperando visitas hoje, Edwards, ou antes, sim, uma visita, a do sr. Gourel. Até lá, fique no vestíbulo e vigie a porta. Temos uma empreitada pela frente, o sr. Chapman e eu. — O sr. Kesselbach chamou-o.

A empreitada durou alguns momentos, durante os quais o sr. Kesselbach examinou a correspondência, leu por cima três ou quatro cartas e ditou as respostas necessárias. Mas, de repente, Chapman, que esperava com a caneta suspensa no ar, percebeu que o sr. Kesselbach estava pensando em alguma outra coisa, que não na correspondência. E que segurava entre os dedos um alfinete preto, em forma de anzol, para o qual olhava atentamente.

— Chapman — ele disse —, veja o que encontrei em cima da mesa. É claro que isto significa alguma coisa, este alfinete torto. Isso é um indício, um elemento de prova. E agora você não pode mais alegar que ninguém entrou na minha sala. Porque, oras, esse alfinete não veio parar aqui sozinho.

— Claro que não — respondeu o secretário —, ele veio parar aqui graças a mim.

— Como?

— Sim, era o alfinete que estava prendendo minha gravata no colarinho. Eu o tirei ontem à tarde, enquanto o senhor estava lendo, e, sem perceber, acabei torcendo-o.

O sr. Kesselbach levantou-se muito irritado, deu alguns passos e parou:

— Você deve estar achando graça, Chapman... Tem razão. Não vou negar, tenho andado um pouco... estranho desde que voltei da minha última viagem à Cidade do Cabo. É que, bem... você não sabe das novidades. Tenho um projeto formidável... uma coisa enorme... que ainda não está muito clara, mas que já está tomando forma... e vai ser um negócio imenso. Ah, Chapman, você nem imagina. Não estou nem aí para o dinheiro, eu tenho... tenho muito... Mas isso, isso é mais, é poder, é força, é autoridade. Se de fato as coisas vierem a acontecer como estou pressentindo, não serei apenas o Senhor da Cidade do Cabo, mas o senhor de outros reinos, também. Rudolf Kesselbach, o filho do caldeireiro de Augsbourg, vai estar à altura de muita gente que hoje o olha de cima. Vai estar até mesmo acima deles, Chapman, acima deles, pode ter certeza, e se um dia...

Ele se deteve e olhou para Chapman, como que arrependido por ter falado demais. Mas, levado pelo ímpeto, concluiu:

— Sabe, Chapman, o que está me preocupando... Tenho uma ideia muito valiosa aqui na cabeça, e talvez alguém suspeite disso e esteja me espionando... tenho certeza...

Uma campainha tocou.

— O telefone... — disse Chapman.

— Será que, por acaso, seria... — murmurou o sr. Kesselbach. E pegou o aparelho.

— Alô? Quem gostaria? O coronel?... Ah! Claro, sim, sou eu. Alguma novidade?... Perfeito... Eu aguardo, então... O senhor virá com seus homens? Ótimo... Alô! Não, não incomoda, não... Vou dar as instruções necessárias... É tão grave assim?... Vou dar instruções categóricas... meu secretário e meu funcionário vão vigiar a porta, e ninguém vai entrar. O senhor sabe chegar aqui, não sabe? Então, não perca nem mais um minuto.

Ele desligou o aparelho, e em seguida:

— Chapman, duas pessoas estão a caminho... Isso, duas pessoas. Edwards vai abrir a porta.

— Mas... e o sr. Gourel... o policial...

— Esse vai chegar depois... daqui a uma hora. Mas eles podem se encontrar. Então, diga ao Edwards para avisar agora na recepção do hotel. Não estou para ninguém... só para esses dois senhores, o coronel e o amigo dele, e para o sr. Gourel. Que eles anotem esses nomes.

Chapman cumpriu as ordens. Quando voltou, encontrou o sr. Kesselbach com uma pasta nas mãos, ou antes, com uma pequena bolsa de marroquim preto, vazia, talvez, a julgar pela aparência. Ele parecia hesitar, como se não soubesse o que fazer com ela. Ia guardá-la no bolso ou colocá-la em outro lugar?

Por fim, aproximou-se da lareira e jogou a bolsa de marroquim dentro da mala.

— Vamos terminar a correspondência, Chapman. Temos dez minutos. Ah! Uma carta da sra. Kesselbach. Por que não me avisou, Chapman? Não reconheceu a letra?

Ele não disfarçava a emoção que sentia ao tocar e contemplar aquele papel que um dia esteve nas mãos de sua mulher, e onde ela depositara parte de seus segredos. Sentiu o perfume e, depois de tirar a carta do envelope, leu lentamente, a meia voz, em fragmentos, que Chapman ouvia:

— *Um pouco cansada, não saio do quarto... estou entediada, quando poderei vê-lo? Seu telegrama será bem recebido...*

— Você enviou o telegrama de manhã, Chapman? Então, a sra. Kesselbach deve chegar amanhã, quarta-feira.

Ele parecia feliz, como que subitamente aliviado do peso dos negócios, e livre de qualquer preocupação. Esfregou as mãos e inspirou fundo, como um homem forte, seguro de seu êxito, um homem satisfeito, que tinha a felicidade nas mãos e capacidade para se defender.

— A campainha, Chapman, tocaram a campainha do vestíbulo. Vá atender.

Mas Edwards entrou e disse:

— Dois homens querem falar com o senhor. São os...

— Eu sei. Eles estão lá, no vestíbulo?

— Sim, senhor.

— Feche a porta de entrada do vestíbulo e só abra para o sr. Gourel, inspetor da Sûreté. Você, Chapman, traga-os aqui e diga que eu gostaria de falar primeiro com o coronel, só com o coronel.

Edwards e Chapman saíram, fechando atrás de si a porta da sala. Rudolf Kesselbach foi até a janela e apoiou a testa contra o vidro.

Lá fora, embaixo dele, coches e automóveis transitavam em linhas paralelas, separados pelo canteiro central. Um sol claro de primavera fazia reluzir o cobre e o verniz da superfície. O verde das árvores começava a surgir, e dos brotos das castanheiras brotavam pequenas folhas.

— Que diabos o Chapman está fazendo? — murmurou Kesselbach. — Faz tempo que está lá conversando!

Pegou um cigarro sobre a mesa, acendeu e deu umas baforadas. Soltou uma leve exclamação. Ao seu lado, de pé, havia um desconhecido.

Ele recuou.

— Quem é o senhor?

O homem — um sujeito bem-vestido, elegante, de bigode e cabelos pretos, e o olhar duro — zombou:

— Quem sou eu? O coronel...

— Não, não, o homem que chamo de coronel, que me escreve com esse nome... um codinome... não é o senhor.

— Sim, claro... o outro era apenas... mas veja, meu caro, nada disso importa. O essencial é que eu sou... eu. E juro que sou quem eu sou.

— Mas, afinal, qual é o seu nome?

— Coronel... até segunda ordem.

Um medo crescente invadia o sr. Kesselbach. Quem era aquele homem? O que ele queria?

Ele chamou:

— Chapman!

— Que ideia, chamá-lo! Minha companhia não basta?

— Chapman! — repetiu o sr. Kesselbach. — Chapman! Edwards!

— Chapman! Edwards! — disse por sua vez o desconhecido. — O que estão fazendo? Ele está chamando vocês.

— Senhor, por favor. Eu ordeno que me deixe passar.

— Mas, meu caro, quem o está impedindo?

Ele deu passagem, educadamente. O sr. Kesselbach avançou em direção à porta, abriu e subitamente saltou para trás. Diante da porta havia outro homem, de revólver em punho.

Ele balbuciou:

— Edwards... Chap...

Mas não concluiu. Viu, num canto do vestíbulo, estendidos lado a lado, amarrados e amordaçados, o secretário e o funcionário.

O sr. Kesselbach, apesar de sua natureza inquieta, impressionável, era corajoso, e o sentimento de um perigo óbvio, em vez de abatê-lo, devolveu-lhe toda a capacidade e energia.

Devagar, simulando medo e torpor, recuou em direção à lareira e apoiou-se na parede. Com o dedo, procurou a campainha. Encontrou e pressionou demoradamente.

— E agora? — disse o desconhecido.

Sem responder, o sr. Kesselbach continuou pressionando.

— E agora? O senhor está esperando que alguém venha, que este hotel fique em alvoroço só porque está apertando esse botão? Meu pobre senhor, vire-se e vai ver que o fio está cortado.

O sr. Kesselbach virou-se rapidamente, como se quisesse verificar, mas com um gesto ágil pegou a mala, enfiou nela a mão, tirou dali um revólver, apontou para o homem e atirou.

— Caramba! — disse ele. — O senhor usa ar e silêncio como munição?

Pela segunda vez, o cão da arma estalou, e uma vez mais. Não se ouviu nenhum disparo.

— Mais três tiros, Majestade. Só vou me dar por satisfeito quando tiver levado seis tiros. Como! Desistiu? Que pena... a coisa estava prometendo.

Ele puxou uma cadeira pelo espaldar, girou-a, sentou-se a cavalo e indicou uma poltrona para o sr. Kesselbach:

— Faça a gentileza de se sentar, meu senhor, e sinta-se em casa. Aceita um cigarro? Eu não. Prefiro um charuto.

Havia uma caixa sobre a mesa. Ele escolheu um Upman claro e bem confeccionado, acendeu e debruçou-se:

— Muito obrigado. Este charuto é maravilhoso. E agora, vamos conversar?

Rudolf Kesselbach ouvia perplexo. Quem era aquele estranho personagem? Mas, ao vê-lo assim tão tranquilo e falante, foi aos poucos ganhando confiança, e já começava a acreditar que a situação poderia se resolver sem violência nem brutalidade. Tirou do bolso uma carteira, abriu, exibiu um respeitável maço de cédulas e perguntou:

— Quanto?

O outro olhou-o surpreso, como se custasse a compreender. Em seguida, chamou:

— Marco!

O homem com o revólver avançou.

— Marco, este senhor está gentilmente oferecendo uns trocados para a sua mulher. Aceite, Marco.

Apontando com a mão direita o revólver, Marco estendeu a mão esquerda, pegou o dinheiro e se retirou.

— Resolvida a questão conforme o seu desejo — retomou o desconhecido —, vamos à razão da minha visita. Serei breve e objetivo. Quero duas coisas. Primeiro, uma bolsinha de marroquim preto, que em geral o senhor leva consigo. Depois, uma caixa de ébano que, ainda ontem, estava dentro daquela mala. Nessa ordem. A bolsa de marroquim?

— Eu queimei.

O desconhecido franziu o cenho. Deve ter se lembrado dos bons tempos em que havia meios mais persuasivos para fazer falar aqueles que se recusavam.

— Que seja. Já veremos isso. E a caixa de ébano?

— Queimei.

— Ah! — ele grunhiu. — O senhor está zombando de mim, meu caro.

E torceu seu braço de um modo implacável.

— Ontem, Rudolf Kesselbach, ontem, o senhor estava no Crédit Lyonnais, no bulevar des Italiens, com um

pacote escondido debaixo do sobretudo. E alugou um cofre... Sejamos objetivos: o cofre número 16, do vão 9. Depois de assinar e pagar, o senhor desceu até o subsolo e, quando subiu, não estava mais com o pacote. Correto?
— Perfeito.
— Então, a caixa e a bolsa estão no Crédit Lyonnais.
— Não.
— Me dê a chave do cofre.
— Não.
— Marco!

Marco acorreu.
— Vá em frente, Marco. O nó quadruplo.

Antes mesmo que pudesse se defender, Rudolf Kesselbach foi amarrado de tal modo que as cordas machucavam-lhe o corpo quando tentava se debater. Ficou com os braços imobilizados por trás das costas, o peito encostado na poltrona e as pernas enfaixadas, feito uma múmia.
— Reviste, Marco.

Marco revistou. Dois minutos depois, entregava ao chefe uma pequena chave niquelada, onde estavam escritos os números 16 e 9.
— Ótimo. Nenhuma bolsinha de couro?
— Não, senhor.
— Ela está no cofre. Senhor Kesselbach, me diga por favor o código secreto.
— Não.
— O senhor se recusa?
— Sim.
— Marco?

— Sim?
— Encoste o cano do revólver na cabeça dele.
— Pronto.
— Ponha o dedo no gatilho.
— Pronto.
— Muito bem! Meu caro Kesselbach, resolveu falar?
— Não.
— Você tem dez segundos, nem um a mais. Marco?
— Chefe?
— Daqui a dez segundos, você vai explodir os miolos desse senhor.
— Entendido.
— Kesselbach, vou contar: um, dois, três, quatro, cinco, seis...

Rudolf Kesselbach fez um sinal:
— Vai falar?
— Vou.
— Já era hora. O código, a palavra que abre o cofre?
— *Dolor*.
— *Dolor*... Dor... A sra. Kesselbach não se chama Dolorès? Marco, meu caro, faça o que combinamos. Não vá se enganar, hein? Vou repetir. Você vai se encontrar com Jérôme naquele escritório que você sabe qual é, vai entregar a chave para ele e dizer o código: *Dolor*. Vocês irão juntos ao Crédit Lyonnais. Jérôme vai entrar sozinho, vai assinar o registro de identidade, descer até o subsolo e trazer tudo o que encontrar no cofre. Entendeu?
— Sim, senhor. Mas, e se por acaso o cofre não abrir, se a palavra "Dolor"...

— Silêncio, Marco. Ao sair do Crédit Lyonnais, você vai deixar Jérôme, voltar para casa e me ligar, comunicando o resultado da operação. Se por acaso a palavra "Dolor" não abrir o cofre, nós teremos, meu amigo Kesselbach e eu, uma última conversinha. Kesselbach, tem certeza de que não se enganou?

— Tenho.

— Assim, evitamos que as buscas deem em nada. E é o que veremos. Vá, Marco.

— E o senhor, chefe?

— Eu fico. Não precisa se preocupar. Nunca estive tão seguro na minha vida. As instruções foram categóricas, certo, Kesselbach?

— Certo.

— Que diabos, você está sendo muito solícito. Será que está tentando ganhar tempo? Nesse caso, eu estaria me encaminhando para uma armadilha, feito um imbecil?

Ele refletiu, olhou para o prisioneiro e concluiu:

— Não, não é possível, acho que não teremos problemas. — Mal havia terminado a frase, quando a campainha do vestíbulo tocou. Bruscamente, cobriu a boca de Rudolf Kesselbach com a mão.

— Ah, sua raposa, você estava esperando alguém!

Os olhos do prisioneiro brilharam de esperança. Ele ria, por baixo da mão que o sufocava. O homem tremeu de raiva.

— Fique quieto, se não o estrangulo. Marco, amordace ele. Depressa... Isso.

Tocaram de novo. Ele gritou como se fosse Rudolf Kesselbach e Edwards ainda estivesse lá:

— Abra a porta, Edwards.

Depois, foi devagar para o vestíbulo e, em voz baixa, apontando o secretário e o funcionário:

— Marco, me ajude a levá-los até o quarto, onde não poderão ser vistos. — Ele levou o secretário, e Marco, o funcionário. — Isso, agora volte para a sala. — Ele o seguiu, e voltando imediatamente para o vestíbulo, falou alto, como se estivesse surpreso: — Mas seu funcionário não está, sr. Kesselbach... Não, não se incomode... termine a carta. Eu mesmo vou.

E, tranquilamente, abriu a porta de entrada.

— Sr. Kesselbach? — perguntaram.

Ele estava diante de uma espécie de colosso, de rosto largo, alegre e olhos vivos, que balançava de um lado para o outro, torcendo nas mãos a aba de um chapéu. Respondeu:

— Sim, senhor, é aqui. A quem devo anunciar?

— O sr. Kesselbach me ligou... ele está me esperando...

— Ah! É o senhor. Vou avisá-lo... Importa-se de esperar um minuto?... O sr. Kesselbach vai atendê-lo.

Ele teve a ousadia de deixar o visitante na porta do vestíbulo, de onde poderia ver, pela porta aberta, uma parte da sala. Lentamente, sem se voltar, ele entrou, reuniu-se ao cúmplice, ao lado do sr. Kesselbach, e disse:

— Estamos perdidos. É Gourel, da Sûreté...

O outro desembainhou o punhal. Ele o agarrou pelo braço:

— Não faça bobagens! Tive uma ideia. Mas, pelo amor de Deus, veja se me entende, Marco, e fale quando for sua vez... *Fale como se fosse Kesselbach...* Ouviu, Marco, você é Kesselbach.

Ele falou com tanto sangue-frio e autoridade que Marco entendeu, sem mais explicações, que deveria fazer o papel de Kesselbach, e falou de modo a ser ouvido:

— Me perdoe, meu caro. Diga ao sr. Gourel que lamento, mas estou muitíssimo ocupado... Eu o receberei amanhã às nove. Isso, às nove em ponto.

— Isso — sussurrou o outro —, não saia daqui.

Voltou para o vestíbulo, onde Gourel estava esperando. E disse:

— O sr. Kesselbach pede desculpas. Está terminando um trabalho importante. O senhor pode voltar amanhã de manhã, às nove?

Houve um silêncio. Gourel parecia surpreso e vagamente inquieto. No fundo do bolso, apertou os punhos. Um gesto em falso, e ele atacaria.

Por fim, Gourel disse:

— Tudo bem. Até amanhã às nove, mas... bom! Sim, às nove, estarei aqui.

E, vestindo o seu chapéu, afastou-se pelo corredor do hotel.

Marco, na sala, deu uma gargalhada.

— Muito bom, chefe. Ah, enganou ele direitinho!

— Depressa, Marco, vá atrás dele. Se ele sair do hotel, deixe-o e procure o Jérôme, conforme combinamos... e me ligue.

Marco saiu rapidamente.

Então, o homem pegou uma jarra sobre a cornija da lareira, encheu um copo com água, que tomou de uma só vez, umedeceu um lenço, passou na testa coberta de suor, depois sentou-se ao lado do prisioneiro e disse, afetando gentileza:

— É uma honra conhecê-lo, senhor Kesselbach, permita-me que me apresente. — E, tirando um cartão do bolso, disse: — Arsène Lupin, o ladrão de casaca.

… 2 …

O nome do célebre aventureiro pareceu causar uma ótima impressão no sr. Kesselbach. Lupin não deixou de notar e exclamou:

— Ah! Ah! Meu caro, agora o senhor voltou a respirar! Arsène Lupin é um ladrão refinado, avesso a sangue, e jamais cometeu outro crime além de apropriar-se dos bens dos outros, um pecadilho! E o senhor deve estar pensando que ele não vai acrescentar um peso à sua consciência com um assassinato inútil. Concordo... Mas seria esse um crime inútil? Aí é que está. Neste momento, juro que não estou brincando. Vamos, meu caro.

Ele aproximou a cadeira da poltrona, afrouxou a mordaça do prisioneiro e foi claro:

— Kesselbach, no dia em que chegou a Paris, você entrou em contato com Barbareux, diretor de uma agência de informações confidenciais, e, como estava agindo sem o conhecimento de seu secretário Chapman, o senhor Barbareux, quando se comunicava com você, por carta ou telefone, usava o codinome "coronel". Adianto-lhe que Barbareux é o homem mais honesto do mundo. Mas, por sorte, um de seus funcionários é também um dos meus melhores amigos. E foi assim que fiquei conhecendo o motivo do seu contato com Barbareux, foi assim que vim a me ocupar de você e que, graças a uma chave mestra, vim fazer-lhe algumas visitas durante as quais, infelizmente, não encontrei o que queria.

Ele baixou a voz e, olhando nos olhos do prisioneiro, procurando em seu olhar algum pensamento secreto, disse:

— Meu caro Kesselbach, você encarregou Barbareux de encontrar, no submundo de Paris, um homem que atende ou atendia pelo nome de Pierre Leduc, e de quem faço agora uma breve descrição: um metro e setenta e cinco de altura, loiro e usa bigode. Sinais particulares: depois de ferir-se, teve que amputar a ponta do dedinho da mão esquerda. Além disso, tem uma cicatriz quase imperceptível do lado direito do rosto. Parece que é muito importante para você localizar esse sujeito, como se disso pudesse auferir vantagens consideráveis. Quem é esse homem?

— Não sei.

A resposta foi categórica, absoluta. Ele sabia ou não? Não importa. O essencial é que estava decidido a não falar.

— Que seja — disse o adversário —, mas você tem informações mais detalhadas sobre ele do que aquelas que forneceu a Barbareux?

— Nenhuma.

— Mentira, Kesselbach. Duas vezes, na frente de Barbareux, você consultou papéis que estavam dentro daquela bolsinha de marroquim.

— Verdade.

— E essa bolsa?

— Queimei.

Lupin estremeceu de raiva. Visivelmente, a ideia da tortura e das facilidades que ela oferecia atravessou-lhe de novo o cérebro.

— Queimou? Mas a caixa... você admite... admite que está no Crédit Lyonnais?

— Está.

— O que tem nela?

— Os duzentos diamantes mais bonitos da minha coleção particular.

A afirmação pareceu agradar ao aventureiro.

— Ah! Ah! Os duzentos diamantes mais bonitos! Mas, isso vale uma fortuna... Hum, você está sorrindo... Para você, é uma bagatela. E seu segredo vale mais do que isso... Para você, sim, mas e para mim?

Ele pegou um charuto, acendeu um fósforo que deixou apagar maquinalmente e ficou algum tempo imóvel, pensativo.

Os minutos transcorriam.

Ele começou a rir.

— Você está esperando que minha busca dê em nada e que não consigam abrir o cofre? É possível, meu caro. Mas, nesse caso, vai ter que pagar pelo inconveniente. Não vim aqui para ver a sua cara na poltrona. Os diamantes, uma vez que estão lá... ou a bolsa de marroquim. Eis o dilema...

Ele consultou o relógio.

— Meia hora... Puxa!... O destino está de má vontade... Mas não ria, senhor Kesselbach. Dou minha palavra, não volto de mãos vazias... Até que enfim!

Era o telefone tocando. Lupin tirou-o rapidamente do gancho e, alterando o timbre da voz, imitou o tom seco de seu prisioneiro:

— Sim, sou eu, Rudolf Kesselbach... Ah! Está bem, senhorita, pode completar... É você, Marco?... Perfeito. Foi tudo bem?... Ótimo. Nenhum contratempo?... Parabéns, rapaz... Então, o que temos? A caixa de ébano... Só isso? Nenhum documento?... Ora, ora! E, na caixa?... São bonitos, os diamantes?... Perfeito, perfeito. Um minuto, Marco, enquanto penso... Temos isso, vamos lá... Se eu disser a você o que estou pensando... Espere, não saia daí. Não desligue...

Voltou-se:

— Meu caro Kesselbach, você faz questão dos diamantes?

— Faço.

— Quer comprá-los de mim?

— Talvez.

— Por quanto? Quinhentos mil?

— Quinhentos mil... sim...

— Só que, eis a questão... Como faríamos o pagamento? Em cheque? Não, você me enganaria... ou eu o enganaria. Ouça, depois de amanhã, de manhã, vá até o Lyonnais, pegue as quinhentas cédulas e vá passear no Bois de Boulogne, perto de Auteuil. Eu estarei com os diamantes... numa sacola, é mais cômodo... a caixa chama muita atenção...

— Não... não... a caixa... quero tudo...

— Ah! — disse Lupin, com uma bela risada. — Você caiu na minha cilada... Você não se importa com os diamantes, isso se repõe... mas com a caixa, que quer como a seus próprios olhos... Muito bem! Você terá sua caixa, palavra de Arsène Lupin... Você a terá, amanhã de manhã, pelo correio!

Ele voltou ao telefone.

— Marco, você está aí com a caixa? Ela tem algo de particular?... É de ébano, incrustada de marfim... Sim, eu sei como é... estilo japonês, do bairro de Saint-Antoine. Tem alguma marca nela? Ah! Uma etiquetazinha redonda, de borda azul, com um número... sei, uma marca comercial... não, não importa. E o fundo da caixa, é grosso?... Puxa! Nada de fundo falso, então... Olha, Marco, examine bem os engastes de marfim na parte superior... não, isso, na tampa.

Ele exultou de alegria.

— A tampa! É isso, Marco! — Kesselbach piscou um olho. — Estamos quentes!... Ah! Meu velho Kesselbach, você não viu que eu o estava espiando. Coisa de principiante!

E, voltando a falar com Marco:

— Muito bem! Onde estamos? Um vidro no interior da tampa?... Ele abre? Tem alguma ranhura?... Não, muito bem! Quebre... Isso, pode quebrar. Esse vidro não tem nenhuma razão para estar aí... Ele foi posto aí.

E, impaciente:

— Imbecil, não se meta naquilo que não lhe diz respeito. Obedeça... — Ele deve ter ouvido o barulho que Marco fez ao quebrar o vidro, do outro lado da linha, pois gritou, triunfante:

— O que eu estava dizendo, senhor Kesselbach, que a caçada seria boa?... Alô? Conseguiu? E então? Ah, sim?...

Uma carta? Vitória! Todos os diamantes do Cabo, mais os segredos deste homem!

Ele tirou o outro fone do gancho, aproximou-o do ouvido e continuou:

— Leia, Marco, leia bem devagar... Primeiro, o envelope... Isso... Agora, repita.

Ele mesmo repetiu:

— *Cópia da carta que estava na bolsa de marroquim.* E depois? Rasgue o envelope, Marco. Me permite, sr. Kesselbach? Sei que não é muito correto, mas enfim... Vá em frente, Marco, o sr. Kesselbach autoriza. Pronto? Muito bem! Leia.

Ele ouviu, e em seguida riu:

— Caramba! Não é assim tão óbvio. Vamos lá, vou resumir. Uma simples folha de papel dobrada em quatro e com as dobras ainda recentes... Sim... No alto e à direita da página, as palavras: *um metro e setenta e cinco, dedinho amputado etc.* Sim, é a descrição do senhor Pierre Leduc. A letra é do Kesselbach, não é?... Sei... E, no meio da página, a seguinte palavra, impressa em letras maiúsculas:

"APOO"

— Marco, meu caro, esqueça esse papel, não toque na caixa nem nos diamantes. Daqui a dez minutos eu terei terminado com este bom homem. Encontro você em vinte minutos... Ah, a propósito, você providenciou o carro? Perfeito. Até logo.

Ele pôs o fone no gancho, foi até o vestíbulo, depois até o quarto, certificou-se de que o secretário e o funcionário não tinham se soltado, mas que a mordaça não os estava sufocando, e voltou ao seu prisioneiro.

Tinha um ar resoluto, implacável.

— Acabou a brincadeira, Kesselbach. Se não falar, pior para você. Resolveu?

— O quê?

— Chega de graça. Diga o que sabe.

— Não sei de nada.

— Mentira. O que significa essa palavra, Apoo?

— Se eu soubesse, não teria escrito.

— Pode ser, mas a quem, a que ela se refere? De onde você copiou isso? De onde ela vem?

O sr. Kesselbach não respondeu. Lupin retomou, mais nervoso, com a voz entrecortada:

— Ouça, Kesselbach, vou fazer uma proposta. Não importa quão rico e poderoso você seja, não há muita diferença entre nós dois. O filho de um caldeireiro de Augsbourg e Arsène Lupin, o príncipe dos ladrões, podem entrar num acordo sem que isso represente vergonha para ninguém. Eu roubo nas casas e você, na Bolsa. É a mesma coisa. Então, vamos lá, Kesselbach. Vamos fazer uma parceria neste negócio. Eu preciso de você porque ignoro algumas coisas. Você precisa de mim porque, sozinho, não vai conseguir sair dessa. Barbareux é um tolo. Eu sou Lupin. Fechado?

Silêncio. Lupin insistiu, com voz trêmula:

— Responda, Kesselbach, fechado? Se sim, em quarenta e oito horas, encontro Pierre Leduc para você. Por que a questão é ele, certo? É esse, o negócio? Responda! Quem é esse sujeito? Por que está atrás dele? O que você sabe sobre ele? Quero saber.

Subitamente mais calmo, pôs as mãos no ombro do alemão e, num tom seco, disse:

— Uma palavra, apenas. Sim ou não?

— Não.

Ele tirou do bolsinho de Kesselbach um magnífico relógio de ouro, que pôs no joelho do prisioneiro.

Desabotoou o colete de Kesselbach, abriu a camisa, revelando o peito e, pegando um punhal de aço com cabo incrustado de ouro que estava ali perto, em cima da mesa, encostou a ponta onde as batidas do coração faziam palpitar a carne nua.

— Última chance?

— Não.

— Sr. Kesselbach, são oito para as três. Se daqui a oito minutos você não tiver respondido às minhas perguntas, será um homem morto.

− 3 −

Na manhã do dia seguinte, exatamente no horário combinado, o inspetor Gourel apresentou-se no Palace-Hôtel. Sem parar, e dispensando o elevador, subiu as escadas. No quarto andar, virou à direita, seguiu pelo corredor e tocou a campainha do 415.

Como não ouviu nenhum barulho, repetiu o gesto. Depois de meia dúzia de tentativas frustradas, dirigiu-se para o escritório da administração, naquele andar. Ali havia um funcionário.

— O sr. Kesselbach, por gentileza? Já toquei umas dez vezes.

— O sr. Kesselbach não dormiu aqui. Desde ontem à tarde que não o vemos.

— Mas e o funcionário dele, e o secretário?

— Não vimos também.

— Então, eles também não dormiram no hotel?

— Talvez, não.

— Talvez! O senhor deveria saber disso.

— Por quê? O sr. Kesselbach não está hospedado no hotel, mas num aposento particular. O serviço dele não é feito por nós, mas pelo seu funcionário, e não sabemos de nada que se passa em seu apartamento.

— De fato... estou vendo...

Gourel parecia muito confuso. Viera com ordens expressas, numa missão objetiva, nos limites da qual conseguia exercer suas funções. Fora desses limites, não sabia muito bem como agir.

— Se o chefe estivesse aqui — murmurou. — Se o chefe estivesse aqui...

Apresentou seu cartão e suas credenciais. Depois, perguntou casualmente:

— Então, o senhor não os viu voltarem?

— Não.

— Mas viu quando saíram?

— Também não.

— Nesse caso, como sabe que saíram?

— Por um senhor que, à tarde, foi ao 415.

— Um senhor de bigodes pretos?

— Sim. Eu o vi sair por volta das três. Ele me disse: "Os hóspedes do 415 acabaram de sair. O sr. Kesselbach vai dormir hoje à noite no Réservoirs, em Versalhes, onde vocês podem encaminhar a correspondência dele".

— Mas quem era esse sujeito? Ele falava em nome de quem?

— Não sei.

Gourel estava preocupado. Tudo aquilo parecia muito esquisito.

— O senhor tem a chave?

— Não. O sr. Kesselbach mandou fazer uma chave especial.

— Vamos ver.

Gourel tocou de novo, furioso. Nada. Estava prestes a partir quando, de repente, abaixou-se e colou o ouvido ao buraco da fechadura.

— Ouça... parece... É, isso mesmo... queixas... gemidos...

Ele bateu forte na porta.

— O senhor não tem o direito...

— Não tenho o direito!

E bateu diversas vezes, mas tão sem resultado que desistiu.

— Depressa, depressa, um chaveiro.

Um rapaz que trabalhava no hotel afastou-se correndo. Gourel andava de um lado para o outro, perturbado e indeciso. Os funcionários dos outros andares reuniam-se em grupos. Veio gente da administração, da direção. Gourel exclamou:

— Mas por que não entramos pelos quartos que ficam ao lado? Eles se comunicam com o apartamento?

— Sim, mas as portas estão sempre trancadas, dos dois lados.

— Então, vou ligar para a Sûreté — disse Gourel, para quem era evidente que apenas seu chefe poderia tirá-los daquela situação.

— E para o comissariado — alguém comentou.

— Se quiser — respondeu, num tom de quem pouco se interessava por aquela formalidade.

Quando voltou da ligação, o chaveiro estava terminando de experimentar as chaves. A última fez a fechadura abrir. Gourel entrou rapidamente.

Correu direto para o lugar de onde vinham as queixas e deu com os corpos do secretário Chapman e de

Edwards, o funcionário. Chapman, com muita dificuldade, conseguira afrouxar a mordaça e estava emitindo uns gemidos surdos. O outro parecia estar dormindo.

Soltaram os dois. Gourel estava preocupado.

— E o sr. Kesselbach?

Foi até a sala. O sr. Kesselbach estava sentado, amarrado no espaldar da poltrona, perto da mesa. A cabeça estava inclinada sobre o peito.

— Desmaiou — disse Gourel, aproximando-se. — Deve ter feito tanto esforço, que ficou exausto.

Rapidamente, cortou as cordas que lhe amarravam as costas. Feito um bloco, ele caiu para a frente. Gourel amparou-o com o braço e recuou com um grito de terror:

— Ele está morto! Olhem... as mãos estão geladas, vejam os olhos!

Alguém arriscou:

— Um derrame, talvez, ou um aneurisma.

— De fato, não parece haver ferimento, foi uma morte natural.

Estenderam o cadáver sobre o sofá e o despiram. Mas imediatamente surgiram manchas vermelhas na camisa branca, e, assim que a abriram, viram que havia uma pequena ferida no peito, bem no lugar do coração, de onde escorria um filete de sangue.

Sobre a camisa, havia um cartão preso por um alfinete.

Gourel agachou-se. Era o cartão de Arsène Lupin, também coberto de sangue.

Ele então endireitou-se e disse, em tom firme e autoritário:

— Um crime! Arsène Lupin! Saiam... saiam todos... Não quero ninguém nesta sala, nem no quarto. Vamos levar esses senhores daqui e cuidar deles em outro cômodo! Saiam todos... e não toquem em nada... O chefe logo estará aqui!

– 4 –

Arsène Lupin!

Gourel repetia essas palavras fatídicas com uma expressão de terror. Elas ressoavam como um dobre fúnebre. Arsène Lupin! O rei dos bandidos! O aventureiro supremo! Seria possível?

— Não, não — ele murmurava —, não é possível, *pois ele está morto!*

Mas, então, estaria ele mesmo morto?

Arsène Lupin!

De pé, ao lado do cadáver, feito um tolo, desconcertado, ele virava e revirava o cartão com certo temor, como se tivesse sido provocado por um fantasma. Arsène Lupin! O que ele iria fazer? Agir?

Encarar aquela batalha com seus próprios recursos? Não, era melhor não fazer nada... Os erros seriam inevitáveis, se decidisse bancar o desafio com um adversário tal. Além do mais, o chefe não estava a caminho? *O chefe está a caminho!* Toda a psicologia de Gourel resumia-se nessa breve frase. Hábil e perseverante, corajoso e experiente, de uma força hercúlea, era daqueles que só avançavam quando requisitados, e só faziam um bom trabalho quando comandados.

E como sua falta de iniciativa se agravou, desde que o Sr. Lenormand substituíra o sr. Dudouis no serviço da Sûreté! O sr. Lenormand, sim, era um chefe! Com ele, sentia que estava no caminho certo! Tanto era, que Gourel estacava sempre que faltava um empurrãozinho do chefe.

Mas o chefe estava a caminho! Olhando o relógio, Gourel calculava a hora exata de sua chegada. Torcia para que o comissário de polícia não chegasse antes, para que o juiz de instrução, já designado talvez, ou o médico legista não tirassem conclusões inoportunas antes que o chefe tivesse tempo de fixar em seu espírito os pontos fundamentais do caso!

— Então, Gourel, sonhando com o quê?
— O chefe!

O sr. Lenormand era um homem ainda jovem, se levássemos em conta a expressão do rosto e o olhar reluzente por trás dos óculos; mas era quase um velho quando se notavam as costas arqueadas, a pele seca como cera de vela, a barba e os cabelos grisalhos, e seu ar abatido, hesitante, doentio.

Passara uma vida penosa nas colônias, como comissário do governo, nos postos mais perigosos. Lá, contraiu febre, adquiriu uma energia indomável, apesar da fragilidade física, e o costume de viver sozinho, de falar pouco e agir em silêncio. Desenvolveu uma certa misantropia e, de repente, por volta dos cinquenta anos, logo após o famoso caso dos três espanhóis de Biskra, ganhou uma grande e justa notoriedade. Reparavam-lhe assim a injustiça, e imediatamente era nomeado para Bordeaux, em seguida subchefe em Paris e, depois da morte do sr.

Dudouis, chefe da Sûreté. Em cada um desses postos, tinha dado provas de imaginação nos procedimentos, e de tais recursos, de qualidades inéditas e tão originais, e sobretudo tinha alcançado resultados tão objetivos na condução dos quatro ou cinco últimos escândalos, que a opinião pública ficou fascinada e agora o comparava com os mais ilustres policiais. Gourel não hesitou. Favorito do chefe, que o estimava pela candura e obediência, ele punha o sr. Lenormand acima de todos. Era seu ídolo, o deus que não erra.

O sr. Lenormand, nesse dia, parecia particularmente cansado. Sentou-se debilitado, afastou as laterais da sobrecasaca, uma velha sobrecasaca célebre pelo corte ultrapassado e pela cor de oliva, afrouxou o lenço do pescoço, um lenço marrom igualmente conhecido, e murmurou:

— Fale.

Gourel contou tudo o que tinha visto e sabia, e o fez de modo breve, conforme o hábito que o chefe lhe impusera.

Mas, quando mostrou o cartão de Lupin, o sr. Lenormand estremeceu.

— Lupin! — exclamou.

— Sim, Lupin, ei-lo que retorna das águas, esse animal.

— Melhor assim — disse o sr. Lenormand, depois de um instante de reflexão.

— Claro, melhor assim — repetiu Gourel, que gostava de comentar as raras palavras de um superior de quem reprovava apenas a reserva. — Melhor assim, pois o senhor finalmente vai medir forças com um adversário à altura... e Lupin vai encontrar seu mestre... vai deixar de existir... Lupin...

— Busque — disse o sr. Lenormand, interrompendo-o.

Foi como a ordem de um caçador a seu cão. E, de fato, feito um bom cão, vivo, inteligente, curioso, Gourel vasculhou sob o olhar do mestre. Com a ponta da bengala, o sr. Lenormand apontava um canto, uma poltrona, como quem indica um arbusto ou uma moita, com minucioso escrúpulo.

— Nada — concluiu o inspetor.

— Nada para você — grunhiu o sr. Lenormand.

— Foi o que eu quis dizer... Sei que, para o senhor, as coisas falam como se fossem pessoas, verdadeiras testemunhas. Seja como for, temos aqui um crime que podemos seguramente atribuir a Lupin.

— O primeiro — observou o sr. Lenormand.

— O primeiro, sim... Mas era inevitável. Não dá para levar uma vida assim sem que, um dia ou outro, as circunstâncias obriguem a cometer um crime. O sr. Kesselbach deve ter resistido...

— Não, pois estava amarrado.

— Verdade — reconheceu desconcertado Gourel —, e é muito curioso... Por que matar um adversário que já está dominado?... Se eu o tivesse detido ontem, quando nos vimos frente a frente, na entrada do vestíbulo...

O sr. Lenormand foi até o balcão. Depois, passou para o quarto do sr. Kesselbach, à direita, e verificou se as janelas e portas estavam fechadas.

— As janelas desses dois cômodos estavam fechadas quando entrei — afirmou Gourel.

— Fechadas ou encostadas?

— Ninguém tocou em nada. Elas estão fechadas, chefe...

Um ruído de vozes levou-os até a sala. Lá, encontraram o médico legista examinando o cadáver, e o sr. Formerie, o juiz de instrução.

O sr. Formerie exclamou:

— Arsène Lupin! Finalmente, ainda bem que um feliz acaso me pôs diante desse bandido! O sujeito vai ver com quantos paus se faz uma canoa!... E, dessa vez, trata-se de um assassinato!... Agora é comigo, senhor Lupin!

O sr. Formerie não tinha esquecido a estranha aventura do diadema da princesa de Lamballe, e o modo admirável como Lupin tinha escapado, alguns anos antes. O incidente ficou famoso nos anais do Palácio. Ainda se ria disso, e o sr. Formerie guardava um justo sentimento de rancor e o desejo de uma estrondosa vingança.

— O crime está claro — proclamou com grande convicção —, o motivo será fácil de descobrir. Vamos, está tudo indo bem... Sr. Lenormand, muito prazer... É uma honra...

O sr. Formerie não se sentia absolutamente honrado. A presença do sr. Lenormand, aliás, pouco lhe agradava, uma vez que o chefe da Sûreté não disfarçava muito bem o desprezo que sentia por ele. No entanto, recompôs-se e disse de modo solene:

— Então, doutor, o senhor estima que a morte tenha ocorrido há umas doze horas, mais ou menos, talvez mais?... É o que suponho... estamos perfeitamente de acordo... E a arma do crime?

— Um punhal de lâmina muito fina, senhor juiz — respondeu o médico. — Veja, limparam a lâmina com o próprio lenço do morto...

— É verdade... é verdade... é visível... E agora, vamos interrogar o secretário e o funcionário do sr. Kesselbach. Não tenho a menor dúvida de que irão lançar alguma luz sobre o caso.

Chapman, que tinha sido levado para seu próprio quarto, à esquerda da sala, assim como Edwards, já tinha se recuperado das provações. Ele expôs minuciosamente os acontecimentos da véspera, a preocupação do sr. Kesselbach, a visita anunciada do autoproclamado coronel e, por último, descreveu a agressão da qual tinham sido vítimas.

— Ah! Ah! — exclamou o sr. Formerie. — Temos um cúmplice! E vocês ouviram o nome dele... Marco, vocês disseram... Isso é muito importante. Quando pegarmos o cúmplice, a solução do caso estará bem adiantada...

— Sim, mas não pegamos — arriscou o sr. Lenormand.

— Veremos... cada coisa a seu tempo. Então, senhor Chapman, esse Marco saiu logo depois que o sr. Gourel tocou a campainha?

— Sim, nós o ouvimos sair.

— E depois que ele saiu, vocês não ouviram mais nada?

— Ouvíamos... de vez em quando, mas vagamente... a porta estava fechada.

— Que espécie de ruído?

— De vozes. O sujeito...

— Chame-o pelo nome, Arsène Lupin.

— Arsène Lupin deve ter feito uma ligação.

— Perfeito! Vamos interrogar o encarregado do serviço de comunicações do hotel com a cidade. E depois, vocês o ouviram sair também?

— Ele viu que ainda estávamos bem amarrados e, uns quinze minutos depois, saiu e fechou a porta do vestíbulo.

— Certo, logo depois de cometer o crime. Perfeito... Perfeito... Tudo se encaixa... E depois?...

— Depois, não ouvimos mais nada. A noite passou, o cansaço me fez cochilar... O Edwards também... e foi só hoje de manhã que...

— Sim, eu sei... Hum, a coisa está indo bem... tudo se encaixa...

E, frisando as etapas do inquérito, num tom de quem assinala vitórias sobre o desconhecido, murmurou, pensativo:

— O cúmplice... o telefonema... a hora do crime... os ruídos... bom... muito bom... Agora, é só descobrir o motivo do crime. Neste caso, como se trata de Lupin, o motivo é claro. Sr. Lenormand, o senhor notou algum indício de arrombamento?

— Nenhum.

— Então, o alvo do roubo deve ter sido a própria vítima. Encontraram a carteira dele?

— Eu a deixei no bolso do casaco — disse Gourel.

Eles foram todos para a sala, onde o sr. Formerie constatou que na carteira havia apenas cartões de visita e documentos de identidade.

— É estranho, sr. Chapman, o senhor saberia me dizer se o sr. Kesselbach tinha consigo algum dinheiro?

— Sim. Na véspera, ou seja, anteontem, segunda-feira, nós fomos até o Crédit Lyonnais, onde o sr. Kesselbach alugou um cofre...

— Um cofre no Crédit Lyonnais? Hum... precisamos ver isso.

— E, antes de sair, o sr. Kesselbach abriu uma conta e saiu com cinco ou seis mil francos em espécie.

— Perfeito... está tudo claro.

Chapman retomou:

— Há mais uma questão, senhor juiz de instrução. O sr. Kesselbach, que andava muito preocupado nos últimos dias — e eu lhe contei o motivo... um projeto muitíssimo importante para ele —, o sr. Kesselbach parecia fazer questão de duas coisas, em particular: primeiro, uma caixa de ébano, que guardou em segurança no Crédit Lyonnais, e depois, uma pequena bolsa de marroquim, onde tinha guardado alguns papéis.

— E essa bolsa?

— Antes da chegada de Lupin, ele pôs, na minha frente, dentro daquela mala.

O sr. Formerie pegou a mala e vasculhou. A bolsa não estava lá. Ele esfregou as mãos.

— Bom, tudo se encaixa... Sabemos quem é o culpado, as condições e o motivo do crime. Esse caso não deve se arrastar. Concorda comigo, sr. Lenormand?

— Discordo.

Houve um instante de perplexidade. O comissário de polícia já havia chegado e, atrás dele, apesar dos agentes que guardavam a porta, um grupo de jornalistas e funcionários do hotel tinha forçado a entrada, e estavam agora reunidos no vestíbulo.

Por notório que fosse o rigor daquele homem, acompanhado às vezes de alguma grosseria, e que já lhe tinha valido algumas reprimendas nos altos escalões, a rispidez da resposta foi desconcertante. E o sr. Formerie, especialmente, pareceu surpreso.

— Mas — disse ele — o que vejo aqui é muito simples: Lupin é o ladrão...

— E por que ele matou? — retorquiu o sr. Lenormand.

— Para roubar.

— Perdão, o relato das testemunhas prova que o roubo aconteceu antes do assassinato. O sr. Kesselbach primeiro foi amarrado e amordaçado, e em seguida roubado. Por que Lupin, que até hoje nunca cometeu um crime, teria assassinado um homem incapaz de se defender, e que já tinha sido roubado?

O juiz de instrução alisou suas longas costeletas loiras, do modo que lhe era peculiar, sempre que uma questão parecia insolúvel. Respondeu, pensativo:

— Para isso, temos várias respostas...

— Quais?

— Depende... Depende de uma série de elementos que desconhecemos... Além do mais, a objeção vale apenas para a natureza do motivo. Quanto ao resto, estamos de acordo.

— Não.

Mais uma vez, foi direto, cortante, quase rude, a tal ponto que o juiz, desconcertado, não ousou nem protestar, e ficou calado diante daquele estranho colaborador. Por fim, disse:

— Cada um tem seu método. Estou curioso para conhecer o seu.

— Não tenho.

O chefe da Sûreté levantou-se e deu alguns passos pela sala, apoiando-se na bengala. À sua volta, estavam todos calados, e era muito interessante ver o domínio que aquele senhor frágil e encurvado exercia sobre os demais, por força de uma autoridade a que todos se submetiam, sem ainda aceitar.

Depois de um longo silêncio, ele se manifestou:

— Gostaria de visitar os cômodos que se comunicam com este apartamento.

O diretor mostrou-lhe a planta do hotel. O quarto da direita, do sr. Kesselbach, não tinha outra saída além do próprio vestíbulo do apartamento. Mas o quarto da esquerda, o do secretário, comunicava-se com outro cômodo. Ele disse:

— Vamos lá ver.

O sr. Formerie não se conteve, ergueu os ombros e resmungou:

— Mas a porta de comunicação está trancada, e a janela, fechada.

— Vamos ver — repetiu o sr. Lenormand.

Ele foi levado ao primeiro dos cinco cômodos reservados à sra. Kesselbach. Em seguida, a pedido seu, visitaram os cômodos seguintes. Todas as portas de comunicação estavam trancadas dos dois lados.

Ele perguntou:

— Algum dos cômodos está sendo ocupado agora?
— Nenhum.
— E as chaves?
— Ficam sempre na administração.
— Então, ninguém poderia ter entrado?
— Ninguém, a não ser o funcionário do andar encarregado de varrer e ventilar os aposentos.
— Mandem chamá-lo.

O funcionário, de nome Gustave Beudot, respondeu que, na véspera, cumprindo suas obrigações, tinha fechado as janelas dos cinco cômodos.

— A que horas?
— Às seis da tarde.
— E não notou nada de diferente?
— Não, nada.
— E hoje de manhã?
— Hoje de manhã, abri as janelas às oito em ponto.
— E não encontrou nada?
— Não... nada... Ah! Apenas...

Ele hesitou. Pressionado pelas perguntas, acabou admitindo:

— Bom, perto da lareira do 420, recolhi uma cigarreira que prometi a mim mesmo deixar hoje à tarde na administração.

— Está com ela aí?
— Não, está no meu quarto. É uma cigarreira de aço polido. De um lado, fica o tabaco e o papel, e do outro, os fósforos. Tem duas iniciais gravadas em ouro... Um L e um M.
— Como é que é?

Era Chapman, que deu um passo à frente. Ele parecia surpreso e interpelou o funcionário:

— Uma cigarreira de aço polido, você disse?

— É.

— Com três compartimentos, para tabaco, papel e fósforos... Tinha tabaco russo, não tinha, fino, clarinho?...

— Tinha.

— Vá buscar. Eu gostaria de ver com meus próprios olhos.

A um sinal do chefe da Sûreté, Gustave Beudot afastou-se. O sr. Lenormand estava sentado e, com seu olhar agudo, examinava o tapete, os móveis, as cortinas. Perguntou:

— Estamos no 420, certo?

— Estamos.

O juiz zombou:

— Gostaria de saber qual é a relação que você quer estabelecer entre esse incidente e a história toda. Cinco portas fechadas nos separam do cômodo onde Kesselbach foi assassinado.

O sr. Lenormand não se dignou a responder.

O tempo estava passando. Gustave não voltava.

— Onde ele dorme, senhor diretor? — perguntou o chefe.

— No sexto andar, que dá para a rua de Judée, portanto, acima de nós. É curioso que ainda não tenha voltado.

— Quer fazer a gentileza de mandar alguém até lá? — O próprio diretor do hotel foi, acompanhado de Chapman. Alguns minutos depois, voltava sozinho, correndo e transtornado.

— O que foi?

— Morto...

— Assassinado?

— Sim.

— Ah! Diabos, eles são violentos, esses miseráveis! — exclamou o sr. Lenormand. — Depressa, Gourel, feche as portas do hotel... vigiem as saídas... E o senhor, diretor, leve-nos até o quarto de Gustave Beudot.

O diretor saiu. Mas, no momento em que deixava o quarto, o sr. Lenormand abaixou-se e pegou um pequeno disco de papel sobre o qual já tinha os olhos fixos.

Era uma etiqueta, com uma borda azul. Nela, estava escrito o número 813. Por precaução, guardou-a na carteira e juntou-se aos demais.

– 5 –

Um pequeno ferimento nas costas, entre as duas escápulas. O médico declarou:
— Exatamente o mesmo ferimento do sr. Kesselbach.
— Sim — disse o sr. Lenormand —, feito pela mesma mão, e com a mesma arma.
Pela posição do cadáver, o homem tinha sido surpreendido de joelhos, ao lado da cama, procurando debaixo do colchão a cigarreira que tinha escondido ali. Seu braço ainda estava entre o colchão e a cama, mas a cigarreira não foi encontrada.
— Devia ser algo muito comprometedor — insinuou o sr. Formerie, que não mais ousava emitir uma opinião muito precisa.
— Puxa vida! — disse o chefe da Sûreté.
— Mas sabemos as iniciais, um L e um M... e com isso, mais o que o sr. Chapman parece saber, teremos boas informações.
— O sr. Lenormand teve um sobressalto:
— Chapman! Onde ele está?
Procuraram pelo corredor, no meio do grupo ali reunido... Chapman não estava.
— O sr. Chapman subiu comigo — disse o diretor.

— Sim, sim, eu sei, mas ele não voltou com você.
— Não, quando saí, ele estava ao lado do cadáver.
— Você o deixou lá! Sozinho?
— Eu disse: "Fique aí, não saia".
— E não havia mais ninguém? Você não viu ninguém?
— No corredor, não.
— E nas mansardas ao lado, não sei, depois dessa reviravolta, ninguém ficou escondido por lá?

O sr. Lenormand parecia muito agitado. Ele ia e vinha, abrindo a porta dos quartos. E de repente saiu correndo, com uma agilidade de que ninguém o suporia capaz.

Ele disparou pelos seis andares, seguido de longe pelo diretor e pelo juiz de instrução. Lá embaixo, encontrou Gourel diante da porta principal.

— Ninguém saiu?
— Ninguém.
— E na outra porta, a da rua Orvieto?
— Eu pus Dieuzy de plantão.
— Com ordens expressas?
— Sim, senhor.

No vasto hall do hotel, a multidão de hóspedes espremia-se inquieta, comentando as versões mais ou menos exatas que chegavam sobre o estranho crime. Os funcionários, convocados por telefone, chegavam um a um. O sr. Lenormand os interrogava imediatamente.

Nenhum deles foi capaz de dar uma informação. Mas uma arrumadeira do quinto andar apresentou-se. Dez minutos antes, talvez, ela tinha cruzado com dois senhores que desciam pela escada de serviço, entre o quinto e o quarto andar.

— Eles desceram muito depressa. O da frente estava puxando o outro pela mão. Fiquei muito surpresa de ver aqueles dois nas escadas de serviço.

— Poderia reconhecê-los?

— O primeiro, não. Ele virou a cabeça. Era magro, loiro. Usava um chapéu mole, preto, e roupas pretas.

— E o outro?

— Ah! O outro era inglês, tinha um rosto largo, sem barba, e usava roupas de um tecido xadrez. Não estava de chapéu.

A descrição coincidia com a de Chapman, conforme a mulher acrescentou.

— Ele estava... meio estranho, parecia fora de si. — A afirmação de Gourel não bastou ao sr. Lenormand. Ele interrogava, um depois do outro, os mensageiros que paravam junto àquelas duas portas.

— Você conhece o sr. Chapman?

— Sim, senhor, todo dia ele conversava com a gente.

— E não viu ele sair?

— Ah, não. Ele não saiu, hoje de manhã.

O sr. Lenormand voltou-se para o comissário de polícia:

— Quantos homens o senhor tem, comissário?

— Quatro.

— Não basta. Peça para o seu secretário mandar todos os homens disponíveis. E cuide pessoalmente de vigiar com o maior rigor todas as saídas. Estado de sítio, comissário...

— Mas, meus hóspedes... — protestou o diretor.

— Não estou nem aí para os seus hóspedes. O dever em primeiro lugar, e é meu dever acabar com isso, custe o que custar...

— O senhor acha? — arriscou o juiz de instrução.

— Não acho nada... tenho certeza de que o autor desse duplo assassinato ainda está aqui no hotel.

— Mas então, Chapman...

— A essa altura, não posso garantir que Chapman esteja vivo. Em todo caso, é questão de minutos, de segundos... Gourel, pegue dois homens e vasculhe os quartos do quarto andar... Senhor diretor, um de seus funcionários irá acompanhá-los. Quanto aos outros andares, eu mesmo irei quando chegarem os reforços. Vamos, Gourel, à caça, e abra bem os olhos... a presa é grande.

Gourel e seus homens se apressaram. O sr. Lenormand ficou no hall, perto da administração do hotel. Agora, ele não pensava em sentar-se, como de costume. Caminhava da entrada principal à entrada da rua Orvieto, e voltava ao ponto de partida.

De vez em quando dava ordens:

— Senhor diretor, que vigiem a cozinha, eles podem escapar por lá... Senhor diretor, diga para a telefonista não completar nenhuma ligação para a cidade. Se ligarem da cidade, ela pode completar a ligação, mas deve anotar o nome das pessoas. Senhor diretor, faça uma lista com os nomes dos hóspedes que começam com a letra L ou M.

Ele dizia tudo isso em voz alta, como um general que dá aos seus tenentes ordens das quais poderia depender o desfecho da batalha.

E era de fato uma batalha implacável, terrível, disputada no cenário elegante de um palácio parisiense, entre o poderoso chefe da Sûreté e aquele indivíduo misterioso, perseguido, acuado, já quase cativo, mas de uma astúcia e uma selvageria formidáveis.

Os espectadores angustiados agrupavam-se no centro do hall, silenciosos e palpitantes, e tremiam de medo ao menor ruído, obcecados pela imagem diabólica do assassino. Onde estaria escondido? Será que ia aparecer? Estaria entre eles? Seria este, talvez? Ou aquele?

Os nervos estavam tão à flor da pele que, num momento de revolta, teriam forçado as portas e saído às ruas, se o mestre não estivesse lá, e sua presença tinha algo que os tranquilizava, que os acalmava. Sentiam-se seguros, como passageiros de um navio comandado por um bom capitão.

Todos os olhares recaíam sobre aquele senhor de óculos, de sobrecasaca cor de oliva e lenço marrom, que caminhava curvado, com um andar vacilante.

De tempos em tempos, enviado por Gourel, acorria um dos jovens que acompanhavam o inquérito.

— Novidades? — perguntava o sr. Lenormand.

— Nada, não encontramos nada.

Em duas ocasiões, o diretor tentou flexibilizar os procedimentos. A situação era intolerável. Na administração, diversos hóspedes, requisitados por compromissos ou a ponto de partir, protestavam.

— Não quero nem saber — repetia o sr. Lenormand.

— Mas conheço todos eles.

— Que bom.

— O senhor está abusando dos seus direitos.
— Eu sei.
— Alguém vai provar que o senhor está errado.
— Tenho certeza disso.
— O próprio juiz de instrução.
— Ele que me deixe em paz! O sr. Formerie tem apenas que interrogar os funcionários, como está fazendo agora. O resto não tem nada a ver com a instrução do inquérito. É com a polícia. E isso é comigo.

Nesse momento, uma equipe de agentes irrompeu no hotel. O chefe da Sûreté dividiu-os em vários grupos, que encaminhou para o terceiro andar, e em seguida dirigiu-se ao comissário:

— Meu caro comissário, a vigilância fica com o senhor. Seja firme, por favor. Eu me responsabilizo pelo que venha a acontecer.

E, dirigindo-se ao elevador, foi conduzido ao segundo andar.

Não foi uma tarefa fácil. E demorou, pois tiveram que abrir a porta dos sessenta quartos, examinar todos os banheiros, todas as alcovas, os armários, os menores recantos. Mas resultou em nada. Uma hora depois, ao meio-dia, o sr. Lenormand tinha acabado de inspecionar o segundo andar, os demais agentes não tinham terminado os andares superiores, e nenhuma descoberta havia sido feita.

O sr. Lenormand hesitou: o assassino teria subido em direção às mansardas?

Quando estava decidido a descer, foi informado de que a sra. Kesselbach acabara de chegar com a dama de companhia. Edwards, o velho funcionário de confiança, aceitara a tarefa de dar a notícia da morte do sr. Kesselbach.

O sr. Lenormand encontrou-a em um dos salões, arrasada, mas sem lágrimas, com o rosto convulsionado pela dor, tremendo, e como que agitada por um acesso de febre.

Era uma mulher morena e alta, cujos olhos escuros, de grande beleza, estavam salpicados de ouro, feito lantejoulas que brilham na sombra. Conhecera o marido na Holanda, onde Dolorès nasceu de uma antiga família de origem espanhola: os Amonti.

Ele logo se apaixonou por ela, e a aliança do casal durou quatro anos, todos de ternura e dedicação. O sr. Lenormand apresentou-se. Ela o olhou sem responder e ele se calou, pois em seu estupor ela não parecia compreender o que ele dizia. Depois, de súbito, chorou efusivamente e pediu para ser levada à presença do marido.

No saguão, o sr. Lenormand encontrou Gourel, que estava à sua procura, e que lhe estendeu bruscamente um chapéu.

— Chefe, encontrei isto... Não há dúvidas sobre a procedência, certo?

Era um chapéu mole, de feltro preto. Dentro, não havia identificação nem etiqueta.

— Onde encontrou?

— No patamar da escada de serviço, no segundo andar.

— Nos outros andares, nada?

— Nada. Vasculhamos tudo. Só falta o primeiro. E este chapéu prova que o homem desceu até lá. Estamos quentes, chefe.

— Acredito.

Ao pé da escada, o sr. Lenormand parou.

— Vá até o comissário com as seguintes instruções: dois homens ao pé de cada uma das quatro escadas, de revólver em punho. Para atirar, se for preciso. Entenda isso, Gourel, se Chapman não fugiu e o sujeito estiver à solta, vou ficar louco. Faz duas horas que ando imaginando coisas.

Ele subiu as escadas. No primeiro andar, encontrou dois agentes saindo de um quarto, guiados por um funcionário.

O corredor estava deserto. Os funcionários do hotel não ousavam se aventurar por ali, e alguns hóspedes tinham dado duas voltas na chave dos quartos, de modo que era preciso bater durante um longo tempo e esperar ser reconhecido, até que as portas se abrissem.

À distância, o sr. Lenormand viu um grupo de agentes na sala da administração e, no fim do longo corredor, viu outro grupo aproximar-se da quina, ou seja, dos quartos que ficavam sobre a rua de Judée.

De repente, ouviu o vozerio agitado desse grupo, que desapareceu subitamente. Correu.

Encontrou os agentes parados no meio do corredor. Ao lado deles, barrando a passagem, com o rosto virado para o chão, jazia um corpo.

O sr. Lenormand agachou-se e pegou o rosto inerte nas mãos.

— Chapman — murmurou —, está morto.

E o examinou. Tinha um lenço de seda branco enrolado no pescoço. Puxou-o. Surgiram manchas vermelhas, e ele constatou que aquele lenço estava apertando um maço de algodão ensanguentado contra a nuca.

Mais uma vez, a mesma pequena ferida, precisa, singela, implacável.

Imediatamente avisados, o sr. Formerie e o comissário acudiram.

— Ninguém saiu? — perguntou o chefe. — Não ouvi alerta!

— Nada — disse o comissário. — Há dois homens vigiando embaixo de cada escada.

— Talvez ele tenha subido? — disse o sr. Formerie.

— Não! Não!

— Nós teríamos visto.

— Não... isto aqui aconteceu faz tempo. As mãos já estão geladas... O crime deve ter sido cometido quase no mesmo momento que o outro, quando os dois chegaram aqui pela escada de serviço.

— Mas teríamos visto o cadáver! Pense que, em duas horas, umas cinquenta pessoas passaram por aqui...

— O cadáver não estava aqui.

— Estava onde, então?

— Ah! E eu é que sei? — respondeu rispidamente o chefe da Sûreté. — Façam como eu, procurem! Não é com palavras que vamos encontrá-lo.

Com a mão tremendo, martelava com raiva o pomo da bengala, e ficou ali, com os olhos fixos no cadáver, silencioso e pensativo. Por fim, disse:

— Comissário, faça o favor de levar a vítima para um quarto vazio. Vamos chamar o médico. Senhor diretor, abra as portas de todos os quartos deste corredor.

Do lado esquerdo, percorreu um apartamento desocupado, com três quartos e duas salas. Do lado direito, quatro quartos. Dois estavam sendo ocupados pelo sr. Reverdat e por um italiano, o barão Giacomici, e nenhum deles estava presente no momento. No terceiro quarto, encontraram uma solteirona inglesa ainda deitada, e no último, um inglês que lia e fumava tranquilamente, sem que os ruídos do corredor o tivessem distraído. Chamava-se major Parbury.

As buscas e os interrogatórios não deram resultado. A inglesa não tinha ouvido nada antes dos brados dos agentes, nem sons de luta, gritos de agonia ou discussão. O major Parbury também não.

Além disso, não viram indícios suspeitos nem vestígios de sangue, nada que fizesse supor que o desafortunado Chapman tivesse passado por algum daqueles quartos.

— Estranho — murmurou o juiz de instrução. — É tudo muito estranho...

E acrescentou, ingênuo:

— Estou entendendo cada vez menos. Aqui há uma série de circunstâncias que, em parte, me escapam. O que pensa disso, sr. Lenormand?

O sr. Lenormand estava para dar uma de suas respostas cortantes, que era como seu mau humor habitual se manifestava, quando Gourel chegou afobado.

— Chefe, encontraram isto lá embaixo, na administração do hotel, em uma cadeira...

Era um pequeno embrulho, envolto numa sarja preta.

— Abriram? — perguntou o chefe.

— Sim, mas, quando vimos o que tinha dentro, deixamos exatamente como estava... estava bem fechado, pode ver.

— Abra!

Gourel abriu e tirou de lá uma calça e uma jaqueta de algodão preto, que deviam ter sido enfiadas às pressas, pelo aspecto do tecido.

No meio, havia uma pequena toalha manchada de sangue, que alguém mergulhou na água, talvez para apagar as marcas das mãos que nela se enxugaram.

Na toalha, um punhal de aço, com um cabo incrustado de ouro. Estava vermelho de sangue, do sangue de três homens degolados em poucas horas por uma mão invisível, no meio de uma multidão de trezentas pessoas que circulavam naquele vasto hotel. Edwards, o funcionário, reconheceu imediatamente o punhal do sr. Kesselbach. Ainda na véspera, antes da agressão de Lupin, Edwards o tinha visto sobre a mesa.

— Sr. diretor — disse o chefe da Sûreté —, as instruções estão suspensas. Gourel vai dar ordens para abrirem as portas.

— O senhor acha então que esse Lupin pode ter saído? — perguntou o sr. Formerie.

— Não. O autor do triplo assassinato que acabamos de constatar está no hotel, em um dos quartos, ou então entre os hóspedes, no saguão ou nos salões. Para mim, ele estava morando no hotel.

— Impossível! E depois, onde teria trocado de roupa? E como estaria vestido agora?

— Não sei, mas afirmo assim mesmo.

— E agora vai abrir caminho para ele? Assim, ele vai embora tranquilamente, com as mãos no bolso.

— O hóspede que sair assim, sem bagagem, e não voltar, será o culpado. Senhor diretor, queira me acompanhar até a administração. Eu gostaria de estudar de perto a lista dos hóspedes.

No escritório da administração, o sr. Lenormand encontrou algumas cartas endereçadas ao sr. Kesselbach, que entregou ao juiz de instrução.

Havia também uma encomenda recém-chegada dos correios de Paris. Como a embalagem estava rasgada, o sr. Lenormand pôde ver uma caixa de ébano, onde estava gravado o nome de Rudolf Kesselbach.

Ele abriu. Além dos cacos de vidro, cuja posição no interior da tampa ainda se via, havia um cartão de Arsène Lupin.

Mas um detalhe pareceu surpreender o chefe da Sûreté. Do lado de fora, debaixo da caixa, havia uma pequena etiqueta de bordas azuis, semelhante à etiqueta recolhida no apartamento do quarto andar, onde havia sido encontrada a cigarreira, e nessa etiqueta também estava escrito o número 813.

O senhor Lenormand inicia a operação

- 1 -

— Auguste, faça entrar o sr. Lenormand.

O contínuo saiu e, em seguida, voltou com o chefe da Sûreté. Havia, no vasto gabinete do ministério da praça Beauvau, três pessoas: o famoso Valenglay, líder do partido radical há mais de trinta anos, atual presidente do Conselho de Ministros e ministro do Interior; o sr. Testard, procurador-geral, e o chefe de polícia Delaume.

O chefe de polícia e o procurador-geral não se levantaram da cadeira onde estiveram sentados durante a longa conversa com o presidente do Conselho, mas este se levantou e, cumprimentando o chefe da Sûreté, disse em tom cordial:

— Imagino, meu caro Lenormand, que o senhor saiba por que solicitei sua presença.

— O caso Kesselbach?

— Isso.

O caso Kesselbach! Não há quem não se lembre, não só do trágico caso Kesselbach, cuja complexa trama procurei apresentar, mas também das menores peripécias do drama que fascinou a todos, dois anos antes da guerra. E não há quem não se lembre da extraordinária comoção que provocou, dentro e fora da França. E, no entanto, mais do que o tríplice assassinato cometido em circunstâncias tão misteriosas, mais do que a abominável atrocidade da carnificina, mais do que tudo, o que perturbou o público foi o reaparecimento, podemos dizer a ressurreição, de Arsène Lupin.

Arsène Lupin! Há quatro anos ninguém mais ouvira falar dele, desde a incrível e assombrosa aventura da Agulha Oca, desde o dia em que, sob os olhos de Herlock Sholmès e Isidore Beautrelet, ele sumiu na escuridão, levando nas costas o cadáver da mulher amada, e seguido por sua velha ama Victoire.

Desde então, de modo geral acreditavam-no morto. A versão da polícia, que não encontrou nenhum indício de seu adversário, enterrou-o pura e simplesmente.

Alguns, no entanto, supondo que tivesse escapado, atribuíam a ele uma existência pacífica de bom burguês, cultivando o jardim ao lado da esposa e dos filhos. Enquanto outros imaginavam que, vencido pela tristeza e cansado das vaidades deste mundo, ele tivesse se encerrado num convento de monges trapistas.

E eis que ele ressurge! Eis que retoma sua luta implacável contra a sociedade! Arsène Lupin voltava a ser Arsène Lupin, o extravagante, o intocável, o desconcertante, o audacioso, o genial Arsène Lupin.

Mas dessa vez ouviu-se um grito de horror. Arsène Lupin tinha cometido um assassinato! E a brutalidade, a crueldade, o cinismo implacável do crime foi tal que, subitamente, a lenda do herói simpático, do cavalheiro aventureiro e, quando preciso, sentimental, deu lugar à ideia de um monstro desumano, sanguinário e feroz. A opinião pública execrou e temeu seu antigo ídolo com a mesma violência com que outrora o tinha admirado, por sua graça ligeira e bom humor cativante.

E a indignação dessa multidão assustada voltou-se contra a polícia. Em outros tempos, riram. Perdoava-se o comissário derrotado, pelo modo cômico como se deixara derrotar. Mas a piada durou tempo demais e, num impulso de revolta e furor, agora pediam conta às autoridades dos crimes abomináveis que tinham sido incapazes de evitar.

Houve, nos jornais, nos congressos públicos, nas ruas, na própria Assembleia, tal explosão de cólera que o governo, comovido, buscou por todos os meios acalmar a exaltação pública.

Valenglay, o presidente do Conselho de Ministros, tinha muito gosto pelas questões de polícia e comprazia-se em acompanhar determinados casos com o chefe da Sûreté, de quem apreciava as qualidades e o caráter independente. E convocou para seu gabinete o chefe de polícia e o procurador-geral, com quem conversou, e em seguida o sr. Lenormand.

— É, meu caro Lenormand, trata-se do caso Kesselbach. Mas, antes de entrarmos no assunto, quero chamar sua atenção para um ponto... um ponto que preocupa particularmente o sr. chefe de polícia. Senhor Delaume, quer explicar a questão ao sr. Lenormand?

— Oh! O sr. Lenormand sabe muito bem do que se trata — replicou o chefe de polícia, num tom que indicava pouca boa vontade para com o subordinado. — Já conversamos sobre isso. Eu disse a ele o que pensava a respeito de sua conduta inadequada no Palace-Hôtel. De modo geral, estamos indignados.

O sr. Lenormand levantou-se e tirou do bolso um papel, que pôs sobre a mesa.

— O que é isso? — perguntou Valenglay.

— Meu pedido de demissão, senhor presidente.

Valenglay teve um sobressalto.

— O quê? Demissão? Por causa de uma observação construtiva do sr. chefe de polícia, à qual, além do mais, ele não atribui nenhuma importância, não é, Delaume, nenhuma importância? E o senhor se irrita! O senhor há de admitir, meu bom Lenormand, que tem uma personalidade difícil. Vamos, guarde esse papel e vamos falar a sério.

O chefe da Sûreté sentou-se novamente e Valenglay, impondo silêncio ao chefe de polícia, que não escondia seu descontentamento, disse:

— Em poucas palavras, Lenormand, é o seguinte: a volta de Lupin nos incomoda. Já faz muito tempo que aquele animal está zombando de nós. Era divertido, eu confesso, e quanto a mim, eu era o primeiro a rir. Agora, trata-se de assassinato. Tolerávamos Arsène Lupin, enquanto ele nos divertia. Quando mata, não.

— E o que quer de mim, sr. presidente?

— O que queremos? Oh! Muito simples. Primeiro, que o prenda, e depois, a cabeça dele.

— Prender, posso prometer, mais cedo ou mais tarde. A cabeça, não.

— Como! Se o prendermos, será o Tribunal da Corte, inevitavelmente uma condenação e a forca.

— Não.

— E por que não?

— Porque Lupin não matou.

— Hein? Mas você está louco, Lenormand. E os cadáveres do Palace-Hôtel, aquilo é uma invenção? Não houve um triplo assassinato?

— Houve, mas não foi Lupin quem cometeu.

O chefe articulou essas palavras muito lentamente, com uma tranquilidade e uma convicção impressionantes.

O procurador e o chefe de polícia protestaram. Mas Valenglay retomou:

— Imagino, Lenormand, que o senhor não esteja apresentando essa hipótese sem ter sérios motivos para isso, não é mesmo?

— Não é uma hipótese.

— E a prova?

— Temos duas, para começar, duas provas de natureza moral, que imediatamente expus ao sr. juiz de instrução, e que os jornais publicaram com destaque. Primeiro, Lupin não mata. Depois, por que ele teria matado, uma vez que o objetivo de sua incursão, o roubo, já tinha sido cumprido, e que ele não tinha por que temer um adversário amarrado e amordaçado?

— Que seja. Mas, e os fatos?

— Os fatos não valem nada contra a razão e a lógica, e depois, os fatos estão a meu favor. Qual é o sentido da presença de Lupin no quarto onde encontraram a cigarreira? Por outro lado, as roupas pretas que encontramos, e que sem dúvida eram do assassino, não são absolutamente do tamanho de Arsène Lupin.

— O senhor o conhece, então?

— Eu, não. Mas Edwards o viu, Gourel, também, e o sujeito que viram não é o sujeito que a arrumadeira viu na escadaria de serviço, levando Chapman pela mão.

— E como chegou a essa conclusão?

— O senhor quer dizer "à verdade", presidente. Ei-la, ou, pelo menos, o que eu sei da verdade. Na quarta-feira, dia 16 de abril, Lupin entrou no quarto do sr. Kesselbach por volta das duas da tarde...

Uma risada interrompeu o sr. Lenormand. Era do chefe de polícia.

— Permita-me dizer, sr. Lenormand, que está afirmando coisas depressa demais. Está provado que, às três horas daquele dia, o sr. Kesselbach entrou no Crédito Lyonnais e que desceu até a sala dos cofres. A assinatura no livro de registros é prova disso.

O sr. Lenormand esperou respeitosamente que seu superior terminasse de falar. Depois, sem mesmo se dar ao trabalho de responder ao ataque, prosseguiu:

— Por volta das duas da tarde, Lupin, com a ajuda de um cúmplice, chamado Marco, amarrou o sr. Kesselbach, levou todo o dinheiro que ele tinha e o obrigou a revelar a senha do cofre do Crédit Lyonnais. Assim que souberam a senha, Marco saiu. Foi ao encontro de um segundo cúmplice que, aproveitando-se de uma certa semelhança com o sr. Kesselbach — semelhança, aliás, que acentuou naquele dia usando roupas parecidas com as do sr. Kesselbach e óculos de aro de ouro —, entrou no Crédit Lyonnais, imitou a assinatura do sr. Kesselbach, esvaziou o cofre e voltou, acompanhado de Marco. Este imediatamente telefonou para Lupin. Lupin, certo de que o sr. Kesselbach não o havia enganado, e que o objetivo de sua incursão tinha sido cumprido, foi embora.

Valenglay parecia hesitante.

— Bem... sim... vamos admitir isso... mas o que me surpreende é que um homem como Lupin tenha arriscado tanto por tão pouco... algum dinheiro e o conteúdo, ainda hipotético, de um cofre forte.

— Lupin almejava mais. Ele queria a bolsa de marroquim que estava na mala ou a caixa de ébano que estava no cofre forte. A caixa, ele conseguiu, visto que a devolveu vazia. Então hoje ele sabe, ou está em vias de saber, o que é esse célebre projeto do sr. Kesselbach, e sobre o qual este conversava com o secretário, momentos antes de morrer.

— E que projeto é esse?

— Não sei. O diretor da agência de investigação, Barbareux, com quem Kesselbach se abriu, me disse que ele estava atrás de um sujeito, um desclassificado, parece, chamado Pierre Leduc. Por que ele estava sendo procurado? E como podemos ligá-lo ao tal projeto? Eu não sei.

— Que seja — concluiu Valenglay. — Chega de Arsène Lupin. A participação dele terminou. O sr. Kesselbach está amarrado, foi roubado, mas está vivo! O que aconteceu depois disso, até o momento em que o encontramos morto?

— Nada, durante algumas horas. Nada, até anoitecer. Mas durante a noite, alguém entrou.
— Por onde?
— Pelo quarto 420, um dos quartos ocupados pelo sr. Kesselbach. O sujeito obviamente tinha uma chave mestra.
— Mas — exclamou o chefe de polícia —, entre esse quarto e o apartamento, todas as portas estavam trancadas, e são cinco!
— Sobrou o balcão.
— O balcão!
— Sim, é o mesmo balcão para todo o andar, em cima da rua de Judée.
— E o muro que divide o balcão?
— Um homem ágil é capaz de transpor. O nosso homem transpôs. Tenho indícios disso.
— Mas todas as janelas do apartamento estavam fechadas, e constatamos que, depois do crime, ainda estavam.
— Menos uma, a do secretário Chapman, que estava apenas encostada, eu próprio testemunhei.
Dessa vez, o presidente do Conselho pareceu um pouco abalado, de tal modo a versão do sr. Lenormand parecia lógica, coesa e apoiada em fatos concretos.
Ele perguntou com interesse crescente:
— Mas esse homem, o que ele queria?
— Não sei.
— Ah, o senhor não sabe...
— Não, assim como não sei como se chama.
— E por que ele matou?
— Não sei. De qualquer modo, podemos supor que ele não veio com a intenção de matar, mas com a intenção,

ele também, de pegar documentos que estavam na bolsa de marroquim e na caixa, e que, vendo-se por acaso diante de um inimigo subjugado, ele o matou.

Valenglay murmurou:

— A rigor, é possível... E, na sua opinião, ele encontrou os documentos?

— Ele não encontrou a caixa, porque não estava lá, mas encontrou, no fundo da mala, a bolsa de marroquim. De modo que Lupin e o outro sujeito agora estão na mesma página: os dois sabem a mesma coisa sobre o projeto de Kesselbach.

— Quer dizer — observou o presidente — que eles vão iniciar um duelo.

— Exatamente. E esse duelo já começou. O assassino, tendo encontrado um cartão de Arsène Lupin, espetou-o sobre o cadáver. Todas as evidências estariam, assim, contra Arsène Lupin: logo, Arsène Lupin seria o assassino.

— É... de fato — declarou Valenglay —, o cálculo parece justo.

— E a estratégia teria funcionado — prosseguiu o sr. Lenormand —, se depois de outro acaso, este desfavorável, o assassino, na ida ou na volta, não tivesse perdido a cigarreira no quarto 420, e se o jovem mensageiro do hotel, Gustave Beudot, não a tivesse encontrado. Sabendo que tinha sido descoberto, ou que estava a ponto de ser...

— E como ele saberia?

— Como? Pelo próprio juiz de instrução, o sr. Formerie. A coisa aconteceu publicamente! Não há dúvidas de que o assassino estava entre os presentes, os funcionários do hotel e os jornalistas, quando o juiz de instrução mandou Gustave Beudot buscar a cigarreira em seu quarto, na mansarda. Beudot subiu. O sujeito o seguiu e o matou. Segunda vítima.

Ninguém mais protestava. O drama estava sendo reconstituído com um realismo e uma exatidão impactantes.

— E a terceira? — perguntou Valenglay.

— Essa se entregou, ela própria. Ao ver que Beudot não voltava, Chapman, curioso para ver a cigarreira com os próprios olhos, saiu com o diretor do hotel. Surpreendido pelo assassino, foi levado para um dos quartos e assassinado, por sua vez.

— Mas por que ele se deixou ser levado por um homem que sabia ser o assassino do sr. Kesselbach e do Gustave Beudot?

— Não sei, assim como não sei em que quarto o crime foi cometido, nem o modo verdadeiramente milagroso como o assassino escapou.

— Alguém falou de duas etiquetas azuis? — perguntou o sr. Valenglay.

— Sim, uma estava na caixa que Lupin devolveu, e a outra foi encontrada por mim, e estava talvez na bolsa de marroquim que o assassino tinha roubado.

— E?

— Então! Para mim, elas não querem dizer nada. O que quer dizer alguma coisa é que o número 813 foi escrito pelo sr. Kesselbach: reconhecemos a letra dele.

— E o número 813?

— Mistério.

— E?
— Devo mais uma vez dizer que não sei de nada.
— E não suspeita de nada?
— Não. Dois dos meus homens estão hospedados num dos quartos do Palace-Hôtel, no andar onde encontraram o cadáver de Chapman. Por meio deles, fico informado sobre todo mundo que está no hotel. O culpado não está entre as pessoas que saíram do hotel.
— Ninguém telefonou durante o massacre?
— Sim. Alguém ligou da cidade para o major Parbury, que era uma das quatro pessoas que moravam no corredor do primeiro andar.
— E esse major?
— Está sendo vigiado pelos meus homens. Até agora, não encontramos nada contra ele.
— E para que lado você está levando essa busca?
— Ah! Estou pensando numa direção objetiva. Para mim, o assassino é amigo ou conhecido dos Kesselbach. Alguém que seguia a pista deles, que conhecia seus hábitos, o motivo pelo qual o sr. Kesselbach estava em Paris, e que pelo menos suspeitava da importância dos seus projetos.
— Não seria então um criminoso profissional?
— Não, não! De jeito nenhum. O crime foi cometido com habilidade e audácia jamais vistas, mas foi comandado pelas circunstâncias. Repito, é entre os familiares e conhecidos do senhor e da senhora Kesselbach que temos que buscar. E a prova é que o assassino do sr. Kesselbach só matou Gustave Beudot porque o mensageiro do hotel estava com a cigarreira, e Chapman, porque o

secretário sabia da existência dela. Lembrem como o Chapman ficou surpreso: só de ouvir a descrição da cigarreira, ele intuiu toda a intriga. Se tivesse visto a cigarreira, teríamos boas informações. O desconhecido não pagou para ver, e eliminou Chapman. E nós conhecemos apenas suas iniciais, L e M.

Ele refletiu e disse:

— Mais uma prova que responde a uma de suas perguntas, presidente. O senhor acredita que Chapman teria seguido aquele homem pelos corredores e escadas do hotel, se não o conhecesse? Os fatos estavam vindo à tona. A verdade, ou pelo menos a provável verdade, estava ganhando força. Muitos pontos, os mais interessantes talvez, ainda estavam obscuros. Mas, quanta luz! Tirando os motivos por trás de tudo, estávamos começando a compreender aquela série de atos consumados nessa trágica manhã!

Houve um silêncio. Estavam todos pensando, buscando argumentos e objeções. Finalmente, Valenglay exclamou:

— Meu caro Lenormand, isso tudo é perfeito... o senhor me convenceu. Mas, finalmente, não avançamos muito no caso.

— Como não?

— Mas, claro. O objetivo desta nossa reunião não é de modo algum decifrar esse enigma que, mais cedo ou mais tarde, não tenho dúvidas, o senhor vai decifrar, mas dar uma satisfação, a mais ampla possível, às exigências do público. Ora, que o assassino seja Lupin ou não, que sejam dois os culpados, ou três, ou um só, não sabemos o nome dele, nem ele está na prisão. E o público está com a impressão desastrosa de que a justiça é impotente.

— E o que eu posso fazer?

— Justamente, dar ao público a satisfação que ele está pedindo.

— Mas, a mim, parece que essas explicações já seriam suficientes...

— Palavras! Eles querem ação. Eles só se contentariam com uma coisa: com uma prisão.

— Mas, que diabos! Não podemos prender o primeiro que aparece.

— Seria melhor do que não prender ninguém — disse Valenglay, rindo. — Ora, pense bem... Tem certeza de que não foi o Edwards, o funcionário de Kesselbach?

— Certeza absoluta... E depois... não, senhor presidente, seria perigoso, ridículo e tenho certeza de que o próprio procurador-geral aqui presente... Só há duas pessoas que temos o direito de prender: o assassino, que não sei quem é, e Arsène Lupin.

— E?

— Não vamos conseguir prender Arsène Lupin, ou vamos precisar de tempo. E de uma série de medidas que ainda não tive tempo de planejar, pois eu achava que Lupin estava recuperado ou estava morto.

Valenglay bateu o pé com a impaciência de um homem acostumado a que seus desejos sejam realizados imediatamente.

— Mas... meu caro Lenormand, precisamos... o senhor, também... Tenho certeza de que o senhor não ignora que tem inimigos poderosos, e que se eu não estivesse aqui...

Enfim, é inadmissível tirar o corpo assim... E os cúmplices, o que me diz deles? Não é só Lupin... Tem o Marco... E tem também o bandido que se fez passar pelo sr. Kesselbach, quando desceu ao subsolo do Crédit Lyonnais.

— O senhor ficaria feliz com isso, presidente?

— Se eu ficaria feliz? Como não, dou minha palavra.

— Está bem, então me dê oito dias.

— Oito dias! Mas não é uma questão de dias, meu caro, é uma questão de horas.

— Quanto tempo me dá, senhor presidente?

Valenglay puxou o relógio e riu:

— Dou dez minutos, meu caro.

O chefe da Sûreté puxou seu relógio e, escandindo as sílabas, disse calmamente:

— São quatro a mais do que eu preciso.

– 2 –

Valenglay olhava para ele, estupefato.

— Quatro a mais? Como assim?

— Estou dizendo que não preciso dos seus dez minutos. Preciso de seis, nem um minuto a mais.

— Essa, agora! Não é hora para brincadeiras...

O chefe da Sûreté aproximou-se da janela e fez um sinal para dois homens que conversavam tranquilamente, caminhando no pátio de honra do Ministério. Em seguida, voltou.

— Senhor procurador-geral, queira por gentileza assinar um mandado de prisão em nome de Daileron, Auguste-Maximin-Philippe, de quarenta e sete anos. Deixe a profissão em branco.

Ele abriu a porta de entrada.

— Pode vir, Gourel... você também, Dieuzy.

Gourel se apresentou, acompanhado do inspetor Dieuzy.

— Trouxe as algemas, Gourel?

— Sim, senhor.

O sr. Lenormand avançou na direção de Valenglay.

— Senhor presidente, está tudo pronto. Mas insisto do modo mais veemente que desista deste mandado de prisão. Isso atrapalha todos os meus planos, pode até mesmo abortá-los, e se é apenas para dar uma satisfação, e mínima, digo que isso pode comprometer tudo.

— Senhor Lenormand, gostaria de lembrar que resta apenas um minuto e vinte segundos.

O chefe reprimiu um gesto de irritação, andou de um lado para o outro na sala, apoiado em sua bengala, sentou-se com um ar furioso, como que decidido a não falar, mas subitamente declarou:

— Presidente, a primeira pessoa que entrar aqui neste escritório será aquela de quem o senhor me pede a prisão, contra a minha vontade, faço questão de relembrar.

— Quinze segundos, Lenormand.

— Gourel... Dieuzy... a primeira pessoa, certo? Senhor procurador-geral, já assinou?

— Dez segundos, Lenormand.

— Presidente, quer fazer a gentileza de tocar?

Valenglay tocou. O contínuo apresentou-se à entrada da porta e esperou.

Valenglay virou-se para o chefe da Sûreté.

— Muito bem, Lenormand, estamos esperando suas ordens... Quem devemos mandar entrar?

— Ninguém.

— Mas, e o bandido que prometeu prender? Os seis minutos já se passaram faz tempo.

— Sim, mas o bandido está aqui.

— Como? Não estou entendendo, ninguém entrou.

— Exato.

— Ah! Ora, Lenormand, você está brincando comigo... Vou repetir, ninguém entrou.

Valenglay levantou-se de um salto.

— Hein? Mas isso é loucura! O que você está querendo dizer com isso?

Os dois agentes tinham se posicionado entre a porta e o contínuo. O sr. Lenormand aproximou-se deste, pôs as mãos no seu ombro e disse em voz alta:

— Em nome da lei, Daileron, Auguste-Maximin-Philippe, chefe dos contínuos da presidência do Conselho, você está preso.

Valenglay soltou uma gargalhada:

— Ah! Essa é boa... Essa é boa... Esse Lenormand, ele me apronta cada uma! Bravo, Lenormand, faz tempo que eu não ria assim...

O sr. Lenormand voltou-se para o procurador-geral:

— Senhor procurador-geral, não se esqueça de escrever no mandado a profissão do senhor Daileron, está bem? Chefe dos contínuos da presidência do Conselho de Ministros...

— Claro... claro... chefe dos contínuos da... presidência do Conselho... — disse com dificuldade Valenglay, que não se aguentava de tanto rir. — Ah! Esse Lenormand tem uns achados geniais. O público queria uma prisão... tchuf, ele pega quem? O chefe dos contínuos, Auguste, meu funcionário modelo... Ótimo! É verdade, Lenormand, eu sabia que o senhor tinha imaginação, mas não a esse ponto, meu caro! Que audácia!

Desde o início dessa cena, Auguste não tinha se mexido e parecia não estar entendendo nada do que acontecia à sua volta. Com sua bela aparência de subalterno leal e fiel, estava agora absolutamente surpreso. Olhava para cada um dos presentes com um esforço visível para captar o sentido daquelas palavras.

O sr. Lenormand disse algumas palavras a Gourel, que saiu. Depois, caminhando em direção a Auguste, esclareceu:

— Não há nada a fazer. Você está preso. O melhor é abrir o jogo, agora que a partida está perdida. O que você fez na terça-feira?

— Eu? Nada. Eu estava aqui.

— Mentira. Era seu dia de folga. Você saiu.

— De fato... eu me lembro. Um amigo veio do interior... e nós demos um passeio pelo bosque.

— Esse amigo chamava-se Marco. E vocês foram passear no porão do Crédit Lyonnais.

— Eu! Que ideia!... Marco? Não conheço ninguém com esse nome.

— E isto, você conhece? — exclamou o chefe, pondo debaixo de seu nariz um par de óculos com hastes de ouro.

— Não... não... Eu não uso óculos...

— Usa, usa quando vai ao Crédit Lyonnais e se faz passar por Kesselbach. Isto estava no quarto que você ocupa, com o nome de sr. Jérôme, na rua du Cotisée, número 5.

— Eu, um quarto? Eu durmo no Ministério.

— Mas troca de roupa nesse quarto, quando interpreta seus papéis no bando de Lupin.

Ele passou a mão na testa coberta de suor. Estava lívido, e balbuciou:

— Não estou entendendo... vocês estão dizendo coisas... coisas...

— Posso te ajudar a entender melhor? Pronto, encontramos isto no meio dos papéis que você jogou no lixo, embaixo da sua escrivaninha, aqui nesta antessala.

E o sr. Lenormand abriu uma folha timbrada do Ministério, onde se lia diversas vezes, numa caligrafia hesitante, o nome de Rudolph Kesselbach.

— E o que me diz disso, meu funcionário modelo? Andou praticando a assinatura do sr. Kesselbach, isso não basta como prova?

Um soco em pleno peito fez o sr. Lenormand perder o equilíbrio. De um salto, Auguste alcançou a janela aberta, apoiou o pé no batente e pulou para o pátio.

— Diabos!— exclamou Valenglay.— Ah! Bandido!— Ele tocou uma campainha, correu, quis gritar pela janela. O sr. Lenormand disse com toda calma:

— Calma, presidente...

— Mas esse canalha do Auguste...

— Espere, por favor... eu previa esse desfecho... estava esperando por isso... É a melhor confissão que podemos ter.

Dominado por tamanho sangue-frio, Valenglay voltou ao seu lugar. Um pouco depois, Gourel entrava trazendo pela gola o senhor Daileron, Auguste-Maximin-Philippe, conhecido por Jérôme, chefe dos contínuos da presidência do Conselho.

— Traga ele aqui, Gourel — disse o sr. Lenormand, como quem diz "pega!" a um bom cão de caça que volta com a presa na boca.— Ele resistiu?

— Mordeu um pouco, mas eu agarrei firme — respondeu o inspetor, mostrando a mão enorme e nodosa.

— Muito bem, Gourel. Agora, leve-o até o "depósito"**, em um fiacre. Sem despedidas, senhor Jérôme.

Valenglay estava se divertindo. Esfregava as mãos e ria. A ideia de que o chefe dos contínuos era um dos cúmplices de Lupin parecia-lhe a mais deliciosa e irônica das aventuras.

— Parabéns, meu caro Lenormand, isso foi admirável, mas como diabos o senhor descobriu?

— Ah! Muito simples. Eu sabia que o sr. Kesselbach tinha procurado a agência Barbareux, e que Lupin o visitou, dizendo fazer parte dessa agência. Investiguei, e descobri que a indiscrição que prejudicou o sr. Kesselbach e Barbareux só podia ter sido cometida por um sujeito chamado Jérôme, amigo de um funcionário da agência. Se não tivesse me mandado precipitar as coisas, eu teria vigiado esse contínuo, chegado ao Marco, e depois ao Lupin.

— E vai chegar, Lenormand. E vamos assistir ao espetáculo mais fascinante do mundo, a sua luta contra Lupin. E eu aposto no senhor.

Na manhã do dia seguinte, os jornais publicavam esta carta:

> "Carta aberta ao sr. Lenormand, chefe da Sûreté.
>
> "Meus parabéns, caro senhor e amigo, pela prisão do contínuo Jérôme. Foi um bom trabalho, bem-feito e digno do senhor.

** No original, "Dépôt". Nome pelo qual era conhecido o local aonde os réus eram levados, enquanto aguardavam a transferência para a prisão, a pena capital ou os trabalhos forçados. (N. do T.)

"Meus parabéns também pelo modo engenhoso como provou ao presidente do Conselho que não sou eu o assassino do sr. Kesselbach. Sua demonstração foi clara, lógica, irrefutável e sobretudo verdadeira. Como sabe, eu não mato. Obrigado por tê-lo demonstrado, nessa ocasião. A sua estima e a dos meus contemporâneos, meu caro senhor e amigo, são para mim indispensáveis.

"Por outro lado, permita-me ajudá-lo na busca desse monstruoso assassino e dar um empurrãozinho no caso Kesselbach. Um caso muito interessante, acredite, tão interessante e digno da minha atenção, que estou largando a aposentadoria iniciada há quatro anos, entre livros e meu bom cão Sherlock, reunindo meus camaradas e voltando à luta.

"Como a vida dá voltas imprevisíveis! Eis-me aqui, seu colaborador. Tenha certeza, caro senhor e amigo, que isso me traz grande satisfação e que sei apreciar o valor desse favor do destino.

"Assinado: ARSÈNE LUPIN."

"*Post-scriptum*. — Uma palavrinha mais sobre algo que, não duvido, aprovará. Como não convém a um cavalheiro que teve o glorioso privilégio de combater sob minha bandeira mofar na palha úmida de suas prisões, creio-me no dever leal de avisá-los que, daqui a

cinco semanas, na sexta-feira, dia 31 de maio, libertarei Jérôme, promovido por mim ao cargo de chefe dos contínuos da presidência do Conselho.
Não esqueça esta data: sexta-feira, 31 de maio. — A. L."

O príncipe Sernine em ação

– 1 –

No andar térreo, na esquina do bulevar Haussmann com a rua de Courcelles. É lá que mora o príncipe Sernine, um dos mais brilhantes membros da colônia russa em Paris, e cujo nome é lembrado a todo instante nas colunas sociais dos jornais.

Onze da manhã. O príncipe entra em seu escritório. É um homem entre os trinta e cinco e os trinta e oito anos de idade, de cabelos castanhos, já com alguns fios prateados. Sua tez denota boa saúde, tem bigodes fartos e suíças bem aparadas, como que desenhadas na pele fresca do rosto. Está impecavelmente vestido, com uma sobrecasaca cinza bem modelada e um colete de algodão branco.

Vamos — disse a meia-voz —, acho que o dia vai ser difícil.

Abriu uma porta que dava para um grande aposento, onde algumas pessoas esperavam, e disse:

— Varnier está? Entre, Varnier.

Um homem com aparência de pequeno burguês, atarracado, sólido, de andar firme, veio ao seu encontro. O príncipe fechou a porta.

— Muito bem. Como estamos, Varnier?
— Está tudo pronto para esta noite, chefe.
— Perfeito. Conte-me, em poucas palavras.
— Muito bem. Desde o assassinato do marido, a sra. Kesselbach, influenciada pelo prospecto que o senhor mandou entregar a ela, resolveu morar em uma casa de repouso para senhoras, em Garches. Ela mora no fundo do jardim, no último dos quatro pavilhões que a administração aluga para as mulheres que desejam viver separadas das outras pensionistas, no pavilhão da Imperatriz.
— Ela tem funcionárias?
— Sua dama de companhia, Gertrude, com quem chegou algumas horas depois do crime, e a irmã de Gertrude, Suzanne, que mandou vir de Monte Carlo, e que serve como arrumadeira. As duas são muito devotadas a ela.
— Edwards, o camareiro?
— Foi dispensado. Voltou para a região dele.
— Ela vê muita gente?
— Ninguém. Passa o tempo todo deitada num divã. Parece muito fraca, doente. Chora muito. Ontem, o juiz de instrução passou duas horas com ela.
— Bom. E a jovem?
— A senhorita Geneviève Ernemont mora do outro lado da estrada, em uma viela que vai dar no campo. Na terceira casa do lado direito. Ela tem uma escola livre e gratuita para crianças com deficiência mental. Sua avó, a sra. Ernemont, mora com ela.
— E, pelo que me escreveu, Geneviève Ernemont e a sra. Kesselbach se conheceram?

— Sim. A jovem foi pedir à sra. Kesselbach uma ajuda para a escola. Parece que se deram bem, pois há quatro dias passeiam juntas pelo parque de Villeneuve, do qual o jardim da casa de repouso é como que uma dependência.

— A que horas elas saem?

— Das cinco às seis. Às seis em ponto, a jovem chega na escola.

— Muito bem, você organizou a coisa?

— Para hoje, às seis horas. Está tudo pronto.

— Vai haver alguém lá?

— Nunca tem ninguém no parque a essa hora.

— Muito bem. Estarei lá. Pode sair.

Indicou a porta do vestíbulo e, voltando para a sala de espera, chamou:

— Os irmãos Doudeville.

Dois jovens entraram, de olhos vivos, simpáticos e vestidos com elegância um pouco exagerada.

— Bom dia, Jean. Bom dia, Jacques. O que há de novo na chefatura de polícia?

— Pouca coisa, chefe.

— O sr. Lenormand ainda confia em vocês?

— Confia. Depois de Gourel, somos seus inspetores favoritos. A prova é que ele nos alojou no Palace-Hôtel para vigiar as pessoas que moram no corredor do primeiro andar, quando o Chapman foi assassinado. Toda manhã, Gourel vem e fazemos um relato igual ao que fazemos para o senhor.

— Perfeito. É fundamental que eu esteja a par de tudo o que se diz e faz na chefatura de polícia. Enquanto

Lenormand acreditar nos homens dele, estarei dono da situação. E no hotel, descobriram alguma coisa?

Jean Doudeville, o mais velho, respondeu:

— A inglesa, aquela que morava num dos quartos, foi embora.

— Isso não me interessa. Tenho lá minhas informações. E o vizinho, o major Parbury?

Eles pareceram constrangidos. Por fim, um deles respondeu:

— Hoje de manhã, o major Parbury mandou levar suas bagagens até a Gare du Nord, para o trem das doze e cinquenta, e pegou um carro. Nós estávamos na estação quando o trem partiu. O major não apareceu.

— E as bagagens?

— Mandou buscar na estação.

— Quem pegou?

— Alguém que ele contratou, foi o que nos disseram.

— De modo que vocês o perderam de vista?

— Perdemos.

— Ótimo! — exclamou contente o príncipe. Os outros olharam para ele, espantados. — Ora — disse ele —, isso é um indício!

— O senhor acha?

— Claro. O assassinato de Chapman só pode ter sido cometido em um dos quartos daquele corredor. Foi para lá, para o quarto de um cúmplice, que o assassino do sr. Kesselbach levou o secretário, foi lá que ele o matou, foi lá que trocou de roupas, e foi o cúmplice dele que deixou o cadáver no corredor, depois que o assassino foi embora.

Mas quem é esse cúmplice? O modo como o major Parbury desapareceu parece provar que ele não é totalmente estranho ao caso. Depressa, liguem para o sr. Lenormand ou para o Gourel, dando a boa notícia. Eles precisam estar a par o mais depressa possível, na chefatura de polícia. Esses senhores e eu trabalhamos lado a lado.

Fez ainda algumas recomendações a respeito do duplo papel daqueles inspetores de polícia a serviço do príncipe Sernine, e em seguida os dispensou.

Na sala de espera, restavam duas pessoas. Fez entrar um deles.

— Peço mil desculpas, doutor — ele disse. — Estou à sua disposição. Como vai Pierre Leduc?

— Está morto.

— Oh! Oh! — disse Sernine. — Eu já esperava por isso, depois do que me disse hoje de manhã. Seja como for, o pobre rapaz não viveu muito...

— Ele estava exausto. Desmaiou, e pronto.

— Ele não falou?

— Não.

— Tem certeza de que, desde o dia em que o encontramos debaixo da mesa de um café em Belleville, ninguém na sua clínica suspeitou de que se tratava dele, de Pierre Leduc, o sujeito que a polícia está procurando, o misterioso Pierre Leduc que Kesselbach queria encontrar a qualquer custo?

— Ninguém. Ele estava ocupando um quarto separado. Além disso, fiz um curativo na sua mão esquerda, para ninguém ver o ferimento no mindinho. Quanto à cicatriz do rosto, ficou invisível debaixo da barba.

— E você o vigiou pessoalmente?

— Pessoalmente. E, conforme suas instruções, aproveitei para interrogá-lo sempre que ele parecia lúcido. Mas ele só balbuciava coisas incompreensíveis.

O príncipe murmurou pensativo:

— Morto... Pierre Leduc está morto... Todo o caso Kesselbach dependia dele, e eis que... eis que ele se vai sem fazer nenhuma revelação, sem dizer uma única palavra sobre si, sobre o passado... Será que eu preciso embarcar nessa aventura, eu que ainda não estou entendendo nada? É perigoso... Posso naufragar...

Ele refletiu por um instante e exclamou:

— Ah! Paciência! Vou assim mesmo. Não é porque Pierre Leduc morreu que vou abandonar o jogo. Ao contrário! E a oportunidade é tentadora. Pierre Leduc está morto. Viva Pierre Leduc! Vá, doutor. Volte para casa. Esta noite, eu telefonarei.

O doutor saiu.

— Agora, somos nós, Philippe — disse Sernine ao último sujeito que estava esperando, um homenzinho de cabelos grisalhos, vestido como um funcionário de hotel, mas de terceira categoria.

— Chefe — começou Philippe —, quero lembrar que, na semana passada, o senhor me fez entrar como camareiro no hotel Deux-Empereurs, em Versalhes, para vigiar um jovem.

— É, eu sei... Gérard Baupré. Como ele está?
— Está na miséria.
— E ainda com ideias sombrias?
— Ainda. Ele quer se matar.
— Mesmo?
— Mesmo. Encontrei nos papéis dele este bilhete escrito a lápis.
— Ah! Ah! — disse Sernine, lendo a nota. — Ele está anunciando a própria morte, e para hoje à noite!
— Sim, chefe, ele já comprou a corda e pendurou o gancho no teto. Seguindo suas ordens, fiz amizade com ele, ele me contou seus problemas e eu o aconselhei a procurar o senhor. "O Príncipe Sernine é rico, eu disse, e generoso, talvez possa ajudar".
— Perfeito. Então, ele vem?
— Ele está aqui.
— Como sabe?
— Eu o segui. Ele pegou o trem em Paris e agora está andando de um lado para o outro no bulevar. A qualquer momento, vai tomar uma decisão.

Nesse instante, um funcionário trouxe um cartão. O príncipe leu e disse:

— Mande entrar o sr. Gérard Baupré. — E, dirigindo-se a Philippe: — Entre aqui nesta salinha, fique ouvindo e não se mexa.

Sozinho, o príncipe murmurou:

— Como eu poderia hesitar? Foi o destino que o trouxe até aqui...

Alguns minutos depois, surgia um jovem alto, loiro, magro, de aparência abatida, o olhar febril, e que ficou parado diante da porta, constrangido, hesitante, como um mendigo que quer estender a mão, mas não tem coragem.

A conversa foi curta.

— Gérard Baupré?

— Sou... sou... sou eu.

— Não o conheço ainda...

— Então, senhor... então... me disseram...

— Quem disse?

— O funcionário de um hotel que trabalhou para o senhor...

— Enfim, o que é?

— Bem...

O jovem parou, intimidado, confuso pela atitude altiva do príncipe. Este disse:

— Talvez devesse...

— É o seguinte. Me disseram que o senhor era muito rico e generoso... E eu pensei que talvez pudesse...

Interrompeu-se, incapaz de suplicar e humilhar-se.

Sernine aproximou-se dele.

— Gérard Baupré, você não publicou um volume de poesias chamado *O sorriso da primavera*?

— Publiquei — exclamou o jovem, cujo rosto se iluminara. — O senhor leu?

— Li... Muito bonitos seus versos... muito bonitos. Mas, você espera viver disso?

— Espero... mais cedo ou mais tarde...

— Mais cedo ou mais tarde... mais tarde, não é? Enquanto isso, vem me pedir ajuda para viver?

— Para comer, senhor.

Sernine pôs a mão em seu ombro e disse friamente:

— Poetas não comem, meu caro. Eles se alimentam de rimas e sonhos. Faça assim. É melhor do que pedir esmolas.

O jovem estremeceu com o insulto. Sem dizer uma palavra, seguiu depressa em direção à porta.

Sernine o deteve.

— Só mais uma coisa. Você não tem mais nada?

— Nada.

— E não pode contar com ninguém?

— Ainda tenho uma esperança... Escrevi para um dos meus parentes, suplicando que me enviasse alguma coisa. Hoje saberei a resposta. É meu prazo final.

— E se a resposta não chegar, você está decidido, esta noite mesmo, a...

— Sim, senhor.

Aquilo foi dito de modo simples e direto.

Sernine deu uma gargalhada.

— Meu Deus! Você é uma figura, meu jovem! Quanta ingenuidade! Volte a me procurar no ano que vem, está bem? Vamos voltar a falar sobre isso... É tão curioso, tão interessante e, principalmente, tão engraçado! Ah! Ah! Ah!

E, rindo às gargalhadas, com gestos e cumprimentos afetados, ele o acompanhou até a porta.

— Philippe — disse, chamando o funcionário do hotel. — Você ouviu?

— Ouvi, chefe.

— Gérard Baupré está esperando um telegrama hoje à tarde, uma promessa de socorro...

— Sim, sua última esperança.

— Esse telegrama, ele não pode receber. Se chegar, pegue e rasgue.

— Está bem, chefe.

— Você está sozinho no hotel?

— Estou só com a cozinheira, que não dorme no hotel. E o patrão está ausente.

— Ótimo. Estamos donos da situação. Até de noite, por volta das onze. Pode ir.

– 2 –

O príncipe Sernine foi para seu quarto e tocou a campainha, chamando o empregado.
— Meu chapéu, as luvas e a bengala. O carro chegou?
— Sim, senhor.
Ele se vestiu, saiu e acomodou-se em uma enorme e confortável limusine, que o levou ao Bois de Boulogne, à casa do marquês e da marquesa de Gastyne, onde estava sendo esperado para o almoço.

Às duas e meia, despediu-se dos anfitriões, parou na avenida Kléber, pegou dois de seus amigos e um médico, e chegaram às cinco para as três no parque des Princes.

Às três horas, estava disputando sabre com o comandante italiano Spinelle, e já na primeira investida cortou a orelha do adversário. Às três e quinze, estava jogando no clube da rua Cambon, de onde saiu com quarenta e sete mil francos.

Tudo sem pressa, com um ar de indiferença altiva, como se o movimento infernal que parecia fazer de sua vida um turbilhão de atos e acontecimentos fosse a própria regra dos seus dias mais calmos.

— Octave — disse ao chofer —, vamos para Garches.

E, às dez para as seis, ele parava diante dos velhos muros do parque de Villeneuve.

Desmembrada e arruinada, a propriedade de Villeneuve conserva ainda algo do esplendor que conheceu nos tempos em que a imperatriz Eugénie ali ia para descansar. Com suas velhas árvores, o lago, o horizonte de vegetação que se estende até o Bois de Saint-Cloud, a paisagem conserva ainda uma graça melancólica.

Uma boa parte da propriedade foi doada ao Instituto Pasteur. Uma porção menor, separada da primeira por um espaço público, constitui uma propriedade ainda bastante extensa, onde se erguem, ao redor da casa de repouso, quatro pavilhões isolados.

"É lá que mora a sra. Kesselbach", pensou o príncipe, ao ver de longe os telhados da casa e dos quatro pavilhões.

Enquanto isso, atravessava o parque e seguia em direção ao lago.

Subitamente, deteve-se atrás de algumas árvores. Vira duas damas encostadas ao parapeito da ponte que atravessa o lago.

"Varnier e seus homens devem estar nas proximidades. Mas, caramba, eles se escondem muito bem. Procurei, mas nada..."

As duas damas passeavam agora pelo gramado, debaixo de enormes e veneráveis árvores. O azul do céu surgia entre os galhos que uma brisa leve agitava, e no ar flutuava o perfume da primavera e da vegetação viçosa.

Na relva que descia em direção ao lago, margaridas, violetas, narcisos, lírios-do-vale, todas as pequenas flores de abril e maio combinavam-se formando, aqui e ali, constelações de todas as cores. O sol debruçava-se no horizonte.

De repente, três homens surgiram de um arbusto e seguiram na direção das mulheres que passeavam.

Eles as abordaram.

Trocaram algumas palavras. As duas damas davam sinais visíveis de medo. Um deles avançou em direção à mais baixa e quis pegar a bolsinha dourada que ela tinha nas mãos.

Elas gritaram e os três lançaram-se sobre elas.

"É agora ou nunca", pensou o príncipe.

E avançou.

Em dez segundos, estava quase à beira do lago.

Quando se aproximava, os três homens fugiram.

— Fujam, delinquentes — zombou ele —, saiam daqui. Chegou o salvador!

E pôs-se a persegui-los. Mas uma das mulheres suplicou:

— Oh! Senhor, por favor, minha amiga não está bem.

A menor delas tinha de fato caído na grama, desmaiada. Ele voltou, preocupado:

— Ela está ferida? — perguntou. — Será que aqueles miseráveis...?

— Não... não... foi só o medo... a emoção. Além do mais... o senhor há de compreender... esta é a sra. Kesselbach....

— Oh! — disse ele.

E ofereceu um frasco de sais, que a jovem deu para a amiga respirar. E acrescentou:

— Tire a tampa de ametista. Tem uma caixinha, e nela, umas pastilhas. Ela deve tomar uma... não mais que uma, é muito forte...

Ele via a jovem cuidar da amiga. Era loira, de aspecto simples, aparência gentil e grave, e com um sorriso que lhe animava os traços mesmo quando não estava sorrindo.

"É Geneviève", pensou.

E repetiu para si próprio, emocionado.

"Geneviève... Geneviève..."

Enquanto isso, a sra. Kesselbach recuperava-se aos poucos. Primeiro, espantada, parecia não compreender. Depois, à medida que voltava a si, agradeceu com um gesto de cabeça.

Ele fez uma reverência e disse:

— Permita-me apresentar-me: príncipe Sernine.

Ela disse em voz baixa:

— Não sei como agradecer.

— Não é preciso, madame. Agradeça ao acaso, foi o acaso que me fez andar por estes lados. Posso oferecer meu braço?

Alguns minutos depois, a sra. Kesselbach tocava a campainha da casa de repouso, dizendo ao príncipe:

— Vou pedir-lhe um último favor. Não comente a respeito deste assalto.

— Mas, madame, seria o único modo de saber...

— Para saber, seria preciso fazer uma investigação, muita confusão à minha volta, interrogatórios, seria cansativo, e estou no limite das minhas forças.

O príncipe não insistiu. Ao despedir-se, perguntou:

— Mas me permite que peça notícias suas?
— Claro...
Ela beijou Geneviève e entrou.
Nesse ínterim, a noite começava a cair. Sernine não quis que Geneviève voltasse sozinha. Mas, assim que pegaram a trilha, um vulto destacou-se das sombras e parou diante deles.
— Vó! — exclamou Geneviève.
Ela se jogou nos braços de uma velha senhora, que a cobriu de beijos.
— Ah! Minha querida, minha querida, o que aconteceu? Como você está atrasada! Você, que é tão pontual!
Geneviève apresentou:
— Sra. Ernemont, minha avó. O príncipe Sernine...
Depois, contou o incidente, e a sra. Ernemont repetia:
— Oh! Minha querida, você deve ter sentido tanto medo! Jamais me esquecerei, senhor... juro... Mas você deve ter sentido tanto medo, minha querida!
— Vamos, vovó, fique tranquila, estou bem...
— Sim, mas o susto pode ter feito mal a você... Não sabemos o que pode acontecer... Oh! Que coisa horrível...
Eles caminharam ao longo de uma cerca viva, para além da qual se vislumbrava e um terreno arborizado, algumas moitas, um pátio e uma casa branca.
Atrás da casa, e debaixo de um sabugueiro disposto em caramanchão, havia um pequeno portão.
A velha senhora suplicou que o príncipe Sernine entrasse e levou-o até uma pequena sala de estar.

Geneviève pediu ao príncipe permissão para se retirar por um instante, para ver os alunos, pois era a hora da ceia.

O príncipe e a senhora Ernemont ficaram a sós.

A velha senhora tinha um aspecto pálido e triste, debaixo dos cabelos brancos que terminavam em dois cachinhos. Forte, de andar pesado, ela tinha, apesar da aparência e das vestes distintas, qualquer coisa de vulgar, mas seus olhos eram de uma bondade infinita.

Enquanto ela arrumava a mesa, mencionando sempre sua preocupação, o príncipe Sernine aproximou-se dela, pegou sua cabeça entre as mãos e deu-lhe um beijo nas faces.

— Então, minha ama, como você está?

Ela parou atordoada, o olhar perdido, a boca aberta.

O príncipe beijou-a novamente, rindo.

Ela balbuciou:

— Você! É você! Ah! Jesus, Maria... Jesus, Maria... Não é possível! Jesus, Maria!

— Minha boa Victoire!

— Não me chame assim — disse ela, agitada. — Victoire morreu. Sua velha ama não existe mais. Agora sou toda de Geneviève...

E acrescentou em voz baixa:

— Ah! Jesus, bem que li seu nome nos jornais... Então é verdade, você voltou a praticar maldades?

— Como pode ver.

— Mas você jurou que tinha parado, que ia embora para sempre, que queria ser honesto.

— Eu tentei. Faz quatro anos que venho tentando... Você não vai mentir dizendo que, durante esses quatro anos, ouviu falar de mim?

— E o que houve?

— É um tédio.

Ela suspirou:

— Sempre o mesmo... você não muda. Ah! É isso, você não vai mudar nunca... Então, você está envolvido no caso dos Kesselbach?

— Ora! Se não estivesse, por que teria me dado ao trabalho de organizar um assalto à sra. Kesselbach, às seis da tarde, para às seis e cinco arrancá-la das garras dos meus homens? Tendo sido salva por mim, vai ser obrigada a me receber. E aqui estou eu, no coração deste lugar, e enquanto protejo a viúva, vigio os arredores. Ah! O que você quer, a vida que levo não me permite passear por aí, entre delicadezas e aperitivos. Tenho que agir de modo espetacular, com vitórias sensacionais.

Ela observava assustada, e balbuciou:

— Entendo... entendo, aquilo foi tudo mentira... Mas, Geneviève...

— Ah! Com uma só arapuca, peguei as duas. Este golpe me fez avançar bastante. Imagine de quanto tempo eu precisaria, de quanto esforço, para entrar na intimidade daquela criança! Quem era eu para ela? O que eu seria, agora? Um estranho, um desconhecido. Agora, sou seu salvador. Daqui a pouco, seremos amigos.

Ela se pôs a tremer.

— Assim, você não vai salvar a Geneviève... vai é nos envolver nas suas histórias... — E, subitamente, num gesto de revolta, agarrou-o pelos ombros: — Muito bem, não, pra mim chega, ouviu? Um dia, você me trouxe essa menina e disse: "Tome, eu a confio a você, os pais dela morreram, cuide bem dela". Muito bem, ela está aí, sob a minha guarda, e eu vou defendê-la de você e das suas trapaças.

De pé, bem a prumo, com os punhos crispados e uma expressão firme no rosto, a sra. Ernemont parecia pronta para qualquer coisa.

Lentamente, sem gestos bruscos, o príncipe Sernine soltou, uma depois da outra, as duas mãos que o apertavam, pegou a velha senhora pelos ombros, sentou-a numa poltrona, agachou-se diante dela e, com muita calma, disse:

— Silêncio!

Ela começou a chorar, vencida, e cruzou as mãos diante de Sernine:

— Eu suplico, deixe-nos em paz. Estávamos tão felizes! Achei que você tivesse nos esquecido, e agradecia aos céus cada dia que passava. Mas, sim... eu gosto tanto de você. Mas, Geneviève... olha, não sei o que eu faria por essa menina. Ela tomou o seu lugar no meu coração.

— Estou vendo — disse ele, rindo. — Você me mandaria para o inferno, com vontade. Vamos, chega de bobagens! Não tenho tempo a perder. Tenho que falar com a Geneviève.

— Você vai falar com ela!

— Ora, isso é algum crime?

— E o que é que você vai dizer?

— Um segredo... um segredo muito sério, muito comovente...

A velha senhora alarmou-se:

— E ela vai sofrer? Oh! Tenho medo de tudo... temo por ela...

— Ela está chegando.

— Não, ainda não.

— Sim, se for mesmo ela chegando, enxugue o rosto e fique boazinha...

— Ouça — disse vivamente —, ouça, não sei o que você vai dizer, que segredo você vai contar para essa criança que você não conhece... Mas eu, que a conheço, digo o seguinte: Geneviève é por natureza valente, forte, mas muito sensível. Cuidado com as palavras... Você poderia ferir os sentimentos dela... de um modo que nem imagina...

— E por quê, meu Deus?

— Porque a natureza dela é diferente da sua, ela pertence a outro mundo... outro mundo moral... existem coisas que você não é capaz de compreender agora. Entre vocês dois, há um obstáculo intransponível... Geneviève tem a consciência mais pura e elevada... e você...

— E eu?

— Você, você não é um homem decente.

– 3 –

Geneviève entrou, alegre e encantadora.

— Minhas crianças estão todas no dormitório, tenho dez minutos de sossego... Muito bem, minha vó, o que é que há? Você está com uma aparência esquisita... Ainda aquela história?

— Não, senhorita — disse Sernine —, creio que consegui acalmar sua avó. É que estávamos falando de você, da sua infância, e parece que é um assunto que sua avó não consegue abordar sem certa emoção.

— Da minha infância? — disse Geneviève, corando.
— Vó!

— Não se zangue, foi o acaso que levou nossa conversa para esse assunto. Acontece que frequentei muito o vilarejo onde você cresceu.

— Aspremont?

— Aspremont, perto de Nice... Você morava numa casa nova, toda branca...

— Sim — disse ela —, toda branca, com alguns detalhes em azul em volta das janelas... Eu era bem nova, já faz sete anos que saí de Aspremont. Mas me lembro dos menores detalhes dessa época. E não me esqueço do brilho do sol na fachada branca, nem da sombra dos eucaliptos, no canto do jardim...

— Nesse canto do jardim havia um olival e, debaixo de uma das oliveiras, uma mesa onde sua mãe trabalhava nos dias de calor.

— Verdade, é verdade — disse ela, emocionada. — Eu ficava ali brincando...

— E foi lá — disse ele — que vi sua mãe muitas vezes... Quando vi você, agora há pouco, imediatamente lembrei-me dela, nos seus dias mais alegres, mais felizes.

— Minha pobre mãe não foi mesmo muito feliz. Meu pai morreu no dia em que nasci e ela ficou inconsolável. Chorava muito. Dessa época, guardei o lencinho com o qual enxugava as lágrimas dela.

— Um lencinho com desenhos cor-de-rosa.

— O quê? — disse ela, espantada. — Como sabe...

— Eu estava lá, um dia, enquanto você consolava sua mãe... E fazia isso com tanta ternura, que guardei a cena na memória. — Ela o olhou profundamente e murmurou, quase que para si:

— É... É... me parece... seus olhos... sua voz...

Ela baixou as pálpebras por um instante e se recolheu, como se procurasse em vão fixar uma lembrança fugidia. E retomou:

— Então, o senhor conheceu minha mãe?

— Eu tinha amigos perto de Aspremont, e era na casa deles que nos encontrávamos. Da última vez, ela me pareceu ainda mais triste... mais pálida, e quando voltei...

— Ela já tinha ido, não é? — disse Geneviève. — É, ela partiu muito depressa... em poucas semanas... e eu fiquei sozinha com os vizinhos que cuidavam dela... uma manhã, vieram para levá-la... E de noite, enquanto eu dormia, alguém me pegou nos braços, me cobriu...

— Um homem? — disse o príncipe.

— É, um homem. Ele falava baixinho, com muita doçura... A voz dele me fazia bem... e enquanto me levava pela estrada, e depois de carro, durante a noite, ele me ninava e me contava histórias... com uma voz... com uma voz...

Ela parou aos poucos de falar e olhou de novo para ele, com um olhar mais profundo, esforçando-se visivelmente para fixar uma impressão fugidia que aflorava por instantes.

Ele disse:

— E depois? Para onde ele a levou?

— Depois, não me lembro muito bem... É como se eu tivesse dormido durante muitos dias... Quando lembro, já estava em Vendée, onde passei a segunda metade da minha infância, em Montégut, na casa do pai e da mãe Izereau, gente muito boa que me alimentou, me educou, e que eram de uma devoção e de uma ternura inesquecíveis.

— E eles também morreram?

— Também — disse ela. — Uma epidemia de febre tifoide na região... Mas eu só soube disso depois... Assim que eles adoeceram, alguém me levou, como da primeira vez, e nas mesmas condições, durante a noite, alguém que me cobriu do mesmo modo... Só que eu era maior, eu me debati, quis gritar... e ele cobriu minha boca com um lenço.

— Quantos anos você tinha?

— Catorze... faz quatro anos.

— Você conseguiu reconhecer aquele homem?

— Não, ele se escondia, não me disse uma palavra... Mas sempre achei que fosse a mesma pessoa, porque me lembro da mesma solicitude, dos mesmos gestos atentos, cheios de cuidado.

— E depois?

— Depois, como antes, esqueci, dormi... Dessa vez, fiquei doente, parece, tive febre... E acordei num quarto alegre, iluminado. Uma senhora de cabelos brancos estava debruçada sobre mim, sorrindo. É minha vó... E esse quarto é hoje o meu quarto, aqui em cima.

Sua expressão era de novo de felicidade. Com seu belo rosto iluminado, ela concluiu sorrindo:

— E foi assim que a sra. Ernemont me encontrou uma noite, na porta da casa dela, dormindo, parece, e foi assim que ela me recolheu e se tornou minha avó. E, depois de passar por algumas provações, aquela menina de Aspremont hoje vive as alegrias de uma existência tranquila, e ensina cálculo e gramática para criancinhas rebeldes ou preguiçosas, mas que gostam muito dela.

Ela se exprimia alegremente, como quem pondera e se compraz ao mesmo tempo. Sentia-se nela o equilíbrio de uma natureza sensata.

Sernine ouvia com surpresa crescente, sem procurar disfarçar sua preocupação.

Ele perguntou:

— Você nunca mais ouviu falar daquele homem?

— Nunca.

— E ficaria contente em revê-lo?

— Sim, muito contente.

— Muito bem, senhorita...

Geneviève estremeceu.

— O senhor sabe de alguma coisa... a verdade, talvez...

— Não... não... é que...

Ele se levantou e andou pela sala. De vez em quando, olhava para Geneviève e parecia pronto para responder com palavras mais precisas às perguntas que ela fazia. Iria ele falar?

A sra. Ernemont esperava angustiada a revelação do segredo, do qual poderia depender a felicidade da jovem.

Ele voltou a sentar-se ao lado de Geneviève, pareceu ainda hesitar, e por fim disse:

— Não... não... é que me veio uma ideia... uma lembrança...

— Uma lembrança? Do quê?

— Eu me enganei. Alguns detalhes, na sua história, me induziram ao erro.

— Tem certeza?

Ele hesitou uma vez mais, depois afirmou:

— Absoluta.

— Ah! — disse ela, desapontada. — Achei que o senhor o conhecia...

Ela não concluiu, esperando uma resposta para a pergunta que fazia, e que não ousava formular por inteiro.

Ele se calou. Então, sem mais insistir, ela se inclinou na direção da sra. Ernemont.

— Boa noite, vó, minhas crianças já devem estar na cama, mas ninguém dorme sem um beijo meu. — Ela estendeu a mão ao príncipe.

— Mais uma vez, obrigada...

— Você vai embora? — disse, prontamente.

— Me desculpe. Minha avó vai acompanhá-lo...

Ele fez uma mesura e beijou sua mão. Ao abrir a porta, ela se voltou e sorriu.

Depois, desapareceu.

O príncipe ouviu o ruído de seus passos, que se afastavam, e não se mexeu, pálido de emoção.

— Bem — disse a velha senhora —, você não falou?

— Não...

— Esse segredo...

— Mais tarde... hoje, é estranho... eu não consegui.

— Foi assim tão difícil? Será que ela não pressentiu... que era você o desconhecido que a levou embora, duas vezes? Bastava uma palavra...

— Depois... depois... — disse ele, novamente mais seguro. — Você entende, essa criança mal me conhece... Antes, preciso conquistar o direito ao seu afeto, à sua ternura... Quando eu puder dar a vida que ela merece, uma vida maravilhosa, como nos contos de fadas, nesse momento eu vou falar.

A velha senhora balançou a cabeça.

— Receio que você esteja enganado... Geneviève não precisa de uma vida maravilhosa... ela tem um gosto simples.

— Ela é igual a todas as mulheres, e a fortuna, o luxo, o poder proporcionam alegrias que nenhuma delas despreza.

— Não, Geneviève. Seria melhor...

— Veremos. Por enquanto, deixe comigo. E fique tranquila. Não tenho a menor intenção, como você diz, de envolver Geneviève nas minhas tramoias. Ela mal vai me ver... mas eu precisava entrar em contato... Já entrei... Adeus.

Ele saiu da escola e foi em direção ao seu carro. Estava feliz.

— Ela é graciosa... e tão doce, tão séria! Tem os olhos da mãe, aqueles olhos que me enterneciam até às lágrimas... Meu Deus, como tudo isso está distante! E que bela lembrança... um pouco triste, mas tão bonita!

E completou em alta voz:

— É, eu vou cuidar da felicidade dela. Imediatamente! A partir de agora! Sim, a partir de agora, ela terá um noivo! Não é essa a condição da felicidade para uma jovem?

– 4 –

Aproximou-se do carro na estrada.
— Para casa — disse a Otávio.
Em casa, solicitou uma ligação para Neuilly, deu instruções por telefone ao amigo que chamava de "doutor", depois vestiu-se.
Jantou no clube da rua Cambon, passou uma hora no Opéra, e voltou de carro.
— Para Neuilly, Octave. Vamos pegar o doutor. Que horas são?
— Dez e meia.
— Caramba! Depressa!
Dez minutos depois, o carro parava no fim do bulevar Inkermann, diante de uma casa isolada. Ao ouvir a buzina, o doutor desceu. O príncipe perguntou:
— Ele está pronto?
— Embrulhado, amarrado e selado.
— Está em bom estado?
— Excelente. Se tudo se passar como me disse ao telefone, a polícia não vai nem perceber.
— Esse é o seu dever. Vamos pegá-lo.
Eles puseram no carro uma espécie de saco comprido que tinha a forma de uma pessoa e parecia bastante pesado. O príncipe disse:

— Para Versalhes, Octave, rua de la Vilaine, na frente do hotel Deux-Empereurs.

— Mas aquilo é um pardieiro — observou o doutor —, eu conheço.

— Para quem você está dizendo isso? E a missão vai ser difícil, pelo menos para mim... Mas, puxa, eu não trocaria de lugar com ninguém, nem por uma fortuna! Quem disse que esta vida seria monótona?

Hotel Deux-Empereurs... um acesso lamacento... dois degraus para baixo e entra-se num corredor iluminado por uma lâmpada.

Sernine bateu em uma pequena porta.

Um funcionário apareceu. Era Philippe, o mesmo a quem, de manhã, Sernine dera ordens a respeito de Gérard Baupré.

— Ele ainda está aqui? — perguntou o príncipe.

— Está.

— A corda?

— O nó está feito.

— Ele recebeu o telegrama que estava esperando?

— Está aqui, eu interceptei.

Sernine pegou o papel azulado e leu.

— Caramba — disse satisfeito —, bem na hora. Estavam prometendo para amanhã uma nota de mil francos. Bom, a sorte me favoreceu. Quinze para a meia-noite. Daqui a quinze minutos, o pobre diabo vai se lançar na eternidade. Me leve até lá, Philippe. Fique aqui, doutor.

O rapaz pegou a vela. Eles subiram até o terceiro andar e seguiram na ponta dos pés por um corredor baixo e malcheiroso, repleto de mansardas, e que dava numa escada de madeira, onde mofavam os vestígios de um tapete.

— Ninguém me ouve daqui? — perguntou Sernine.

— Ninguém. Os dois quartos são isolados. Mas preste atenção, ele está no da esquerda.

— Muito bem. Agora, desça de novo. À meia-noite, você, Octave e o doutor vão trazer aquele sujeito até aqui onde estamos, e vão aguardar.

A escada de madeira tinha dez degraus que o príncipe subiu com infinito cuidado... No alto, um patamar e duas portas. Sernine levou cinco longos minutos para abrir a porta da direita, sem que nem um rangido rompesse o silêncio.

Uma luz quebrava a escuridão do aposento. Tateando, para não tropeçar em uma das cadeiras, ele avançou em direção à luz. Ela vinha de um cômodo vizinho e atravessava uma porta envidraçada, coberta por um trapo.

O príncipe afastou o trapo. Os vidros eram foscos, mas estavam em mau estado, quebrados, de modo que, ao aproximar-se, podia ver tranquilamente tudo o que se passava no outro cômodo.

Havia um homem ali, sentado diante de uma mesa, e que ele via de frente... Era o poeta Gérard Baupré.

E escrevia à luz de uma vela.

Acima dele, pendia uma corda, presa a um gancho fixado no teto. Na extremidade inferior da corda, um nó de correr e um laço redondo.

Um relógio, na cidade, soou baixinho.

"Cinco para a meia-noite", pensou Sernine. "Cinco minutos mais."

O jovem ainda estava escrevendo. Ao fim de um momento, pousou a caneta, organizou as dez ou doze folhas de papel que havia coberto de tinta, e pôs-se a reler.

A leitura não pareceu agradar, pois uma expressão de descontentamento surgiu em seu rosto. Ele rasgou o manuscrito e queimou os pedaços na chama da vela. Em seguida, com uma mão febril, rabiscou algumas palavras numa folha em branco, assinou sem qualquer apuro e se levantou.

Mas, ao ver a corda a vinte centímetros de sua cabeça, voltou a sentar-se com um súbito tremor de medo.

Sernine via nitidamente seu aspecto pálido, o rosto magro, contra o qual pressionava os punhos crispados. Uma lágrima caiu, uma só, lenta e desconsolada. Seus olhos fixaram-se no vazio, olhos de uma tristeza terrível, que já pareciam encarar o tenebroso nada.

E ele era tão jovem! De pele ainda macia, sem sinal de ruga ou cicatriz! E olhos azuis, de um azul de céu oriental.

Meia-noite... As dozes badaladas trágicas da meia-noite, a que tantos e desesperados entregaram o último segundo de sua existência.

Na décima segunda batida, ele se levantou de novo e, destemido, desta vez sem tremer, olhou para a corda sinistra. Tentou até sorrir — um sorriso pobre, o esgar lamentável de um condenado, nas garras da morte.

Rapidamente, subiu na cadeira e pegou a corda com uma mão.

Ficou ali imóvel por um instante, não que hesitasse ou lhe faltasse coragem, mas aquele era o instante supremo, o minuto de graça concedido antes do gesto fatal.

Contemplou o quarto infame onde o mau destino o tinha acuado, o papel de parede repugnante e o leito miserável.

Sobre a mesa, nenhum livro: tudo tinha sido vendido. Nem uma fotografia, nem um envelope! Ele não tinha mais pai, nem mãe, nem família... O que é que o prendia à existência? Nada, nem ninguém.

Com um movimento brusco, enfiou a cabeça no laço e puxou a corda até que o nó envolvesse firmemente seu pescoço.

E, derrubando com os pés a cadeira, saltou no vazio.

– 5 –

Dez segundos, vinte segundos transcorreram, vintes segundos formidáveis, eternos...

O corpo sofreu duas ou três convulsões. As pernas instintivamente buscaram um ponto de apoio. Nada agora se mexia...

Alguns segundos mais... e a pequena porta de vidro se abriu.

Sernine entrou.

Sem a menor pressa, pegou a folha que o jovem assinara e leu:

> *"Cansado da vida, doente, sem dinheiro, sem esperança, eu me mato. Que ninguém seja acusado de minha morte.*
> *"30 de abril. — Gérard Baupré."*

Pôs a folha sobre a mesa, bem à vista, e aproximou a cadeira, enfiando-a debaixo dos pés do jovem. Subiu na mesa e, abraçando aquele corpo, ergueu-o, afrouxou o nó e livrou a cabeça.

O corpo dobrou-se em seus braços. Ele o deixou deslizar ao longo da mesa e, saltando para o chão, estendeu-o sobre a cama.

Em seguida, com a mesma fleuma, entreabriu a porta do quarto.

— Vocês estão aí? — murmurou.

Perto dele, ao pé da escada de madeira, alguém respondeu:

— Estamos. Subimos o embrulho?

— Agora!

Ele pegou o castiçal e iluminou a passagem.

Com esforço, os três homens subiram a escada, carregando o saco onde o sujeito estava amarrado.

— Ponham aqui — disse ele —, indicando a mesa.

Com um canivete, cortou o barbante que envolvia o saco. Surgiu então um lençol branco, que ele abriu.

Nesse lençol, havia um cadáver, o cadáver de Pierre Leduc.

— Pobre Pierre Leduc — disse Sernine —, você não saberá jamais o que perdeu morrendo assim tão jovem! Você iria longe ao meu lado, rapaz. Enfim, vamos ficar sem seus serviços... Vamos, Philippe, suba na mesa, e você, Octave, na cadeira. Levantem a cabeça dele e passem por dentro do laço.

Dez minutos depois, o corpo de Pierre Leduc estava balançando, preso na corda.

— Perfeito, não foi assim tão difícil, uma substituição de cadáveres. Agora, podem sair. Você, doutor, vai voltar aqui amanhã de manhã e descobrir o suicídio do senhor Gérard Baupré, ouviu bem, de Gérard Baupré — aqui está a carta de despedida —, vai mandar chamar o médico legista e o comissário, e dar um jeito para que nem um nem outro percebam que o defunto tem um dedo amputado e uma cicatriz no rosto...

— Fácil.

— E vai fazer com que o atestado de óbito seja emitido imediatamente, e ditado por você.

— Fácil, também.

— Por fim, vamos fazer com que seja logo enterrado, sem passar pela morgue.

— Não tão fácil.

— Tente. Você o examinou?

Apontou para o jovem que jazia inerte na cama.

— Sim — afirmou o doutor. — A respiração está se normalizando. Mas o risco foi grande... A carótida poderia ter...

— Quem não arrisca... Daqui a quanto tempo ele deve recuperar a consciência?

— Daqui a alguns minutos.

— Bom. Ah! Não vá embora ainda, doutor. Fique aqui embaixo. Seu trabalho ainda não acabou.

Sozinho, o príncipe acendeu um cigarro e fumou tranquilo, lançando, na direção do teto, pequenos anéis azuis de fumaça.

Um suspiro tirou-o das divagações. Ele se aproximou da cama. O jovem começava a se agitar, seu peito subia e descia bruscamente, como que em meio a um pesadelo.

Levou as mãos à garganta como quem sente dor, e com esse gesto ergueu-se de um salto, aterrorizado e ofegante.

Em seguida, viu Sernine à sua frente.

— Você! — murmurou, sem entender. — Você!...

Ele o contemplava estarrecido, como se estivesse vendo um fantasma.

Pôs de novo a mão na garganta, apalpou o pescoço, a nuca... De repente, soltou um grito rouco. Assustado, estalou os olhos, seus cabelos se eriçaram e ele estremeceu inteiro, como se fosse uma folha! O príncipe tinha desaparecido, e ele viu, e ainda via, o enforcado suspenso na corda!

Recuou até a parede. Aquele homem, o enforcado, era ele! Era ele mesmo. Estava morto, ele estava se vendo morto! Sonho atroz que se segue à passagem? Alucinação de quem não mais existe, mas cujo cérebro perturbado palpita ainda com um resto de vida?...

Agitou os braços no ar. Por um instante, pareceu defender-se daquela visão ignóbil. Depois, exausto, mais uma vez vencido, desmaiou.

— Que maravilha — zombou o príncipe. — Ele é de natureza sensível... impressionável... Está fora de órbita... Vamos, o momento é propício... Se eu não resolver isso logo, tudo estará perdido...

Abriu a porta que separava as duas mansardas, aproximou-se da cama, ergueu o jovem e levou-o até uma cama, no outro cômodo.

Depois, refrescou-lhe as têmporas com um pouco de água e deu sais para cheirar.

O desmaio, dessa vez, não durou muito tempo.

Timidamente, Gérard entreabriu as pálpebras e ergueu os olhos para o teto. A alucinação tinha terminado.

Mas a disposição dos móveis, a posição da mesa e da chaminé, alguns detalhes, tudo o surpreendia — e depois, a lembrança do próprio ato... a dor que sentia na garganta...

Ele disse ao príncipe:

— Isto é um sonho?

— Não.

— Como, não?

Subitamente, lembrou-se:

— Ah! É verdade, agora lembro... eu quis morrer e até...

E debruçou-se, ansioso:

— Mas, e o resto? A visão?

— Que visão?

— Do homem... a corda... aquilo foi um sonho?...

— Não — afirmou Sernine. — Aquilo também, aquilo foi real.

— Como assim? Como assim? Oh! Não... não... por favor... me acorde, se eu estiver dormindo, ou então que eu morra!... Mas estou morto, não estou? Isto é o pesadelo de um cadáver... Ah! Estou ficando louco... por favor...

Suavemente, Sernine pôs a mão na cabeça do jovem e debruçou-se sobre ele:

— Ouça... ouça bem, e entenda. Você está vivo. Sua substância e seu pensamento são idênticos e vivem. Mas Gérard Baupré está morto. Você entende? O sujeito social que se chamava Gérard Baupré não existe mais. Você acabou com ele. Amanhã, nos registros de estado civil, diante daquilo que um dia foi seu nome, estará escrito: "falecido" — com a data do óbito.

— Mentira! — balbuciou o jovem aterrorizado. — Mentira! Pois se eu estou aqui, eu, Gérard Baupré!...

— Você não é mais Gérard Baupré — declarou Sernine.

E indicando a porta aberta:

— Gérard Baupré está lá, no quarto ao lado. Quer ver? Está suspenso na corda que você pendurou. A carta onde assinou sua sentença de morte está sobre a mesa. Está tudo certo, e é definitivo. Você não deve mais pensar nisso, que é irrevogável e brutal: Gérard Baupré não existe mais!

O jovem escutava, perdido. Agora que os fatos adquiriam um significado menos trágico, e já mais calmo, ele começava a entender.

— E agora?

— Agora, vamos conversar...

— Vamos... vamos conversar...

— Um cigarro? — perguntou o príncipe. — Aceita? Ah! Já vi que já está de novo apegado à vida. Melhor, assim vamos nos entender, e depressa.

Ele acendeu o cigarro do jovem, o seu próprio, e imediatamente, com poucas palavras e num tom seco, explicou:

— Falecido Gérard Baupré, você estava cansado de viver, doente, sem dinheiro e sem esperanças. Quer ficar rico e poderoso?

— Não estou entendendo.

— É muito simples. O acaso pôs você no meu caminho, você é jovem, bonito, um poeta, inteligente e — seu ato de desespero é prova disso — muito honesto. São qualidades que raramente se encontram reunidas. Admiro isso... e vou cuidar delas.

— Elas não estão à venda.

— Imbecil! Quem está falando em comprar ou vender? Fique tranquilo. Sua consciência é preciosa demais para ficar nas suas mãos.

— Então, o que é que você está me pedindo?

— A vida!

E apontando para a garganta ainda ferida do jovem:

— Sua vida! A vida que você não soube aproveitar! A vida que estragou, perdeu, destruiu, e que pretendo refazer, segundo um ideal de bondade, grandeza e nobreza que lhe daria vertigens, meu caro, se pudesse imaginar o abismo onde agora mergulham meus pensamentos...

Segurou a cabeça de Gérard entre as mãos e continuou, com ironia:

— Você está livre! Não tem obstáculos! Não tem mais que suportar o peso do seu nome! Apagou o número de registro que a sociedade imprimiu a ferro e fogo nas suas costas. Você está livre! Neste mundo de escravos, onde cada um tem sua marca, você pode ir e vir no anonimato, invisível, como se tivesse o anel de Giges, ou então escolher sua própria marca, o que você quiser! Entende? Percebe o tesouro magnífico que isso representa para um artista, para você, se assim quiser? Uma vida virgem, novinha em folha! Sua vida agora é uma argila que você pode modelar à vontade, segundo os caprichos da imaginação ou os conselhos da razão.

O jovem exprimiu um gesto de cansaço.

— Ah! E o que você quer que eu faça com esse tesouro? O que eu fiz até hoje? Nada.

— Dê para mim.

— O que você poderia fazer?

— Tudo. Se você não é um artista, eu sou! E entusiasmado, inesgotável, indomável, transbordante. Se você não tem o fogo sagrado, eu tenho! Onde você fracassou, eu vencerei! Me dê sua vida.

— Palavras, promessas! — exclamou o jovem, com o olhar mais animado. — Sonhos vazios! Sei bem o meu valor!... Conheço minha fraqueza, minha covardia, meus esforços abortados, minha miséria. Para recomeçar a vida, eu precisaria de uma vontade que não tenho...

— Temos a minha...

— Amigos...

— Você vai ter!

— Recursos...

— Eu darei, e que recursos! Você só vai ter que colher, como quem tira de um baú mágico.

— Mas quem é você, afinal? — exclamou o jovem, delirando.

— Para os outros, o príncipe Sernine... Para você... não importa! Sou mais que um príncipe, mais que um rei, mais que um imperador.

— Quem é você?... Quem é você? — balbuciou Baupré.

— O mestre... aquele que pode e quer... aquele que age... Não há limites para a minha vontade, nem para o meu poder. Sou mais rico que o mais rico, pois a fortuna dele me pertence... Sou mais poderoso que os mais fortes, pois a força deles está a meu serviço.

Ele agarrou de novo a cabeça do jovem, e com um olhar penetrante:

— Seja rico, também... seja forte... é a felicidade, o que estou oferecendo... o gosto pela vida... a paz para sua mente de poeta... e a glória, também. Você aceita?

— Aceito... aceito... — murmurou Gérard, fascinado e dominado. — O que eu preciso fazer?

— Nada.

— Mas...

— Nada, estou dizendo. Você é a base dos meus projetos, mas você mesmo não importa. Você não tem que fazer nada. Você agora é só um figurante... nem isso! É um peão que eu movo.

— E o que eu faço?

— Nada... versos! Você vai viver à vontade. Vai ter dinheiro. Vai gozar a vida. Não vou nem mesmo me ocupar de você. Repito, você não tem papel nenhum na minha aventura.

— E quem eu serei?

Sernine estendeu os braços e mostrou o quarto ao lado:

— Você vai tomar o lugar dele. *Você é ele.* — Gérard estremeceu de revolta e desgosto.

— Ah, não! Ele está morto... e depois, isso é um crime... Não, eu quero uma vida nova, só para mim... imaginada para mim... um nome desconhecido...

— Ele — exclamou Sernine, com energia e autoridade irresistíveis. — Você será ele, e não outro! Ele, porque o destino dele é magnífico, porque o nome dele é ilustre e porque ele vai transmitir a você uma herança milenar, de nobreza e orgulho.

— Isso é um crime — gemeu Baupré.

— Você será ele — proferiu Sernine, com violência inaudita. — Ele! Se não, voltará a ser Baupré, e, sobre Baupré, tenho direito de vida e morte. Escolha.

Ele puxou o revólver, armou e apontou para o jovem.

— Escolha! — repetiu.

A expressão em seu rosto era implacável. Gérard sentiu medo e tombou na cama, soluçando.

— Eu quero viver!

— Você quer mesmo, firmemente, irrevogavelmente?

— Quero, e muito, muito! Depois dessa coisa terrível que tentei, a morte me apavora... Tudo... tudo, menos a morte! Qualquer coisa! Sofrimento... fome... doença... qualquer tortura, qualquer infâmia... o crime, até, se for preciso... mas a morte, não.

Ele tremia de febre e angústia, como se a grande inimiga o rondasse ainda, e ele se sentisse impotente para escapar de suas garras.

O príncipe redobrou os esforços, e com uma voz ardente, subjugando-o como a uma presa:

— Não estou lhe pedindo nada impossível, nada de mau... Se alguma coisa acontecer, eu serei o responsável. Não, nada de crimes... um pouco de sofrimento, no máximo... um pouco do seu sangue. Mas o que é isso, comparado ao seu pavor pela morte?

— Não ligo para o sofrimento.

— Então, imediatamente! — clamou Sernine. — Imediatamente! Dez segundos de sofrimento, e pronto... dez segundos, e a vida de outra pessoa será sua...

Ele o agarrou pelo tronco e, debruçando-se na cadeira, segurou a mão esquerda do jovem sobre a mesa, com os cinco dedos afastados. Rapidamente, tirou do bolso uma faca, apoiou a lâmina sobre o mindinho, entre a primeira e a segunda falange e ordenou:

— Bata! Bata você mesmo! Só um golpe, e pronto! — Ele agarrou a mão direita do jovem e, com ela, tentou bater sobre a outra, como um martelo. Gérard se torcia, crispado de horror. Ele entendera.

— Nunca! — gaguejou ele. — Nunca!

— Bata! Só um golpe e pronto, um golpe só, e você será como esse homem, ninguém vai reconhecer você.

— O nome dele...

— Bata, primeiro...

— Nunca! Ah! Que suplício... Depois, por favor...

— Agora... eu quero... é preciso...

— Não... não... eu não consigo...

— Bata, imbecil, você vai ter fortuna, glória, amor.

Gérard ergueu o punho e, num impulso...

— O amor... — ele disse. — Sim... por isso, sim...

— Você vai amar e ser amado — proferiu Sernine. — Sua noiva está à sua espera. Eu a escolhi. Ela é a mais pura entre as puras, a mais bela entre as belas. Mas vai precisar conquistá-la. Bata!

O braço contraiu-se para o movimento fatal, mas o instinto foi mais forte.

Uma energia sobre-humana acometeu o jovem. Bruscamente, livrou-se do abraço de Sernine e escapou.

E correu feito um louco na direção do outro cômodo. Lançou um grito de terror à vista daquele espetáculo abominável e voltou, caindo ao lado da mesa, de joelhos diante de Sernine.

— Bata! — disse este, abrindo de novo os cinco dedos e posicionando a lâmina da faca.

Foi um gesto mecânico. Feito um autômato, com o olhar perdido e o rosto lívido, o jovem ergueu o punho e bateu.

— Ah! — disse ele, com um gemido de dor. O pequeno pedaço de carne saltou. O sangue corria. Pela terceira vez, ele desmaiou.

Sernine olhou-o durante alguns segundos e disse, gentil:

— Pobre menino!... Eu o compensarei por isso, e cem vezes. Pago sempre regiamente.

Ele desceu e encontrou o médico lá embaixo:

— Acabou. Agora, é com você... Suba e faça uma incisão no lado esquerdo do rosto, igual à do Pierre Leduc. As duas cicatrizes têm que ser idênticas. Daqui a uma hora, eu virei buscá-lo.

— Aonde você vai?

— Tomar ar. Estou revirado por dentro.

Lá fora, respirou fundo, depois acendeu outro cigarro.

— Foi um belo dia — murmurou. — Um pouco pesado, um pouco cansativo, mas produtivo, muito produtivo. Sou amigo de Dolorès Kesselbach. Amigo de Geneviève. Fabriquei um novo Pierre Leduc bastante apresentável e inteiramente devoto a mim. E, por fim, encontrei um marido para Geneviève como não se encontra por aí. Minha tarefa chegou ao fim. Agora, é só colher os frutos dos meus esforços. O trabalho agora é seu, sr. Lenormand. Eu terminei.

E acrescentou, pensando no infeliz mutilado que cobrira de promessas:

— Mas há um porém. Ignoro por completo a identidade desse Pierre Leduc, e que tão generosamente outorguei àquele bom rapaz. E isso está me incomodando... Porque, afinal, nada me garante que Pierre Leduc não seja o filho de um charcuteiro[***]!

[***] Salsicheiro. (N. do T.)

O senhor Lenormand em ação

- 1 -

No dia 31 de maio, de manhã, todos os jornais lembravam que Lupin, em carta escrita ao sr. Lenormand, anunciara para aquela data a fuga do contínuo Jérôme.

E um deles resumia muito bem a situação, naquele dia:

> "A terrível carnificina do Palace-Hôtel aconteceu no dia 17 de abril. O que descobriram desde então? Nada.
> "Havia três indícios: a cigarreira, as letras L e M e o embrulho com as roupas, esquecido na administração do hotel. Que proveito tiraram disso? Nenhum.
> "Parece que estão investigando um dos hóspedes que moravam no primeiro andar, e que desapareceu de um modo suspeito. Ele foi encontrado? Descobriram sua identidade? Não.
> "Portanto, o drama permanece tão misterioso como no primeiro momento, e a névoa, igualmente espessa.

"Para completar o quadro, afirmam que houve um desentendimento entre o chefe de polícia e seu subordinado, o sr. Lenormand, e que este, apoiado com menos vigor pelo presidente do Conselho, teria virtualmente pedido demissão há vários dias. O caso Kesselbach estaria sendo investigado pelo subchefe da Sûreté, o sr. Weber, inimigo pessoal do sr. Lenormand.

"Em suma, é a desordem, a anarquia.

"Do outro lado, Lupin, o método, o vigor, o espírito de perseverança.

"Nossa conclusão? A coisa será breve. Lupin libertará o cúmplice hoje, dia 31 de maio, conforme anunciou."

Essa conclusão, que estava em todos os demais periódicos, era igualmente compartilhada pelo público. E é lícito supor que a ameaça tenha chegado aos altos escalões, pois o chefe de polícia e, na falta do sr. Lenormand, que se declara doente, o subchefe da Sûreté, o sr. Weber, tomaram as medidas mais rigorosas, tanto no Palácio de Justiça como na prisão da Santé[****], onde se encontrava o réu.

Por pudor, não ousaram suspender, nesse dia, os interrogatórios diários do sr. Formerie, mas havia uma verdadeira mobilização de forças policiais vigiando o trajeto entre a prisão e o bulevar du Palais.

[****] Estabelecimento penitenciário francês, inaugurado em 1867. (N. do T.)

Para o grande espanto de todos, o dia 31 de maio passou e a fuga não aconteceu.

Houve alguma coisa, um início de execução que se traduziu na obstrução de bondes, ônibus e caminhões, no momento em que o carro da polícia passou, e a quebra inexplicável de uma das rodas desse carro. Mas a tentativa não foi adiante.

Tinha sido, portanto, um fracasso. A opinião pública ficou quase decepcionada, e a polícia triunfou ruidosamente.

Ora, no dia seguinte, no sábado, um rumor inacreditável percorreu o Palácio e chegou aos escritórios de redação: o contínuo Jérôme tinha desaparecido.

Seria possível?

Ainda que as edições especiais tenham confirmado a notícia, recusavam-se a admitir. Mas, às seis horas, uma nota publicada pelo jornal *Dépêche du Soir* tornou a coisa oficial:

> Recebemos o seguinte comunicado, assinado por Arsène Lupin. O timbre especial, semelhante ao usado por ele nas comunicações recentes à imprensa, atesta a autenticidade do documento.
>
> *"Senhor Diretor,*
> *"Queira me desculpar junto à opinião pública por não ter cumprido minha palavra, ontem. No último momento, percebi que o dia 31 de maio caía numa sexta-feira! Poderia eu, numa*

sexta-feira, libertar meu amigo? Não quis assumir tal responsabilidade.

"Peço desculpas também por não dar aqui, com a franqueza habitual, explicações sobre como se deu esse breve episódio. Meu procedimento foi tão engenhoso e simples que temo, ao desvendá-lo, que os malfeitores nele se inspirem. Qual não será a surpresa, o dia em que me for permitido falar! Então foi assim? — dirão. Sim, foi assim, mas foi preciso pensar nisso.

"Receba meus votos sinceros, senhor Diretor...

"Assinado: ARSÈNE LUPIN."

Uma hora depois, o sr. Lenormand recebia um telefonema: Valenglay, o presidente do Conselho, o estava convocando para uma reunião no Ministério do Interior.

— Está com uma boa aparência, meu caro Lenormand! Achei que estivesse doente, não ousei incomodá-lo!

— Não estou doente, senhor presidente.

— Estava ausente, então, porque estava aborrecido! Sempre o mesmo temperamento difícil.

— Que meu temperamento seja difícil, presidente, eu admito... mas não que estava aborrecido.

— Mas o senhor ficou em casa! E Lupin aproveitou para libertar os amigos...

— E eu lá podia impedir?

— Como? A estratégia de Lupin foi rudimentar. Como sempre, anunciou a data da fuga, todos acreditaram, ele esboçou uma tentativa, a fuga não aconteceu e, no dia seguinte, quando ninguém mais estava esperando, puf, o passarinho voou.

— Senhor presidente — falou sério o chefe da Sûreté —, Lupin dispõe de tantos recursos, que é impossível impedir aquilo que decidiu. A fuga era certa, matemática. Eu preferi passar adiante... e deixar o ridículo para os outros.

Valenglay zombou:

— É verdade que o sr. chefe de polícia e o sr. Weber, a essa hora, não devem estar achando graça... Mas, enfim, pode me explicar, Lenormand?...

— Tudo o que sabemos, presidente, é que a fuga aconteceu no Palácio de Justiça. O réu foi levado em um carro de polícia e conduzido ao gabinete do sr. Formerie... Mas não saiu do Palácio de Justiça. Entretanto, não sabemos o que foi feito dele.

— É desconcertante.

— Desconcertante.

— E descobriram alguma coisa?

— Sim. O corredor, ao longo dos gabinetes de instrução, estava lotado por uma multidão absolutamente incomum de réus, guardas, advogados, contínuos, e descobriram que toda essa gente tinha recebido falsas convocações para comparecer àquela mesma hora. Por outro lado, nenhum dos juízes de instrução que os teria convocado compareceu nesse dia em seu gabinete, devido a uma falsa convocação do Tribunal, que os mandou todos para os quatro cantos de Paris e arredores.

— Só isso?

— Não. Viram dois guardas municipais e um réu atravessando um pátio. Do lado de fora, um fiacre estava à espera deles, onde subiram os três.

— E qual é sua hipótese, Lenormand? Sua opinião?

— Minha hipótese, senhor presidente, é que os dois guardas municipais eram cúmplices que, aproveitando-se da desordem no corredor, substituíram os guardas verdadeiros. E minha opinião é que essa fuga só pôde acontecer graças a circunstâncias tão especiais, a um conjunto tão estranho de fatos, que é preciso admitir como certa a cumplicidade mais inadmissível. No Palácio de Justiça, e em toda parte, Lupin tem ligações que nem imaginamos. Tem na chefatura de polícia, tem à minha volta. É uma organização formidável, um serviço de segurança mil vezes mais hábil, audacioso, diverso e flexível do que este que eu dirijo.

— E o senhor aceita isso, Lenormand!

— Não.

— Então, por que tanta inércia, desde o início do caso? O que fez contra Lupin?

— Preparei o campo de batalha.

— Ah! Perfeito. E, enquanto preparava, ele agia.

— Eu também.

— E o senhor sabe de alguma coisa?

— Muita.

— O quê? Fale, então.

O sr. Lenormand, apoiado na bengala, deu uma pequena volta naquele vasto cômodo, enquanto refletia. Depois, sentou-se diante de Valenglay, esfregou com a ponta dos dedos os debruns da sobrecasaca cor de oliva, ajeitou os óculos de hastes de prata, e disse com clareza:

— Senhor presidente, tenho três trunfos na mão. Primeiro, sei o nome sob o qual Arsène Lupin está se escondendo neste momento, nome que adotou enquanto morava no bulevar Haussmann, recebendo todos os dias seus colaboradores, organizando e dirigindo seu bando.

— Mas então por que diabos não o prendeu?

— Só consegui essa informação depois da fuga. Depois disso, o príncipe, vamos chamá-lo de príncipe das Três Estrelas, desapareceu. Ele está no exterior, cuidando de outros negócios.

— E se ele não voltar a aparecer?

— A situação dele, a maneira como se envolveu no caso Kesselbach, exige que reapareça, e sob o mesmo nome.

— Mas...

— Presidente, agora o meu segundo trunfo. Descobri o paradeiro de Pierre Leduc.

— Ora, ora!

— Ou melhor, foi Lupin quem descobriu, e foi Lupin que, antes de sumir, instalou-o numa casa nos arredores de Paris.

— Caramba! Mas como ficou sabendo?

— Ah! Foi fácil. Lupin botou dois dos seus cúmplices para vigiar e proteger Pierre Leduc. Esses cúmplices são meus agentes, dois irmãos que emprego em segredo e que vão me trazer Leduc, na primeira oportunidade.

— Ótimo! Ótimo! De modo que...

— Como Pierre Leduc é, digamos, o ponto central para onde convergem todos os esforços daqueles que estão atrás do famoso segredo de Kesselbach, por meio de Leduc, mais cedo ou mais tarde eu terei: primeiro, o autor do triplo assassinato, porque esse miserável quer realizar o projeto grandioso de Kesselbach, que ainda desconhecemos, e Kesselbach precisava de Pierre Leduc para realizar o tal projeto; segundo, terei Arsène Lupin, pois Arsène Lupin está atrás desse mesmo objetivo.

— Perfeito. E Pierre Leduc é a isca que o senhor está oferecendo ao inimigo.

— E o peixe vai morder, presidente. Acabei de ficar sabendo que um sujeito suspeito foi visto agora há pouco rondando a casa onde se encontra Pierre Leduc, sob a proteção dos meus dois agentes secretos. Daqui a quatro horas, estarei no local.

— E o terceiro trunfo, Lenormand?

— Ontem, chegou ao endereço do sr. Rudolf Kesselbach uma carta, interceptada por mim.

— Muito bem.

— Eu a abri e guardei. Está aqui. Foi encaminhada há dois meses. Tem o carimbo da Cidade do Cabo e diz o seguinte:

> *"Meu bom Rudolf, estarei em Paris no dia primeiro de junho, e tão pobre como quando me socorreu. Mas deposito grandes esperanças no caso Pierre Leduc, que apresentei a você. Que história bizarra! Encontrou Leduc? Como está essa história? Quero logo saber.*
>
> *"Assinado: seu fiel STEINWEG."*

— Hoje é dia primeiro de junho — continuou o sr. Lenormand. — Encarreguei um dos meus inspetores de localizar esse tal de Steinweg. Acredito que ele consiga.

— Acredito também — exclamou Valenglay ao se levantar —, e peço mil desculpas, meu caro Lenormand. Confesso: estava a ponto de dispensá-lo! Amanhã, faria uma reunião com o chefe de polícia e o sr. Weber.

— Eu sei, presidente.

— Não é possível.

— Se não soubesse, teria me dado a este trabalho? Hoje, o senhor conheceu meu plano de batalha. Por um lado, estou preparando uma armadilha onde o assassino vai acabar caindo: Pierre Leduc ou Steinweg vão me levar a ele. Por outro, estou rondando Lupin. Dois de seus agentes são pagos por mim, e ele os considera seus mais devotos colaboradores. Além disso, Lupin está trabalhando para mim, porque, assim como eu, está atrás do autor do triplo assassinato. Mas ele pensa que está me enganando, enquanto quem o está enganando sou eu. Portanto, vou vencer, mas com uma condição.

— Qual?

— Que eu possa agir em liberdade e conforme as necessidades do momento, sem me preocupar com a impaciência da opinião pública, nem com a intriga dos meus superiores.

— Está combinado.

— Nesse caso, senhor presidente, daqui a alguns dias eu terei vencido ou estarei morto.

- 2 -

Em Saint-Cloud. Uma pequena casa situada em um dos pontos mais elevados da colina, ao longo de uma estrada pouco frequentada. São onze da noite. O sr. Lenormand deixou o carro em Saint-Cloud e, seguindo atento pela estrada, ele se aproxima.

Surge um vulto.

— É você, Gourel?

— Sou eu, chefe.

— Avisou os irmãos Doudeville que eu ia chegar?

— Avisei, sua cama está pronta, o senhor já pode deitar e dormir... A menos que tentem levar Pierre Leduc esta noite, o que não me surpreenderia, pelo modo como andam as coisas, segundo os Doudeville.

Eles atravessaram o jardim, entraram devagar e subiram ao primeiro andar. Os dois irmãos, Jean e Jacques Doudeville, estavam lá.

— Alguma notícia do príncipe Sernine? — perguntou.

— Nenhuma, chefe.

— E Pierre Leduc?

— Passa o dia todo deitado em seu quarto no térreo, ou no jardim. Nunca sobe para nos ver.

— Está melhor?

— Bem melhor. O repouso o está transformando a olhos vistos.

— Ele anda colaborando com Lupin?

— Com o príncipe Sernine, digamos, porque nem imagina que os dois sejam a mesma pessoa. Pelo menos, é o que acho, com ele não temos certeza de nada. Ele nunca fala. Ah! É um tipo esquisito. Só há uma pessoa capaz de fazê-lo se animar, conversar e até rir. É uma jovem de Garches, que o príncipe Sernine apresentou a ele, Geneviève Ernemont. Ela já veio três vezes... Só hoje...

E acrescentou, brincando:

— Eu acho que estão flertando... Assim como Sua Alteza, o príncipe Sernine, e a sra. Kesselbach... parece que ele anda dando em cima dela! Ah, esse Lupin!

O sr. Lenormand não respondeu. Era como se aqueles detalhes, que ele parecia relevar, estivessem sendo registrados no fundo de sua memória, para o momento em que fosse preciso extrair deles as conclusões lógicas.

Ele acendeu um charuto, mordeu sem fumar, acendeu de novo e o deixou de lado.

Fez mais duas ou três perguntas e em seguida, vestido, atirou-se na cama.

— Se acontecer qualquer coisa, me acordem... Se não, vou dormir. Vamos, cada um para o seu posto.

Eles saíram. Uma hora se passou, duas horas... Subitamente, o sr. Lenormand sentiu um toque, e Gourel disse:

— Acorda, chefe, abriram o portão.

— Um homem, dois?

— Só vi um... A lua apareceu... e ele se escondeu numa moita.

— E os irmãos Doudeville?
— Mandei saírem por trás. Para interceptar a fuga, quando o momento chegar.

Gourel estendeu a mão para o sr. Lenormand, levou-o até o andar de baixo, e em seguida para um lugar escuro.

— Não se mexa, chefe, estamos no banheiro de Pierre Leduc. Vou abrir a porta do quartinho onde ele está dormindo... não se preocupe... ele tomou um sedativo, como todas as noites... não acorda por nada... Venha... Que tal este esconderijo, hein? Aquelas são as cortinas da cama... Daqui, dá para ver a janela e uma parte do quarto, da cama até a janela.

Ela estava aberta e deixava entrar uma luz baça, nítida apenas quando a lua surgia por trás de um véu de nuvens.

Os dois homens não tiravam os olhos do vão da janela, certos de que o evento que estavam esperando aconteceria por ali.

Um leve ruído... um estalido...

— Ele está subindo pela treliça — murmurou Gourel.

— É alta?

— Dois metros... dois metros e meio...

Os estalidos ficaram mais nítidos.

— Saia, Gourel — murmurou Lenormand —, junte-se aos Doudeville... Vá com eles até o muro e barrem a saída de quem tentar descer por aqui.

Gourel saiu.

Nesse mesmo instante, surgiu uma cabeça à janela, e em seguida um vulto saltou para dentro da sacada. O sr. Lenormand discerniu um homem magro, de estatura abaixo da média, vestindo uma roupa escura e sem chapéu.

O homem girou o corpo e, debruçado na sacada, olhou durante alguns segundos para o vazio da noite, como que para se certificar de que nenhum perigo o ameaçava. Depois, agachou-se junto às tábuas do chão. Parecia imóvel. Mas, em seguida, o sr. Lenormand percebeu que o vulto avançava na escuridão, aproximando-se.

Alcançou a cama.

Teve a impressão de ouvir a respiração do indivíduo, e mesmo de adivinhar seus olhos, olhos brilhantes, perspicazes, que perfuravam as trevas como faíscas, e que *viam* na escuridão.

Pierre Leduc suspirou fundo e virou-se.

De novo, silêncio.

O sujeito tinha se esgueirado para cima da cama em movimentos imperceptíveis, e o vulto se destacava da alvura dos lençóis que pendiam do leito.

Se o sr. Lenormand esticasse os braços, poderia tocá-lo. Dessa vez, sentiu nitidamente que essa nova respiração se alternava com a do homem que dormia, e teve a impressão de sentir também as batidas de um coração.

Subitamente, um facho de luz... o homem acendeu uma lanterna, e Pierre Leduc estava agora com o rosto todo iluminado. Mas o homem permanecia na penumbra, e o sr. Lenormand não pôde ver sua fisionomia.

Viu apenas que algo luzia na área de claridade, e estremeceu. Era a lâmina de uma faca, e essa faca, afiada, pequena, mais um estilete do que um punhal, pareceu-lhe idêntica à lâmina que recolhera ao lado do cadáver de Chapman, o secretário do sr. Kesselbach.

Com todas as forças, segurou-se para não saltar sobre o homem. Antes, queria saber o que ele tinha vindo fazer...

A mão ergueu-se. Iria ele atacar? O sr. Lenormand calculou a distância para deter o golpe. Mas não, não era um gesto de ataque, mas de precaução.

Se Pierre Leduc se mexesse ou tentasse gritar, a mão desceria sobre ele. E o sujeito se debruçou na direção do homem que dormia, como se examinasse alguma coisa.

"O lado direito do rosto...", pensou o sr. Lenormand, "a cicatriz do lado direito... ele quer se certificar de que é de fato Pierre Leduc".

O homem tinha se virado um pouco, de modo que só se viam suas costas. Mas as roupas, o sobretudo, estavam tão próximos que roçavam a cortina atrás da qual o sr. Lenormand se escondia.

"Um movimento dele", pensou, "o menor gesto, e eu o agarro".

Mas o homem não se mexeu, entregue ao exame. Por fim, depois de ter passado a lâmina para a mão que segurava a lanterna, ergueu o lençol, primeiro um pouco, depois um pouco mais, e mais ainda, até que o braço esquerdo do homem que dormia ficou descoberto, e também sua mão.

O facho da lanterna iluminou a mão. Viam-se quatro dedos. O quinto estava amputado na altura da segunda falange.

Pela segunda vez, Pierre Leduc se mexeu. Em seguida, a luz se apagou, e por um instante o homem permaneceu ao lado da cama, imóvel, rígido. Iria atacar? O sr. Lenormand sentia-se angustiado pelo crime que poderia impedir com tanta facilidade, mas que não queria evitar, antes do instante fatal.

Fez-se um longo silêncio. De repente, viu, de modo um pouco confuso, um braço levantar-se. Instintivamente, ele se mexeu, estendendo a mão acima do homem que dormia. Nesse gesto, acabou tocando no indivíduo.

Um grito surdo. O sujeito golpeou o vazio, defendendo-se ao acaso, depois fugiu em direção à janela. Mas o sr. Lenormand saltou sobre ele, abraçando-o na altura dos ombros.

Imediatamente, sentiu que o sujeito cedia e que, mais fraco, impotente, furtava-se à luta, enquanto tentava livrar-se do abraço. Com toda a força, ele o puxou contra si, dominando-o e estendendo-o de peito contra o chão.

— Ah! Peguei... Peguei você — murmurou, triunfante.

E sentiu uma euforia única ao agarrar com força irresistível aquele temível criminoso, aquele monstro inominável. Sentia-se vivo e pulsante, colérico e desesperado, diante daquelas duas vidas implicadas, de fôlegos embaralhados.

— Quem é você? Diga... quem é você?... Melhor falar...

Ele apertava o inimigo com energia crescente, pois tinha a impressão de que aquele corpo diminuía nos seus braços, que o sujeito desmaiava. E apertou mais... e mais...

De repente, tremeu da cabeça aos pés. Tinha sentido, estava sentindo uma pequena picada na garganta...

Exasperado, apertou ainda mais: a dor aumentou. E ele se deu conta de que o homem tinha conseguido torcer o braço, deslizar a mão até a altura do seu peito e posicionar a lâmina. O braço, sim, estava imobilizado, mas, à medida que o sr. Lenormand estreitava o nó de seu abraço, a ponta da lâmina penetrava na carne ali exposta.

Ele virou um pouco a cabeça para tentar se esquivar da ponta: a ponta seguiu esse movimento e a ferida aumentou.

Então, parou de se mexer, surpreendido pela lembrança dos três crimes e por tudo o que representava de assustador, atroz e fatídico aquela pequena agulha de aço que perfurava sua pele e penetrava implacavelmente...

De um só gesto, soltou o sujeito e saltou para trás. Em seguida, tentou retomar a ofensiva. Tarde demais.

O homem alcançou a janela e saltou.

— Cuidado, Gourel! — gritou, sabendo que Gourel estava lá, pronto para receber o fugitivo.

Debruçou-se na sacada.

Um ruído de seixos... uma sombra entre duas árvores... uma batida do portão... E nenhum outro ruído... Nenhuma intervenção...

Sem se preocupar com Pierre Leduc, ele gritou:

— Gourel!... Doudeville!

Nenhuma resposta. O imenso silêncio noturno do campo.

Apesar da dor, pensava ainda no triplo assassinato, na lâmina de aço. Mas não, não era possível, o homem não tinha tido tempo de atacar, nem mesmo necessidade, tendo encontrado o caminho livre.

Ele saltou, por sua vez, e, apontando a lanterna, reconheceu Gourel deitado no chão.

— Por Deus! — disse. — Se ele estiver morto, isso vai me custar caro. — Mas Gourel estava vivo, aturdido apenas, e alguns minutos depois, voltando a si, ele grunhia:

— Uma facada, chefe, foi só uma facada bem no meio do peito. Mas, que atrevido!

— Eram dois, então?

— Sim, um baixinho, que subiu, e outro que me surpreendeu enquanto eu vigiava.

— E os Doudeville?

— Não vi.

Encontraram um deles, Jacques, perto do portão, sangrando, a mandíbula arrebentada, e o outro um pouco mais distante, ofegante, com o peito ferido.

— O quê? O que ele tem? — perguntou o sr. Lenormand.

Jacques contou que ele e o irmão tinham se batido com um indivíduo que os tirou de combate antes que tivessem tido tempo para se defender.

— Ele estava sozinho?

— Não, quando passou por nós, estava acompanhado de um sujeito mais baixo que ele.

— Você reconheceu o sujeito que te atacou?

— Pelo tamanho, me pareceu o inglês do Palace-Hôtel, aquele que saiu do hotel e que perdemos de vista.

— O major?

— É, o major Parbury.

– 3 –

Depois de refletir um pouco, o sr. Lenormand declarou:
— Não há mais dúvidas. Eram dois, no caso Kesselbach: o homem do punhal, que matou, e o cúmplice dele, o major.
— É como pensa o príncipe Sernine — murmurou Jacques Doudeville.
— Esta noite — continuou o chefe da Sûreté —, foram eles também... os mesmos dois.
E acrescentou:
— Melhor. Temos mil vezes mais chances de pegar dois culpados do que um só.
O sr. Lenormand cuidou de seus homens, mandou-os para a cama e verificou se os invasores não teriam perdido algum objeto ou deixado algum indício. Não encontrou nada e foi dormir.
De manhã, vendo que Gourel e os Doudeville estavam suportando os ferimentos, mandou os irmãos darem uma busca nos arredores e foi com Gourel a Paris, cuidar de negócios e dar ordens.
Almoçou no escritório. Às duas horas, recebeu uma boa notícia. Um de seus melhores agentes, Dieuzy, tinha capturado o alemão Steinweg, o correspondente

de Rudolf Kesselbach, descendo de um trem que vinha de Marselha.

— Dieuzy está aqui? — disse ele.

— Sim, chefe — respondeu Gourel —, está aqui com o alemão.

— Traga-os aqui.

Nesse momento, recebeu um telefonema. Era Jean Doudeville, que queria falar com ele, do escritório de Garches. A conversa foi rápida.

— É você, Jean? Novidades?

— Sim, chefe, o major Parbury...

— Sim?

— Nós os encontramos. Virou espanhol e escureceu a pele. Acabamos de vê-lo. Estava entrando na escola livre de Garches. Foi recebido por aquela moça... o senhor sabe, a jovem que conhece o príncipe Sernine, Geneviève Ernemont.

— Droga!

O sr. Lenormand largou o aparelho, saltou para o seu chapéu, correu pelo corredor, encontrou Dieuzy e o alemão e exclamou:

— Às seis horas... reunião aqui...

Disparou pela escada, seguido por Gourel e mais três inspetores que pegou pelo caminho, e se enfiou num carro.

— Para Garches... dez francos de gorjeta.

Um pouco antes do parque de Villeneuve, na curva da viela que leva até a escola, mandou parar. Jean Doudeville, que estava à sua espera, gritou imediatamente:

— O infame saiu pelo outro lado da viela, há uns dez minutos.

— Sozinho?
— Não, com a moça.
O sr. Lenormand pegou Doudeville pelo colarinho:
— Miserável! Você o deixou escapar! Tinha que...
— Meu irmão foi atrás dele.
— Bela coisa! Ele vai despistar seu irmão. Vocês estão preparados?

Seguiu em direção ao carro e meteu-se decidido pela viela, sem se preocupar com os buracos nem com os canteiros. Logo deram em um acesso vicinal, que os levou a um cruzamento de cinco estradas. Sem hesitar, o sr. Lenormand escolheu a da esquerda, a de Saint-Cucufa. De fato, no alto da encosta que desce em direção ao lago, ultrapassaram o outro irmão Doudeville, que gritou:

— Estão num cabriolé... a um quilômetro daqui.

O chefe não parou. Enfiou o carro pela descida, disparando nas curvas, contornou o lago e subitamente lançou um grito de triunfo.

No alto de uma pequena elevação à sua frente, viu a capota de um cabriolé.

Infelizmente, tinha tomado a estrada errada. Deu marcha à ré.

De volta à encruzilhada, o cabriolé ainda estava lá, parado. Assim que fez a curva, viu uma mulher saltando do carro. O homem descia os degraus. A mulher estendeu o braço. Soaram dois tiros.

Ela talvez tenha errado a mira, pois uma cabeça surgiu do outro lado da capota, e o homem, avistando o automóvel, chicoteou com força o cavalo, que partiu a galope. Em seguida, sumiu em uma curva.

Em poucos segundos, o sr. Lenormand manobrou, subiu a colina, passou sem parar pela jovem e fez uma curva ousada.

Era um caminho que descia pela floresta, abrupto e rochoso, em meio à vegetação fechada, e que só podia ser percorrido lentamente, com muita precaução. Mas que importava! Vinte metros à sua frente, o cabriolé de duas rodas chacoalhava sobre as pedras, puxado, ou dominado talvez, por um cavalo que seguia prudente e a passos medidos. Não havia mais nada a temer, a fuga era impossível.

E os dois veículos desceram aos trancos, sacudidos. Em um dado momento, estavam tão próximos que o sr. Lenormand pensou em descer e correr com seus homens. Mas sentiu o perigo que seria frear em ladeira tão íngreme, e seguiu, acuando o inimigo de perto, feito uma presa que se tem ao alcance da vista e das mãos.

— Quase... chefe... quase!... — murmuravam os inspetores, apreensivos com o imprevisto da caça.

Ao fim da descida, abria-se um caminho que levava para o Sena, para Bougival. Num trecho plano, o cavalo partiu trotando, sem pressa, ocupando o meio da via.

Um esforço violento sacudiu o carro. Mais do que rodar, ele parecia saltar feito um animal em disparada, e, resvalando no talude, pronto para romper qualquer obstáculo, alcançou o cabriolé, emparelhou ao lado dele e o ultrapassou...

O sr. Lenormand praguejou... gritos de raiva... estava vazio!

O cabriolé estava vazio. O cavalo seguia tranquilamente, com as rédeas caídas no lombo, retornando talvez à estrebaria de alguma estalagem próxima, onde teria sido alugado para o dia.

Reprimindo a cólera, o chefe da Sûreté disse apenas:

— O major deve ter saltado no momento em que o perdemos de vista, no início da descida.

— É só bater o bosque, chefe, tenho certeza de que...

— Vamos voltar de mãos vazias. O tratante deve estar longe, não é do tipo que se deixa pegar duas vezes no mesmo dia. Ah! Merda, merda!

E alcançaram a jovem, que estava acompanhada de Jacques Doudeville, e que não parecia, de modo algum, assustada com a aventura.

O sr. Lenormand, tendo-se apresentado, ofereceu-se para levá-la para casa e, em seguida, perguntou pelo major inglês Parbury. Ela ficou surpresa:

— Ele não é major nem inglês, e não se chama Parbury.

— Como se chama, então?

— Juan Ribeira. Ele é espanhol, e foi encarregado pelo governo de estudar o funcionamento das escolas francesas.

— Que seja. O nome e a nacionalidade não importam. É ele que estamos procurando. Faz tempo que você o conhece?

— Uns quinze dias. Ele ouviu falar da escola que abri em Garches e se interessou pelo meu projeto, tanto que me propôs uma subvenção anual, com a única condição de que ele pudesse acompanhar, de tempos em tempos, o progresso dos meus alunos. Eu não tinha o direito de recusar.

— Não, é claro, mas tinha que consultar alguém à sua volta... Não tem falado com o príncipe Sernine? É um sujeito sensato.

— Oh! Confio plenamente nele, mas agora ele está viajando.

— Você não teria o endereço dele?

— Não. E depois, o que eu iria dizer? Ele sempre se comportou muito bem. Só hoje que... Mas, não sei...

— Por favor, senhorita, fale com franqueza... Pode confiar em mim, também.

— Bom, o sr. Ribeira chegou ao meio-dia. Ele me disse que tinha conversado com uma francesa, de passagem por Bougival, e que essa senhora tinha uma filha e queria confiar sua educação a alguém, e pediu para me ver imediatamente. A coisa toda me pareceu normal. Como hoje é dia de folga, e o sr. Ribeira tinha alugado um carro que estava esperando por ele em um determinado trecho da estrada, não vi problemas em subir.

— Mas, enfim, o que ele queria?

Ela corou e disse:

— Me levar, simplesmente. Depois de uma meia hora, ele admitiu.

— Você não sabia nada sobre ele?

— Não.

— Ele mora em Paris?

— Imagino que sim.

— E ele não lhe escreveu? Você não teria algumas linhas escritas por ele, algum objeto esquecido, algum indício que pudesse nos servir?

— Nada... Ah! Mas... isso não deve ter importância...

— Fale!... Fale!... por favor.

— Bom, faz uns dois dias, ele pediu permissão para usar minha máquina de escrever, e escreveu — com alguma dificuldade, pois não parecia ter prática — uma carta, e por acaso eu li o nome do destinatário.

— E esse destinatário?

— Ele estava escrevendo para o *Journal*, e pôs uns vinte selos no envelope.

— Ah, um anúncio talvez — disse Lenormand.

— Tenho o exemplar de hoje, chefe — falou Gourel.

O sr. Lenormand abriu o jornal e consultou a página oito. Em seguida, teve um sobressalto. Tinha lido a seguinte frase, redigida com as abreviaturas de costume:

"*Informamos a todos que conhecem o sr. Steinweg que gostaríamos de saber se ele está em Paris, e em que endereço. Respondam a este mesmo jornal.*"

— Steinweg — exclamou Gourel —, mas é exatamente o sujeito que Dieuzy está nos trazendo.

"É", pensou o sr. Lenormand, "é o sujeito que escreveu a carta para Kesselbach, e que interceptei, é o mesmo que pôs Kesselbach na pista de Pierre Leduc: portanto, eles também estão querendo informações sobre Pierre Leduc e o passado dele... Eles também estão tateando..."

E esfregou as mãos: Steinweg estava à sua disposição. Em menos de uma hora, Steinweg estaria falando. Em menos de uma hora, o véu de mistério que encobria tudo e tornava o caso Kesselbach o mais inquietante e impenetrável que já havia buscado solucionar seria levantado.

O senhor Lenormand é derrotado

– 1 –

Às seis da tarde, o sr. Lenormand voltava ao seu gabinete na chefatura de polícia. Imediatamente, recebeu Dieuzy.
— O sujeito está aqui?
— Está.
— E como foi sua conversa com ele?
— Não muito bem. Ele não fala. Eu disse que havia uma nova lei que obrigava os estrangeiros a preencher uma declaração de permanência na chefatura, e o levei para o escritório do seu secretário.
— Eu vou interrogá-lo.
Mas, nesse momento, chegou um rapaz.
— É uma mulher, chefe, que deseja falar com o senhor imediatamente.
— O cartão dela?
— Aqui está.
— A sra. Kesselbach! Mande-a entrar.
Ele foi ao encontro da jovem senhora e pediu que se sentasse. Ela tinha um olhar desamparado, um jeito adoentado e uma aparência de extremo cansaço, onde se lia todo o seu sofrimento.

Ela apresentou um exemplar do *Journal*, apontando na seção de anúncios a pergunta a respeito do senhor Steinweg.

— O velho Steinweg era amigo do meu marido — ela disse —, e não duvido de que saiba de muita coisa.

— Dieuzy — disse Lenormand —, traga a pessoa que está esperando... Sua visita, madame, não terá sido em vão. Só peço, quando essa pessoa entrar, que não diga nada.

A porta se abriu. Surgiu um homem, um velho de barbas brancas, de rosto marcado por rugas profundas e pobremente vestido, com o jeito acuado dos miseráveis que andam pelo mundo em busca do pão de cada dia.

Ele permaneceu à porta, piscou os olhos, olhou para o sr. Lenormand, pareceu incomodado com o silêncio que o acolheu, e girou o chapéu entre as mãos, constrangido. Mas, de repente, pareceu surpreso, abriu os olhos e gaguejou:

— Senhora... Kesselbach.

Ele tinha visto a jovem senhora.

Mais sereno, sorridente, menos tímido, aproximou-se dela e disse, com um sotaque carregado:

— Ah! Que felicidade... até que enfim!... Eu achei que nunca... estava surpreso... sem nenhuma notícia por lá... nenhum telegrama... e como vai o bom Rudolf Kesselbach?

A jovem recuou, como se tivesse recebido um tapa, e despencou no ato sobre uma cadeira, pondo-se a soluçar.

— Quê? O que foi? — disse Steinweg.

O sr. Lenormand intercedeu imediatamente.

— Vejo que o senhor ignora alguns acontecimentos recentes. Faz tempo que está viajando?

— Faz, três meses... Fui para as minas. Depois, voltei para a Cidade do Cabo, onde escrevi para o Rudolf. Mas, no caminho, acabei pegando um trabalho em Port-Said. Imagino que o Rudolf tenha recebido minha carta?

— Ele está ausente. Depois explico a razão da sua ausência. Mas, antes, há uma questão sobre a qual gostaríamos de algumas informações. Trata-se de uma pessoa que o senhor conheceu, e que tratava, nas conversas com o sr. Kesselbach, pelo nome de Pierre Leduc.

— Pierre Leduc? O quê? Quem contou? — O velho ficou abalado. E balbuciou de novo: — Quem contou? Quem disse?

— O sr. Kesselbach.

— Nunca! Era um segredo que revelei a ele, e Rudolf sabia guardar segredos... Principalmente esse...

— Mas é indispensável que o senhor nos responda. No momento, estamos investigando Pierre Leduc e essa investigação tem que terminar o quanto antes, e só o senhor pode nos esclarecer, uma vez que o sr. Kesselbach não está aqui agora.

— Enfim — exclamou Steinweg, parecendo decidir-se —, do que vocês precisam?

— O senhor conhece Pierre Leduc?

— Nunca vi, mas faz muito tempo que guardo um segredo que diz respeito a ele. Depois de uns incidentes que não vale a pena mencionar, e graças a uma porção de acasos, acabei sabendo que a pessoa que eu estava procurando vivia em Paris em grande penúria, e que se chamava Pierre Leduc, e que esse não era o verdadeiro nome dele.

— E o verdadeiro nome dele, ele sabe?
— Imagino que sim.
— E o senhor?
— Eu sei.
— Então diga.

Ele hesitou, e depois, bruscamente:
— Não posso... não posso...
— Mas, por quê?
— Não tenho o direito. Esse é o segredo. E esse segredo, quando contei para o Rudolf, ele achou tão valioso que comprou meu silêncio com uma soma enorme de dinheiro, e me prometeu uma fortuna, uma verdadeira fortuna, no dia em que ele conseguisse, primeiro encontrar o Pierre Leduc, e depois tirar partido do segredo.

Ele sorriu com amargor:
— A soma enorme que eu recebi já era. Vim saber da minha fortuna.
— O sr. Kesselbach morreu — disse o chefe da Sûreté.

Steinweg estremeceu.
— Morreu! Não é possível! Não, isso é uma armadilha. Senhora Kesselbach, é verdade?

Ela baixou a cabeça.

Ele parecia arrasado com aquela revelação inesperada que, ao mesmo tempo, devia ser muito dolorosa, pois em seguida começou a chorar.
— Pobre Rudolf. Quando o conheci, era uma criança... ele vinha brincar comigo em Augsbourg... Eu gostava dele.

E invocando o testemunho da sra. Kesselbach:

— Ele também gostava de mim, não é, madame? Ele deve ter dito à senhora... O velho Steinweg, como ele me chamava.

O sr. Lenormand aproximou-se dele, e disse do modo mais claro possível:

— Escute. O sr. Kesselbach foi morto, assassinado. Calma, calma, gritar assim não adianta. Ele foi assassinado, e as circunstâncias do crime provam que o culpado deveria estar a par desse tão falado projeto. Existe alguma coisa na natureza desse projeto que sugira alguma pista para o senhor?...

Steinweg permanecia imóvel. E murmurou:

— A culpa foi minha... Se eu não o tivesse posto nesse caminho.

A sra. Kesselbach se adiantou, suplicante:

— O senhor tem alguma ideia... sabe de alguma coisa? Oh! Por favor, Steinweg...

— Eu não sei... não pensei ainda — murmurou —, eu precisaria pensar...

— Pense nos conhecidos do sr. Kesselbach — disse Lenormand. — Ninguém mais se envolveu nessas conversas? Ele mesmo não teria conversado com alguém?

— Com ninguém.

— Pense bem.

Os dois, Dolorès e o sr. Lenormand, debruçados sobre ele, aguardavam ansiosamente uma resposta.

— Não — ele disse —, não imagino quem.

— Pense bem — repetiu o chefe da Sûreté —, o nome e o sobrenome do assassino começam com um L e um M.

— Um L — repetiu. — Não sei... um L e um M.

— Sim, as letras estavam gravadas em ouro numa cigarreira que pertencia ao assassino.
— Uma cigarreira? — disse Steinweg, fazendo um esforço para lembrar-se.
— De aço polido... e um dos compartimentos internos é dividido em duas partes, a menor, para o papel, a outra, para o tabaco...
— Em duas partes, em duas partes — repetia Steinweg, cuja memória parecia despertar à menção desse detalhe.
— O senhor não poderia me mostrar essa cigarreira?
— Aqui está, ou melhor, aqui está uma reprodução fiel — disse Lenormand, entregando-lhe o objeto.
— Hein? O quê?... — disse Steinweg, ao pegar a cigarreira.
Ele a contemplava estupefato, examinava, revirava para todos os lados, e subitamente lançou um grito, o grito de um homem surpreendido por uma ideia terrível. E ficou ali, lívido, com as mãos trêmulas e o olhar perdido.
— Fale, fale — ordenou o sr. Lenormand.
— Oh! — disse ele, como que cegado por um raio de luz. — Agora tudo está explicado.
— Fale, fale, homem...
Ele afastou os dois, caminhou até a janela titubeante, depois voltou, e avançando na direção do chefe da Sûreté:
— Senhor, quem assassinou o Rudolf foi... quem...
Ele se deteve.
— Quem? — disseram os outros.
Um minuto de silêncio... Na paz daquele escritório, entre aquelas paredes que tantas confissões já tinham ouvido, tantas acusações, será que iria ressoar o nome do abominável criminoso? O sr. Lenormand sentia-se

como que à beira de um abismo insondável, de onde uma voz se aproximava, chegando até ele... mais alguns segundos e ele iria saber...

— Não — murmurou Steinweg —, não, eu não posso...
— Como assim? — exclamou o chefe da Sûreté, furioso.
— Eu disse que não posso.
— Mas o senhor não tem o direito de se calar! A justiça exige.

— Amanhã eu falo, amanhã, preciso pensar... amanhã, vou dizer tudo o que sei sobre Pierre Leduc... Tudo o que acho que sei a respeito dessa cigarreira... Amanhã, eu prometo...

Sentia-se nele aquela espécie de obstinação que resiste aos esforços mais enérgicos. O sr. Lenormand cedeu.

— Tudo bem. Dou até amanhã, mas se amanhã o senhor não falar, serei obrigado a comunicar ao juiz de instrução.

Ele tocou uma campainha e chamou o inspetor Dieuzy à parte:

— Acompanhe-o até o hotel... e fique por lá. Vou mandar mais dois colegas... E, principalmente, fique de olhos bem abertos. Alguém poderia tentar levá-lo.

O inspetor acompanhou Steinweg, e o sr. Lenormand, aproximando-se da sra. Kesselbach, em quem a cena tinha provocado uma violenta comoção, desculpou-se:

— Saiba que lamento muito, madame... entendo como isso deve tê-la comovido...

E interrogou-a sobre a época em que o sr. Kesselbach voltou a entrar em contato com o velho Steinweg, e quanto tempo aquilo durou. Mas ela estava tão cansada, que ele não insistiu.

— Tenho que voltar amanhã? — ela perguntou.

— Não, não. Vou mantê-la informada a respeito de tudo o que Steinweg disser. Permita-me acompanhá-la até o carro... Esses três andares são difíceis de descer...

Ele abriu a porta e deu passagem a ela. Nesse momento, ouviram-se gritos no corredor, e muita gente acudiu, inspetores de plantão, funcionários de escritório...

— Chefe! Chefe!

— O que houve?

— Dieuzy!

— Ele acabou de sair daqui...

— Encontramos ele na escadaria.

— Morto?...

— Não, ele foi atacado, desmaiou...

— Mas, e o sujeito?... O sujeito que estava com ele?... O velho Steinweg?...

— Desapareceu...

— Inferno!...

– 2 –

Ele disparou pelo corredor, desceu correndo as escadas e, no meio de um grupo de pessoas que cuidavam dele, encontrou Dieuzy, estendido no patamar do primeiro andar.
Viu Gourel subindo.
— Ah! Gourel, você veio lá de baixo? Viu alguém?
— Não, chefe...
Mas Dieuzy estava voltando a si e, imediatamente, de olhos semiabertos, sussurrou:
— Aqui, no patamar, a portinha...
— Ah! Caramba, a porta da sétima câmara! — gritou o chefe da Sûreté. — Eu tinha pedido para trancar... Eu sabia que algum dia...
Ele voou em direção à fechadura.
— Droga! Está trancada por dentro.
A porta era em parte envidraçada. Com a coronha do revólver, ele quebrou um vidro, puxou o ferrolho e disse para Gourel:
— Corra, vá por ali até a saída da praça Dauphine...
E voltando-se para Dieuzy:
— Vamos, Dieuzy, fale. Como é que você ficou nesse estado?
— Um soco, chefe.

— Um soco daquele velho? Mas ele mal para em pé!

— Não do velho, chefe, do outro que ficava andando pelo corredor, enquanto Steinweg estava com vocês, e que nos seguiu como se estivesse saindo, também... Chegando aqui, perguntou se eu tinha fogo... procurei a caixa de fósforos... Então, ele aproveitou para me dar um soco no estômago. Eu caí e, ao cair, tive a impressão de que ele abriu aquela porta e levou com ele o velho...

— Você seria capaz de reconhecê-lo?

— Ah! Sim, chefe... era um sujeito forte, de pele morena... um tipo mediterrâneo, com certeza...

— Ribeira — rosnou o sr. Lenormand —, sempre ele! Ribeira, aliás, Parbury. Ah! Bandido, que ousadia! Ele estava com medo do velho Steinweg... Veio buscar ele aqui, aqui, debaixo do meu nariz!

E batendo o pé, com raiva:

— Mas como é que o bandido soube que o Steinweg estava aqui? Não faz quatro horas, eu estava correndo atrás dele no Bois de Saint-Cucufa, e agora, ele está aqui! Como é que ele soube? Ele vive colado em mim?

Ele entrou então num estado de divagação, em que parecia não ouvir nem ver mais nada. A sra. Kesselbach, que passava por ali naquele momento, cumprimentou-o, sem que ele respondesse. Mas um ruído de passos no corredor o tirou do seu torpor.

— É você, Gourel?

— Isso, chefe — disse Gourel, ofegante. — Eram dois. Eles foram por ali e saíram na praça Dauphine. Um carro estava esperando por eles. Havia duas pessoas lá dentro, um homem vestido de preto, com um chapéu mole rebatido sobre os olhos...

— É ele — murmurou o sr. Lenormand —, é o assassino, o cúmplice de Ribeira-Parbury. E o outro?

— Uma mulher, uma mulher sem chapéu, eu diria que bonita, e ruiva, me pareceu.

— Hein? O quê? Você disse ruiva?

— É.

O sr. Lenormand girou o corpo num impulso, desceu a escadaria saltando os degraus, atravessou o pátio e chegou no cais dos Orfèvres.

— Pare! — gritou.

Uma carruagem do tipo vitória, puxada por dois cavalos, estava se afastando. Era o carro da sra. Kesselbach... O cocheiro ouviu e parou. O sr. Lenormand saltou para os degraus do carro:

— Mil perdões, madame, mas sua ajuda é indispensável. Peço permissão para acompanhá-la. Mas temos que agir rapidamente. Gourel, meu carro... Você já dispensou?... Outro, então, não importa qual...

Cada um correu para um lado. Mas passaram-se uns dez minutos até que trouxessem um carro de aluguel. O sr. Lenormand ardia de impaciência. A sra. Kesselbach, de pé na calçada, cambaleava, com um frasco de sais nas mãos.

Por fim, entraram no carro.

— Gourel, suba ao lado do motorista e vamos para Garches.

— Para a minha casa! — disse Dolorès, surpresa.

Ele não respondeu. Debruçado na porta, agitando as credenciais, ele se identificava para os agentes do tráfego. Quando estavam no Cours-la Reine, sentou-se novamente e disse:

— Por favor, madame, responda sem rodeios às minhas perguntas. A senhora viu a senhorita Geneviève Ernemont hoje, por volta das quatro horas?

— Geneviève... vi... eu estava me vestindo para sair.

— Foi ela quem mencionou o anúncio no *Journal*, aquele sobre Steinweg?

— Foi.

— E foi por isso que veio me ver?

— Foi.

— A senhora estava sozinha quando viu a senhorita Ernemont?

— Meu Deus... não sei... por quê?

— Tente se lembrar. Alguma de suas funcionárias estava lá?

— Talvez... como eu estava me vestindo...

— Como elas se chamam?

— Suzanne... e Gertrude.

— Uma delas é ruiva, não é?

— Sim, a Gertrude.

— A senhora a conhece faz tempo?

— A irmã dela sempre trabalhou para mim e Gertrude está comigo há anos... É a devoção em pessoa, muito honesta...

— Em suma, a senhora confia nela?

— Oh! Totalmente.

— Ótimo, ótimo.

Eram sete e meia, e o dia começava a escurecer quando o carro chegou à casa de repouso. Sem se ocupar da sua companheira, o chefe da Sûreté correu até a recepção.

— A empregada da sra. Kesselbach acabou de entrar, não é?

— A empregada?

— Sim, a Gertrude, uma das irmãs.

— Mas a Gertrude não deve ter saído, nós não a vimos sair.

— Mas alguém acabou de entrar.

— Não, senhor, a última vez que abrimos a porta para alguém foi... às seis da tarde.

— Existe outra saída, além desta porta?

— Nenhuma. A propriedade é murada por todos os lados, e os muros são altos...

— Senhora Kesselbach — disse o sr. Lenormand à sua companheira —, vamos até o seu pavilhão.

Foram os três. A sra. Kesselbach, que não tinha as chaves, tocou. Foi Suzanne, a outra irmã, quem apareceu.

— A Gertrude está? — perguntou a sra. Kesselbach.

— Sim, senhora, ela está no quarto.

— Mande-a chamar — ordenou o chefe da Sûreté.

Logo em seguida, Gertrude desceu, amável e graciosa, vestindo um avental branco bordado. Tinha um rosto muito bonito, emoldurado por cabelos ruivos. O sr. Lenormand olhou-a por um longo tempo sem dizer nada, como se tentasse perscrutar para além daqueles olhos inocentes. Não a interrogou. Ao cabo de um minuto, disse apenas:

— Tudo bem, senhorita, muito obrigado. Você vem, Gourel?

Ele saiu com o inspetor e, imediatamente, enquanto caminhavam pelas aleias escuras do jardim, disse:

— É ela.

— O senhor acha, chefe? Ela me pareceu tão tranquila!

— Tranquila demais. Qualquer outra estaria assustada e teria me perguntado por que eu havia chamado. Ela, nada. Só me apareceu com um sorriso estampado no rosto. Mas eu vi uma gota de suor escorrendo pela sua orelha.

— E?

— Agora está tudo claro. Gertrude é cúmplice dos dois bandidos que agem em torno do caso Kesselbach, ou para descobrir e executar esse tão falado projeto, ou de olho nos milhões da viúva. Talvez a outra irmã esteja também participando desse complô. Por volta das quatro da tarde, Gertrude, sabendo que eu tinha conhecimento do anúncio do *Journal*, e que, além disso, eu tinha um encontro marcado com Steinweg, aproveitou a saída da patroa, correu até Paris, encontrou Ribeira e o homem do chapéu mole, e levou os dois até o Palácio de Justiça, onde Ribeira sequestrou o senhor Steinweg, para proveito próprio.

Ele refletiu e concluiu:

— Tudo isso nos prova: primeiro, que Steinweg é importante para eles, e que eles têm medo de suas revelações; segundo, que uma verdadeira conspiração está sendo tramada ao redor da sra. Kesselbach; e terceiro, que eu não tenho tempo a perder, porque a conspiração já está madura.

— Que seja — disse Gourel —, mas tem uma coisa difícil de explicar. Como Gertrude conseguiu sair deste jardim e voltar, sem o conhecimento da recepção?

— Por uma passagem secreta que os bandidos devem ter aberto recentemente.

— E que dê, talvez, no pavilhão da sra. Kesselbach? — disse Gourel.

— Talvez — disse o sr. Lenormand —, talvez... mas tive uma ideia...

E caminharam ao longo do muro. A noite estava clara, e se não era possível discernir muito bem aqueles dois vultos, eles enxergavam o suficiente para examinar as pedras da muralha e verificar se nenhuma brecha havia sido aberta, mesmo que habilmente.

— Uma escada, talvez? — insinuou Gourel.

— Não, pois a Gertrude atravessa em plena luz do dia. Uma passagem assim não pode terminar do lado de fora. A saída tem que estar escondida por alguma construção já existente.

— Só há quatro pavilhões — objetou Gourel —, e estão todos habitados.

— Desculpe, o terceiro pavilhão, o pavilhão Hortênsia, não é habitado.

— Quem disse?

— O porteiro. A sra. Kesselbach alugou aquele pavilhão, que fica perto do dela, com receio de barulho. Quem sabe não fez isso por influência da Gertrude?

Ele deu a volta na casa. As janelas estavam fechadas. Por uma eventualidade, testou a maçaneta: a porta se abriu.

— Ah! Gourel, acho que é por aqui. Vamos ver. Acenda a lanterna. Hum! Vestíbulo, sala, copa, nada disso importa. Deve haver um subsolo, já que a cozinha não fica neste andar.

— Por aqui, chefe, olhe a escada de serviço.

Desceram e, de fato, chegaram a uma cozinha bastante vasta e entulhada de bancos de jardim e pedaços de junco. Ao lado, havia uma lavanderia, que servia também como despensa, cheia de objetos em desordem, uns por cima dos outros.

— O que é aquilo ali brilhando, chefe?

Gourel, tendo se abaixado, pegou um alfinete de cobre ornado com uma pérola falsa.

— A pérola ainda está brilhando — disse Lenormand —, o que não aconteceria se estivesse aqui há muito tempo. Gertrude passou por aqui, Gourel.

Gourel pôs-se a derrubar uma pilha de barris vazios, armários e velhas mesas capengas.

— Está perdendo seu tempo, Gourel. Se a passagem for aqui, como teriam tempo para afastar todos esses objetos e, depois de passar, colocá-los de volta? Olhe, ali tem uma portinhola que não tem razão nenhuma para estar naquela parede. Afaste-a.

Gourel obedeceu.

Atrás da portinhola, a parede estava cavada. À luz da lanterna, viram uma passagem subterrânea.

– 3 –

— Eu estava certo — disse o sr. Lenormand —, esta passagem é recente. Veja, foi um trabalho feito às pressas e, além do mais, para durar pouco tempo... Não há nada de alvenaria. Aqui e ali, dois caibros em cruz e uma viga servindo de teto, e só. Isso não vai durar muito, mas talvez o suficiente para o que desejam, ou seja...

— Ou seja, chefe?

— Bem, primeiro, para viabilizar as idas e vindas de Gertrude e dos cúmplices... depois, num futuro próximo, para o sequestro ou o desaparecimento milagroso e incompreensível da sra. Kesselbach.

Eles avançaram com cuidado para não tropeçar nas vigas que não pareciam firmes. À primeira vista, o túnel era muito mais longo do que os cinquenta metros, no máximo, que separam o pavilhão dos muros do jardim. Devia dar bem longe do muro, depois ainda de uma estrada que contornava a propriedade.

— Não estamos indo para os lados de Villeneuve e do lago, por aqui? — perguntou Gourel.

— De jeito nenhum, justamente o contrário — afirmou o sr. Lenormand. A galeria descia suavemente. Passaram por um degrau, depois por outro, e viraram para a direita. Nesse momento, deram com uma porta encastrada em um batente de pedras cimentado com esmero. O sr. Lenormand empurrou, e ela abriu.

— Espere, Gourel — disse ele, parando. — Vamos pensar... talvez seja melhor voltarmos.

— Por quê?

— Ribeira pode ter previsto o perigo e talvez tenha tomado precauções, para o caso de a passagem ser descoberta. Ora, ele sabe que estávamos vasculhando o jardim. Talvez tenha nos visto entrar neste pavilhão. Quem nos garante que ele não está preparando uma armadilha?

— Somos dois, chefe.

— E eles, vinte.

Ele olhou. A passagem subterrânea subia em direção a outra porta, a cinco ou seis metros dali.

— Vamos até ali — ele disse —, e vamos ver.

Atravessou, seguido de Gourel, a quem recomendou deixar a porta aberta, e caminhou em direção à outra porta, prometendo a si mesmo não passar dali. Mas ela estava fechada e, embora a fechadura parecesse funcionar, não conseguiu abrir.

— Está trancada — disse ele. — Vamos voltar em silêncio. E quando estivermos lá fora, vamos traçar uma linha, seguindo esta mesma orientação, para saber onde procurar a outra saída desta galeria.

E voltaram em direção à primeira porta, quando Gourel, que andava à frente, exclamou surpreso:

— Veja, está fechada...

— Mas eu disse pra você deixar aberta.

— Eu deixei, chefe, mas a trava deve ter caído sozinha.

— Impossível! Teríamos ouvido.
— E agora?...
— Agora... agora, não sei... — Ele se aproximou.
— Vejamos... tem uma chave... Ela gira. Mas, do outro lado, deve haver uma trava...
— Quem teria fechado?
— Eles, oras! Atrás de nós. Talvez haja uma galeria paralela a esta, ou então eles estavam no pavilhão desabitado... Enfim, caímos na armadilha.

Ele teimou contra a fechadura, enfiou sua faca na fenda, tentou de todos os modos, mas, por fim, cansado, declarou:

— Nada a fazer!
— Como assim, chefe, nada a fazer? Então, estamos perdidos?
— Ah, meu Deus... — disse.

E voltaram para a outra porta, e retornaram à primeira. Ambas eram maciças, de madeira de lei, reforçadas por travessas. Indestrutíveis, enfim.

— Precisaríamos de um machado — disse o chefe da Sûreté —, ou no mínimo de uma ferramenta de verdade... uma faca maior, para tentar serrar a trava... mas não temos nada.

Ele teve um acesso súbito de raiva e se lançou contra o obstáculo, como se esperasse derrubá-lo. Em seguida, impotente, vencido, disse a Gourel:

— Ouça, vamos cuidar disso daqui a uma ou duas horas... Estou exausto, vou dormir... Enquanto isso, vigie... Caso alguém venha nos atacar...

— Ah! Se alguém vier, estamos salvos, chefe... — exclamou Gourel, como quem teria preferido uma luta, por desigual que fosse.

O sr. Lenormand deitou-se no chão. Um minuto depois, estava dormindo.

Quando acordou, ficou confuso por alguns instantes, sem compreender, e perguntando a si próprio o que o estaria atormentando.

— Gourel, chamou... Ei! Gourel?

Como não obtinha resposta, acendeu a lanterna e viu Gourel dormindo profundamente ao seu lado.

"O que é que está me incomodando assim?", pensava ele. "Parece câimbra... Ah, não! Estou com fome! É isso, estou morrendo de fome! Que horas seriam, então?"

Seu relógio marcava sete e vinte, mas lembrou que não havia dado corda. O relógio de Gourel não estava mais funcionando.

Mas, como Gourel acordou com a mesma sensação no estômago, calcularam que a hora do almoço já devia ter passado há muito tempo, e que tinham dormido durante boa parte do dia.

— Minhas pernas estão dormentes — confessou Gourel. — E meus pés, parece que estão no gelo... Que estranho!

Ele se esfregou e prosseguiu:

— Olha, meus pés não estão no gelo, não, estão na água... Olhe, chefe... Ali, perto da primeira porta, tem um verdadeiro lago...

— Infiltração — respondeu o sr. Lenormand. — Vamos subir em direção à outra porta, você vai se secar...

— Mas o que você está fazendo, chefe?

— Você acha que vou ser enterrado vivo nesta tumba?... Ah! Não, não tenho idade para isso... Se as duas portas estão fechadas, vamos tentar atravessar pela parede.

Uma a uma, ele retirava as pedras que encontrava à altura da mão, na esperança de cavar uma galeria que subisse até o nível do chão. Mas o trabalho era longo e difícil porque, naquele trecho, as pedras estavam cimentadas.

— Chefe, chefe — balbuciou Gourel, com a voz estrangulada...

— O que foi?

— Seus pés estão na água.

— Não é possível! Hum, é verdade... Fazer o quê?... Vamos secar quando estivermos ao sol.

— O senhor não está vendo?

— O quê?

— Que está subindo, chefe, está subindo...

— O que é que está subindo?

— A água...

O sr. Lenormand sentiu um calafrio percorrer o corpo. E compreendeu tudo num instante. Não era uma infiltração fortuita, mas uma inundação astuciosamente planejada, produzida de modo mecânico e implacável, graças a algum sistema diabólico.

— Ah! Desgraçado — ele rosnou... — Se um dia eu puser as mãos nele!

— É, chefe, é, mas primeiro temos que sair daqui, e por mim...

Gourel estava abatido, sem a menor condição de ter uma ideia ou de propor um plano.

O sr. Lenormand estava ajoelhado no chão, medindo a velocidade com a qual a água subia. Mais ou menos um quarto da primeira porta estava coberto, e a água chegava a meia distância da segunda porta.

— O progresso é lento, mas constante — disse ele. — Daqui a algumas horas, estaremos cobertos até a cabeça.

— Mas isso é aterrorizante, chefe, é horrível — gemeu Gourel.

— Ah, não! Você não vai ficar me aborrecendo com suas lamentações, vai? Se quiser, chore, mas eu não quero ouvir.

— Estou fraco por causa da fome, chefe, meu cérebro está girando.

— Coma a própria língua.

Como dizia Gourel, a situação era aterrorizante, e se o sr. Lenormand tivesse menos energia, teria abandonado uma luta vã como aquela. O que fazer? Não podiam contar com a caridade de Ribeira para saírem dali. Não podiam mais esperar que os irmãos Doudeville viessem em seu socorro, uma vez que os inspetores ignoravam a existência daquele túnel.

Logo, não havia esperança... nenhuma esperança, além de um milagre impossível...

— Ora, ora — repetia o sr. Lenormand —, isso é uma idiotice, não vamos morrer aqui! Que diabos! Deve haver algum jeito... Me ajude, Gourel.

Encostado na segunda porta, ele a examinava de alto a baixo, por todos os cantos. Do lado de cá, como do outro, provavelmente, havia um ferrolho, um ferrolho enorme. Com a lâmina da faca ele desaparafusou o ferrolho, que se soltou.

— E agora? — perguntou Gourel.

— Agora — disse ele —, bem, este ferrolho é de ferro, é bastante longo, meio pontudo, não é bem uma picareta, mas, mesmo assim, é melhor do que nada... e...

Sem terminar a frase, enfiou o ferrolho na parede da galeria, um pouco antes do pilar de alvenaria que segurava as dobradiças da porta. Conforme esperado, uma vez que atravessou a primeira camada de cimento e pedra, encontrou terra mole.

— Mãos à obra! — ele gritou.

— Bem que eu queria, chefe, mas me explique...

— É simples, vamos cavar em volta deste pilar um corredor de três ou quatro metros de comprimento, que vai dar de novo no túnel, do outro lado da porta, e vamos sair.

— Mas isso vai levar horas, e a água está subindo.

— Me ajude, Gourel.

A ideia do sr. Lenormand estava correta, e com um pouco de esforço, cavando e jogando no túnel a terra que atacava e tirava com a ferramenta, não tardou a cavar um buraco grande o suficiente para entrar.

— Minha vez, chefe! — disse Gourel.

— Ah! Ah! Você ressuscitou? Bom, trabalhe... É só cavar em volta deste pilar.

Nesse momento, a água estava chegando nos calcanhares. Teriam tempo para completar a obra começada? À medida que avançavam, ela se tornava mais difícil, pois a terra retirada os estava soterrando, e, deitados de bruços no corredor, eram obrigados a tirar a todo instante os escombros que os cobriam.

Ao fim de duas horas, tinham concluído mais ou menos três quartos do trabalho, mas a água já cobria suas pernas. Uma hora mais e ela alcançaria o buraco que estavam cavando.

E então, seria o fim.

Gourel, exausto de fome, e largo demais para passar por aquele corredor cada vez mais estreito, teve que renunciar. Ele não se mexia mais, tremendo de aflição, enquanto sentia o corpo submergir debaixo da água gelada.

O sr. Lenormand trabalhava com ardor incansável. Missão terrível, trabalho de formiga, cumprido numa escuridão sufocante. Suas mãos sangravam. Estava desmaiando de fome. Respirava mal o ar insuficiente, e de tempos em tempos os suspiros de Gourel lembravam o tremendo perigo que estava correndo no fundo daquela toca.

Mas nada era capaz de desencorajá-lo, pois estava de novo diante das pedras cimentadas que arrematavam a parede da galeria. Era o mais difícil, mas o objetivo estava próximo.

— Está subindo — exclamou Gourel, com a voz estrangulada —, está subindo.

O sr. Lenormand redobrou os esforços. De repente, a haste do ferrolho mergulhou no vazio. A passagem estava aberta. Bastava alargá-la, o que era muito mais fácil, agora que podia jogar a terra para o outro lado. Gourel, aterrorizado, gritava como um animal agonizante. Ele não se comovia mais. A saída estava ao seu alcance.

Provou um momento de ansiedade ao constatar, pelo som da terra que caía, que o outro lado do túnel também estava cheio de água — o que era natural, uma vez que a porta não constituía um dique suficientemente hermético. Mas que importava? A saída estava livre, e com um último esforço.... ele atravessou.

— Vem, Gourel — gritou ele, voltando para buscar o companheiro.

Ele o puxou, semimorto, pelos punhos.

— Vá! Mexa-se, imbecil, estamos salvos.

— O senhor acha, chefe?... Acha?... Estamos com água até o peito...

— Venha... enquanto não tivermos água pela boca... E a lanterna?

— Não acende mais.

— Paciência.

E exclamou de alegria:

— Um degrau... dois degraus!... Uma escada... Até que enfim!

Estavam saindo da água, daquela maldita água que quase os engolira, e a sensação era deliciosa, uma libertação que os deixava eufóricos.

— Pare! — murmurou o sr. Lenormand.

Tinha batido a cabeça em alguma coisa. Com os braços erguidos, lançou-se contra o obstáculo, que cedeu de imediato. Era um alçapão que, uma vez aberto, dava em um porão que o luar de uma noite clara iluminava pelas frestas de um respiradouro.

Empurrou a tampa e subiu os últimos degraus.

A escuridão se abateu sobre ele. Braços o agarraram. Foi coberto por uma espécie de saco, e em seguida amarrado.

— O outro — disse uma voz.

Fizeram o mesmo com Gourel, e a mesma voz disse:

— Se gritarem, mate-os imediatamente. Você está com o punhal?

— Estou.

— Vamos. Vocês dois, peguem este aqui... e vocês dois, aquele... Sem luz, nem barulho... Seria grave, pois tem gente vasculhando o jardim ao lado desde cedo... são dez ou quinze trabalhando. Volte para o pavilhão, Gertrude, e se acontecer alguma coisa, ligue para mim em Paris.

O sr. Lenormand teve a impressão de estar sendo carregado, e em seguida, de estar a céu aberto.

— Aproxime a charrete — disse a voz.

O sr. Lenormand ouviu ruídos de um veículo e de um cavalo. Deitaram-no sobre tábuas. Gourel foi também içado e deitado ao seu lado. O cavalo partiu trotando.

O trajeto durou por volta de meia hora.

— Parem! — ordenou a voz. — Desçam eles. Ei! Rapaz, vire a charrete de modo que a parte de trás encoste no parapeito da ponte... isso... tem algum barco no Sena? Não? Então, não vamos perder tempo... Ah! Amarraram as pedras?

— Sim, uns paralelepípedos.

— Então, vamos. Recomende a alma a Deus, Lenormand, e reze por mim, Parbury-Ribeira, mais conhecido pelo nome de barão Altenheim. Estamos? Tudo pronto? Muito bem, boa viagem, sr. Lenormand!

Puseram Lenormand sobre o parapeito. Empurraram. Sentiu que caía no vazio, e ouviu ainda uma voz que zombava:

— Boa viagem!

Dez segundos depois, foi a vez do inspetor Gourel.

Parbury - Ribeira - Altenheim

– 1 –

As meninas estavam brincando no jardim sob a supervisão da srta. Charlotte, nova colaboradora de Geneviève. A sra. Ernemont distribuiu bolos, depois voltou para o cômodo que servia de sala e recepção, e acomodou-se diante de uma escrivaninha, onde organizou papéis e registros.

Subitamente, sentiu uma presença estranha na sala. Inquieta, ela se voltou.

— Você! — exclamou. — De onde você veio?... Por onde?

— Silêncio — disse o príncipe Sernine. — Ouça, não vamos perder tempo. Geneviève?

— Está na casa da sra. Kesselbach.

— Ele virá aqui?

— Não antes de uma hora.

— Então, vou deixar os irmãos Doudeville entrarem. Tenho uma reunião com eles. Como vai Geneviève?

— Muito bem.

— Quantas vezes ela viu Pierre Leduc desde que fui embora, há dez dias?

— Três vezes, e eles devem se encontrar hoje na casa da sra. Kesselbach, a quem ela o apresentou, seguindo suas ordens. Mas, na minha opinião, esse Pierre Leduc não é grande coisa. Geneviève bem que poderia conhecer um belo rapaz da posição dela. O professor, por exemplo.

— Você está louca! Geneviève, casada com um professor!

— Ah! Se você pusesse a felicidade de Geneviève em primeiro lugar...

— Ora, Victoire. Você me enche com suas bobagens. E eu lá tenho tempo de pensar em sentimentos? Eu jogo xadrez, eu movo minhas peças sem me preocupar com o que elas pensam. Quando esta partida estiver ganha, só então vou me preocupar em saber se o rei Pierre Leduc e a rainha Geneviève têm ou não coração.

Ela o interrompeu.

— Você ouviu? Um assobio...

— São os Doudeville. Vá atrás deles, e deixe-nos a sós.

Assim que os irmãos entraram, ele perguntou com a precisão habitual:

— Eu sei o que os jornais disseram sobre o desaparecimento de Lenormand e de Gourel. Vocês sabem de mais alguma coisa?

— Não. O subchefe, sr. Weber, ficou com o caso. Faz oito dias que estamos vasculhando o jardim da casa de repouso e não conseguimos entender como eles puderam desaparecer. A equipe inteira está a serviço... Nunca vimos isso... um chefe da Sûreté que desaparece sem deixar vestígios!

— E as duas empregadas?

— Gertrude partiu. Estamos atrás dela.

— E a irmã dela, a Suzanne?

— O sr. Weber e o sr. Formerie a interrogaram. Não há nada contra ela.

— É só isso que vocês têm a me dizer?

— Ah! Não, tem mais, tudo o que não dissemos para os jornalistas.

Relataram então os acontecimentos que marcaram os dois últimos dias do sr. Lenormand, a visita noturna dos dois bandidos à casa de Pierre Leduc, depois, no dia seguinte, a tentativa de sequestro cometida por Ribeira, seguida da perseguição no Bois de Saint-Cucufa, e, por fim, a chegada do velho Steinweg, o interrogatório na Sûreté, na presença da sra. Kesselbach, e a fuga do palácio.

— E ninguém, além de vocês, conhece esses detalhes?

— Dieuzy sabe do incidente com Steinweg, foi ele quem nos contou.

— E ainda confiam em vocês, na chefatura?

— Confiam tanto que nos empregam abertamente. O sr. Weber só confia em nós.

— Então — disse o príncipe —, nem tudo está perdido. Se o sr. Lenormand cometeu alguma imprudência que lhe custou a vida, como eu acho, ele tinha feito um bom trabalho, que é só levar adiante. O inimigo está um passo à nossa frente, mas vamos alcançá-lo.

— Talvez seja difícil, chefe.

— Por quê? É só encontrar o velho Steinweg, pois é ele que tem a chave do enigma.

— Sim, mas onde o Ribeira escondeu o Steinweg?

— Na casa dele, oras.

— Então, precisamos saber onde Ribeira mora.

— Oras!

Depois de dispensar os irmãos, foi até a casa de repouso. Havia automóveis parados à porta, e dois homens iam e vinham, como se estivessem montando guarda.

No jardim, perto do pavilhão da sra. Kesselbach, ele viu, em um banco, Geneviève, Pierre Leduc e um senhor de costas largas, usando um monóculo. Os três estavam conversando. Nenhum deles o viu.

Mas muita gente saiu do pavilhão. O sr. Formerie, o sr. Weber, um escrivão e dois inspetores. Geneviève entrou, o senhor de monóculo dirigiu a palavra ao juiz e ao subchefe da Sûreté, e afastou-se lentamente com eles. Sernine aproximou-se do banco onde Pierre Leduc estava sentado e murmurou:

— Não se vire, Pierre Leduc, sou eu.

— Você!... Você!...

Era a terceira vez que o jovem via Sernine, desde aquela terrível noite em Versalhes, e isso sempre o perturbava.

— Responda... Quem é o sujeito de monóculo?

Pierre Leduc balbuciava, pálido. Sernine o agarrou pelo braço.

— Responda, diabos! Quem é?

— O barão Altenheim.

— De onde ele vem?

— Era amigo do sr. Kesselbach. Chegou da Áustria há seis dias e pôs-se à disposição da sra. Kesselbach.

Os magistrados, nesse ínterim, tinham saído do jardim, assim como o barão Altenheim.

— O barão veio conversar com você?

— Muito. Ficou interessado pelo meu caso. Quer me ajudar a encontrar minha família, e anda me perguntando o que lembro da infância.

— E você, disse o quê?

— Nada, porque não sei de nada. E eu lá tenho lembranças? Você me botou no lugar de outro, e eu nem mesmo sei quem esse outro é.

— Nem eu! — zombou o príncipe. — E é justamente aí que está a bizarrice do seu caso.

— Ah! Você ri... sempre ri... Mas eu já estou começando a me encher... Estou metido num monte de sujeiras, sem falar no perigo que estou correndo, fazendo o papel de alguém que não sou.

— Como... que não é? Você é tão duque quanto eu sou príncipe... Talvez até mais... E depois, se não é, torne-se, caramba! A Geneviève só pode se casar com um duque. Olhe para ela... Os belos olhos de Geneviève não valem sua alma?

Ele nem olhava para o jovem, indiferente ao que este pensava. Todos tinham entrado e, nos primeiros degraus da escada, surgia Geneviève, graciosa e sorridente.

— O senhor voltou? — disse ela para o príncipe. — Ah! Que bom! Fico contente... quer ver Dolorès?

Em seguida, ela o acompanhou até o quarto da sra. Kesselbach. O príncipe teve um choque. Dolorès estava ainda mais pálida, mais magra do que no último dia em que a havia visto. Deitada num divã, coberta por lençóis brancos, tinha a aparência dos doentes que renunciam à batalha. Era contra a vida que ele não lutava mais, contra o destino que a derrotava, com seus golpes.

Sernine olhava-a com piedade profunda, e com uma emoção que não buscava disfarçar. Ela agradeceu a simpatia que ele tinha por ela. Falou também do barão Altenheim, em termos amigáveis.

— A senhora já o conhecia? — perguntou ele.

— De nome, sim, e por meu marido, a quem era muito ligado.

— Conheci um Altenheim que morava na rua Daru. Acha que pode ser ele?

— Oh, não! Ele mora... na verdade, não sei muito bem, ele me deu o endereço dele, mas não posso dizer...

Depois de alguns minutos de conversa, Sernine despediu-se. No vestíbulo, Geneviève estava à sua espera.

— Precisamos conversar — ela disse, agitada. — O assunto é sério... o senhor o viu?

— Quem?

— O barão Altenheim... mas não é esse o nome dele... ou ele tem outro, pelo menos... eu o reconheci... ele não desconfia...

Ela o levou para fora, e andava depressa.

— Calma, Geneviève...

— É aquele homem que quis me levar... Se não fosse o pobre do sr. Lenormand, eu estaria perdida... Ora, o senhor deve saber, já que sabe de tudo.

— O nome verdadeiro dele?

— Ribeira.

— Tem certeza?

— Ele bem que tentou mudar a aparência, o sotaque, as maneiras, mas eu adivinhei imediatamente, tamanho é o horror que ele me inspira. Mas eu não disse nada, esperando o senhor voltar.

— Você disse alguma coisa à sra. Kesselbach?

— Nada. Ela parecia tão contente por ter encontrado um amigo de seu marido. Mas o senhor vai falar com ela, não vai? Vai defendê-la... Não sei o que ele está aprontando contra ela, contra mim... Agora que o sr. Lenormand não está mais aqui, ele não tem mais nada a temer, está agindo como se estivesse dono da situação. Quem poderia desmascará-lo?

— Eu. Eu cuido disso. Mas não diga nada a ninguém.

Eles tinham chegado à portaria. A porta abriu-se. O príncipe disse:

— Adeus, Geneviève, e sobretudo fique tranquila. Eu estou aqui.

Ele fechou a porta, virou-se, e imediatamente recuou.

Diante dele, de cabeça erguida, costas largas e poderosas, estava o homem de monóculo, o barão Altenheim.

Eles se olharam durante dois ou três segundos, em silêncio. O barão sorria.

Disse:

— Estava à sua espera, Lupin.

Por mais seguro que fosse, Sernine estremeceu. Vinha para desmascarar o adversário, e era o adversário quem o desmascarava, de primeira. Oferecendo-se, ao mesmo tempo, para a luta, de um modo ousado, desafiador, como se estivesse seguro da vitória. O gesto era atrevido e dava provas de grande coragem.

Os dois mediram-se com o olhar, subitamente hostis.

— E? — disse Sernine.

— E? Não acha que precisamos nos ver?
— Por quê?
— Precisamos conversar.
— Que dia?
— Amanhã. Vamos almoçar em um restaurante.
— Por que não na sua casa?
— Porque você não sabe onde moro.
— Sei.

O príncipe arrancou rapidamente um jornal do bolso de Altenheim, onde constava o endereço de entrega, e disse:

— Vila Dupont, 29.
— Um belo truque — disse o outro. — Então, até amanhã, na minha casa.
— Até amanhã, na sua casa. A hora?
— À uma.
— Estarei lá. Foi um prazer.

Iam partir. Altenheim o deteve.

— Ah! Uma coisinha, príncipe. Leve suas armas.
— Por quê?
— Tenho quatro empregados, você estará sozinho.
— Tenho meus punhos — disse Sernine —, a luta será justa.

Virou as costas para o barão e em seguida disse:

— Ah! Uma coisinha, barão. Providencie mais quatro.
— Por quê?
— Andei pensando. Vou levar meu chicote.

– 2 –

À uma em ponto, um cavaleiro cruzava o portão da vila Dupont, uma rua pacata de subúrbio, cuja única saída dava para a rua Pergolèse, a dois passos da avenida du Bois.

A rua é ladeada por jardins e belas mansões. E termina numa espécie de pequeno parque, ao lado de uma velha mansão, diante da qual passa a estrada de ferro de Ceinture.

Era ali, no número 29, que morava o barão Altenheim.

Sernine atirou as rédeas do cavalo para um criado que mandara na frente, e disse:

— Traga-o de volta às duas e meia.

Tocou. Uma vez aberta a porta do jardim, caminhou em direção à escadaria, onde o aguardavam dois enormes empregados de libré que o acompanharam até um imenso vestíbulo de pedra, frio e sem qualquer ornamento. A porta fechou-se às suas costas com um ruído surdo e, apesar de sua inquebrantável coragem, ele não pôde deixar de sentir a desagradável impressão de estar sozinho, cercado de inimigos, naquela prisão isolada.

— Anuncie o príncipe Sernine.

O salão ficava ali perto. Fizeram-no entrar imediatamente.

— Ah! Aí está o senhor, meu caro príncipe — disse o barão, chegando à sua frente. — Muito bem! Imagine... Dominique, sirva o almoço daqui a vinte minutos... Até lá, peço que nos deixe sozinhos. Imagine, meu caro príncipe, que eu não estava muito certo de sua visita.

— Ah! Por quê?

— Ora, sua declaração de guerra, hoje de manhã, foi tão explícita que chega a ser inútil qualquer conversa.

— Minha declaração de guerra?

O barão abriu um exemplar do *Grand Journal* e indicou um artigo onde se lia: *Comunicado*.

"O desaparecimento do sr. Lenormand não deixou de comover Arsène Lupin. Depois de uma investigação sumária, e dando prosseguimento ao seu projeto de elucidar o caso Kesselbach, Arsène Lupin decidiu que encontraria o sr. Lenormand vivo ou morto, e entregaria à justiça o ou os autores dessa abominável série de crimes."

— É seu, este comunicado, meu caro príncipe?

— É meu, de fato.

— Logo, eu tinha razão, isto é uma guerra.

— É.

Altenheim indicou uma cadeira a Sernine, sentou-se e disse em tom conciliatório:

— Bem, não, não posso admitir isso. É impossível que dois homens como nós lutem entre si e se prejudiquem.

Bastam algumas explicações e chegaremos a uma solução: fomos feitos para o entendimento.

— Ao contrário, creio que homens como nós não foram feitos para o entendimento.

O outro reprimiu um gesto de impaciência e retomou:

— Ouça, Lupin... A propósito, posso te chamar de Lupin?

— Como quer que eu te chame? Altenheim, Rivera ou Parbury?

— Oh! Oh! Vejo que tem mais informações do que eu imaginava! Peste, você está na ofensiva... Mais uma razão para buscarmos um acordo.

E debruçando-se em sua direção:

— Ouça, Lupin, reflita sobre minhas palavras, não há uma só que eu não tenha pesado bastante. É o seguinte... Somos fortes, nós dois... Você sorri? Não deveria... Pode ser que você tenha recursos que não tenho, mas eu tenho alguns que você ignora. Além do mais, como sabe, não tenho muitos escrúpulos... tenho habilidades... e um talento para mudar de personalidade que um mestre como você deve saber apreciar. Em suma, os dois adversários se equivalem. Mas resta uma questão: por que somos adversários? Estamos atrás do mesmo objetivo, você vai dizer? E daí? Sabe no que vai dar nossa rivalidade? Vamos paralisar nossos esforços e destruir a obra um do outro, e os dois vão fracassar! Quem ganha com isso? Um Lenormand qualquer, um terceiro ladrão... É uma bobagem enorme.

— É bobagem, de fato — confessou Sernine —, mas há um jeito.

— Qual?

— Desista.

— Não brinque. Estou falando sério. A proposta que vou fazer é do tipo que não se recusa, antes de ser examinada. Em duas palavras, é o seguinte: uma parceria.

— Oh! Oh!

— Vamos continuar livres, bem entendido, cada um do seu lado, para fazer tudo o que lhe diz respeito. Mas, para o caso em questão, vamos somar nossos esforços. Que tal? Fechamos um acordo e dividimos por dois.

— E você vai entrar com o quê?

— Eu?

— Sim. Você conhece o meu valor, já dei provas disso. Na sociedade que está me propondo, você conhece, por assim dizer, o meu dote... Qual é o seu?

— Steinweg.

— É pouco.

— É muito. Por meio de Steinweg, vamos saber a verdade sobre Pierre Leduc. Vamos saber o que é esse famoso projeto de Kesselbach.

Sernine desatou num riso.

— E você precisa de mim para isso?

— Como?

— Ora, meu caro, sua proposta chega a ser pueril. Se você tem Steinweg nas mãos e quer minha colaboração, é porque não conseguiu fazê-lo falar. Se não, não precisaria dos meus serviços.

— E então?

— Então, que eu recuso!

Os dois homens se levantaram de novo, bruscos e implacáveis.

— Eu recuso — disse Sernine. — Lupin não precisa de ninguém para agir. Sou do tipo que anda sozinho. Se você estivesse à minha altura, como pretende, essa ideia de associação nunca teria passado pela sua cabeça. Quando temos a estatura de um chefe, comandamos. *Unir-se seria obedecer.* Eu não recebo ordens!

— Você se recusa? Se recusa? — repetiu Altenheim, pálido diante do ultraje.

— Tudo o que posso fazer por você, meu caro, é oferecer um lugar no meu bando. Como um mero soldado, para começar. Sob as minhas ordens, você vai ver como um general ganha uma batalha e como embolsa o butim, dele apenas e só para ele. Interessa, soldado?

Altenheim rangia os dentes, fora de si. E mastigou as palavras:

— Você está enganado, Lupin... está enganado. Eu também não preciso de ninguém, e este caso não é mais difícil do que tantos outros que levei até o fim... A união que propus era para chegarmos mais depressa a uma solução, sem aborrecer ninguém.

— Você não me aborrece — disse Lupin, desdenhoso.

— Muito bem! Se não nos associarmos, só um de nós dois vai chegar a algum lugar.

— Isso para mim basta.

— E só vai chegar lá por cima do cadáver do outro. Você está preparado para esse duelo, Lupin?... Um duelo até a morte, entendeu? Uma facada é um recurso que você despreza, mas e se levar uma, Lupin, em plena garganta?...

— Ah! Ah! Aonde você quer chegar, afinal?

— Não, eu não gosto muito de sangue... Veja meus punhos... eu bato e o sujeito cai... tenho cá meus golpes... Mas o *outro* mata... lembre-se daquele ferimentozinho na garganta... Ah! Aquele. Lupin, cuidado com ele... Ele é terrível, é implacável... Nada pode detê-lo — pronunciou essas palavras em voz baixa, e com tal emoção, que Sernine estremeceu à lembrança abominável do desconhecido.

— Barão — zombou ele —, parece até que você teme seu cúmplice!

— Eu temo pelos outros, por quem atravessa nosso caminho, por você, Lupin. Aceite, ou estará perdido. Eu mesmo, se preciso, agiria. O objetivo está perto demais... quase posso tocar nele... Vá embora, Lupin! — disse isso com tanta energia e vontade, e de um modo tão brutal, que parecia prestes a derrubar o inimigo ali mesmo.

Sernine deu de ombros.

— Deus! Que fome! — disse ele, bocejando. — Como se come tarde nesta casa!

A porta se abriu.

— Está servido, senhor — anunciou o mordomo.

— Ah! Finalmente, uma boa notícia!

Na soleira da porta, Altenheim agarrou-o pelo braço, sem se importar com a presença do empregado:

— Um bom conselho... aceite. O momento é crítico... E será melhor, eu juro, será melhor... aceite...

— Caviar! — exclamou Sernine. — Ah! É muita gentileza... Você lembrou que estava recebendo um príncipe russo.

Sentaram-se um diante do outro, e o galgo do barão, um animal enorme, de pelos claros e compridos, sentou-se entre eles.

— Este é Sirius, meu amigo mais fiel.

— Um compatriota — disse Sernine. — Jamais me esquecerei do cão que o czar me ofereceu, quando tive a honra de salvar-lhe a vida.

— Ah! O senhor teve essa honra... um complô terrorista, imagino?

— Sim, um complô que eu mesmo organizei. Imagine que aquele cão, que se chamava Sébastopol...

O almoço transcorreu alegremente, Altenheim estava de novo de bom humor, e os dois mostraram-se espirituosos e corteses. Sernine contou histórias que o barão respondeu com outras histórias, e eram relatos de caça, de esporte, de viagem, que aludiam a todo instante às famílias mais antigas da Europa, os grandes da Espanha, lordes ingleses, magiares húngaros, arquiduques austríacos.

— Ah! — disse Sernine. — Que belo ofício, o nosso! Ele nos põe em contato com tudo o que há de bom neste mundo. Tome aqui, Sirius, um pedaço desta ave trufada.

O cachorro não tirava os olhos dele, abocanhando de uma só vez tudo o que Sernine oferecia.

— Aceita uma taça de Chambertin, príncipe?

— Com prazer, barão.

— Recomendo, vem da adega do rei Léopold.

— Foi um presente?

— Sim, um presente que dei a mim mesmo.

— Delicioso... Que buquê!... Com este patê de fígado, é um achado. Meus parabéns, barão, seu *chef* é realmente de primeira.

— Trata-se de uma *chef*, príncipe. Levei-a a preço de ouro de Levraud, o deputado socialista. Tome, prove este *chaud-froid* de sorvete de chocolate, e preste atenção nestes bolinhos secos que o acompanham. Uma invenção prodigiosa, estes bolos.

— Estão com um aspecto ótimo — disse Sernine. — Se o gosto corresponder à aparência... Tome, Sirius, você vai adorar isto aqui. Locusta não teria feito melhor.

Rapidamente, pegou um dos bolinhos e ofereceu ao cão. Este o engoliu de uma vez, ficou dois ou três segundos imóvel, como que abobado, depois girou sobre o corpo e caiu, fulminado.

Sernine saltou para trás, para não ser pego de surpresa por um dos empregados, e desatou a rir:

— Ora, barão, quando quiser envenenar os amigos, cuidado para não gaguejar nem tremer as mãos... senão, podemos desconfiar... Mas achei que fosse avesso a assassinatos!

— A uma punhalada, sim — disse Altenheim, sem se perturbar. — Mas sempre quis envenenar alguém. Queria conhecer o gostinho.

— Puxa! Meu caro, você escolhe bem as vítimas. Um príncipe russo!

Ele se aproximou de Altenheim e disse, em tom confidencial:

— Sabe o que teria acontecido se você tivesse conseguido, quer dizer, se meus amigos não me vissem retornar até no máximo as três horas? Bom, às três e meia, o chefe de polícia estaria muito bem-informado sobre aquele que diz ser o barão Altenheim, e que, antes do anoitecer, estaria preso e seria mandado para o "depósito".

— Hum! — disse Altenheim. — Da prisão se escapa... mas ninguém volta do lugar aonde eu ia mandar você.

— Claro, mas primeiro teria que me mandar, e isso não é fácil.

— Bastaria uma mordida num desses bolos.

— Tem certeza?

— Experimente.

— Decididamente, meu caro, você ainda não tem a estatura de um mestre da aventura, e talvez não tenha jamais, uma vez que me prepara esse tipo de armadilha. Quem se crê digno de levar a vida que temos a honra de levar, tem também que ser capaz, e, para isso, deve estar pronto para qualquer eventualidade... e isso inclui não morrer, quando um celerado qualquer tenta nos envenenar... Uma alma destemida num corpo invulnerável, eis o ideal que devemos nos propor... e alcançar. Trabalho, meu caro. Eu sou destemido e invulnerável. Lembre-se do rei Mitrídates.

E voltando a sentar-se:

— Agora, à mesa! Mas como, por um lado, gosto de demonstrar as virtudes que me atribuo e, por outro, não quero dar nenhum desgosto à sua cozinheira, por favor, me passe esse prato de bolinhos.

Ele pegou um, que partiu em dois, e ofereceu a metade ao barão:

— Coma!

O outro recuou.

— Medroso! — disse Sernine.

E, sob o olhar pasmado do barão e dos seus acólitos, pôs-se a comer a primeira, e depois a segunda metade do bolo, tranquilamente, conscienciosamente, como quem come uma iguaria da qual não gostaria de perder a menor migalha.

– 3 –

E voltaram a ver-se.

Nessa mesma noite, o príncipe Sernine convidou o barão Altenheim para ir ao Cabaré Vatel, onde comeram ao lado de um poeta, um músico, um banqueiro e duas belas atrizes, societárias do Théâtre-Français.

No dia seguinte, almoçaram juntos no Bois, e de noite se encontraram no Opéra.

E todos os dias, durante uma semana, eles se viram.

Parecia até que não podiam viver um sem o outro, e que uma grande amizade os unia, feita de confiança, estima e simpatia.

Eles se divertiam muito, bebiam bons vinhos, fumavam excelentes charutos e riam feito loucos.

Na realidade, espionavam-se ferozmente. Inimigos mortais, separados por um ódio selvagem, cada um deles, certo de que iria vencer e desejando essa vitória com vontade implacável, aguardava o minuto propício, Altenheim para eliminar Sernine, e Sernine para lançar Altenheim no abismo que estava cavando diante dele. Os dois sabiam que o desfecho não poderia tardar. Um ou outro perderia a pele, e seria uma questão de horas, de dias, no máximo.

Um drama fascinante, do qual um homem como Sernine tinha que provar o sabor, estranho e poderoso. Conhecer o adversário e conviver com ele, saber que, um passo em falso, qualquer desatenção, e a morte estaria à sua espreita, que volúpia!

Um dia, no jardim do clube da rua Cambon, do qual Altenheim também fazia parte, estavam a sós, àquela hora do crepúsculo em que, no mês de junho, já se começa a jantar, e quando os jogadores da noite ainda não chegaram. Passeavam em volta de um jardim, ao longo do qual havia um muro coberto de arbustos, e onde se via uma pequena porta. De repente, enquanto Altenheim falava, Sernine teve a impressão de que sua voz se tornava menos firme, quase trêmula. Do canto do olho, ele o observou. A mão de Altenheim estava dentro do bolso do casaco, e Sernine *viu*, através do tecido, essa mão se crispar, agarrando o cabo de um punhal, hesitante, indecisa, entre resoluta e impotente.

Que momento delicioso! Será que ia atacar? Quem levaria a melhor, o instinto tímido e covarde, ou a vontade consciente, inclinada ao ato de matar?

Com o torso ereto e o braço atrás das costas, Sernine esperava, com arrepios de aflição e prazer. O barão calou-se, e em silêncio caminharam lado a lado.

— Ataque! — gritou o príncipe.

Ele parou e virou-se para o companheiro:

— Ataque, ele dizia, é agora ou nunca! Ninguém está vendo. Você foge por aquela portinha, a chave está providencialmente pendurada na parede, e adeus, barão...

ninguém viu... Tudo isso deve ter sido proposital... Foi você quem me trouxe aqui... e agora hesita? Ataque!

E olhava no fundo dos seus olhos. O outro estava lívido, vibrando de energia, mas impotente.

— Frangote! — zombou Sernine. — Eu nunca conseguiria fazer nada de você. Quer que eu diga a verdade? Muito bem, você tem medo de mim. É, você nunca tem certeza do que vai acontecer com você quando está comigo. É você quem quer agir, mas são meus atos, meus possíveis atos, que dominam a situação. Não, definitivamente, não é você quem vai apagar a minha estrela.

Ele não tinha terminado essas palavras quando foi agarrado pelo pescoço e puxado para trás. Alguém que estava escondido atrás de um arbusto, perto da portinha, segurava seu rosto. Viu um braço se levantar, armado de um punhal, com uma lâmina brilhante. O braço desceu e a ponta do punhal o atingiu em plena garganta.

Nesse instante, Altenheim saltou por cima dele para liquidá-lo, e eles rolaram pelo canteiro. Foi coisa de vinte a trinta segundos, no máximo. Forte como era, e treinado para a luta, Altenheim cedeu quase imediatamente, gritando de dor. Sernine levantou-se e correu em direção à portinha, que acabara de se fechar atrás de um vulto. Tarde demais! Ouviu o ruído da chave na fechadura. E não conseguiu abrir.

— Ah! Bandido! — praguejou. — O dia em que eu te pegar será o dia em que vou cometer meu primeiro crime! Mas, que diabos!...

Ele voltou, abaixou-se e recolheu os pedaços do punhal que se quebrara ao atingi-lo.

Altenheim começou a se mexer. Ele disse:

— E então, barão, está melhor? Você não conhecia esse golpe, não é? É o que eu chamo de golpe direto no plexo solar, ou seja, ele apaga sua luz vital, como se fosse uma vela. É limpo, rápido, indolor... e infalível. Já uma punhalada?... Hmm! É só usar uma pequena malha de aço no pescoço, como eu uso, e não preciso me preocupar com nada, nem com seu amiguinho raivoso, que ataca sempre na garganta, o monstro, imbecil! Olha, olha aqui o brinquedinho favorito dele... em migalhas!

E estendeu-lhe a mão.

— Venha, levante-se, barão. Eu o convido para jantar. E lembre-se do segredo da minha superioridade: uma alma destemida, num corpo invulnerável.

Ele entrou no clube, pediu uma mesa para dois, sentou-se em um divã e esperou a hora do jantar, pensando:

"Esse jogo é divertido, é claro, mas está começando a ficar perigoso. Preciso acabar com isso... Senão, aqueles animais vão acabar me mandando para o céu mais cedo do que eu gostaria... O desagradável é que não posso fazer nada contra eles, antes de encontrar o velho Steinweg... Porque, no fundo, é só isso que me interessa, o velho Steinweg, e se eu não deixo o barão em paz, é porque estou sempre esperando um sinal qualquer... Que diabos fizeram com ele? Tenho certeza de que o Altenheim fala com ele todo dia, tenho certeza de que está fazendo o impossível para arrancar dele informações sobre o projeto Kesselbach. Mas onde é que eles se encontram? Onde é que ele meteu o sujeito? Na casa de algum amigo? Na casa dele, no número 29 da vila Dupont?"

Ficou ali pensando, depois acendeu um cigarro, baforou três vezes e o atirou fora. Devia ser um sinal, pois vieram sentar-se ao seu lado dois jovens, que ele não demostrou conhecer, e com quem comunicou-se furtivamente.

Eram os irmãos Doudeville, fazendo-se passar, naquele dia, por cavalheiros.

— O que foi, chefe?

— Peguem seis homens, vão até o 29 da vila Dupont e entrem na casa.

— Caramba! Como?

— Em nome da lei. Vocês não são inspetores da Sûreté? Uma investigação.

— Mas não temos direito...

— Consigam.

— E os empregados? Se resistirem?

— São só quatro.

— E se gritarem?

— Não vão gritar.

— E se o Altenheim voltar?

— Ele não vai voltar antes das dez. Eu cuido disso. Isso dá a vocês duas horas e meia. É mais do que precisam para vasculhar a casa de alto a baixo. Se encontrarem o velho Steinweg, venham me avisar.

O barão Altenheim aproximou-se e parou diante dele.

— Vamos jantar? Aquele incidentezinho no jardim me abriu um rombo no estômago. Aliás, sobre isso, meu caro barão, gostaria de dar uns conselhos...

E sentaram-se à mesa.

Depois da refeição, Sernine propôs uma partida de bilhar, que o barão aceitou. Terminada a partida, foram para a mesa de bacará, no momento em que o crupiê dizia:

— Cinquenta luíses a banca, alguém se habilita?

— Cem luíses — disse Altenheim.

Sernine consultou o relógio. Dez horas. Os Doudeville não tinham voltado. Portanto, as buscas tinham dado em nada.

— Banca — ele disse.

Altenheim sentou-se e distribuiu as cartas.

— Eu dou.

— Não.

— Sete.

— Seis.

— Perdi — disse Sernine. — Vamos dobrar a aposta?

— Vamos — disse o barão.

Ele deu as cartas.

— Oito — disse Sernine.

— Nove — disse o barão, mostrando as cartas.

Sernine virou-se de costas, pensando:

"Isto vai me custar trezentos luíses, mas tudo bem, pelo menos ele está plantado no lugar."

Pouco depois, um carro o deixava na frente do número 29 da vila Dupont. Em seguida, encontrou os Doudeville e seus homens reunidos no vestíbulo.

— Encontraram o velho?

— Não.

— Que diabos! Mas ele deve estar em algum lugar! Onde estão os empregados?

— No escritório, amarrados.

— Bom. Eu preferia não ser visto. Podem ir. Jean, fique lá embaixo, vigiando. Jacques, me mostre a casa.

Rapidamente, percorreu o porão, o sótão. Mal parou nos lugares, sabendo que não encontraria em poucos minutos o que seus homens não tinham sido capazes de descobrir em três horas. Mas registrou fielmente a forma e a disposição dos cômodos.

Quando terminou, foi para um quarto que Doudeville tinha indicado como sendo o de Altenheim, e o examinou com atenção.

— Isto vai me servir — disse ele, erguendo uma cortina que escondia um cômodo escuro, cheio de roupas. — Daqui, vejo todo o quarto.

— E se o barão vasculhar a casa?

— Por quê?

— Ele vai saber que viemos, pelos empregados.

— Sim, mas não vai imaginar que um de nós veio se instalar aqui. Vai pensar que a coisa não deu em nada. Portanto, eu fico.

— E como vai sair?

— Ah! Está querendo saber demais. O importante é entrar. Vá, Doudeville, feche as portas. Encontre seu irmão e saiam daqui... Até amanhã, ou...

— Ou...

— Não se preocupem. No momento adequado, vou dar sinal de vida.

Ele se sentou em uma pequena caixa, no fundo do cômodo. Uma fileira com quatro trajes pendurados o protegia. Salvo no caso de uma busca minuciosa, ele estava em perfeita segurança.

Dez minutos se passaram. Ele ouviu o trote surdo de um cavalo, ao lado da propriedade, e um som de guizos. Uma carruagem parou, a porta de baixo bateu, e em seguida ouviu vozes, exclamações e um rumor que se acentuava, provavelmente, à medida que cada um dos homens era desamordaçado.

"Estão explicando a situação", pensou. "O barão deve estar furioso... Agora, está entendendo minha conduta esta noite, no clube, e vendo que o enganei direitinho... Enganei em termos, porque ainda não sei onde está Steinweg... Essa vai ser a primeira preocupação dele: alguém pegou o Steinweg? Para saber, ele vai correr até o esconderijo. Se ele subir, é porque o esconderijo fica em cima. Se descer, é porque fica no subsolo".

Ficou ouvindo. O vozerio prosseguia nos cômodos do térreo, mas ninguém parecia se mexer. Altenheim devia estar interpelando os acólitos. Só meia hora depois, Sernine ouviu passos subindo as escadas.

"Deve ser lá em cima", pensou, "mas por que demoraram tanto?"

— Vão todos dormir — ouviu Altenheim dizer.

O barão entrou no quarto com um dos homens e fechou a porta.

— Também vou dormir, Dominique. Não adianta ficar discutindo a noite inteira, não vamos avançar assim.

— Na minha opinião — disse o outro —, ele veio aqui atrás do Steinweg.

— Também acho, e é por isso que no fundo estou achando graça, porque o Steinweg não está aqui.

— Mas onde ele está, afinal? O que o senhor fez com ele?

— Isto é segredo meu, e você sabe, meus segredos, eu guardo para mim. Só posso dizer que a prisão é boa e que ele só vai sair de lá depois de falar.

— O príncipe, então, nada?

— Acho que sim. E ainda por cima perdeu uma nota para chegar a esse resultado. Ah, que engraçado!... Pobre príncipe!...

— Seja como for — continuou o outro —, precisamos nos livrar dele.

— Fique tranquilo, meu velho, isso não vai demorar. Em menos de oito dias, vou dar uma carteira especial para você, feita do couro da pele do Lupin. Me deixe dormir, estou morrendo de sono.

Um ruído de porta fechando. Depois, Sernine ouviu o barão trancar a porta, esvaziar os bolsos, dar a corda no relógio e despir-se.

Ele estava feliz, assobiava e cantava, e falava em voz alta.

— Sim, a pele do Lupin... em menos de oito dias... em menos de quatro! Se não, é ele quem nos engole, o canalha!... Tudo bem, esta noite, o golpe dele falhou... Os cálculos estavam certos, mas... o Steinweg só poderia estar aqui... só que...

Deitou-se na cama e em seguida apagou a luz. Sernine avançou para perto da cortina, ergueu-a de leve e viu que o luar mal entrava pela janela, deixando a cama numa escuridão profunda.

"Definitivamente, o trouxa fui eu", pensou. "Me deixei enganar direitinho. Assim que ele começar a roncar, eu saio daqui..."

Mas foi surpreendido por um ruído abafado, cuja natureza ele não era capaz de precisar, e que vinha da cama. Era uma espécie de rangido, bem pouco perceptível, aliás.

— E aí, Steinweg, como estamos?

Era o barão falando! Sem dúvida era ele, mas como podia estar falando com o Steinweg, se o Steinweg não estava no quarto? E Altenheim continuou:

— Ainda está intratável?... É?... Imbecil! Mas você vai ter que falar o que sabe... Não?... Então, boa noite e até amanhã...

"Estou sonhando, estou sonhando", pensou Sernine. "Ou então é ele quem está sonhando em voz alta. Vejamos, o Steinweg não está ao lado dele, não está no quarto ao lado, não está nem mesmo na casa. O próprio Altenheim disse... Então, que história esquisita é essa?"

Hesitou. Ia saltar sobre ele, pegar o barão pelo pescoço e conseguir, por força e ameaça, o que não tinha conseguido por astúcia? Absurdo! Altenheim jamais se deixaria intimidar.

"Chega, vou sair daqui", pensou, "foi só uma noite perdida".

Mas não saiu. Sentiu que era impossível sair, que tinha que esperar, que o acaso ainda poderia favorecê-lo.

Com precaução infinita, tirou quatro ou cinco casacos e paletós do cabide, estendeu no chão, deitou-se de costas para a parede e dormiu o sono mais tranquilo do mundo.

O barão não se levantou cedo. Um relógio, em algum lugar, deu nove horas, ele saltou da cama e chamou um empregado.

Leu a correspondência que este trazia, vestiu-se sem dizer uma palavra e pôs-se a escrever cartas, enquanto o funcionário cuidadosamente arrumava no armário as roupas da véspera, e Sernine, de punhos cerrados, pensava:

"Ora, ora, será que vou ter que afundar o plexo solar desse sujeito?"

Às dez horas, o barão ordenou:

— Saia!

— Só mais este colete, e pronto...

— Saia, estou mandando. Volte quando eu chamar, não antes. — Fechou a porta em cima do empregado, esperou, como quem não confia muito nos outros e, aproximando-se de uma mesa onde havia um telefone, tirou o aparelho do gancho.

— Alô!... Senhorita, por favor, complete uma ligação para Garches... Isso, e me retorne...

E ficou ao lado do aparelho.

Sernine vibrava de impaciência. Será que o barão ia se comunicar com seu misterioso companheiro de crime?

A campainha tocou.

— Alô — disse Altenheim... — Ah! É de Garches... perfeito. Senhorita, eu gostaria de falar com o número 38... Isso, oito, duas vezes quatro...

Alguns segundos depois, com voz mais baixa, o mais baixa e clara possível, disse:

— Número 38?... Sou eu... vamos direto ao assunto... Ontem?... Eu sei, você não o pegou no jardim... Mais uma vez, claro... mas temos pressa... Ontem, ele mandou vasculhar minha casa... depois eu conto... Não encontrou nada, que isso fique claro... O quê?... Alô... Não, o velho Steinweg se recusa a falar... Ameaças, promessas, nada funcionou... Alô... É, difícil, ele sabe que não podemos fazer nada... só sabemos uma parte do projeto Kesselbach e da história do Pierre Leduc... e só ele conhece a chave do enigma... Ah! Ele vai falar, eu cuido disso... e hoje à noite... senão... Ah! Fazer o quê, tudo, menos deixar ele escapar! Senão, o príncipe o pega! É! Em três dias, ele tem que estar em outra... Você teve uma ideia?... Sei... boa ideia. Ah! Ah! Excelente... eu cuido disso... Quando vamos nos ver? Na terça, você pode? Está bem. Terça, então... às duas...

Ele pôs o aparelho no gancho e saiu. Sernine ouviu-o dar ordens.

— Agora cuidado, hein? Não vão cair de novo que nem ontem, eu só volto tarde da noite.

A pesada porta do vestíbulo se fechou, depois ouviu-se a batida do portão, no jardim, e os guizos de um cavalo, que se afastava.

Vinte minutos depois, vieram dois empregados, que abriram as janelas e arrumaram o quarto.

Depois que saíram, Sernine ainda esperou por um bom tempo, até o momento em que imaginou que estariam almoçando. Depois, supondo que estivessem na cozinha, sentados à mesa, saiu com cuidado de seu cubículo e passou a examinar a cama e a parede onde esta estava encostada.

"Estranho", pensou, "muito estranho... Não tem nada de particular aqui. A cama não tem fundo falso... Embaixo, nenhum alçapão. Vamos ver o quarto ao lado".

Devagar, passou para aquele quarto. O cômodo estava vazio, sem nenhum móvel.

"Não é aqui que o velho está... Numa parede dessa grossura? Impossível, isso aqui está mais para um tabique, é muito fino. Caramba! Não estou entendendo nada."

Centímetro por centímetro, examinou as tábuas do chão, a parede, a cama, perdendo tempo em experimentos inúteis. Definitivamente, havia alguma coisa ali, talvez muito simples, mas que, naquele momento, ele não conseguia entender.

"A menos que", pensou ele, "Altenheim estivesse mesmo delirando... É a única suposição aceitável. E para saber, só tem um jeito, tenho que ficar. E vou ficar. Aconteça o que acontecer".

Com receio de ser surpreendido, voltou para o seu esconderijo e não saiu mais, divagando e cochilando, atormentado, além do mais, por uma fome violenta.

E a noite chegou. E, com ela, a escuridão.

Altenheim só voltou depois da meia-noite. Subiu para o quarto, dessa vez sozinho, despiu-se, deitou-se e, imediatamente, como na noite anterior, apagou a luz.

A mesma espera ansiosa. O mesmo ruído inexplicável. E com a mesma voz zombeteira, Altenheim dizia:

— E aí, meu amigo, como vai?... Me insulta?... Não, não, meu caro, não é nada disso que espero de você! Você entendeu errado. O que eu preciso é dos seus segredos, todos, bem detalhados, tudo o que você revelou a Kesselbach... a história de Pierre Leduc etc. Ficou claro?...

Sernine ouvia estupefato. Agora, não havia como se enganar: o barão estava *realmente* falando com o velho Steinweg. Um diálogo impressionante! Era como se estivesse presenciando o misterioso diálogo entre um vivo e um morto, uma conversa com um ser inominável, vivendo em outro mundo, um ser invisível, impalpável, inexistente.

O barão retomou, irônico e cruel:

— Você está com fome? Coma, então, meu caro. Mas não se esqueça de que eu te dei toda a sua provisão de pão, e que se comer apenas algumas migalhas por dia, vai ter no máximo para uma semana... Digamos, dez dias! Daqui a dez dias, puf, acabou-se o velho Steinweg. A menos que, daqui até lá, você concorde em falar. Não? Amanhã, veremos... Durma, meu caro.

No dia seguinte, à uma hora, depois de uma noite e uma manhã sem incidentes, o príncipe Sernine saía tranquilamente da vila Dupont e, com o cérebro lento, as pernas moles, enquanto seguia na direção do restaurante mais próximo, ele resumia a situação:

"Então, na próxima terça, Altenheim e o assassino do Palace-Hôtel vão se encontrar em Garches, numa casa cujo número de telefone é 38. Portanto, na terça-feira é que vou entregar os dois culpados *e libertar o sr. Lenormand*. Nessa mesma noite, vai ser a vez do velho Steinweg, e finalmente ficarei sabendo se Pierre Leduc é ou não o filho de um charcuteiro, e se é digno de se casar com Geneviève. Assim seja!"

Na terça de manhã, por volta das onze horas, Valenglay, presidente do Conselho, convocava o chefe de polícia e o subchefe da Sûreté, sr. Weber, e mostrava a eles uma correspondência recebida pelo correio pneumático, assinada pelo príncipe Sernine, e que acabara de chegar.

"*Senhor presidente do Conselho,*
"*Sabendo do seu interesse pelo sr. Lenormand, venho trazer ao seu conhecimento alguns fatos que o acaso me revelou.*
"*O sr. Lenormand está preso no porão da vila de Glycines, em Garches, ao lado da casa de repouso.*
"*Os bandidos do Palace-Hôtel resolveram assassiná-lo hoje às duas horas.*
"*Se a polícia precisar de meu auxílio, estarei à uma e meia no jardim da casa de repouso, ou na casa da sra. Kesselbach, de quem tenho a honra de ser amigo.*
"*Com toda minha estima, sr. presidente do Conselho etc.*
"*Assinado: príncipe Sernine.*"

— Isso é muito sério, meu caro sr. Weber — disse Valenglay. — E acrescento que podemos confiar nas afirmações do príncipe Paul Sernine. Jantei com ele muitas vezes. É um homem sério, inteligente...

— Me permite, sr. presidente — disse o subchefe da Sûreté —, ler outra carta que recebi hoje de manhã?

— Sobre o mesmo assunto?

— Sim.

— Vejamos.

Ele pegou a carta e leu:

"Senhor,
"Saiba que o príncipe Paul Sernine, que se diz amigo da sra. Kesselbach, não é outro senão Arsène Lupin.
"Uma prova será o suficiente: Paul Sernine é anagrama de Arsène Lupin. São as mesmas letras. Nem uma a mais, nem uma a menos.
"Assinado: L. M."

E o sr. Weber acrescentou, enquanto Valenglay parecia confuso:

— Desta vez, nosso amigo Lupin encontrou um adversário à altura. Enquanto ele o denuncia, o outro o entrega. E a raposa cai na armadilha.

— E agora? — disse Valenglay.

— Agora, senhor presidente, vamos fazer com que se entendam... E, para isso, vou precisar de duzentos homens.

A sobrecasaca cor de oliva

– 1 –

Meio-dia e quinze. Um restaurante perto da Madeleine. O príncipe almoça. Na mesa ao lado, sentam-se dois jovens. Ele os cumprimenta e conversam como se fossem amigos.

— Vocês estão nessa expedição?
— Estamos.
— Quantos homens, no total?
— Seis, parece. Cada um vai por um lado. Vamos nos encontrar às quinze para as duas com o sr. Weber, perto da casa de repouso.
— Bom, eu estarei lá.
— O quê?
— Não sou eu quem vai comandar a expedição? E não tenho que encontrar o sr. Lenormand, já que anunciei isso publicamente?
— Acha mesmo, chefe, que Lenormand está vivo?
— Tenho certeza. Ontem fiquei sabendo que Altenheim e seu bando levaram Lenormand e Gourel até a ponte de Bougival e que os jogaram de lá. Gourel afundou, mas Lenormand se salvou. Vou apresentar todas as provas necessárias quando chegar o momento.

— Mas, se ele está vivo, por que então não aparece?
— Porque não está solto.
— Então, é verdade o que senhor disse? Que ele está no porão da vila de Glycines?
— Tenho todas as razões para acreditar.
— Mas, como sabe?... Com que indícios?
— Isso é segredo meu. O que posso dizer é que o desfecho vai ser... digamos... espetacular. Terminaram?
— Sim.
— Meu carro está atrás da Madeleine. Venham comigo.

Em Garches, Sernine devolveu o carro, e andaram até o caminho que leva à escola de Geneviève. Lá, ele parou.

— Ouçam bem, rapazes. Isto é da maior importância. Vocês vão tocar a campainha da casa de repouso. Como inspetores, vocês estão com suas credenciais, certo? Vão se dirigir ao pavilhão Hortênsia, que está desocupado. Chegando lá, vão descer ao subsolo, onde vão encontrar uma portinhola que é só levantar, e vocês terão acesso à entrada de um túnel que descobri esses dias, e que se comunica diretamente com a vila de Glycines. É ali que Gertrude e o barão Altenheim se encontram. E foi por lá que o sr. Lenormand entrou antes de cair nas mãos dos inimigos.

— O senhor acha, chefe?

— Acho. E agora, vejam o que vão fazer. Vocês vão verificar se o túnel está exatamente do jeito que deixei ontem à noite, se as duas portas estão abertas e se, dentro de um buraco, perto da segunda porta, tem um embrulho de sarja preta, que eu mesmo deixei lá.

— Temos que abrir o embrulho?

— Não precisa, são roupas sobressalentes. Vão, e sejam discretos. Estarei aqui esperando.

Dez minutos depois, eles estavam de volta.

— As duas portas estão abertas — disse Doudeville.

— E o embrulho de sarja preta?

— Está no lugar, perto da segunda porta.

— Perfeito! Agora é uma e vinte e cinco. Weber vai chegar com os rapazes. A vila está sendo vigiada. Está cercada desde o momento em que Altenheim entrou. Combinei com o Weber que vou tocar. Depois, tenho meus planos. Vamos, tenho a impressão de que vamos nos divertir.

Depois de se despedir, Sernine afastou-se pelo caminho da escola, falando sozinho.

"Está tudo correndo bem. A batalha vai acontecer no terreno que eu escolhi. Fatalmente, eu vou ganhar, vou me livrar dos meus dois adversários e ficar sozinho no caso Kesselbach... sozinho, e com dois belos trunfos: Pierre Leduc e Steinweg... Além do rei... quero dizer, Bibi. Só tem um problema... O que é que Altenheim vai fazer? Naturalmente, ele deve ter um plano de ataque. Por onde será que vai me atacar? E como admitir que ainda não tenha me atacado? É preocupante. Será que ele me denunciou para a polícia?"

Ele atravessou o pequeno pátio da escola, cujos alunos ainda estavam em sala de aula, e bateu na porta de entrada.

— Pronto, chegou! — disse a sra. Ernemont, abrindo. — Geneviève ficou em Paris?

— Para isso, era preciso que ela tivesse ido a Paris — ele respondeu.

— Mas ela foi, você mesmo que mandou chamar.
— Como é que é? — exclamou ele, agarrando-a pelo braço.
— Como assim? Você sabe melhor do que eu!
— Eu não sei de nada... nada... Fale!...
— Você não escreveu pedindo para a Geneviève encontrar você na estação Saint-Lazare?
— E ela foi?
— Claro... Vocês iam almoçar no hotel Ritz...
— A carta... deixe-me ver a carta.

Ela subiu para procurar e entregou a ele.

— Ah, infeliz, você não viu que era falsa? A imitação da letra é boa... mas é falsa... salta aos olhos.

Ele bateu os punhos na testa, com raiva:

— Foi isso, então, que ele me aprontou. Ah! Miserável! É através dela que ele está me atacando... Mas, como ele sabe? Ah! Não, ele não sabe... É a segunda vez que tenta... e é por causa da Geneviève, porque se apaixonou por ela... Ah, não! Isso, nunca! Ouça, Victoire... Você tem certeza de que ela não gosta dele?... Ah, não! Assim, eu fico nervoso! Vejamos... vejamos... preciso pensar... não é hora para isso...

Ele consultou o relógio.

— Uma e trinta e cinco... tenho tempo... imbecil! Tempo para quê? E eu lá sei onde ela está? — Ele ia e vinha, como um louco, e a velha ama parecia surpresa por vê-lo tão agitado, tão fora de si.

— Mas veja — ela disse —, nada prova que ela não tenha farejado a armadilha, no último instante...

— Onde será que ela está?

— Não sei... talvez na casa da sra. Kesselbach...

— Verdade... verdade... você tem razão — exclamou ele, subitamente esperançoso.

E ele saiu correndo em direção à casa de repouso.

No caminho, perto da porta, encontrou os irmãos Doudeville entrando pela portaria, de onde podiam ver a estrada, o que lhes permitia vigiar os arredores de Glycines. Sem parar, seguiu direto na direção do pavilhão da Imperatriz e chamou Suzanne, que o levou à presença da sra. Kesselbach.

— E Geneviève? — ele perguntou.

— Geneviève?

— Sim, ela não veio?

— Não, e faz muitos dias, aliás.

— Mas ela deve vir, não?

— O senhor acha?

— Tenho certeza. Onde será que ela está? A senhora não lembra?

— Andei procurando, mas nada. Ela e eu não nos vemos há algum tempo.

E, subitamente assustada:

— Mas o senhor está preocupado? Aconteceu alguma coisa com ela?

— Não, nada.

E partiu. Uma ideia lhe ocorrera. E se o barão Altenheim estivesse na vila de Glycines? E se a hora do encontro tivesse mudado?

"Preciso vê-lo...", pensava, "preciso, a qualquer custo."

E correu, desarrumado e indiferente a tudo. Mas, chegando na portaria, recuperou imediatamente o sangue frio: tinha visto o subchefe da Sûreté conversando no jardim com os irmãos Doudeville. Se tivesse tido a clarividência habitual, teria reparado que o sr. Weber estremeceu de leve à sua chegada, mas não reparou.

— Senhor Weber, não? — disse ele.

— Sim... Com quem tenho a honra?...

— Com o príncipe Sernine.

— Ah! Muito bem, o chefe de polícia me falou dos serviços consideráveis que o senhor tem nos prestado.

— O serviço só estará completo quando eu tiver entregue os bandidos.

— Isso não deve demorar. Creio que um deles acaba de entrar... um homem bastante forte, de monóculo.

— Isto, é o barão Altenheim. Seus homens estão aqui, senhor Weber?

— Estão, escondidos na estrada, a duzentos metros de distância.

— Bem, senhor Weber, me parece que o senhor poderia reunir seus homens e trazê-los até aqui, na frente da portaria. Daqui, vamos até à vila. Eu vou tocar. Como o barão Altenheim me conhece, imagino que deva abrir, e eu entrarei com o senhor.

— Excelente plano — disse o sr. Weber. — Eu já volto.

E saiu do jardim, seguindo pela estrada, em direção oposta a Glycines. Rapidamente, Sernine pegou um dos irmãos Doudeville pelo braço.

— Corra atrás dele, Jacques. Mantenha-o ocupado, enquanto entro em Glycines... Depois, adie o ataque o máximo possível, invente algum pretexto... preciso de dez minutos. Podem cercar a vila... mas entrar, não. E você, Jean, fique no pavilhão Hortênsia, na saída do subterrâneo. Se o barão quiser sair por lá, quebre a cabeça dele.

Os Doudeville se afastaram. O príncipe saiu discretamente e correu até um portão alto, blindado de ferro, que era a entrada de Glycines.

Iria tocar?

À sua volta, ninguém. De um salto, subiu no portão, apoiando o pé na borda da fechadura e segurando-se nas grades. Deu um impulso com as pernas e, erguendo-se pelo punho, arriscando-se a cair nas pontas afiadas das grades, conseguiu saltar e transpor o portão.

Atravessou depressa um pátio pavimentado e subiu os degraus de uma galeria rodeada de colunas, para a qual davam janelas, fechadas até o alto por persianas.

Enquanto pensava num jeito de entrar na casa, a porta foi entreaberta com um rangido de ferros que lembrou a entrada da vila Dupont, e Altenheim apareceu.

— Então, príncipe, é assim que o senhor entra numa propriedade privada? Serei obrigado a recorrer à polícia, meu caro.

Sernine agarrou-o pelo pescoço e, empurrando-o contra um banco:

— Geneviève... Onde está Geneviève? Se não me disser o que fez com ela, miserável!...

— Repare, por favor — gaguejou o barão —, que assim não consigo falar.

Sernine o soltou.

— Fale!... E depressa!... Responda... Geneviève?...

— Tem uma coisa — respondeu o barão —, que é muito mais urgente, sobretudo quando se trata de gente como nós, que é estar em segurança...

E, cuidadosamente, empurrou a porta, que trancou com ferrolhos. Depois, conduzindo Sernine ao salão ao lado, um salão sem móveis nem cortinas, disse:

— Agora, sou seu. Como posso servi-lo, príncipe?
— Geneviève?
— Está se comportando muito bem.
— Ah! Então, admite?...
— Por Deus! Eu diria até que sua imprudência a esse respeito me causou espanto. Como é que você não tomou nenhuma precaução? Era inevitável...
— Chega! Onde ela está?
— Você não está sendo educado.
— Onde ela está?
— Entre quatro paredes, livre...
— Livre?...
— Sim, livre para circular entre as paredes.
— Na vila Dupont, talvez? Na prisão que imaginou para o Steinweg?
— Ah! Você sabe... Não, ela não está lá.
— Onde ela está, então? Fale, senão...
— Ora, meu príncipe, você acha que eu seria tolo a ponto de revelar o segredo que o põe aqui, nas minhas mãos? Você ama aquela mocinha...
— Cale a boca! — exclamou Sernine, fora de si. — Eu o proíbo de...
— E daí? Seria uma desonra? Eu gosto dela, e corri o risco de...

Mas não terminou a frase, intimidado pela fúria assustadora de Sernine, fúria contida, silenciosa, que lhe deformava a fisionomia.

Eles se olharam por um longo tempo, cada um procurando o ponto fraco do adversário. Por fim, Sernine avançou e, com voz clara, como quem ameaça, mais do que propõe um pacto:

— Ouça. Lembra da proposta que me fez? O caso Kesselbach para nós dois... agir juntos... dividir os benefícios... Eu recusei... Agora aceito...

— Tarde demais.

— Espere. Aceito mais do que isso: eu abandono o caso... não me meto mais em nada... você fica com tudo... E se precisar, eu ajudo.

— E a condição?

— Dizer onde está Geneviève.

O outro deu de ombros.

— Você está delirando, Lupin. Isso me dá pena... na sua idade...

Uma nova pausa entre os dois inimigos, terrível. O barão zombou:

— Assim mesmo, é muito prazeroso ver você choramingando e mendigando assim. Olha só, parece até que um mero soldado está agora dando uma surra no seu general.

— Imbecil — murmurou Sernine.

— Príncipe, esta noite, se ainda estiver vivo, eu o desafio para um duelo.

— Imbecil! — repetiu Sernine, com um desprezo infinito.

— Você acha melhor acabar de uma vez com isso? Você decide, meu príncipe, chegou sua hora. Posso recomendar sua alma a Deus. Você sorri? Não deveria. Levo uma vantagem imensa sobre você: se precisar, eu mato...

— Imbecil! — disse mais uma vez Sernine.

Ele sacou o relógio.

— Duas horas, barão. Você só tem mais alguns minutos. Às duas e cinco, duas e dez, o mais tardar, o sr. Weber, mais uma meia dúzia de homens fortes, sem escrúpulos, vão forçar a entrada do seu refúgio e pôr as mãos em você... Não ria, você também. A saída com a qual você está contando foi descoberta, eu a conheço e está bem guardada. Portanto, seu destino está selado. É a pena de morte, meu caro.

Altenheim estava lívido. E murmurou:

— Você fez isso? Fez essa infâmia?

— A casa está cercada. A invasão é iminente. Fale, e eu salvo você.

— Como?

— Os homens que estão guardando a saída do pavilhão são meus. Eu digo o que você deve falar para eles, e você estará salvo.

Altenheim refletiu alguns instantes, pareceu hesitar, mas subitamente decidido, afirmou:

— É um blefe. Você não seria tão ingênuo a ponto de se enfiar assim na boca do lobo.

— Você está esquecendo Geneviève. Sem ela, acha que eu estaria aqui? Fale.

— Não.

— Muito bem. Vamos esperar — disse Sernine. — Aceita um cigarro?
— Com prazer.
— Está ouvindo? — disse Sernine, depois de alguns instantes.
— Estou... estou... — disse Altenheim, levantando-se.
Ouviam-se golpes no portão. Sernine disse:
— Nem mesmo as intimações de costume... nenhum aviso... Você tem certeza?
— Mais do que nunca.
— Sabia que, com os instrumentos que eles têm, não vão levar muito tempo?
— Mesmo que já estivessem aqui, eu me recusaria.
O portão cedeu. Ouviram o ranger das dobradiças.
— Ser preso, eu admito — retomou Sernine —, mas estender os próprios punhos para ser algemado é muita idiotice. Não seja teimoso. Fale, e dê o fora.
— E você?
— Eu fico. O que eu tenho a temer?
— Olhe.
O barão apontou para uma fenda na janela. Sernine olhou por ela e recuou num sobressalto.
— Ah! Bandido, você também me denunciou! Não são dez homens, são cinquenta, cem, duzentos homens, que Weber está trazendo...
O barão ria com gosto:
— E se trouxe tantos, é porque está atrás de Lupin. Para mim, meia dúzia bastaria.
— Você avisou a polícia?
— Sim.

— E que provas você deu?

— Seu nome, Paul Sernine, ou seja, Arsène Lupin.

— E descobriu isso sozinho? Coisa em que ninguém mais pensou? Sei! Admita, não foi você.

Ele olhava pela fenda. Um enxame de agentes espalhava-se ao redor da vila, e agora estavam golpeando as portas.

Entretanto, era preciso pensar na fuga ou na execução do plano que ele tinha imaginado. Mas, afastar-se, mesmo que por um instante, seria deixar Altenheim, e quem podia garantir que o barão não tinha à sua disposição outra saída para escapar? A ideia perturbou Sernine. O barão, livre! O barão, livre para voltar para Geneviève, torturá-la e subjugá-la ao seu odioso amor!

Bloqueado, sem saber o que fazer, forçado a improvisar um novo plano naquele instante e subordinando tudo ao perigo que Geneviève corria, Sernine viveu um momento de indecisão atroz. Com os olhos fixos nos olhos do barão, quis arrancar o segredo dele e partir, mas não tentou nem mesmo convencê-lo, tanto lhe pareciam inúteis as palavras. E, enquanto refletia, perguntava-se no que estaria pensando o barão, quais seriam suas armas, sua esperança de salvação. A porta do vestíbulo, ainda que muito bem trancada, ainda que blindada, e de ferro, já começava a ceder. Os dois estavam imóveis diante dessa porta. O ruído das vozes, o sentido das palavras, chegavam até eles.

— Você parece bem seguro de si — disse Sernine.

— Dane-se! — exclamou o barão, dando uma rasteira que fez o outro cair, e arrancou em fuga.

Sernine levantou-se imediatamente, atravessou uma pequena porta debaixo da escada, por onde Altenheim tinha sumido e, precipitando-se sobre os degraus de pedra, desceu até o porão...

Um corredor, uma sala vasta e baixa, quase na escuridão, onde o barão, de joelhos, estava erguendo a tampa de um alçapão.

— Imbecil — exclamou Sernine, atirando-se sobre ele —, você sabe muito bem que meus homens estarão do outro lado desse túnel, e que eles têm ordens para matar você, como quem mata um cão... A menos que... a menos que você conheça outra saída para esse túnel... Ah! É isso, droga! Descobri... e você acha que...

A luta foi árdua. Altenheim, um verdadeiro colosso dotado de uma musculatura excepcional, agarrou o adversário pela cintura e imobilizou seus braços, procurando sufocá-lo.

— Claro... claro... — dizia com dificuldade —, foi tudo bem calculado... enquanto eu não puder usar as mãos para arrebentar você, você tem a vantagem... mas, você aguenta?

Ele estremeceu. O alçapão, que estava fechado, e sobre o qual os dois estavam apoiados, com todo o peso do corpo, parecia estar se mexendo debaixo deles. Ele podia sentir o esforço que *alguém* estava fazendo para erguê-lo, e o barão devia sentir também, pois tentava desesperadamente mudar o campo de batalha para que o alçapão pudesse ser aberto.

"É o *outro*!", pensou Sernine, com uma espécie de terror irracional que aquele ser misterioso provocava nele... "É o outro... Se ele entrar, estou perdido."

Com gestos mínimos, Altenheim conseguia deslocar-se, e tentava arrastar consigo o adversário. Mas este apertava com as pernas as pernas do barão, ao mesmo tempo que, aos poucos, tentava liberar uma das mãos.

Acima deles, os golpes ressoavam forte, como os golpes de um aríete...

"Tenho cinco minutos", pensou Sernine. "Daqui a um minuto, este sujeito tem que..."

E, em voz alta:

— Agora, meu caro. Aguenta firme.

E apertou os joelhos um contra o outro, com uma força inacreditável. O barão gritou, com uma das coxas esmagada.

Sernine, aproveitando-se do sofrimento do adversário, fez um esforço, soltou a mão direita e agarrou-o pela garganta.

— Perfeito! Assim, ficamos bem mais à vontade... Não, não vale a pena procurar o punhal... se não, estrangulo você como se fosse um frango. Veja, estou sendo delicado... Não estou apertando muito, só o suficiente para você não querer nem mesmo se mexer.

Enquanto dizia isso, tirava do bolso um cordão muito fino e, com uma mão só, e muita habilidade, amarrava os punhos do adversário. Sufocado, o barão não opunha resistência. Com alguns gestos precisos, Sernine o amarrou com firmeza.

— Você é muito obediente! Isso mesmo! Mal o reconheço. Bem, se ainda estiver pensando em escapar, este rolo de arame vai arrematar minha obra... Primeiro, os punhos... Agora, os tornozelos... Pronto... Caramba! Como você é gentil!

O barão recuperou-se aos poucos. Gaguejou:

— Se me entregar, Geneviève vai morrer.

— Sério?... E por quê?... Explique...

— Ela está presa. Ninguém sabe onde. Se eu morrer, ela morre de fome... Assim como Steinweg...

Sernine estremeceu. E respondeu:

— Sim, mas você vai falar.

— Nunca.

— Vai, vai falar. Não agora, porque já é tarde, mas esta noite.

Ele se debruçou na direção dele e, bem baixinho, disse em sua orelha:

— Ouça, Altenheim, e preste atenção. Daqui a pouco, você será preso. Esta noite, vai dormir no "depósito". Isso é certo, inevitável. Eu mesmo já não posso fazer nada. Amanhã, vão te levar para a prisão da Santé, e depois, sabe para onde?... Bem, eu vou dar mais uma chance para você escapar. Esta noite, está ouvindo, esta noite, vou entrar na sua cela, no "depósito", e você vai me contar onde está a Geneviève. Duas horas depois, se tiver falado a verdade, ficará livre. Se não... é porque não tem amor à própria vida.

O outro não respondeu. Sernine levantou-se e escutou. Lá em cima, um estrondo. A porta de entrada cedia. Passos martelavam as pedras do vestíbulo e as tábuas da sala. O sr. Weber e seus homens estavam dando busca.

— Adeus, barão, você tem até a noite para pensar. A prisão é boa conselheira.

Ele empurrou o prisioneiro, de modo a liberar a entrada do alçapão, e abriu-o. Como imaginava, não havia mais ninguém embaixo, nos degraus da escada.

E desceu, tomando a precaução de deixar o alçapão aberto atrás de si, como se tivesse a intenção de voltar.

Eram vinte degraus, e em seguida começava o corredor que Lenormand e Gourel tinham percorrido em sentido inverso.

Entrou no corredor e soltou um grito. Parecia pressentir a presença de alguém.

Acendeu a lanterna de bolso. O corredor estava vazio.

Então, armou o revólver e disse em voz alta:

— O problema é seu... Vou abrir fogo.

Nenhuma resposta. Nenhum ruído.

"Deve ter sido impressão", pensou. "Esse sujeito é uma obsessão. Vamos, se eu quiser chegar até aquela porta, tenho que me apressar... O buraco onde enfiei o embrulho com as roupas não está longe daqui. Eu pego o embrulho... e o truque está feito... E que truque! Um dos melhores de Lupin..."

Ele encontrou uma porta, que estava aberta, e imediatamente parou. À direita, havia uma escavação, a que o sr. Lenormand tinha feito para escapar da inundação.

Ele se abaixou e iluminou o buraco.

"Ah!", pensou, tremendo. "Não, não é possível... Doudeville deve ter colocado o embrulho mais à frente."

Mas foi em vão que procurou, vasculhando na escuridão. O embrulho não estava mais lá, e ele não tinha dúvidas de que fora o sujeito misterioso quem o roubara.

"Pena! A coisa estava tão bem arranjada! A aventura estava retomando seu curso natural, eu estava mais seguro de chegar ao fim... Agora, é sair daqui o mais depressa possível... Doudeville está no pavilhão... Minha fuga está garantida... Chega de brincadeira... preciso me apressar e, se possível, pôr as coisas no lugar... Depois, vamos nos ocupar *dele*... Ah! *Ele* que se cuide, se não quiser cair nas minhas garras."

Mas deixou escapar um grito de estupor. Estava chegando à outra porta, e aquela porta, a última antes do pavilhão, estava fechada. Ele se atirou sobre ela. Para quê? O que ele podia fazer?

"Desta vez, murmurou, estou perdido."

Tomado por uma espécie de cansaço, ele se sentou. Tinha a impressão de ser fraco diante daquele sujeito misterioso. Altenheim quase não contava. Mas o outro, aquele personagem das sombras e do silêncio, esse o dominava, dificultava seus planos e o deixava exausto com seus ataques traiçoeiros e diabólicos.

Estava derrotado.

Weber o encontraria ali, feito um animal acuado, no fundo daquela caverna.

– 2 –

"Ah! Não, não!" Pensou, levantando-se de um salto. "Se fosse apenas por mim!... Mas tem a Geneviève, a Geneviève, que preciso salvar esta noite... Afinal, nada está perdido... Se o *outro* sumiu agora há pouco, é porque tem outra saída por aqui. Vamos, vamos, Weber e seu bando ainda não me pegaram."

Agora, ele estava explorando o túnel e, de lanterna na mão, examinava os tijolos nas paredes, quando um grito o alcançou, um grito terrível, abominável, que o fez tremer de aflição.

Vinha dos lados do alçapão. E lembrou de repente que tinha deixado o alçapão aberto, pois tinha a intenção de retornar para a vila de Glycines. Voltou correndo, atravessou a primeira porta. No caminho, sua lanterna se apagou, e ele sentiu alguma coisa, como alguém roçando seus joelhos, subindo pelas paredes. Imediatamente, teve a impressão de que aquele sujeito desaparecia, evaporava, ele não sabia para onde. Nesse instante, topou com um degrau.

"É a saída", pensou, "a outra saída, por onde *ele* sai".

Lá em cima, o grito soou de novo, mais fraco, seguido de gemidos, de estertores... Ele subiu os degraus correndo, surgiu no porão e atirou-se sobre o barão. Altenheim agonizava, a garganta ensanguentada. Os fios tinham sido cortados, mas o arame que lhe atava os punhos e tornozelos estava intacto. *Sem poder libertá-lo, o cúmplice o havia degolado.*

Sernine contemplava aquele espetáculo, horrorizado. Gelado de suor. Pensava em Geneviève aprisionada, perdida, porque só o barão sabia onde ela estava escondida.

Ouviu nitidamente quando os agentes abriram a pequena e discreta porta do vestíbulo. Ouviu nitidamente quando desceram pela escada de serviço.

Agora, apenas uma porta os separava, a do porão onde ele estava. Trancou-a no exato momento em que os invasores punham a mão na maçaneta. Ao seu lado, o alçapão estava aberto... Era a fuga possível, uma vez que havia uma segunda saída.

"Não", ele pensou. "Geneviève em primeiro lugar. Depois, se der tempo, penso em mim..."

E, ajoelhando-se, pôs a mão no peito do barão. O coração ainda palpitava. Debruçou-se ainda mais:

— Você está me ouvindo, não está?

As pálpebras piscaram de leve.

Havia um sopro de vida no moribundo. Daquele vestígio de existência, podia tirar alguma coisa?

A porta, seu último resguardo, começou a ser forçada pelos agentes. Sernine sussurrou:

— Vou salvar você... conheço uns remédios infalíveis... Uma palavra, apenas... Geneviève?...

Aquela palavra de esperança parecia suscitar alguma força. Altenheim tentava articular algo.

— Responda — exigia Sernine —, responda e eu salvo você... Hoje, a vida... a liberdade amanhã... Responda!

A porta tremia debaixo dos golpes.

O barão esboçou sons ininteligíveis. Debruçado sobre ele, aterrorizado, aflito, crispado de vigor e determinação, Sernine ofegava. Os agentes, sua captura inevitável, a prisão, ele nem pensava nisso... Mas Geneviève... Geneviève morrendo de fome, e uma palavra daquela miserável poderia libertá-la!...

— Responda... você precisa...

Ele ordenou, suplicou. Altenheim gaguejava, como que hipnotizado, dominado por aquela autoridade inabalável:

— Ri... Rivoli...

— Rua de Rivoli, não é? Você a prendeu numa casa naquela rua... Que número?

Um estrondo... gritos de triunfo... a porta tinha sido derrubada.

— Para cima dele — gritou o sr. Weber —, peguem ele!... peguem os dois!

— O número... responda... se você a ama, responda... por que vai se calar agora?

— Vinte... vinte e sete... — soprou o barão.

As mãos já tocavam em Sernine. Dez revólveres o ameaçavam. Ele encarou os agentes, que recuaram com um medo instintivo.

— Se se mexer, Lupin — exclamou o sr. Weber, apontando a arma —, eu arrebento você.

— Não atire — disse um Sernine sério —, não é preciso, eu me rendo.

— Mentira! É mais um truque seu...

— Não — prosseguiu Sernine —, a batalha está perdida. Você não tem o direito de atirar. Estou indefeso.
Ele mostrou dois revólveres, que atirou no chão.
— Mentira! — retomou o sr. Weber, implacável. — Apontem para o coração, rapazes! Qualquer gesto, atirem! Qualquer palavra, atirem!
Dez homens estavam ali. Logo, eram quinze. Fez os quinze braços apontarem para o alvo. E, furioso, vibrando de alegria e terror, ele rosnava:
— No coração! Na cabeça! Sem dó! Se ele se mexer, se falar... à queima roupa, atirem!
Com as mãos nos bolsos, impassível, Sernine sorria. A cinco centímetros da sua cabeça, a morte o espiava. Dedos se crispavam nos gatilhos.
— Ah! — zombou o sr. Weber —, isso é muito bom de ver... Desta vez acho que acertamos na mosca, a coisa ficou feia para você, Lupin...
Mandou abrir as persianas de um grande respiradouro, por onde a claridade do dia entrou bruscamente, e voltou-se na direção de Altenheim. Para o seu grande espanto, o barão, que ele acreditava morto, abriu os olhos, olhos ternos, assustadores, próximos do fim. Ele olhou para o sr. Weber. Depois, procurou e, ao ver Sernine, encheu-se de cólera. Parecia que despertava do torpor, que a raiva subitamente reavivada devolvia-lhe parte das forças.
Ele se apoiou nas mãos e tentou falar.
— Você o reconhece, não é? — disse o sr. Weber.
— Sim.
— É Lupin, não é?
— É... Lupin...

Sernine, ainda sorrindo, ouvia.

— Deus, que divertido! — declarou.

— Você tem algo mais a dizer? — perguntou o sr. Weber, que via os lábios do barão agitados, em desespero.

— Sim.

— Sobre o sr. Lenormand, talvez?

— Sim.

— Você o prendeu? Onde? Responda...

Tentando erguer-se com todas as forças, apertando os olhos, Altenheim indicou um armário no canto da sala.

— Ali... ali... — ele disse.

— Ah! Ah! Estamos quentes — zombou Lupin.

O sr. Weber abriu. Em uma das prateleiras, havia um embrulho de sarja preta. Ele abriu e encontrou um chapéu, uma caixinha e roupas... Estremeceu. Reconhecera a sobrecasaca cor de oliva do sr. Lenormand.

— Ah! Miseráveis! — exclamou. — Mataram ele.

— Não — disse Altenheim com um gesto.

— Como?

— É ele... ele...

— Como, ele?... foi Lupin quem matou o chefe?

— Não.

Com uma obstinação selvagem, Altenheim agarrava-se à existência, ávido para falar e acusar... O segredo que queria revelar estava na ponta dos lábios, e ele não conseguia, não sabia traduzir em palavras.

— Vamos lá — insistiu o subchefe —, o sr. Lenormand está morto, não está?

— Não.

— Está vivo?

— Não.
— Não estou entendendo... E então, essas roupas? Essa sobrecasaca?...
Altenheim olhou para Sernine. Um pensamento acudiu o sr. Weber.
— Ah! Entendi! Lupin roubou as roupas do sr. Lenormand e estava contando com isso para escapar.
— Sim... sim...
— Nada mal — exclamou o subchefe. — É típico dele. Aqui neste porão, iríamos encontrar Lupin disfarçado de sr. Lenormand, e amarrado, talvez. Era como ele ia escapar... Mas não deu tempo. É isso, não é?
— É... É...
Mas, no olhar do moribundo, o sr. Weber sentiu que havia outra coisa, e que não era exatamente aquele o segredo. Qual era, então? Qual era o estranho e indecifrável enigma que o moribundo queria revelar antes de morrer? Ele perguntou:
— E o sr. Lenormand, onde está?
— Lá...
— Como, lá?
— Lá.
— Mas só estamos nós, aqui!
— E... e...
— Mas, fale...
— E... Ser... Sernine...
— Sernine! Hein! O quê?
— Sernine... Lenormand...
O sr. Weber teve um sobressalto, iluminado por um clarão.

— Não, não, não é possível — murmurou ele —, isso é loucura. Ele olhava para o prisioneiro. Sernine parecia estar gostando daquilo, e assistia à cena como um espectador ávido para conhecer o desfecho.

Exausto, Altenheim estava de novo prostrado no chão. Iria ele morrer antes de dar a chave do enigma insinuado por suas palavras obscuras? O sr. Weber, abalado por uma hipótese absurda e inverossímil, em que não queria acreditar, mas que não o abandonava, aproximou-se mais uma vez.

— Explique. O que é que há por trás disso? Que mistério?

O outro parecia não ouvir, inerte, o olhar cravado. O sr. Weber deitou-se ao lado dele e disse lenta e claramente, de modo que cada sílaba penetrasse no fundo daquela alma já mergulhada nas sombras:

— Ouça, eu entendi bem, não é? Lupin e o sr. Lenormand...

Precisou de um esforço para prosseguir, de tal modo lhe parecia monstruosa a frase. Mas os olhos ternos do barão o contemplavam, aflitos. Ele concluiu, palpitando de emoção, como se estivesse dizendo uma blasfêmia:

— É isso, não é? Tem certeza? Os dois... são a mesma pessoa?

Os olhos não se mexiam mais. Um fio de sangue corria pelo canto da boca... dois ou três espasmos... uma convulsão final. Foi tudo. No porão, lotado de gente, houve um longo silêncio. Quase todos os agentes que antes olhavam para Sernine agora desviavam o olhar, e estupefatos, sem compreender ou recusando-se a compreender, *continuavam escutando* a inacreditável acusação que o bandido não conseguira formular.

O sr. Weber pegou a caixa encontrada no embrulho de sarja preta e abriu. Ela continha uma peruca grisalha, óculos com hastes de prata, um lenço marrom e, num fundo falso, potes de maquiagem e um compartimento com cachos de cabelo grisalho — enfim, tudo o que era preciso para o disfarce perfeito do sr. Lenormand.

Ele se aproximou de Sernine, e depois de olhá-lo em silêncio por alguns instantes, pensativo, reconstituindo todas as fases daquela aventura, sussurrou:

— Então, é verdade?

Sernine, que em momento algum abandonara um calmo sorriso no rosto, respondeu:

— A hipótese não carece de elegância, nem de ousadia. Mas, antes de mais nada, peça aos seus homens para me deixarem em paz com seus brinquedos.

— Tudo bem — cedeu o sr. Weber, fazendo um sinal para seus homens. — E, agora, responda:

— O quê?

— Você é o sr. Lenormand?

— Sou.

Os homens exclamaram. Jean Doudeville, que estava ali enquanto o irmão vigiava a saída secreta, Jean Doudeville, o cúmplice de Sernine, olhava estupefato. O sr. Weber, estarrecido, permanecia indeciso.

— Isso o surpreende? — disse Sernine. — Admito que é engraçado... Deus, como eu ria, às vezes, quando trabalhávamos, você e eu, o chefe e o subchefe!... E o mais engraçado é que você achou que ele estava morto, o valente sr. Lenormand... morto como o pobre do Gourel. Mas não, não, meu caro, o homenzinho ainda vivia...

Ele apontou para o cadáver de Altenheim.

— Veja, foi este bandido quem me jogou na água, em um saco, com uma pedra amarrada na cintura. Só que esqueceu de tirar minha faca. E, com uma faca, rasguei o saco e cortei a corda. Foi o que aconteceu, meu pobre Altenheim... Se tivesse pensado nisso, não estaria agora onde está... Mas, já falamos demais... Paz aos seus restos mortais!

O sr. Weber escutava, sem saber o que pensar. Por fim, fez um gesto de desespero, como quem desiste de formar uma opinião razoável.

— As algemas — disse ele, subitamente alarmado.

— É só nisso que você pensa? — disse Sernine. — Que falta de imaginação... Enfim, se é o que deseja.

E, vendo Doudeville na primeira fila de seus agressores, estendeu-lhe as mãos:

— Tome, amigo, a honra é toda sua, e não precisa se preocupar... Estou sendo sincero... não há outro jeito...

Disse isso num tom que fez Doudeville entender que a batalha estava terminada, e que agora só lhe restava submeter-se. Doudeville algemou-o. Sem mexer os lábios, sem contrair o rosto, Sernine sussurrou:

— Rua de Rivoli, 27... Geneviève.

O sr. Weber não foi capaz de reprimir um gesto de satisfação, à vista de tal espetáculo.

— A caminho! — disse ele. — Para a Sûreté!

— Isso, para a Sûreté — exclamou Sernine. — O sr. Lenormand vai prender Arsène Lupin, que por sua vez vai prender o príncipe Sernine.

— Você é espirituoso demais, Lupin.

— Verdade, Weber, e é por isso que não conseguimos nos entender.

Durante o trajeto, no carro escoltado por três outros carros lotados de agentes, ele não disse uma palavra. Foram direto para a Sûreté. O sr. Weber, lembrando-se das fugas organizadas por Lupin, levou-o imediatamente para a antropometria, e depois para o "depósito", de onde foi encaminhado para a prisão da Santé. Avisado por telefone, o diretor estava esperando. As formalidades de admissão e os procedimentos de revista foram rápidos.

Às sete horas da noite, o príncipe Paul Sernine transpunha a soleira da cela 14, da segunda divisão.

— Nada mau, este apartamento... nada mau... — afirmou. — Luz elétrica, aquecimento central, banheiro... Enfim, todo o conforto da modernidade... Perfeito, está tudo certo... Senhor diretor, fico com este apartamento, com muito prazer.

Ele se jogou vestido na cama.

— Ah! Senhor diretor, tenho um pequeno pedido a lhe fazer.

— O que é?

— Não me tragam chocolate amanhã de manhã, antes das dez horas... estou morrendo de sono.

E virou-se para a parede.

Cinco minutos depois, estava dormindo profundamente.

Segunda parte
OS TRÊS CRIMES DE ARSÈNE LUPIN

Santé-Palace

– 1 –

O mundo inteiro explodiu em risos. Sim, a captura de Arsène Lupin causou enorme sensação, e o público não poupou elogios merecidos à polícia por aquela vingança tão esperada e plenamente cumprida. O grande aventureiro estava preso. O extraordinário, o genial, o herói invisível estava mofando, como um qualquer, entre as quatro paredes de uma cela, esmagado por aquela potência formidável que se chama Justiça e que, cedo ou tarde, fatalmente vence os obstáculos que se opõem e destrói a obra de seus adversários.

Tudo isso foi dito, impresso, repetido, comentado, repisado. O chefe de polícia recebeu a Cruz de Comandante, o sr. Weber, a Cruz de Oficial. Exaltaram a destreza e a coragem dos seus mais modestos colaboradores. Aplaudiram. Celebraram a vitória. Publicaram artigos e discursos.

Sim! Mas algo se impôs a esse maravilhoso repertório de elogios, a essa euforia ruidosa, e foi um imenso acesso de riso, espontâneo, implacável e ruidoso.

Arsène Lupin foi, durante quatro anos, chefe da Sûreté!

Quatro anos! E foi de fato, legalmente, com todos os direitos que o título confere, com a estima dos chefes, a boa vontade do governo e a admiração de todos.

Durante quatro anos, o sossego da população e a defesa da propriedade foram confiados a Arsène Lupin. Ele velava pelo cumprimento da lei. Protegia os inocentes e perseguia os culpados.

E que serviços havia prestado! Nunca a ordem fora menos perturbada, nunca o crime fora descoberto com tanta convicção e velocidade! Bastava lembrar o caso Denizou, o roubo do Crédit Lyonnais, o assalto ao trem expresso de Orléans, o assassinato do barão Dorf... Tantos triunfos imprevisíveis e fulminantes, tantas proezas magníficas, que podíamos comparar às mais célebres vitórias dos mais ilustres policiais.

Um dia, em um de seus discursos, por ocasião do incêndio do Louvre e da prisão dos culpados, o presidente do conselho, Valenglay, para defender o modo arbitrário como agira o sr. Lenormand, exclamou:

"Com sua clarividência e energia, com suas qualidades de decisão e execução, com seu procedimento inesperado, seus recursos inesgotáveis, o sr. Lenormand lembra-nos o único homem que poderia, se ainda estivesse vivo, fazer-lhe frente, e estou falando de Arsène Lupin. O sr. Lenormand é um Arsène Lupin a serviço da sociedade".

E eis que o sr. Lenormand não era outro senão Arsène Lupin!

Que fosse um príncipe russo, ninguém se importava! Lupin era reincidente em suas metamorfoses. Mas chefe da Sûreté! Que ironia deliciosa! Quanta imaginação regia aquela vida extraordinária!

O sr. Lenormand! Arsène Lupin!

Agora explicavam-se as façanhas, aparentemente milagrosas, que ainda em tempos recentes haviam desorientado a população e desconcertado a polícia. Agora compreendia-se o desaparecimento de seu cúmplice em pleno Palácio de Justiça, em pleno dia, com data marcada. Ele mesmo tinha dito: "Quando souberem como foi simples o procedimento que empreguei nessa fuga, ficarão surpresos. Então foi assim? — dirão. Sim, foi assim, mas foi preciso pensar nisso".

Foi de fato de uma simplicidade infantil: bastava ser o chefe da Sûreté.

Ora, Lupin era o chefe da Sûreté, e todos os agentes, quando obedeciam às suas ordens, tornavam-se cúmplices involuntários e inconscientes de Lupin.

Que bela comédia! Que blefe admirável! Uma farsa monumental e estimulante, nesta nossa época de apatia! Ainda que preso, ainda que irremediavelmente vencido, Lupin, apesar de tudo, era o grande vencedor. De sua cela, ele resplandecia sobre Paris. Mais do que nunca, era o ídolo, mais do que nunca, o mestre!

Ao acordar, no dia seguinte, em seu apartamento na "Santé-Palace", como passou a chamá-lo, Arsène Lupin viu com clareza o ruído formidável que sua prisão iria produzir, sob a dupla identidade de Sernine e Lenormand, e sob o duplo título de príncipe e chefe da Sûreté.

Ele esfregou as mãos e disse:

— Nada melhor para fazer companhia a um homem solitário do que a aprovação dos seus contemporâneos. Ó, glória! Sol dos que vivem!...

À luz do dia, a cela o agradou ainda mais. Pela janela, lá no alto, percebiam-se os galhos de uma árvore, por trás da qual via-se o azul do céu. As paredes eram brancas. Havia apenas uma mesa e uma cadeira, pregadas no chão. Mas era tudo limpo e simpático.

— Ora — disse ele —, uma breve temporada de repouso aqui não deixa de ter seu charme... Mas, vamos a toalete... Será que tenho tudo que preciso?... Não... Neste caso, melhor chamar a arrumadeira.

Acionou, ao lado da porta, um mecanismo que disparou um sinal no corredor.

Em seguida, ferrolhos e barras de ferro foram puxados do lado de fora, a fechadura foi acionada e surgiu um guarda.

— Água quente, meu amigo — disse Lupin.

O outro olhou-o, ao mesmo tempo surpreso e furioso.

— Ah! — exclamou Lupin. — E uma toalha de rosto macia! Puxa! Não tem toalha de rosto!

O homem resmungou:

— Me deixe em paz, ouviu? Não faça mais isso.

Ele ia se retirando, quando Lupin agarrou seu braço, com força.

— Cem francos, se me levar uma carta ao correio.

E tirou do bolso uma nota de cem francos, que escondera durante a revista, e ofereceu a ele.

— A carta — disse o guarda, pegando o dinheiro.

— Já vai!... É só o tempo de escrever.

Sentou-se à mesa, rabiscou algumas palavras a lápis em uma folha que enfiou num envelope, onde escreveu:

"Senhor S. B. 42. Posta restante, Paris."

O guarda pegou a carta e saiu.

"Esta é uma carta", pensou Lupin, "que vai chegar ao destinatário como se eu mesmo a tivesse levado. Daqui a uma hora no máximo, terei a resposta. É o tempo de que preciso para refletir sobre minha situação."

Ele se instalou na cadeira e, a meia voz, resumiu:

"Em suma, no momento tenho dois adversários para combater: primeiro, a sociedade, que me tem em seu poder, e que pouco me importa; segundo, um sujeito desconhecido, que não me tem em seu poder, mas que me preocupa. Foi ele quem disse à polícia que eu era Sernine. Foi ele quem adivinhou que eu era o sr. Lenormand. Foi ele quem fechou a porta da galeria, e foi ele quem me fez parar na prisão."

Arsène Lupin refletiu por um instante, depois continuou:

"Portanto, no fim das contas, a batalha é entre ele e eu. E, para levar adiante essa luta, ou seja, para descobrir e executar o projeto Kesselbach, estou aqui preso, enquanto ele está livre e inacessível, é desconhecido e ainda tem dois trunfos que eu pensei ter, Pierre Leduc e o velho Steinweg... Em resumo, ele está mais perto do objetivo, agora que me afastou definitivamente."

Nova pausa meditativa, e em seguida um novo monólogo:

"A situação não é das melhores. De um lado, tudo, do outro, nada. Diante de mim, um homem poderoso como eu, ou mais até, pois não tem um escrúpulo que me atrapalha. E, para atacá-lo, não tenho armas."

E repetiu diversas vezes essas últimas palavras com voz maquinal, depois calou-se, e apoiando a cabeça nas mãos, ficou pensativo durante um longo tempo.

— Entre, senhor diretor — disse ele, ao ver a porta abrir-se.

— Estava esperando por mim?

— E não escrevi, pedindo que viesse? Ora, não duvidei nem por um segundo que aquele guarda lhe entregaria minha carta. Tanto é que anotei no envelope suas iniciais: S. B., e sua idade: 42.

O diretor, de fato, chamava-se Stanislas Borély e tinha quarenta e dois anos. Era um sujeito bem apessoado, de personalidade gentil, e que tratava os detentos com toda a indulgência possível. Ele disse a Lupin:

— Você estava certo com relação à honestidade do meu subordinado. Aqui está seu dinheiro. Será devolvido quando você for solto... Agora, vai passar por mais uma revista.

Lupin entrou com o sr. Borély numa pequena sala reservada a esse fim, despiu-se e, enquanto sua roupa era vasculhada com uma desconfiança justificada, ele próprio foi alvo de um exame dos mais meticulosos.

Em seguida, foi levado de volta à sua cela, onde o sr. Borély declarou:

— Fico mais tranquilo. A coisa está feita.

— E bem-feita, senhor diretor. Seus funcionários são tão gentis no cumprimento de suas funções, que faço questão de agradecer com esta prova de minha satisfação.

E estendeu uma nota de cem francos ao sr. Borély, que reagiu com um gesto de surpresa.

— Ora! Mas... de onde vem isso?

— Não vale a pena quebrar a cabeça. Um homem como eu, que leva a vida que levo, está sempre pronto para uma eventualidade, e nenhum revés, por pior que seja, deve pegá-lo desprevenido, nem mesmo a prisão.

Com o polegar e o indicador da mão direita, segurou o dedo médio da mão esquerda, arrancou-o com um golpe seco e apresentou-o tranquilamente ao sr. Borély.

— Não se assuste, senhor diretor. Não é meu dedo, mas um simples tubo de tripa muito bem maquiado, que cabe direitinho no meu dedo médio e dá a ilusão de ser meu dedo de verdade.

E acrescentou, rindo:

— E, claro, onde posso esconder uma terceira nota de cem francos... Fazer o quê? Cada um tem a carteira que pode, e usa como precisa...

E parou, diante de um espantado sr. Borély.

— Por favor, não pense que quero impressioná-lo com meus talentozinhos mundanos. Queria apenas mostrar que o senhor está lidando com um... cliente um pouco... especial... e dizer que não deveria se surpreender se eu acabar cometendo algumas infrações às regras mais básicas do seu estabelecimento.

O diretor se recompôs. E disse com calma:

— Prefiro acreditar que vai obedecer às regras e não vai me obrigar a tomar medidas rigorosas...

— Que seriam penosas, não é? É disso mesmo que gostaria de poupar o senhor, provando antecipadamente que elas não me impediriam de agir conforme minha vontade, de me corresponder com os amigos, de defender lá fora os graves interesses que me são confiados, de escrever aos jornais de acordo com minha inspiração, de seguir realizando meus projetos e, por fim, de preparar minha fuga.

— Sua fuga!

Lupin riu com gosto.

— Pense, senhor diretor, a única desculpa que tenho para estar na prisão é sair dela.

O argumento não pareceu suficiente para o sr. Borély, que se esforçou para rir também.

— Um homem prevenido vale por dois.

— É exatamente o que eu queria. Tome todas as precauções, não descuide de nada, para que mais tarde ninguém possa censurá-lo. Eu, do meu lado, cuidarei para que, quaisquer que sejam os aborrecimentos que o senhor tenha que suportar em razão de minha fuga, sua carreira não seja prejudicada por isso. Era isso que eu tinha a dizer, senhor diretor. Agora, pode se retirar.

E, enquanto o sr. Borély saía, profundamente perturbado por aquele detento singular, e muito preocupado com o que viria pela frente, o prisioneiro atirava-se na cama, murmurando:

"Muito bem! Meu velho Lupin, que ousadia! Parece até que você já sabe como vai sair daqui!"

– 2 –

A prisão da "Santé" foi construída a partir de um sistema concêntrico. No centro da parte principal, há uma rotunda para onde convergem todos os corredores, de modo que um detento não pode sair de sua cela sem ser imediatamente visto pelos vigias posicionados na cabine envidraçada que ocupa o centro dessa rotunda.

O que surpreende o visitante que percorre a prisão é ver, a todo momento, prisioneiros sem escolta, e que parecem circular como se estivessem livres. Na verdade, para ir de um ponto a outro, por exemplo, da cela para a viatura penitenciária, posicionada no pátio para levá--los até o Palácio de Justiça, durante os procedimentos de instrução, eles cruzam linhas retas que terminam, cada uma, em uma porta que é aberta por um guarda encarregado apenas de abrir aquela porta e de vigiar as duas linhas retas que nela terminam.

E assim, os prisioneiros, aparentemente livres, são encaminhados de porta em porta, de vigia em vigia, como uma correspondência que passa de mão em mão.

La fora, os guardas municipais recebem o objeto e o depositam em um dos compartimentos do carro penitenciário.

Esse é o procedimento.

Com Lupin, ele não foi levado em consideração. Desconfiavam daquela caminhada pelos corredores. Desconfiavam dos carros de polícia. Desconfiavam de tudo.

O sr. Weber, acompanhado de doze agentes — os melhores, homens escolhidos e armados até os dentes — veio em pessoa receber o temível prisioneiro na porta da cela, e conduziu-o num fiacre, tocado por um cocheiro que era um de seus homens. À direita e à esquerda, à frente e atrás, trotavam guardas municipais.

— Bravo! — exclamou Lupin —, vocês têm por mim um respeito que me comove. Uma guarda de honra. Caramba, Weber, você tem mesmo senso de hierarquia! Não esqueceu tudo o que deve ao seu chefe imediato.

E batendo-lhe nas costas:

— Weber, estou pensando em pedir demissão. Vou indicar você como meu sucessor.

— Isso já está quase feito — disse Weber.

— Que boa notícia! Eu estava preocupado com minha fuga. Agora, estou tranquilo. Quando Weber for chefe da Sûreté...

O sr. Weber não acusou o ataque. No fundo, nutria pelo adversário um sentimento estranho e complexo, feito do temor que lhe inspirava Lupin, da deferência que tinha pelo príncipe Sernine e da admiração respeitosa que sempre manifestou pelo sr. Lenormand. Tudo isso misturado com rancor, inveja e ódio satisfeito.

Chegaram ao Palácio de Justiça. Na sala de espera dos presos, eram aguardados por agentes da Sûreté, entre os quais o sr. Weber teve a satisfação de reconhecer seus dois melhores oficiais, os irmãos Doudeville.

— O sr. Formerie está aqui? — perguntou.

— Sim, chefe, o juiz de instrução está no gabinete dele. — O sr. Weber subiu as escadas, seguido por Lupin, que os Doudeville vigiavam.

— Geneviève? — sussurrou o prisioneiro.

— Segura...

— Onde?

— Na casa da avó.

— E a sra. Kesselbach?

— Em Paris, no hotel Bristol.

— Suzanne?

— Sumiu.

— Steinweg?

— Não sabemos.

— A vila Dupont está sendo vigiada?

— Sim.

— O jornal de hoje está bom?

— Excelente.

— Bom. Para me escrever, as instruções estão aqui.

Chegaram ao corredor interno do primeiro andar. Lupin pôs discretamente na mão de um dos irmãos uma bolinha de papel.

O sr. Formerie formulou uma frase deliciosa, assim que Lupin entrou em seu gabinete, acompanhado pelo subchefe.

— Ah! Aí está! Tinha certeza de que algum dia poríamos as mãos em você.

— Eu também, senhor juiz — disse Lupin —, e fico contente que o destino tenha escolhido o senhor para fazer justiça à minha honestidade.

"Ele não está nem aí para mim", pensou o sr. Formerie. E, no mesmo tom sério e irônico, respondeu:

— E com toda sua honestidade, você vai ter que explicar, até o momento, trezentos e quarenta e quatro casos de roubo, furto, fraude, falsidade, chantagem, receptação etc. Trezentos e quarenta e quatro!

— Como! Só isso? — espantou-se Lupin. — Fico envergonhado.

— E com toda honestidade, vai ter ainda que explicar o assassinato do sr. Altenheim.

— Olha, isso é novidade. A ideia é sua, senhor juiz de instrução?

— Exatamente.

— Muito bem! O senhor está fazendo progressos, sr. Formerie.

— A posição em que você foi surpreendido não nos deixa nenhuma dúvida.

— Nenhuma, claro, mas eu gostaria de saber o seguinte: como Altenheim morreu?

— Ele foi ferido na garganta por um punhal.

— E onde está esse punhal?

— Não encontramos.

— Como não encontraram, se eu seria o assassino, uma vez que fui surpreendido bem ao lado do homem que eu teria matado?

— E, na sua opinião, o assassino?...

— Foi o mesmo que matou o sr. Kesselbach, Chapman etc. A natureza do ferimento é prova suficiente.

— E por onde ele teria escapado?

— Por um alçapão que vocês vão encontrar no mesmo porão onde o drama aconteceu. — O sr. Formerie ficou com cara de tolo.

— E por que você não seguiu esse mesmo exemplo salutar?

— Eu tentei segui-lo. Mas a saída estava barrada por uma porta que não consegui abrir. Foi durante essa tentativa que *o outro* voltou para o porão e matou o cúmplice, com medo das revelações que ele poderia fazer. Ao mesmo tempo, escondeu no fundo do armário, onde depois encontramos, o embrulho com as roupas que eu havia preparado.

— E para que eram as roupas?

— Para me disfarçar. Chegando a Glycines, meu intuito era o seguinte: entregar Altenheim para a justiça, sumir com o príncipe Sernine e reaparecer como...

— O sr. Lenormand, talvez?

— Exatamente.

— Não.

— Como?

O sr. Formerie sorria de um jeito malicioso e mexia o dedo indicador da direita para a esquerda, e da esquerda para a direita.

— Não — ele repetiu.

— Como, não?

— Essa história do sr. Lenormand... É boa para o público, meu amigo. Mas não vai querer que o sr.

Formerie aqui acredite que Lupin e Lenormand eram a mesma pessoa.

E desatou a rir.

— Lupin, chefe da Sûreté! Não! Tudo, menos isso! Há limites... Talvez eu seja ingênuo... mas, mesmo assim... Cá entre nós, para que essa bobagem? Admito que não vejo muito bem...

Lupin olhava-o estupefato. Apesar de tudo o que sabia a respeito do sr. Formerie, não imaginava tal grau de presunção e cegueira. Não havia, naquele momento, ninguém que não acreditasse na dupla personalidade do príncipe Sernine. Só o sr. Formerie...

Lupin voltou-se pasmo na direção do subchefe, que escutava.

— Meu caro Weber, seus progressos agora parece que estão comprometidos. Afinal, se eu não sou o sr. Lenormand, então ele existe... e, se existe, não duvido que o sr. Formerie, com o faro que tem, acabe por encontrá-lo... nesse caso...

— Nós vamos encontrá-lo, sr. Lupin — exclamou o juiz de instrução. — Vou cuidar disso e garanto que o confronto de vocês não será nada banal.

Ele ria, tamborilando os dedos na mesa.

— Ah, que divertido! Eu sempre me divirto com você. Então, você seria o sr. Lenormand, e você mesmo teria mandado prender seu cúmplice Marco!

— Exatamente! Não tínhamos que dar uma satisfação ao presidente do Conselho e salvar o gabinete? Isso já faz parte da história.

O sr. Formerie ria às gargalhadas.

— Ah! Essa é de doer! Meu Deus, como é engraçado! Essa resposta vai correr o mundo. Então, de acordo com essa sua versão, foi com você que eu fiz todo o inquérito inicial no hotel, depois do assassinato do sr. Kesselbach?...

— E foi comigo também que o senhor acompanhou o caso do diadema, quando eu era o duque de Charmerace — respondeu Lupin, com sarcasmo na voz.

O sr. Formerie teve um sobressalto e parou de rir, lembrando daquele caso odioso. Subitamente sério, perguntou:

— Então, você insiste nessa história absurda?

— Sou obrigado, uma vez que se trata da verdade. E, se pegar um navio para a Cochinchina, vai encontrar, em Saigon, a prova da morte do verdadeiro sr. Lenormand, o valente homem de quem tomei o lugar e cujo atestado de óbito posso apresentar.

— Piada!

— Juro, senhor juiz de instrução, mas confesso que para mim tanto faz. Se se incomoda com o fato de que eu seja o sr. Lenormand, assunto encerrado. Se quer que eu tenha matado o Altenheim, fique à vontade. Vai se divertir procurando as provas. E repito, nada disso tem a menor importância para mim. Considero todas as suas perguntas e todas as minhas respostas nulas, como se não tivessem acontecido. Sua instrução do caso não faz a menor diferença, pela simples razão de que estarei onde Judas perdeu as botas quando estiver tudo terminado. Mas...

Sem qualquer embaraço, pegou uma cadeira e sentou-se diante do sr. Formerie, do outro lado da escrivaninha. E num tom seco:

— Há um porém, e é o seguinte: apesar das aparências e apesar das suas intenções, eu não tenho a menor intenção de perder meu tempo. O senhor tem suas obrigações... eu tenho as minhas. O senhor é pago para fazer as suas. Eu faço as minhas... e pago a mim mesmo. Bem, neste momento estou cuidando de um caso que não me permite um minuto de distração, nem um segundo de pausa, tanto nos preparativos como nas providências que tenho que tomar. Portanto, estou trabalhando, mas como vocês estão me obrigando provisoriamente a suportar o ócio entre as quatro paredes de uma cela, vou encarregar vocês dois de cumprirem aquilo que é do meu interesse. Entenderam?

Agora estava de pé, numa atitude insolente e com olhar de desdém, e era tal o domínio que exercia, que seus dois interlocutores não tinham ousado interrompê-lo.

O sr. Formerie então pôs-se a rir, como um observador que se diverte.

— Que graça! Isso é muito engraçado!

— Engraçado ou não, meu senhor, assim será. Meu processo, o fato de saberem se matei ou não, a busca pelos meus antecedentes, delitos ou crimes do passado, todas essas bobagens, façam o que quiserem, desde que não percam de vista, nem por um minuto, o objetivo de sua missão.

— Que é? — perguntou o sr. Formerie, sempre zombeteiro.

— Que é dar continuidade, no meu lugar, às investigações do projeto Kesselbach, e sobretudo descobrir onde está o sr. Steinweg, o alemão sequestrado pelo falecido barão Altenheim.

— Que história é essa?

— É o que eu estava guardando para mim quando era... quando achava que era o sr. Lenormand. Acompanhei parte dessa história no meu gabinete, aqui perto, e o Weber não deve ignorar completamente. Em poucas palavras, o sr. Steinweg conhece a verdade sobre o misterioso projeto que o sr. Kesselbach estava desenvolvendo, e Altenheim, que também estava seguindo essa pista, sumiu com o sr. Steinweg.

— As pessoas não somem assim. Esse Steinweg está em algum lugar.

— Com certeza.

— Sabe onde?

— Sei.

— Estou curioso para saber...

— Ele está no número 29 da vila Dupont.

O sr. Weber deu de ombros.

— Na casa do Altenheim, então? Na casa onde ele morava?

— Sim.

— Veja o crédito que podemos dar para essas bobagens! No bolso do barão, encontrei o endereço dele. Uma hora depois, entrei na casa com meus homens!

Lupin respirou aliviado.

— Mas que boa notícia! E eu que temia uma intervenção do cúmplice, o que não consegui pegar, e um segundo sequestro de Steinweg. E os empregados?

— Foram embora!

— É, devem ter sido avisados pelo outro, por telefone. Mas Steinweg está lá.

O sr. Weber ficou impaciente:

— Não tem ninguém lá, eu já disse, meus homens não arredaram o pé daquela casa.

— Senhor subchefe da Sûreté, eu ordeno que vasculhe pessoalmente a mansão da vila Dupont... E que amanhã me preste contas do resultado das buscas.

O sr. Weber deu de ombros mais uma vez, sem comentar a impertinência:

— Tenho coisas mais urgentes a fazer...

— Senhor subchefe da Sûreté, não há nada mais urgente. Se demorar, todos os meus planos vão por água abaixo. O velho Steinweg nunca mais vai falar.

— E por quê?

— Porque vai morrer de fome se, em um ou dois dias, no máximo, vocês não levarem alguma coisa para ele comer.

– 3 –

— Isso é grave... muito grave — murmurou o sr. Formerie, depois de um instante de reflexão. — Infelizmente...

Ele sorriu.

— Infelizmente, sua revelação padece de um grave defeito.

— Ah, é? E qual?

— É que tudo isso, sr. Lupin, não passa de uma cortina de fumaça... O que é que você quer? Estou começando a conhecer seus truques, e quanto mais obscuros me parecem, mais eu desconfio.

"Imbecil", murmurou Lupin.

O sr. Formerie levantou-se.

— Chega. Como viu, tudo isso não passou de um interrogatório protocolar, o confronto de dois duelistas. Agora que as armas foram apresentadas, falta apenas a testemunha imprescindível deste embate, seu advogado.

— Ah! Isso é indispensável?

— Indispensável.

— Envolver um figurão da advocacia numa história assim tão... complicada?

— É preciso.

— Nesse caso, escolho o sr. Quimbel.

— O presidente da Ordem. Muito bem, o senhor será bem defendido.

Aquela primeira sessão estava encerrada. Ao descer as escadas até a sala de espera, acompanhado pelos dois Doudeville, o detento ordenou, em frases curtas e imperativas:

— Vigiem a casa de Geneviève... quatro homens na casa... a sra. Kesselbach, também... elas correm perigo. Vão fazer uma busca na vila Dupont... estejam lá. Se encontrarem Steinweg, deem um jeito para que ele não fale... usem alguma droga, se for preciso.

— Quando o senhor ficará livre, chefe?

— Não há nada a fazer, por enquanto... Além do mais, não tenho pressa... estou descansando.

Lá embaixo, juntou-se aos guardas municipais que cercavam o carro.

— Para casa, rapazes — exclamou ele —, e depressa. Tenho uma reunião comigo mesmo às duas em ponto.

O traslado transcorreu sem incidentes.

De volta à cela, Lupin escreveu uma longa carta com instruções detalhadas para os irmãos Doudeville, e mais duas cartas.

Uma, era para Geneviève:

"Geneviève, agora você sabe quem eu sou, e vai entender por que não revelei o nome daquele que, duas vezes, carregou você nos braços, ainda pequena. Geneviève, eu era amigo de sua mãe, um amigo distante cuja vida dupla ela ignorava, mas com quem ela sabia que podia contar. E foi por isso

que, antes de morrer, ela me escreveu suplicando que cuidasse de você.

Indigno que sou de sua estima, Geneviève, permanecerei fiel a esse voto. Não me tire completamente do seu coração.

"Arsène Lupin."

A outra carta foi endereçada a Dolorès Kesselbach.

"Apenas o interesse próprio levou o príncipe Sernine a aproximar-se da sra. Kesselbach. Mas o que o segurou ali foi uma necessidade imensa de devotar-se a ela.

Agora que o príncipe Sernine não é outro senão Arsène Lupin, ele pede que a sra. Kesselbach não tire seu direito de protegê-la, de longe, como se protege alguém que não voltaremos a ver."

Havia envelopes sobre a mesa. Ele pegou um, depois outro, mas, quando ia pegar o terceiro, notou uma folha em branco cuja presença o surpreendeu, e onde haviam colado as letras visivelmente recortadas de um jornal. Ele leu:

"A luta contra Altenheim foi em vão. Abandone o projeto, e eu não me oporei à sua fuga.
Assinado: L. M."

Mais uma vez, Lupin sentiu a repulsa e o terror que lhe inspiravam aquele sujeito inominável e fabuloso

— o sentimento de desgosto que sentimos quanto tocamos num animal peçonhento, uma serpente.

— Ele de novo — disse —, e até aqui!

Era isto que o aterrorizava, a visão súbita que tinha, por vezes, daquela potência inimiga, uma potência tão forte como a sua, e que dispunha de meios formidáveis de que nem mesmo ele se dava conta.

Imediatamente, suspeitou do guarda. Mas como poderiam ter corrompido aquele sujeito de olhar duro, de expressão severa?

— Bem! Afinal, é melhor assim! — exclamou ele. — Até hoje, só enfrentei pangarés... Para combater a mim mesmo, tive que me fazer chefe da Sûreté... Agora, estou bem servido!... Eis um homem que me põe no bolso... com grande habilidade, pode-se dizer... Se eu conseguir, daqui da prisão, desviar dos seus golpes e destruí-lo, reaver o velho Steinweg e tirar dele uma confissão, descobrir o projeto Kesselbach e realizá-lo por completo, defender a sra. Kesselbach e conquistar a felicidade e a fortuna de Geneviève... Então, é que Lupin... será sempre Lupin... e, para isso, vamos começar por dormir...

E se deitou na cama, murmurando:

— Steinweg, não morra até amanhã à noite, eu juro que...

Ele dormiu durante todo o fim de tarde, à noite e de manhã. Por volta das onze horas, vieram avisar que o sr. Quimbel o estava aguardando na sala dos advogados, ao que ele respondeu:

— Digam ao sr. Quimbel que se ele precisar de informações sobre tudo o que fiz, basta consultar os jornais dos últimos dez anos. Meu passado pertence à história.

Ao meio-dia, repetiu-se o mesmo cerimonial e as mesmas precauções da véspera para conduzi-lo ao Palácio de Justiça. Ele reviu o mais velho dos Doudeville, com quem trocou algumas palavras e a quem entregou as três cartas que havia escrito, e foi levado à presença do sr. Formerie.

O sr. Quimbel estava lá, com uma pasta cheia de documentos.

Lupin desculpou-se imediatamente.

— Sinto muito, meu caro mestre, não pude recebê-lo antes, e sinto também pelo trabalho que está tendo, trabalho inútil, porque...

— Sim, sim, nós sabemos — interrompeu o sr. Formerie — que o senhor estará viajando. Está tudo certo. Mas, até lá, vamos fazer o que for necessário. Arsène Lupin, apesar de todas as nossas investigações, não temos nenhuma informação confiável sobre seu verdadeiro nome.

— Estranho! Eu também não.

— Não podemos nem mesmo afirmar que o senhor é o mesmo Arsène Lupin que foi preso na Santé em mil novecentos e alguma coisa... e que fugiu de lá, pela primeira vez.

— "Pela primeira vez" é o termo justo.

— Acontece — prosseguiu o sr. Formerie —, que a ficha de Arsène Lupin encontrada no serviço de antropometria registra características de Arsène Lupin completamente diferentes das suas características atuais.

— Mais estranho ainda.

— Indicações diferentes, medidas diferentes, impressões digitais diferentes... mesmo as fotografias não guardam nenhuma relação. Portanto, peço que nos forneça as informações corretas sobre sua verdadeira identidade.

— Era exatamente isso que eu ia pedir a vocês. Já tive tantos nomes que acabei esquecendo o meu. Já não me reconheço mais.

— Portanto, recusa-se a responder.

— Sim.

— E por quê?

— Porque sim.

— Tem certeza?

— Tenho. E já disse, a investigação de vocês não me interessa. Ontem, dei a vocês uma missão que é do meu interesse. Estou esperando o resultado.

— E eu — exclamou o sr. Formerie —, disse ontem que não acreditava em nem uma vírgula daquela história do Steinweg, e que não me ocuparia disso.

— Então, por que ontem, depois da nossa conversa, o senhor foi até a vila Dupont e, junto com o sr. Weber, vasculhou minuciosamente o número 29?

— Como você sabe?... — perguntou o juiz de instrução, irritado.

— Pelos jornais...

— Ah, você lê os jornais!

— Preciso ficar bem-informado.

— Por desencargo de consciência, visitei a casa rapidamente e sem dar muita importância...

— Ao contrário, o senhor deu tanta importância e cumpriu minha missão de um modo tão formidável que, neste exato momento, o subchefe da Sûreté está investigando as coisas por lá.

O sr. Formerie pareceu assombrado. E balbuciou:

— Que ideia! O sr. Weber e eu temos muito mais o que fazer.

Nesse momento, entrou um contínuo e disse algo no ouvido do sr. Formerie.

— Mande entrar! — exclamou. — Mande entrar!...

E, precipitando-se...

— Muito bem! Sr. Weber, o que há de novo? Você encontrou aquele homem...

Ele nem mesmo se dava ao trabalho de disfarçar, tamanha era a pressa em saber.

O subchefe da Sûreté respondeu:

— Nada.

— Ah! Tem certeza?

— Não há ninguém naquela casa, nem vivo nem morto.

— Mas...

— Assim é, senhor juiz.

Eles pareciam ambos decepcionados, como se a convicção de Lupin os tivesse contagiado.

— Viu só, Lupin... — lamentou o sr. Formerie.

E acrescentou:

— Só podemos então supor que o velho Steinweg ficou preso lá, mas não está mais.

Lupin declarou:

— Anteontem de manhã ele ainda estava.

— E, às cinco da tarde, meus homens estavam entrando no local — notou o sr. Weber.

— Temos que admitir, então — concluiu o sr. Formerie —, que ele foi levado durante a tarde.

— Não — disse Lupin.

— Você acha?

Foi uma homenagem ingênua à clarividência de Lupin, aquela pergunta instintiva do juiz de instrução, aquela espécie de submissão antecipada a tudo o que o adversário afirmava.

— Não acho apenas — afirmou Lupin, de modo categórico. — É fisicamente impossível que o sr. Steinweg tenha sido libertado durante a tarde. Steinweg está no número 29 da vila Dupont.

O sr. Weber ergueu os braços para o teto.

— Mas isso é loucura! Eu acabei de sair de lá! Vasculhei cada um dos quartos!... Um homem não pode ficar escondido como se fosse uma moeda de dez centavos.

— Então, o que fazemos? — gemeu o sr. Formerie...

— O que fazemos, senhor juiz de instrução? — respondeu Lupin. — Muito simples. Vamos entrar num carro para me levar com toda a precaução que achar necessária até o número 29 da vila Dupont. Agora é uma hora. Às três, eu terei descoberto o Steinweg.

A proposta era clara, imperiosa, premente. Os dois magistrados sentiram o peso daquela vontade formidável. O sr. Formerie olhou para o sr. Weber. Afinal, por que não? O que havia contra aquela experiência?

— O que acha, sr. Weber?

— Hum!... Não sei muito bem.

— Sim, mas... trata-se da vida de um homem...
— Claro — disse o subchefe, que começava a refletir.

A porta se abriu. Um contínuo trouxe uma carta que o sr. Formerie tirou do envelope, e onde leu as seguintes palavras:

> "Desconfie. Se Lupin entrar na casa da vila Dupont, sairá livre de lá. Sua fuga está sendo preparada. — L. M."

O sr. Formerie ficou pálido. Arrepiou-se com o perigo do qual acabava de escapar. Mais uma vez, Lupin estava zombando dele. Steinweg não existia.

Em voz baixa, o sr. Formerie cumpria seus rituais de agradecimento. Não fosse por aquela milagrosa carta anônima, ele estaria perdido, desonrado.

— Chega por hoje — ele disse. — Vamos retomar o interrogatório amanhã. Guardas, levem-no de volta para a Santé.

Lupin não protestou. Pensou apenas que o golpe viera do *outro*. Imaginou que havia vinte chances contra uma de que o resgate de Steinweg não pudesse acontecer naquele momento mas que, tudo somado, havia aquela única chance, e que ele, Lupin, não tinha nenhum motivo para se desesperar.

Então, disse simplesmente:

— Senhor juiz de instrução, nos vemos amanhã às dez da manhã, no número 29 da vila Dupont.

— Você está louco! Mas, se eu não quero!...

— Mas eu quero, e isso basta. Até amanhã, às dez. Seja pontual.

– 4 –

Como das outras vezes, assim que entrou na cela, Lupin deitou-se e, bocejando, pensou:

"No fundo, não há nada mais prático para conduzir meus negócios do que esta vida. Todo dia, dou um empurrãozinho que põe em marcha toda a máquina, e só preciso ter paciência para esperar o dia seguinte. As coisas acontecem por si sós. É um sossego, para um homem sobrecarregado!"

E, virando-se para a parede:

"Steinweg, se estiver vivo, não morra ainda! Peço só um pouco de boa vontade. Faça como eu: durma."

Exceto na hora da refeição, ele dormiu de novo até de manhã. Não fora pelo barulho da fechadura e dos ferrolhos, e seguiria dormindo.

— De pé — disse o guarda. — Vista-se... estamos com pressa.

O sr. Weber e seus homens o receberam no corredor e o levaram até o fiacre.

— Cocheiro, vila Dupont, 29 — disse Lupin ao subir... —, e depressa.

— Ah! Você sabe então que estamos indo para lá? — disse o subchefe.

— Claro que sei, marquei um encontro com o sr. Formerie ontem, no número 29 da vila Dupont, às dez em ponto. Quando Lupin fala, a coisa acontece. A prova...

Quando alcançaram a rua Pergolèse, as múltiplas precauções da polícia avivaram a alegria do prisioneiro. Um bando de agentes obstruía a rua. Quanto à vila Dupont, estava pura e simplesmente proibida à circulação.

— Estado de sítio — zombou Lupin. — Weber, você vai dar uma moeda de ouro em meu nome para cada um desses pobres coitados que incomodou sem a menor razão. Mas que medo você devia estar sentindo! Por pouco, não me algemou.

— Estava apenas esperando que me pedisse — disse o sr. Weber.

— Vá em frente, meu caro. Esta partida precisa ser justa! Imagine, hoje vocês não são mais do que trezentos!

Algemado, desceu do carro diante da escadaria, e em seguida foi levado para uma sala onde o sr. Formerie estava. Os agentes saíram. O sr. Weber ficou sozinho.

— Me desculpe, senhor juiz de instrução — disse Lupin —, estou um ou dois minutos atrasado. Fique tranquilo que, da próxima vez, resolverei isso...

O sr. Formerie estava pálido. Um acesso de nervosismo fazia-o tremer. Ele gaguejou:

— A sra. Formerie...

Ele se calou, ofegante, com a garganta apertada.

— Como vai a sra. Formerie? — perguntou Lupin, interessado. — Tive o prazer de dançar com ela, no último inverno, no baile da prefeitura, e essa lembrança...

— Meu caro, retomou o juiz de instrução, meu caro, a sra. Formerie recebeu ontem à noite um telefonema da mãe pedindo que viesse com urgência. E saiu imediatamente, sem mim, por infelicidade, pois eu estava estudando seu dossiê.

— O senhor, estudando meu dossiê? Mas que erro grosseiro — observou Lupin.

— Então, à meia-noite — continuou o juiz —, vendo que a sra. Formerie não voltava, corri até a casa da mãe dela, preocupado. A sra. Formerie não estava lá. A mãe dela não tinha telefonado. Tudo não passou de uma abominável emboscada. A esta hora, a sra. Formerie ainda não voltou.

— Ah! — disse Lupin, indignado.

E, depois de refletir:

— Até onde me lembro, a sra. Formerie é muito bonita, não é?

O juiz pareceu não compreender. Ele avançou na direção de Lupin e, com ansiedade na voz e uma atitude quase teatral, disse:

— Recebi uma carta hoje de manhã dizendo que minha mulher seria libertada assim que o sr. Steinweg fosse descoberto. Aqui está a carta. Está assinada por Lupin. Ela é sua?

Lupin examinou a carta e concluiu, solene:

— É minha.

— Isso quer dizer que está querendo me obrigar a ceder o comando da busca por Steinweg?

— Estou exigindo.

— E que minha mulher será libertada em seguida?

— Ela será libertada.

— Mesmo se as buscas derem em nada?

— Isso é inadmissível.

— E se eu me recusar? — exclamou o sr. Formerie, num acesso imprevisível de revolta.

Lupin murmurou:

— Uma recusa poderia ter consequências graves... a sra. Formerie é bonita...

— Tudo bem. Procure... está nas suas mãos — rosnou o sr. Formerie. E cruzou os braços, como quem sabe, no momento certo, resignar-se diante da força maior dos acontecimentos.

O sr. Weber não tinha dito uma palavra, mas mordia nervosamente o bigode, e notava-se a raiva que deveria estar sentindo por ceder mais uma vez aos caprichos daquele inimigo, vencido e ainda assim vitorioso.

— Vamos subir — disse Lupin.

Subiram.

— Abram a porta deste quarto.

Abriram.

— Tirem minhas algemas.

Houve um minuto de hesitação. O sr. Formerie e o sr. Weber consultaram-se com um olhar.

— Tirem minhas algemas — repetiu Lupin.

— Eu me responsabilizo — garantiu o subchefe.

E, fazendo um sinal para os oito homens que o acompanhavam, disse:

— Armas em punho! Ao primeiro comando, fogo!

Os homens sacaram seus revólveres.

— Abaixem as armas — ordenou Lupin —, e ponham as mãos no bolso.

Diante da hesitação dos agentes, declarou com veemência:

— Juro por minha honra que estou aqui para salvar a vida de um homem que está agonizando, e que não vou tentar fugir.

— A honra de Lupin... — murmurou um dos agentes.

Um chute seco na perna fez o agente soltar um grito de dor. Os agentes todos protestaram, de raiva.

— Chega! — gritou o sr. Weber, intervindo. — Vá, Lupin... você tem uma hora... Se daqui a uma hora...

— Nada de condições — objetou Lupin, intratável.

— Hum! Então, faça do seu jeito, animal! — rosnou o subchefe, exasperado.

E recuou, levando os homens consigo.

— Ótimo — disse Lupin. Assim, podemos trabalhar tranquilamente. — Ele sentou-se em uma poltrona confortável, pediu um cigarro, acendeu, e pôs-se a lançar anéis de fumaça em direção ao teto, enquanto todos aguardavam com uma curiosidade que não tentavam dissimular. Em seguida:

— Weber, mande afastar a cama. — E afastaram a cama.

— Tirem todas as cortinas deste quarto.

Tiraram as cortinas.

Fez-se um longo silêncio. Dir-se-ia uma daquelas sessões de hipnose a que se assiste com ironia mesclada de angústia, com um secreto medo das coisas misteriosas que podem acontecer. Quem sabe não veriam um

moribundo surgir do nada, evocado pelo sortilégio irresistível do mágico. Quem sabe não veriam...
— E então? — gritou o sr. Formerie.
— Aí está — disse Lupin. — Acha, senhor juiz de instrução, que não fico pensando em nada na minha cela, e que pedi para vir aqui sem ter nenhuma ideia precisa sobre a questão?
— E agora? — disse o sr. Weber.
— Mande um dos seus homens ir até o quadro de distribuição das campainhas. Deve ficar para os lados da cozinha. — Um dos agentes se afastou.
— Agora, aperte o botão da campainha, aqui mesmo neste quarto, na altura da cama... Isso... aperte forte... não solte... assim está bom... Agora, chame o sujeito que mandamos lá para baixo.

No minuto seguinte, o agente estava de volta.
— Muito bem! E então, artista, você ouviu a campainha?
— Não.
— Algum dos números do quadro se acendeu?
— Não.
— Perfeito. Então, não me enganei — disse Lupin. — Weber, queira por favor desparafusar essa campainha, que é falsa, como está vendo... Essa... comece girando essa calotinha de cerâmica que fica em volta do botão... perfeito... e agora, o que é que você está vendo?
— Uma espécie de funil — respondeu o sr. Weber —, parece a extremidade de um tubo.
— Chegue mais perto... aproxime a boca do tubo, como se fosse um microfone...

— Pronto.

— Chame... chame: "Steinweg!... Alô! Steinweg!..." Não precisa gritar... fale, simplesmente... E aí?

— Ninguém responde.

— Tem certeza? Ouça... Ninguém responde?

— Não.

— Paciência, ou ele morreu... ou não está em condições de responder. — O sr. Formerie exclamou.

— Nesse caso, está tudo perdido.

— Nada está perdido — disse Lupin —, mas vai demorar mais. Esse tubo tem duas pontas, como qualquer tubo. Temos que segui-lo até a outra ponta.

— Mas vamos ter que demolir toda a casa.

— Não... não... você vai ver.

Ele mesmo pôs-se a trabalhar, rodeado pelos agentes muito mais preocupados, aliás, em ver o que ele estava fazendo do que em vigiá-lo.

Ele foi até o outro quarto e, imediatamente, conforme tinha previsto, viu um tubo de chumbo na quina de uma parede, que subia até o teto, como um cano de água.

— Ah! Ah! — disse Lupin —, ele sobe!... Nada mau... Normalmente, procuramos no porão...

O caminho tinha sido descoberto, agora era só se deixar guiar. Eles subiram então ao segundo andar, depois ao terceiro, depois às mansardas. E assim viram que no teto de uma das mansardas havia um buraco, e que o tubo atravessava um sótão muito baixo, em cujo teto também havia um buraco.

Ora, lá em cima, ficava o telhado.

Posicionaram uma escada e atravessaram uma trapeira. O telhado era todo feito de placas de metal.

— Você só não viu que era uma pista falsa — afirmou o sr. Formerie.

Lupin deu de ombros.

— De jeito nenhum.

— Mas se o cano termina nas placas de metal...

— Isso prova apenas que, entre essas placas e a parte de cima do sótão, existe um vão livre onde vamos encontrar... o que estamos procurando.

— Impossível!

— É o que vamos ver. Levantem essas placas... Não, aí não... Aí é onde o cano deve desembocar.

Três agentes executaram a ordem. Um deles exclamou:

— Ah! Conseguimos!

Debruçaram-se. Lupin tinha razão. Embaixo das placas sustentadas por uma treliça de madeira meio apodrecida, havia um vão de um metro de altura, no máximo, no lugar mais elevado.

O primeiro agente que desceu estourou a treliça e caiu no sótão.

Foi preciso caminhar no telhado com cuidado, sempre erguendo as chapas.

Um pouco adiante, havia uma chaminé. Lupin, que estava andando na frente, acompanhando o trabalho dos agentes, parou e disse:

— Chegamos.

Um homem — um corpo, para ser mais exato — jazia ali, e sob a luz forte do dia viram seu rosto lívido e convulsionado de dor. Estava acorrentado a anéis de ferro engastados no corpo da chaminé. Havia duas vasilhas ao lado dele.

— Ele está morto — disse o juiz de instrução.

— O que você sabe disso? — respondeu Lupin.

Ele se enfiou ali, tateou com o pé o piso, que parecia mais sólido naquele lugar, e aproximou-se do corpo. O sr. Formerie e o subchefe seguiram seu exemplo.

Depois de um exame rápido, Lupin afirmou:

— Ainda está respirando.

— É — disse o sr. Formerie —, o coração está batendo de leve, mas está. Você acha que conseguimos salvá-lo?

— Mas, claro! Ele não está morto — declarou Lupin, com muita segurança.

E ordenou:

— Leite, agora! Leite, com água de Vichy. Depressa! Eu me responsabilizo.

Vinte minutos depois, o velho Steinweg abriu os olhos. Lupin, que estava ajoelhado ao seu lado, murmurou lentamente, de modo muito claro, para que suas palavras ficassem gravadas no cérebro do doente:

— Ouça, Steinweg, não revele a ninguém o segredo de Pierre Leduc. Eu, Arsène Lupin, compro esse segredo pelo preço que quiser. Deixe comigo.

O juiz de instrução pegou Lupin pelo braço e disse, muito sério:

— E a sra. Formerie?

— A sra. Formerie está livre. E ansiosa, esperando por você.

— Como assim?
— Ora, eu sabia que o senhor concordaria com esta expedição. Uma recusa seria impensável...
— Por quê?
— Porque a sra. Formerie é bonita demais.

Uma página de história moderna

- 1 -

Lupin lançou dois golpes violentos de direita e de esquerda, depois, aproximou os punhos do peito, deu mais dois golpes e recolheu os punhos novamente.

Executou esse movimento trinta vezes seguidas, depois inclinou o busto para frente e para trás, em seguida elevou uma e outra perna e golpeou alternadamente à sua frente com os dois braços.

Isso durou quinze minutos, os quinze minutos que toda manhã dedicava a desenferrujar os músculos, com exercícios de ginástica sueca.

Em seguida, sentou-se à mesa, pegou algumas folhas em branco de uma das pilhas numeradas que havia ali e, dobrando uma delas, fez um envelope — gesto que repetiu com uma série de outras folhas.

Era o trabalho que tinha aceitado fazer e ao qual se sujeitava todos os dias, uma vez que os detentos tinham o direito de escolher o trabalho que queriam fazer: colagem de envelopes, confecção de leques de papel, de bolsas de metal etc.

E assim, mantendo as mãos ocupadas com um exercício maquinal, relaxando os músculos com gestos mecânicos, Lupin não parava de pensar nos seus negócios.

Ouviu o ranger dos ferrolhos, o ruído da fechadura...

— Ah! É o senhor, um excelente guarda. Está na hora do último banho, do derradeiro corte de cabelos que precede a degola?

— Não — disse o homem.

— Hora da instrução, então? Do passeio ao Palácio? Eu ficaria surpreso, porque aquele bom sr. Formerie me avisou esses dias que, de agora em diante, por precaução, os interrogatórios aconteceriam na minha própria cela, o que admito, contraria meus planos.

— O senhor tem uma visita — disse o homem, em tom lacônico.

"Pronto", pensou Lupin.

E, a caminho do parlatório, pensava:

"Puxa, se for quem estou achando, eu sou o cara! Em quatro dias, e de dentro da cela, ter levantado esse negócio, que golpe de mestre!"

De posse de uma autorização legal, assinada pelo diretor da primeira divisão da chefatura de polícia, os visitantes entram em pequenas celas que servem de parlatório. Essas celas, divididas ao meio por duas grades, distantes cinquenta centímetros uma da outra, têm duas portas, que dão para dois corredores diferentes. O detento entra por uma porta, o visitante por outra. Eles não podem, portanto, nem se tocar, nem falar baixo, nem trocar qualquer objeto que seja. Além disso, em alguns casos, um guarda pode presenciar a conversa.

Neste caso, a honra coube ao chefe da guarda.

— Quem diabos conseguiu autorização para me visitar? — exclamou Lupin, ao entrar. — Hoje não é meu dia de visitas.

Enquanto o guarda fechava a porta, ele se aproximou das grades e examinou o sujeito que estava atrás da outra grade, cujos traços mal se viam na penumbra.

— Ah! — disse ele, contente —, é o sr. Stripani! Mas que feliz acaso!

— Sim, sou eu, meu caro príncipe.

— Não, nada de títulos, meu caro, por favor. Aqui, renunciei a todos os penduricalhos da vaidade humana. Pode me chamar de Lupin, é mais adequado à situação.

— Eu gostaria, mas a pessoa que conheci foi o príncipe Sernine, e foi o príncipe Sernine quem me salvou da miséria e me proporcionou felicidade e riqueza. O senhor compreende portanto que, para mim, você será sempre o príncipe Sernine.

— Vamos lá, sr. Stripani... vamos lá! O tempo do chefe de guarda é precioso, e não temos direito de abusar. Em poucas palavras, o que o traz aqui?

— O que me traz aqui? Oh! Meu Deus, é muito simples. Entendi que você ficaria descontente comigo se eu procurasse outra pessoa, que não você, para completar o trabalho que começou. E depois, sozinho, você conseguiu reunir todos os elementos que permitiram, na época, reconstituir a verdade e contribuir para a minha libertação. Portanto, sozinho, você poderia evitar mais um golpe que está me ameaçando. Foi o que o chefe de polícia entendeu, depois que expus a ele a situação...

— Eu estava mesmo surpreso que tivessem autorizado sua...

— Não poderiam recusar, meu caro príncipe. Um caso como este requer sua intervenção, um caso em que há tantos interesses em jogo, e não só meus, mas também de alguns figurões que você conhece...

Lupin observava o guarda com o canto do olho. Ele ouvia com muita atenção, inclinado para a frente, ávido para compreender o significado secreto daquelas palavras.

— De modo que...? — perguntou Lupin.

— De modo, meu caro príncipe, que peço que faça um esforço para se lembrar de tudo o que sabe a respeito daquele documento escrito em quatro línguas, e que começava mais ou menos assim...

Um soco bem no maxilar, um pouco abaixo da orelha. O chefe da guarda cambaleou durante três ou quatro segundos e, feito uma estátua, sem nenhum gemido, caiu nos braços de Lupin.

— Muito bom, Lupin — disse o próprio. — Belo trabalho. Você trouxe o clorofórmio, Steinweg?

— Tem certeza de que ele desmaiou?

— Imagina! Por uns três ou quatro minutos... mas só isso não vai ser suficiente.

O alemão tirou do bolso um tubo de couro, que esticou feito um telescópio, e em cuja ponta havia um pequeno frasco.

Lupin pegou o frasco e derramou algumas gotas num lenço, que aplicou bem debaixo do nariz do chefe da guarda.

— Perfeito!... O sujeito está sob controle... Vou pegar por isso uma ou duas semanas de solitária... mas, são ossos do ofício.

— E eu?

— Você? O que é que tem?

— Caramba! Esse soco...

— Você não tem nada a ver com isso.

— E a autorização para te ver? É falsa, simplesmente.

— Você não tem nada a ver com isso.

— Mas fizeram para mim.

— Desculpe! Ontem, você fez uma solicitação perfeitamente legal em nome de Stripani. Hoje de manhã, recebeu uma resposta oficial. O resto é com eles. Meus amigos que forjaram essa autorização, e só eles, têm que ficar preocupados. Veja se vem vindo alguém!...

— E se nos interromperem?

— Por quê?

— Ficaram meio cabreiros, quando apresentei a autorização para ver Lupin. O diretor me chamou e me examinou de alto a baixo. Não duvido que liguem para a chefatura de polícia.

— Eu tenho certeza.

— E agora?

— Está tudo previsto, meu caro. Não se preocupe, vamos conversar. Imagino que, se veio até aqui, é porque sabe do que se trata?

— Sei. Seus amigos me explicaram...

— E você aceita?
— O homem que salvou minha vida pode dispor de mim como bem entender. Não importa como eu puder ajudar, ainda ficarei em dívida.
— Antes de contar seu segredo, pense na posição em que me encontro... estou preso, sem poder fazer nada...
Steinweg pôs-se a rir:
— Por favor, não brinque. Contei meu segredo para o Kesselbach porque ele era rico e podia, mais do que ninguém, tirar proveito dele. Mas, mesmo preso, mesmo sem poder fazer nada, considero você cem vezes mais poderoso do que Kesselbach, com seus cem milhões.
— Oh! Oh!
— E você sabe disso! Cem milhões não teriam sido suficientes para encontrar o buraco onde eu estava agonizando, nem para me botar aqui, durante uma hora, na frente do prisioneiro impotente que é você. Para isso, precisa de outra coisa. E isso você tem.
— Nesse caso, fale. E vamos por ordem. O nome do assassino?
— Impossível.
— Como, impossível? Se você sabe, tem que me revelar tudo.
— Tudo, menos isso.
— Mas...
— Depois.
— Você está louco! Mas por quê?
— Não tenho provas. Depois, quando você estiver solto, vamos investigar isso juntos. E, para quê! Sério, eu não posso.

— Você tem medo dele?

— Tenho.

— Que seja — disse Lupin. — Afinal, isso não é o mais urgente. Mas, e o resto, você está decidido a falar?

— Tudo.

— Muito bem! Responda. Como se chama Pierre Leduc?

— Hermann IV, grão-duque de Deux-Ponts-Veldenz, príncipe de Berncastel, conde de Fistingen, senhor de Wiesbaden e de outros lugares.

Lupin sentiu um arrepio de contentamento ao saber que, definitivamente, seu protegido não era o filho de um charcuteiro.

— Caramba! — murmurou ele —, isso é que é título! Até onde sei, o grão-ducado de Deux-Ponts-Veldenz fica na Prússia?

— Fica, na Moselle. A casa dos Veldenz é um ramo da casa palatina de Deux-Ponts. O grão-ducado foi ocupado pelos franceses depois do tratado de paz de Lunéville, e fez parte do departamento de Mont-Tonnerre. Em 1814, foi restabelecido em proveito de Hermann I, bisavô do nosso Pierre Leduc. O filho, Hermann II, viveu uma juventude tempestuosa, arruinou-se, dilapidou as finanças da casa e tornou-se insuportável para os súditos, que acabaram queimando parte do velho castelo de Veldenz e expulsando o senhor dos seus próprios domínios. O grão-ducado foi então administrado e governado por três regentes, em nome de Hermann II, que — e esta é uma anomalia bastante curiosa — não abdicou e manteve o título de grão-duque regente. Ele viveu muito pobre em Berlim, depois fez campanha na França, ao lado de Bismarck, de quem era amigo, e morreu quando um obus explodiu durante o cerco de Paris, e, ao morrer, confiou a Bismarck seu filho Hermann... Hermann III.

— O pai, portanto, do nosso Leduc — disse Lupin.

— Isso. Hermann III tornou-se um protegido do chanceler, que, por diversas vezes, serviu-se dele como enviado secreto junto a personalidades estrangeiras. Quando seu protetor caiu, Hermann III deixou Berlim, viajou e se fixou em Dresden. Quando Bismarck morreu, Hermann III estava presente. Ele mesmo morreria dois anos mais tarde. Esses são fatos públicos, conhecidos por todos na Alemanha, essa é a história dos três Hermann, grão-duques de Deux-Ponts-Veldenz, no século XIX.

— Mas e o quarto, Hermann IV, o que nos interessa?

— Não vamos falar dele agora. Vamos aos fatos desconhecidos.

— Que só você conhece — disse Lupin.

— Eu, e pouca gente.

— Como, pouca gente? Não era segredo, não guardaram o segredo?

— Sim, guardaram, o segredo está bem guardado por quem o conhece. Não se preocupe, essa gente tem todo o interesse em não divulgar, eu respondo por isso.

— Muito bem! E como você ficou sabendo?

— Por um velho empregado e secretário íntimo do grão-duque Hermann, o último da casa. Esse empregado, que morreu nos meus braços na Cidade do Cabo, me confidenciou primeiro que seu patrão tinha se casado clandestinamente e que tinha deixado um filho. Depois, me revelou o famoso segredo.

— O mesmo que você revelou mais tarde para o Kesselbach?

— Sim.

— Fale.

No exato momento em que disse essa palavra, ouviram um ruído de chaves na fechadura.

- 2 -

— Não fale mais nada — murmurou Lupin.

E encostou-se na parede, ao lado da porta. A porta se abriu. Lupin fechou-a bruscamente, atingindo um homem, um carcereiro, que soltou um grito.

Lupin pegou-o pelo pescoço.

— Cale a boca, meu caro. Se reclamar, está perdido. — E deitou-o no chão.

— Sabe se comportar?... Entendeu a situação? Sim? Perfeito... Cadê seu lenço? Dá aqui seus punhos... Muito bem, agora fico mais tranquilo. Escuta... mandaram você aqui por precaução, não é? Para ajudar o chefe da guarda, em caso de necessidade?... Uma excelente medida, mas um pouco tarde. Veja, o chefe da guarda está morto!... Se você se mexer, se gritar, vai morrer também.

Ele pegou as chaves do homem e enfiou uma delas na fechadura.

— Assim, ficamos tranquilos.

— Você... mas, e eu? — observou o velho Steinweg.

— Por que alguém viria?

— E se alguém ouviu o grito?

— Acho que não. Em todo caso, meus amigos te deram a chave mestra?

— Deram.
— Então, bloqueie com ela a fechadura... Pronto? Muito bem! Agora, temos pelo menos uns dez minutos só para nós. Viu, meu caro, como as coisas aparentemente mais difíceis na realidade são simples? Basta um pouco de sangue-frio e saber se adaptar às circunstâncias. Vamos, não fique nervoso, fale. Prefere em alemão? Esse cara não precisa ficar sabendo dos segredos de Estado de que estamos tratando. Vá, meu caro, e devagar. Estamos em casa.

Steinweg retomou:

— Na mesma noite em que Bismarck morreu, o grão-duque Hermann III e seu fiel empregado — meu amigo da Cidade do Cabo — pegaram um trem que os levou até Munique... e a tempo de pegar o expresso para Viena. De Viena, foram para Constantinopla, depois para o Cairo, para Nápoles, Tunes, depois para a Espanha, em seguida para Paris, Londres, São Petersburgo, Varsóvia... E em nenhuma dessas cidades eles pararam. Pegavam um fiacre, mandavam levar as duas malas, iam a cavalo pelas ruas, até uma estação vizinha ou para um cais, e pegavam de novo o trem ou um navio.

— Em suma, queriam despistar alguém — concluiu Arsène Lupin.

— Uma noite, saíram da cidade de Trêves, com roupas e chapéu de trabalhadores, um bastão nas costas e uma trouxa na ponta do bastão. Fizeram a pé os 305 quilômetros até Veldenz, onde fica o velho castelo de Deux-Ponts, ou melhor, as ruínas do velho castelo.

— Pule as descrições.

— Ficaram o dia todo escondidos em uma floresta vizinha. Na noite seguinte, aproximaram-se dos velhos muros do castelo. Lá, Hermann mandou o empregado esperar e escalou o muro onde havia uma brecha chamada brecha do lobo. Uma hora depois, voltou. Na semana seguinte, depois de mais uma peregrinação, ele voltou para casa, em Dresden. Fim da expedição.

— E o objetivo dela?

— O grão-duque não revelou nem uma palavra ao empregado. Mas este, a partir de alguns detalhes, pela coincidência de alguns fatos, conseguiu reconstituir a verdade, pelo menos em parte.

— Depressa, Steinweg, agora o tempo urge, estou ávido para saber.

— Quinze dias depois da expedição, o conde de Waldemar, oficial da guarda do imperador e um dos seus amigos pessoais, apresentou-se ao grão-duque, acompanhado por seis homens. Ficou lá o dia todo, fechado no escritório do grão-duque. Mais de uma vez, ouviram gritos, discussões violentas. Esta frase, exatamente assim, foi ouvida pelo empregado, quando este passeava pelo jardim, debaixo de uma janela:

"Esses papéis foram devolvidos ao senhor, Sua Majestade tem certeza. Se não me devolver por bem..." O resto da frase, o sentido da ameaça e de toda a cena, aliás, dá para adivinhar pelo que aconteceu em seguida: a casa dos Hermann foi vasculhada de alto a baixo.

— Mas isso foi ilegal.

— Teria sido ilegal, se o grão-duque tivesse se oposto, mas ele mesmo acompanhou o conde durante a busca.

— E o que é que estavam procurando? As memórias do chanceler?

— Melhor. Estavam procurando uma pilha de documentos secretos, que sabiam que existiam porque alguém cometeu uma indiscrição, e que sabiam, tinham certeza, que tinham sido confiados ao grão-duque Hermann.

Lupin estava com os dois braços apoiados nas grades e seus dedos estavam agarrados às malhas de ferro. Ele murmurou, com a voz trêmula:

— Documentos secretos... muito importantes, talvez?

— Da mais alta importância. A publicação desses documentos teria resultados imprevisíveis, não só do ponto de vista da política interna, mas também das relações estrangeiras.

— Opa! — repetia Lupin, com o coração disparado. — Opa! Será possível! Que provas você tem?

— Que provas? O testemunho da própria mulher do grão-duque, o que ela confidenciou ao empregado, depois da morte do marido.

— Claro... claro... — murmurou Lupin. — É o testemunho do próprio grão-duque, o que temos.

— Melhor ainda! — exclamou Steinweg.

— O quê?

— Um documento! Um documento escrito de seu próprio punho, assinado por ele e que contém...

— Que contém?

— A lista dos documentos secretos que foram confiados a ele.

— Em resumo?...

— É impossível resumir. O documento é longo, cheio de anotações, de observações às vezes incompreensíveis. Vou citar só dois títulos que correspondem a duas pilhas de papéis secretos: "Cartas originais do príncipe herdeiro a Bismarck". As datas mostram que essas cartas foram escritas durante os três meses de reinado de Frederico III. Para imaginar o que pode haver nelas, basta lembrar da doença de Frederico III, das questões legais com o filho dele...

— Sim... sim... eu sei... e o outro título?

— "Fotografias das cartas de Frederico III e da imperatriz Vitória para a rainha Vitória da Inglaterra".

— Tem isso? Tem isso? — disse Lupin, com a garganta apertada.

— Ouça as anotações do grão-duque: "Texto do tratado da Inglaterra com a França". E essas palavras um pouco obscuras: "Alsácia-Lorena... colônias... limitação naval..."

— E mais isso — murmurou Lupin. — Obscuras, você disse? Ao contrário, isso é belíssimo!... Ah! Não é possível!

Ruídos à porta. Alguém bateu.

— Não entrem — disse —, estou ocupado...

Bateram na outra porta, do lado de Steinweg. Lupin gritou:

— Calma, termino em cinco minutos.

Ele disse ao velho, num tom imperioso:

— Fique tranquilo, e prossiga... Então, na sua opinião, a expedição do grão-duque e do empregado ao castelo de Veldenz não tinha outro objetivo senão esconder esses documentos?

— Sem dúvida.

— Está bem. Mas, depois disso, o grão-duque pode ter tirado tudo de lá.

— Não, ele não saiu de Dresden, até morrer.

— Mas os inimigos do grão-duque, que tinham interesse em reaver e destruir esses papéis, podem ter ido buscar esses documentos?

— As investigações que fizeram de fato os levaram até lá.

— Como você sabe?

— Você precisa entender que eu fiz minha parte, que minha primeira providência, quando eu soube das revelações, foi ir até Veldenz e me informar pessoalmente nos vilarejos vizinhos. Nesse momento, fiquei sabendo que o castelo tinha sido invadido duas vezes por uma dúzia de homens vindos de Berlim, bancados pelos regentes.

— Ah, é?

— Sim! Mas não encontraram nada, pois desde então proibiram qualquer visita ao castelo.

— Mas o que nos impede de entrar lá?

— Uma guarnição de cinquenta soldados, de guarda dia e noite.

— Soldados do grão-ducado?

— Não, soldados da guarda pessoal do imperador.

Ouviram vozes no corredor, e de novo bateram, chamando o chefe da guarda.

— Ele está dormindo, senhor diretor — disse Lupin, que reconheceu a voz do sr. Borély.

— Abram! Isto é uma ordem.

— Impossível, a fechadura está bloqueada. Se posso dar um conselho, serrem em volta da fechadura.

— Abram!

— E o destino da Europa, que estamos aqui discutindo, como é que fica?

Ele se voltou para o velho:

— Então, você não conseguiu entrar no castelo?

— Não.

— Mas tem certeza de que esses benditos documentos estão escondidos lá.

— Ora! Não dei todas as provas? Você não está convencido?

— Estou, estou — murmurou Lupin —, é lá que eles estão escondidos... sem dúvida... é lá que estão escondidos.

Ele parecia estar vendo o castelo. Parecia estar evocando o misterioso esconderijo. E a visão de um tesouro inesgotável, a evocação de cofres cheios de pedras preciosas e de riquezas não o teria emocionado mais do que a ideia daqueles pedaços de papel protegidos pela guarda do imperador. Que busca maravilhosa a ser empreendida! E tão digna dele! E como, mais uma vez, dava provas de clarividência e intuição, ao se lançar tão ao acaso naquela pista desconhecida!

Lá fora, "trabalhavam" na fechadura.

Ele perguntou ao velho Steinweg:

— Do que morreu o grão-duque?

— De pleurite, em poucos dias. Ele perdeu a consciência e creio que mal a recuperou, e o pior é que dava para ver o esforço que fazia, entre dois acessos de delírio, para juntar duas ideias e dizer alguma coisa. De vez em quando, chamava a esposa, olhava para ela com um ar desesperado e tremia os lábios em vão.

— Enfim, ele falou? — disse bruscamente Lupin, que começava a se inquietar com o "trabalho" em torno da fechadura.

— Não, ele não falou. Mas num momento de maior lucidez, com muito esforço, conseguiu fazer uns esboços numa folha de papel que a esposa deu para ele.

— Ah, sim! Uns esboços?...

— Indecifráveis, na maioria...

— Na maioria... mas, e os outros? — disse Lupin, impaciente. — E os outros?

— Primeiro, três números bem claros: um 8, um 1 e um 3...

— 813... sim, eu sei... e o que mais?

— Depois, umas letras... Muitas letras, das quais só é possível reconhecer com certeza um par de letras e, em seguida, mais um par.

— "Apoo", não é?

— Ah! Você sabe...

A fechadura trepidou, quase todos os parafusos tinham sido retirados. Lupin perguntou, subitamente ansioso diante da ideia de ser interrompido:

— De modo que essa palavra incompleta, "Apoo", e esse número 813 foram as fórmulas que o grão-duque deixou para a esposa e o filho encontrarem os papéis secretos?

— Isso.

Lupin segurou com as duas mãos a fechadura, para impedi-la de cair.

— Senhor diretor, assim vai acordar o chefe da guarda. Isso não se faz, um minutinho mais, pode ser? Steinweg, o que aconteceu com a esposa do grão-duque?

— Morreu depois do marido, de tristeza, pode-se dizer.
— E a criança, foi recolhida pela família?
— Que família? O grão-duque não tinha irmãos nem irmãs. Além disso, era casado com uma mulher socialmente inferior a dele, e em segredo. Não, a criança foi levada pelo velho empregado de Hermann, que a criou com o nome de Pierre Leduc. Era um jovem bem difícil, independente, caprichoso, complicado de conviver. Um dia, ele partiu. E não foi mais visto.
— Ele sabia do próprio segredo de nascimento?
— Sabia, e viu a folha onde Hermann havia escrito as letras e os números, 813 etc.
— Depois disso, essa revelação só foi feita a você?
— Só.
— E você só contou para o sr. Kesselbach?
— Só para ele. Mas, por prudência, quando mostrei a folha com os números e as letras, assim como a lista de que falei, guardei esses dois documentos. Tudo o que aconteceu prova que eu tinha razão.
— Você está com esses documentos?
— Estou.
— E eles estão em segurança?
— Totalmente.
— Em Paris?
— Não.
— Melhor. Não se esqueça de que sua vida está em perigo, e que estão atrás de você.
— Eu sei. Ao menor passo, estou perdido.
— Exato. Portanto, tome suas precauções, despiste o inimigo, vá buscar esses papéis e aguarde minhas

instruções. A coisa é certa. Daqui a um mês, o mais tardar, vamos juntos até o castelo de Veldenz.
— E se eu estiver preso?
— Eu tiro você de lá.
— Será possível?
— Um dia depois que eu sair. Não, espere... na mesma noite, uma hora depois.
— Então, você sabe como?
— Faz dez minutos que sei, sim, e não tem como falhar. Você tem mais alguma coisa a me dizer?
— Não.
— Então, vou abrir.
Abriu a porta, e fazendo uma mesura diante do sr. Borély:
— Senhor diretor, não sei como me desculpar...
Ele não concluiu. A entrada brusca do diretor, com três homens, não lhe deu tempo. O sr. Borély estava pálido de raiva e indignação. A visão dos dois guardas estendidos no chão deixou-o perturbado.
— Mortos! — exclamou ele.
— Não, não — zombou Lupin. — Veja, este aqui está se mexendo. Fale, animal.
— Mas, e o outro? — retomou o sr. Borély, debruçando-se sobre o chefe da guarda.
— Dormindo apenas, senhor diretor. Estava muito cansado, então dei alguns minutos de descanso. E quero interceder em favor dele. Eu ficaria desolado se este pobre homem...
— Chega de brincadeira — disse o sr. Borély bruscamente.
E, dirigindo-se aos guardas:

— Levem ele de volta para a cela... por enquanto. Quanto ao visitante...

Lupin não soube das intenções do sr. Borély com relação ao velho Steinweg. Mas essa era para ele uma questão absolutamente insignificante. Ele cuidava, em sua solidão, de assuntos mais importantes do que a sorte daquele sujeito. Ele estava de posse do segredo do sr. Kesselbach.

O grande plano de Lupin

– 1 –

Para seu grande espanto, foi poupado da solitária. O sr. Borély veio em pessoa dizer, algumas horas mais tarde, que julgava inútil aquela punição.

— Mais do que inútil, senhor diretor, perigosa — respondeu Lupin. — Perigosa, impertinente e subversiva.

— Por quê? — pergunto o sr. Borély, cada vez mais preocupado com seu detento.

— Pelo seguinte, senhor diretor. O senhor acaba de chegar da chefatura de polícia, onde relatou a quem de direito a insubmissão do detento Lupin e mostrou a permissão de visita que alguém concedeu ao sr. Stripani. Sua defesa era simples, pois quando Stripani mostrou a permissão, o senhor tomou o cuidado de ligar para a chefatura e manifestar sua surpresa, mas na chefatura responderam que a autorização era perfeitamente válida.

— Ah! Você já está sabendo...

— Sei, inclusive porque foi um dos meus agentes quem o atendeu na chefatura. Então, a pedido seu, fizeram uma investigação e descobriram que a autorização era falsa, pronto, e agora querem saber quem a emitiu. Mas fique tranquilo, pois não vão descobrir nada...

O sr. Borély sorriu, em protesto.

— Então — continuou Lupin —, interrogam meu amigo Stripani, que não oferece resistência e revela seu verdadeiro nome, Steinweg! Mas, será possível? Nesse caso, Lupin teria conseguido colocar alguém para dentro prisão da Santé, para conversar com ele durante uma hora! Que escândalo! Melhor abafar, não é? Soltam o sr. Steinweg e mandam o sr. Borély em missão diplomática junto a Lupin, com plenos poderes para comprar o silêncio dele. Confere, senhor diretor?

— Perfeitamente! — diz o sr. Borély, que prefere tomar parte na brincadeira, escondendo seu constrangimento.

— Parece até que o senhor tem o dom da clarividência. E então, aceita nossas condições?

Lupin riu.

— Digamos que atendo às suas preces! Sim, senhor diretor, tranquilize o pessoal da chefatura. Eu vou me calar. Afinal, tenho vitórias o suficiente na minha conta para conceder o favor do meu silêncio. Não farei nenhum comunicado à imprensa, pelo menos não a esse respeito.

Com isso, reservava-se a liberdade de comunicar-se sobre outros assuntos. A atividade toda de Lupin, de fato, iria convergir para esse duplo objetivo: corresponder-se com os amigos e, por meio deles, tocar uma daquelas campanhas de imprensa, o que fazia com excelência.

Desde que fora preso, aliás, dera as instruções necessárias aos irmãos Doudeville, e calculava que os preparativos estivessem para terminar.

Todos os dias, sujeitava-se conscienciosamente a confeccionar envelopes, e para isso recebia, toda manhã, o material necessário, em pacotes numerados, que ao fim do dia eram levados embora, dobrados e colados.

Ora, como a distribuição dos pacotes era feita, todos os dias do mesmo jeito, entre os detentos que tinham escolhido aquele tipo de trabalho, o pacote de Lupin chegava sempre identificado com o mesmo número de ordem.

Por experiência, seu cálculo era justo. Bastava subornar um dos funcionários da empresa privada encarregada de fornecer e expedir os envelopes.

Foi fácil.

Lupin, certo do êxito, aguardava tranquilo o sinal combinado entre seus amigos e ele, na primeira folha do pacote.

O tempo, além do mais, transcorria depressa. Por volta do meio-dia, recebia a visita diária do sr. Formerie, e na presença do sr. Quimbel, seu advogado, testemunha taciturna, Lupin submetia-se a um interrogatório rigoroso.

Era sua glória. Tendo finalmente convencido o sr. Formerie de que não participara do assassinato do barão Altenheim, confessara ao juiz de instrução crimes absolutamente imaginários, e as investigações iniciadas de pronto pelo sr. Formerie davam em resultados desconcertantes, em enganos escandalosos, nos quais o público reconhecia a marca pessoal do grande mestre da ironia que era Lupin.

Pequenos jogos inocentes, como ele dizia. Não era preciso divertir-se?

Mas era chegado o momento de cuidar de assuntos mais graves. No quinto dia, Arsène Lupin notou no pacote que lhe traziam o sinal combinado, uma marca de unha na diagonal da folha.

— Finalmente — disse —, chegou a hora.

Tirou de um esconderijo um frasco minúsculo, desarrolhou, umedeceu a ponta do indicador naquele líquido e passou o dedo sobre a terceira folha do pacote.

No instante seguinte, surgiram esboços de letras, depois letras, e em seguida palavras e frases.

Ele leu:

> "Tudo bem. Steinweg livre. Escondido no interior. Geneviève Ernemont saudável. Vai com frequência ao Bristol ver sra. Kesselbach doente. Vê ali sempre Pierre Leduc. Responda mesmo modo. Nenhum perigo."

Assim, dava-se a comunicação com o mundo exterior. Os esforços de Lupin eram uma vez mais coroados de sucesso. Agora, era só executar seu plano, fazer valer as confidências do velho Steinweg e conquistar a liberdade por meio de um dos mais extraordinários e geniais planos já concebidos em seu cérebro.

Três dias depois, liam-se no *Grand Journal* as seguintes linhas:

> "Além das memórias de Bismarck que, segundo gente bem-informada, contêm apenas a história oficial dos acontecimentos envolvendo

o grande chanceler, há uma série de cartas confidenciais de interesse considerável. Essas cartas foram encontradas. Sabemos de fonte segura que serão publicadas sem cessar."

Impossível esquecer os rumores que essa nota enigmática causou no mundo inteiro, os comentários que suscitou, as suposições, e em particular as polêmicas da imprensa alemã. Quem teria inspirado aquelas linhas? De que cartas se tratava? Quem havia escrito ao chanceler, ou quem havia recebido as cartas? Tratava-se de uma vingança póstuma? Ou de uma indiscrição cometida por algum correspondente de Bismarck?

Uma segunda nota emitia opinião sobre determinadas questões, provocando porém uma estranha polêmica.

Ela dizia assim:

"Santé-Palace, cela 14, segunda divisão.
"Senhor diretor do *Grand Journal*.
"O senhor publicou na edição de terça-feira passada um pequeno artigo redigido a partir de algumas palavras que me escaparam outra noite, durante uma conferência que dei na Santé, sobre política internacional. Esse artigo, em essência verídico, requer no entanto uma pequena retificação. As cartas existem, e ninguém pode contestar sua importância excepcional, uma vez que, há dez anos, têm sido objeto de investigações ininterruptas

por parte do governo interessado. Mas ninguém sabe onde estão, nem uma só palavra que contêm.

"O público, tenho certeza, não vai me recriminar por fazê-lo esperar, até ver satisfeita sua legítima curiosidade. Pois, além de não ter em mãos todos os elementos necessários à busca da verdade, minha ocupação atual não me permite consagrar ao caso o tempo que gostaria de dedicar a ele.

"Tudo o que posso dizer neste momento é que as cartas foram confiadas pelo moribundo a um de seus amigos mais fiéis, e que esse amigo sofreu, em seguida, as pesadas consequências de sua devoção. Espionagem, buscas domiciliares, nada lhe foi poupado.

"Ordenei que dois dos meus melhores agentes de polícia retomassem as pistas desde o início, e creio que, em menos de dois dias, estarei em condições de revelar esse fascinante mistério.

"Assinado: Arsène Lupin."

Então, era Arsène Lupin quem estava conduzindo o caso! Era ele quem, de dentro da prisão, estava encenando a comédia ou a tragédia anunciada na primeira nota. Que aventura! O público se comprazia. Com um artista como ele, não faltariam elementos pitorescos e imprevistos ao espetáculo.

Três dias depois, lia-se no *Grand Journal*:

> "O nome do devotado amigo que mencionei no artigo me foi informado. Trata-se do grão--duque Hermann III, príncipe regente (ainda que destituído) do grão-ducado de Deux--Ponts-Veldenz, e confidente de Bismarck, de quem era grande amigo.
> "O conde de W. realizou buscas em sua casa, acompanhado de doze homens. O resultado das buscas foi negativo, mas nem por isso deixou de ficar provado que o grão-duque estava em posse dos documentos.
> "Onde os teria escondido? Essa é uma pergunta que provavelmente ninguém neste mundo saberia responder agora.
> "Peço vinte e quatro horas para respondê-la.
> "Assinado: Arsène Lupin."

De fato, 24 horas depois, a nota prometida apareceu:

> "As famosas cartas estão escondidas no castelo feudal de Veldenz, capital do grão-ducado de Deux-Ponts, castelo esse que foi em parte destruído durante o século XIX.
> "Em que lugar, precisamente? E o que são exatamente essas cartas? Esses são os dois enigmas que me ocupo em decifrar, e cujas soluções apresentarei daqui a quatro dias.
> "Assinado: Arsène Lupin."

No dia anunciado, todos correram para ler o *Grand Journal*. Para decepção geral, as informações prometidas não se encontravam lá. No dia seguinte, o mesmo silêncio, assim como no outro dia.

O que havia acontecido?

Soube-se por uma indiscrição cometida na chefatura de polícia. O diretor da Santé teria sido advertido de que Lupin estava se comunicando com seus cúmplices graças aos pacotes de envelopes que confeccionava. Ninguém descobriu nada, mas, por precaução, proibiram toda espécie de trabalho ao insuportável detento.

Ao que o insuportável detento respondeu:

— Já que não tenho mais nada a fazer, vou cuidar do meu processo. Avisem meu advogado, o presidente da Ordem, sr. Quimbel.

Era verdade. Lupin, que até então tinha-se recusado a conversar com o sr. Quimbel, consentia em recebê-lo e preparar sua defesa.

– 2 –

Logo no dia seguinte, o sr. Quimbel, muito contente, chamava Lupin à sala dos advogados.

Era um homem de idade e usava óculos de lentes grossas que deixavam seus olhos enormes. Ele pôs o chapéu sobre a mesa, exibiu sua pasta e fez em seguida uma série de perguntas preparadas com cuidado.

Lupin respondeu com extrema boa-vontade, perdendo-se inclusive em uma infinidade de detalhes que o sr. Quimbel anotava imediatamente em fichas que ajeitava uma sobre a outra.

— Então — retomava o advogado, com a cabeça voltada na direção dos papéis —, você está me dizendo que nessa época...

— Que nessa época, respondia Lupin...

Sem que se notasse, com pequenos gestos, todos naturais, Lupin apoiou os cotovelos na mesa. Baixou o braço pouco a pouco, enfiou discretamente a mão debaixo do chapéu do sr. Quimbel, pôs o dedo no interior de couro e pegou um daqueles pedaços de papel dobrado que inserimos entre o couro e o forro, quando o chapéu é grande demais.

E desdobou o papel. Era uma mensagem de Doudeville, escrita no código convencionado.

> "*Estou trabalhando como camareiro na casa do sr. Quimbel. Pode responder sem medo por este mesmo procedimento.*
> "*Foi L. M., o assassino, quem denunciou o truque dos envelopes. Ainda bem que você tinha previsto!*"

Seguia-se uma minuciosa prestação de contas de todos os fatos e comentários suscitados pelas revelações de Lupin.

Lupin tirou do bolso um pedaço de papel semelhante, contendo suas instruções, que substituiu discretamente ao outro, e trouxe a mão para junto do corpo. O truque estava feito.

E a correspondência de Lupin com o *Grand Journal* foi imediatamente retomada.

> "*Peço desculpas aos leitores por ter faltado com minha promessa. O serviço postal da Santé-Palace é deplorável.*
> "*Além do mais, estamos chegando ao fim. Tenho em mãos todos os documentos que restabelecem a verdade, em bases indiscutíveis. Vou esperar para publicá-los. Saibam ao menos isto: entre as cartas, algumas foram escritas ao chanceler por aquele que se declarava na época seu aluno e admirador, e que, muitos anos depois, deveria*

livrar-se daquele incômodo tutor e governar por si próprio.
"Fui suficientemente claro?"

E, no dia seguinte:

"Aquelas cartas foram escritas durante o período de enfermidade do último imperador. Isso basta para afirmar sua importância?"

Quatro dias de silêncio, e em seguida esta última nota, de repercussão inesquecível:

"Terminei minhas investigações. Agora, sei de tudo. Refletindo, adivinhei o segredo do esconderijo.
"Meus amigos irão até Veldenz e, apesar de todos os obstáculos, entrarão no castelo por um lugar por mim indicado.
"Os jornais, então, publicarão uma cópia das cartas, cujo conteúdo já conheço, mas que desejo reproduzir integralmente.
"A publicação, certa e inevitável, acontecerá daqui a duas semanas, dia após dia, a partir do dia 22 de agosto próximo.
"Até lá, eu me calo e espero."

A comunicação com o *Grand Journal* foi de fato interrompida, mas Lupin não parou de se comunicar com os amigos por meio "do chapéu", como diziam entre si. Tão simples! Nenhum perigo. Quem jamais poderia imaginar que o chapéu do sr. Quimbel servisse a Lupin como caixa de correspondência?

A cada duas ou três manhãs, segundo as visitas, o célebre advogado trazia fielmente a correspondência de seu cliente: cartas de Paris, cartas do interior, cartas da Alemanha, tudo isso reduzido, condensado por Doudeville, em fórmulas breves e linguagem cifrada.

E, uma hora depois, o sr. Quimbel levava de volta as ordens de Lupin.

Um dia, o diretor da Santé recebeu um telegrama assinado L. M., avisando que o sr. Quimbel, muito possivelmente, estaria servindo de carteiro involuntário a Lupin, e que seria do interesse da polícia vigiar as visitas desse senhor.

O diretor advertiu o sr. Quimbel, que resolveu então ir acompanhado de seu secretário.

Assim, uma vez mais, apesar de todos os esforços de Lupin, de sua imaginação fértil, dos milagres de criatividade que renovava após cada derrota, uma vez mais ele via-se separado do mundo exterior pelo gênio diabólico de seu formidável adversário.

E via-se separado no momento mais crítico, no instante solene em que, do fundo da cela, apresentava seu último trunfo contra as forças de coalisão que o esmagavam tão terrivelmente.

No dia 13 de agosto, quando estava sentado diante de dois advogados, um jornal que servia de envelope a alguns papéis do sr. Quimbel chamou sua atenção. A manchete, em grandes caracteres: "813".

E, como subtítulo da matéria: Novo assassinato. A Alemanha em ebulição. Seria descoberto o segredo do Apoo?

Lupin empalideceu de aflição. Embaixo, leu as seguintes palavras:

"Duas notícias sensacionais chegaram à redação na última hora.

"Encontraram perto de Augsbourg o cadáver de um idoso, degolado por um punhal. Foi possível reconhecê-lo: trata-se do sr. Steinweg, envolvido no caso Kesselbach.

"Por outro lado, recebemos um telegrama dizendo que o famoso detetive inglês, Herlock Sholmès, foi convocado com urgência, em Colônia. Ele irá se encontrar com o imperador e, de lá, devem seguir para o castelo de Veldenz.

"Herlock Sholmès teria se comprometido a descobrir o segredo de Apoo.

"Se conseguir, será o fim implacável da incompreensível campanha que Arsène Lupin vem conduzindo há um mês, de maneira tão estranha."

– 3 –

Nada talvez tenha atiçado mais a curiosidade do público do que o duelo anunciado entre Sholmès e Lupin, duelo invisível neste caso, anônimo, poderíamos dizer, mas impressionante pelo alvoroço que produzia em torno da aventura, e pelas apostas que se faziam entre os dois inimigos irreconciliáveis, uma vez mais em lados opostos. E não se tratava de pequenos interesses particulares, de roubos insignificantes, de miseráveis paixões individuais, mas de um negócio realmente mundial, envolvendo a política de três grandes nações do Ocidente, e que podia perturbar a paz universal.

Não vamos esquecer de que, naquela época, a crise do Marrocos já tinha se iniciado. Uma fagulha, e seria a conflagração.

Esperava-se ansiosamente, portanto, e não se sabia muito bem o que se esperava. Porque, afinal, se o detetive saísse vencedor do duelo, se encontrasse as cartas, quem ficaria sabendo? Que provas teríamos desse triunfo?

No fundo, as esperanças estavam todas em Lupin, com seu conhecido hábito de fazer do público uma testemunha de seus atos. O que ele iria fazer? Como poderia conjurar o terrível perigo que o ameaçava? Ele tinha conhecimento disso?

Entre as quatro paredes da cela, o detento de número 14 fazia-se mais ou menos as mesmas perguntas, e o que o estimulava não era uma curiosidade vã, mas uma preocupação real, uma angústia de todos os momentos.

Ele se sentia irrevogavelmente só, de mãos atadas, a vontade e a mente amarradas. Que fosse hábil, engenhoso, intrépido, heroico, aquilo não servia para nada. A luta acontecia fora dele. Agora, seu papel tinha terminado. Ele tinha reunido as peças e explorado todos os recursos da grande máquina que deveria produzir ou de algum modo fabricar sua liberdade, e era impossível fazer qualquer gesto para aperfeiçoar e vigiar sua obra. Na data determinada, tudo iria acontecer. Até lá, mil incidentes contrários poderiam ocorrer, mil obstáculos poderiam se erguer, sem que ele tivesse como impedir esses incidentes, nem derrubar esses obstáculos.

Lupin viveu então os momentos mais dolorosos de sua vida. Ele duvidava de si. Perguntava-se se sua existência transcorreria no horror de uma prisão.

Ele não teria errado os cálculos? Não teria sido infantil acreditar que, na data determinada, o acontecimento libertador se produziria?

— Loucura! — ele gritava —, meu raciocínio está errado... Como admitir um tal concurso de circunstâncias? Um detalhe pode arruinar tudo... um grão de areia...

A morte de Steinweg e o sumiço dos documentos que o velho deveria entregar não o preocupavam. Dos documentos, a rigor, ele poderia prescindir, e com o que

Steinweg havia lhe contado ele poderia, com sua intuição e gênio, reconstituir o conteúdo das cartas do imperador e pôr de pé o plano de batalha que lhe daria a vitória. Mas pensava em Herlock Sholmès que estava lá, ele, no centro mesmo do campo de batalha, e que estava procurando, e que encontraria as cartas, destruindo assim o edifício tão pacientemente erguido.

E pensava no *outro*, no inimigo implacável, atocaiado em volta da prisão, escondido talvez dentro da prisão, e que adivinhava seus planos mais secretos antes mesmo que eclodissem no mistério de sua mente.

Dia 17 de agosto... dia 18 de agosto... dia 19... Dois dias mais... Ou dois séculos! Oh! Minutos intermináveis! Tão calmo, de hábito, tão mestre de si, tão engenhoso quando se divertia, Lupin estava febril, ora exuberante, ora deprimido, impotente contra o inimigo, desconfiado de tudo, sombrio.

Dia 20 de agosto...

Ele quis agir e não podia. Fizesse o que fizesse, era impossível adiantar o momento do desenlace. Esse desenlace poderia ou não acontecer, mas Lupin não teria certeza antes que a última hora do último dia transcorresse, até o último minuto. Só então ele conheceria o fracasso definitivo de seu plano.

— O fracasso é inevitável — ele não parava de repetir —, o sucesso depende de circunstâncias sutis demais, só poderia acontecer por meios psicológicos demais... Estou me iludindo com relação ao valor e ao alcance das minhas armas, tenho certeza... Mas...

E a esperança voltava. Ele pesava suas chances. Subitamente, pareciam reais e formidáveis. As coisas iam acontecer do modo previsto, e pelas razões previstas. Era inevitável...

Era inevitável. A menos que Sholmès encontrasse o esconderijo...

E de novo ele pensava em Sholmès, e de novo era invadido por um imenso desânimo.

O último dia.

Ele acordou tarde, depois de uma noite de pesadelos.

Não viu ninguém, naquele dia, nem o juiz de instrução, nem seu advogado.

A tarde transcorreu, lenta e triste, veio a noite, a noite tenebrosa das prisões... Ele sentiu febre. Seu coração dançava no peito, como um animal assustado.

E os minutos decorriam, irreversíveis...

Às nove horas, nada. Às dez, nada.

Com os nervos tensos feito as cordas de um arco, ouvia os ruídos indistintos da prisão, tentava captar através das paredes inclementes tudo o que podia da vida exterior.

E como quis deter a marcha do tempo, tornar o destino um pouco mais leve!

Mas, para quê! Não estava tudo terminado?

— Ah! — exclamava ele —, estou ficando louco. Quero que isso acabe! É melhor. Vou recomeçar de outro modo, tentar outra coisa, mas não aguento mais, não aguento mais.

Ele punha as mãos na cabeça, apertando com toda a força, fechava-se em si próprio e concentrava-se num único pensamento, como se quisesse criar o evento formidável, assombroso, inadmissível, ao qual tinha subordinado sua independência e fortuna.

— Tem que acontecer — murmurava ele —, tem que acontecer, tem que, não porque eu quero, mas porque é lógico. E assim será... assim será...

Ele batia com os punhos na cabeça, e dizia palavras delirantes... A fechadura rangeu. Em sua raiva, não ouviu o ruído dos passos no corredor, e eis que de repente um raio de luz invadia a cela e a porta se abria.

Três homens entraram.

Lupin não teve um instante de surpresa.

O milagre acontecia, e aquilo pareceu imediatamente natural, normal, em perfeito acordo com a verdade e a justiça.

Mas uma onda de orgulho o invadiu. Naquele instante preciso, teve a sensação clara de toda sua força e inteligência.

— Acendo a luz? — perguntou um dos três homens, o qual Lupin reconheceu; era o diretor da prisão.

— Não — respondeu o mais alto dos companheiros, com sotaque estrangeiro. — Basta esta lanterna.

— Devo sair?

— Faça como tiver que fazer — declarou o mesmo sujeito.

— Pelas instruções que recebi do chefe de polícia, devo agir conforme seu desejo.

— Nesse caso, senhor, é melhor que se retire.

O sr. Borély saiu, deixando a porta entreaberta, e ficou do lado de fora, ao alcance da voz.

O visitante dizia algo para aquele que ainda não havia falado, e Lupin tentava em vão distinguir na sombra a aparência deles. Via apenas vultos, com casacos largos de automobilismo e quepes com as abas para baixo.

— Você é mesmo Arsène Lupin? — perguntou o homem, projetando em pleno rosto de Lupin a luz da lanterna.

Ele sorriu.

— Sim, eu sou esse tal de Arsène Lupin, atualmente detido na Santé, cela 14, segunda divisão.

— Foi você, então — continuou o visitante —, quem publicou, no *Grand Journal*, uma série de notas mais ou menos fantasiosas, que tratam das supostas cartas...

Lupin interrompeu:

— Perdão, senhor, mas antes de continuarmos com esta conversa, cujo objetivo, cá entre nós, não me parece muito claro, eu ficaria muito grato em saber com quem tenho a honra de falar.

— Isso é absolutamente impensável — respondeu o estrangeiro.

— Isso é absolutamente indispensável — afirmou Lupin.

— Por quê?

— Por uma questão de educação. Você sabe meu nome, eu não sei o seu. Existe aí um problema que não podemos deixar de corrigir.

O estrangeiro ficou impaciente.

— O simples fato de que o diretor desta prisão tenha nos acompanhado até aqui prova...

— Que o sr. Borély ignora as convenções — disse Lupin. — O sr. Borély deveria ter nos apresentado um ao outro. Estamos falando de igual para igual. Não há superior nem subalterno, não há um prisioneiro e um visitante que consente em vê-lo. Há dois homens, e um desses homens está usando um chapéu que não deveria estar usando.

— Ah! Se o problema é esse...
— Receba a lição como preferir, senhor — disse Lupin.

O estrangeiro aproximou-se e quis falar.

— Primeiro o chapéu — retomou Lupin —, o chapéu...
— Ouça!
— Não.
— Sim.
— Não.

As coisas agravavam-se inutilmente. O estrangeiro que ficara calado pôs a mão no ombro do seu companheiro e disse em alemão:

— Deixe comigo.
— Mas! Ficou combinado que...
— Fique quieto e saia.
— E deixar vocês sozinhos?
— Sim.
— E a porta?
— Feche, e afaste-se daqui...
— Mas, este homem... o senhor sabe quem é... Arsène Lupin...
— Saia.

O outro saiu, de má vontade.

— Feche a porta — gritou o segundo visitante. — Mais... totalmente... isso.

Então, voltou-se, pegou a lanterna e levantou-a aos poucos.
— Preciso dizer quem sou? — perguntou.
— Não — respondeu Lupin.
— E por quê?
— Porque eu sei.
— Ah!
— O senhor é quem eu estava esperando.
— Eu!
— Sim, Sire.

Carlos Magno

– 1 –

— Silêncio — disse rapidamente o estrangeiro. — Não diga essa palavra.
— Como devo chamar Vossa...?
— Por nome nenhum.
Ambos se calaram, e esse momento de trégua não era como o que precede a luta entre dois adversários prontos para o combate. O estrangeiro ia e vinha, como quem tem o costume de comandar e ser obedecido. Lupin, imóvel, abandonara a atitude ordinária de provocação e o sorriso de ironia. Ele esperava, com o semblante sério. Mas, no fundo, com todo ardor e intensidade, comprazia-se com a prodigiosa situação em que se encontrava, ali, naquela cela de prisão, ele, o detento, ele, o aventureiro, ele, o escroque e o ladrão, ele, Arsène Lupin... E, diante dele, aquele semideus do mundo moderno, aquela entidade formidável, o herdeiro de César e de Carlos Magno.
Ficou inebriado com o próprio poder, por um instante. Seus olhos encheram-se de lágrimas, quando pensou em seu triunfo.

O estrangeiro parou.

Imediatamente, desde a primeira frase, foram ao cerne da questão.

— Amanhã é dia 22 de agosto. As cartas serão publicadas amanhã, certo?

— Esta noite. Daqui a duas horas, meus amigos devem deixar no *Grand-Journal*, não ainda as cartas, mas a lista das cartas, feita pelo grão-duque Hermann.

— Essa lista não será entregue.

— Ela não será.

— Você vai entregá-la para mim.

— Vou entregá-la nas mãos de Vossa... nas suas mãos.

— Assim como todas as cartas.

— Assim como todas as cartas.

— E nenhuma será fotografada.

— E nenhuma será fotografada.

O estrangeiro falava com voz calma, sem o menor tom de súplica, sem a menor inflexão de autoridade. Não ordenava nem questionava: enunciava os atos inevitáveis de Arsène Lupin. A coisa seria assim. E assim seria quaisquer que fossem as exigências de Arsène Lupin, qualquer que fosse o preço estipulado para a realização desses atos. Antecipadamente, as condições estavam aceitas.

"Caramba", pensou Lupin, "estou lidando com um adversário formidável. Se ele apelar para a minha generosidade, estou perdido..."

O modo como a conversa foi iniciada, a sinceridade nas palavras, a voz e os modos sedutores, tudo lhe agradava imensamente.

Ele endireitou-se para não amolecer nem abandonar as vantagens que havia conquistado a duras penas.

O estrangeiro retomou:

— Você leu as cartas?

— Não.

— Mas algum dos seus deve ter lido?

— Não.

— E?

— E, que tenho a lista e as anotações do grão-duque. Além disso, sei onde ele esconde u todos os documentos.

— E por que ainda não foi buscar?

— Porque só fiquei sabendo depois que fui preso. Agora mesmo, meus amigos estão a caminho.

— O castelo está bem guardado: duzentos dos meus melhores homens estão lá.

— Dez mil não bastariam.

Depois de um minuto de reflexão, o visitante perguntou:

— Como ficou sabendo do segredo?

— Adivinhei.

— Mas você tinha outras informações, coisas que os jornais não publicaram.

— Nada.

— Mas, durante quatro dias, mandei vasculhar todo o castelo.

— Herlock Sholmès procurou mal.

— Ah! — disse o estrangeiro para si mesmo. — É estranho... é estranho... E você tem certeza de que sua hipótese está correta?

— Não é uma hipótese, é uma certeza.

— Melhor, melhor — murmurou ele. — Só ficaremos tranquilos quando esses papéis não existirem mais.

E, pondo-se bruscamente diante de Arsène Lupin:

— Quanto?

— O quê? — disse Lupin, desconcertado.

— Quanto, pelos papéis? Quanto, para revelar o segredo?

Ele esperava um número. E ele mesmo propôs:

— Cinquenta mil... cem mil?...

E, como Lupin não respondia, disse, hesitando um pouco:

— Mais? Duzentos mil? Que seja! Eu aceito.

Lupin sorriu e disse em voz baixa:

— A cifra é bonita. Mas não seria provável que algum monarca, digamos, o rei da Inglaterra, chegasse a um milhão? Sinceramente?

— Acredito.

— E que as cartas, para o imperador, não tenham preço, que valham tanto dois milhões como duzentos mil francos, tanto três como dois milhões?

— É possível.

— E que, *se fosse preciso*, o imperador daria esses três milhões?

— Sim.

— Então, será fácil chegar a um acordo.

— Nessas bases? — exclamou o estrangeiro, não sem alguma preocupação.

— Nessas bases, não... Não estou pensando em dinheiro. É outra coisa que quero, algo que vale muito mais para mim do que esses milhões.

— O quê

— A liberdade.

O estrangeiro teve um sobressalto:

— Hein! Sua liberdade... Mas eu não posso fazer nada... Isso é com seu país... com a justiça... não posso nada com relação a isso.

Lupin aproximou-se e, baixando ainda mais a voz, disse:

— Pode, sim, Sire... Minha liberdade não é algo assim tão excepcional que alguém vá se opor a um pedido seu.

— Eu teria então que solicitar a alguém?

— Sim.

— A quem?

— A Valenglay, presidente do Conselho dos Ministros.

— Mas o próprio sr. Valenglay não pode mais do que eu...

— Ele pode abrir as portas desta prisão para mim.

— Seria um escândalo.

— Quando digo abrir... entreabrir me bastaria... Simularíamos uma fuga... o público quer tanto isso que não exigiria nenhuma explicação.

— Que seja... Mas o sr. Valenglay nunca iria consentir...

— Ele vai consentir.

— Por quê?

— Porque o senhor vai manifestar esse desejo a ele.

— Para ele, meus desejos não são uma ordem.

— Não, mas entre governos, são coisas que se fazem. E Valenglay é bastante político...

— Vamos, você acha que o governo francês cometeria um ato assim tão arbitrário pelo simples prazer de me agradar?

— Esse prazer não seria o único.

— Qual seria o outro?

— O prazer de servir a França, aceitando a proposta que deve acompanhar esse pedido de libertação.

— Eu faria uma proposta?

— Sim, Sire.

— Qual?

— Não sei, mas me parece que ainda há espaço para o entendimento... existem possibilidades de acordo...

O estrangeiro olhava para ele, sem compreender. Lupin inclinou-se e, como se procurasse as palavras, como se imaginasse uma hipótese, continuou:

— Digamos que dois países estejam divididos por uma questão insignificante... que tenham um ponto de vista diferente sobre uma questão secundária... uma questão colonial, por exemplo, onde o orgulho deles esteja em jogo, mais do que os interesses... O chefe de um desses países não poderia talvez abordar essa questão com um novo espírito de conciliação?... E dar as instruções necessárias para...

— Para eu deixar o Marrocos para a França — disse o estrangeiro, estourando em riso.

A ideia sugerida por Lupin parecia-lhe a coisa mais cômica do mundo, e ele ria com gosto. Havia uma tal desproporção entre o objetivo a ser alcançado e os meios oferecidos!

— Claro... Claro... — retomou o estrangeiro, esforçando-se em vão para ficar sério — claro que a ideia é original... Toda a política moderna abalada para que Arsène Lupin seja libertado! Os desígnios do império arruinados para que Arsène Lupin possa seguir com suas façanhas... Não, por que não me pede a região da Alsácia-Lorena?

— Pensei nisso, Sire — disse Lupin.

O estrangeiro achou ainda mais graça.

— Admirável! E me poupou dessa sugestão?

— Por enquanto, sim.

Lupin tinha cruzado os braços. Para ele também era divertido exagerar seu papel, e prosseguiu com seriedade afetada:

— Pode ser que, um dia, uma série de circunstâncias faça com que eu tenha nas mãos o poder de *solicitar* e *conseguir* essa restituição. Nesse dia, certamente não hei de falhar. Por enquanto, as armas de que disponho me obrigam a ser mais modesto. A paz do Marrocos me basta.

— Só isso?

— Só isso.

— O Marrocos, em troca da sua liberdade?

— Não mais do que isso... ou melhor, pois não podemos de jeito nenhum perder de vista o motivo desta conversa: com um pouco de boa vontade por parte de um dos dois grandes países em questão... eu abro mão das cartas que estão em meu poder.

— As cartas!... Essas cartas!... — murmurou o estrangeiro, irritado. — Afinal, talvez não sejam tão valiosas assim...

— A decisão é sua, Sire. Foi Vossa Majestade quem atribuiu tanto valor a elas, que veio até aqui, à minha cela.

— Bom! E daí?

— Mas há outras cartas, cuja procedência o senhor ignora, e sobre as quais posso dar algumas informações.
— Ah! — respondeu o estrangeiro, preocupado.
Lupin hesitou.
— Fale, fale sem rodeios — ordenou o estrangeiro. — Seja claro.
No silêncio profundo, Lupin declarou com certa solenidade:
— Há vinte anos, elaboraram um esboço de tratado entre a Alemanha, a Inglaterra e a França.
— Mentira! Impossível! Quem teria feito isso?
— O pai do imperador atual e a rainha da Inglaterra, avó dele, ambos sob a influência da imperatriz.
— Impossível! Repito que isso é impossível!
— A carta está no esconderijo do castelo de Veldenz, e só eu sei onde ele fica.
O estrangeiro ia e vinha, agitado. Ele parou e disse:
— O texto do tratado está nessa correspondência?
— Está, Sire. E foi redigido pelas mãos de seu pai.
— E o que diz lá?
— Por esse tratado, a Inglaterra e a França concedem e prometem à Alemanha um império colonial imenso, o império que ela não tem, e que hoje é indispensável para sua grandeza, um império grande o suficiente para que ela abandone seus sonhos de hegemonia, e para que se resigne a ser... o que ela é.
— E, em troca desse império, a Inglaterra exigia o quê?
— A limitação da frota alemã.
— E a França?
— A Alsácia e a Lorena.

O imperador calou-se, apoiado na mesa, pensativo. Lupin prosseguiu:

— Estava tudo pronto. Os gabinetes de Paris e de Londres, de sobreaviso, concordaram. Era coisa feita. O grande tratado de aliança ia ser concluído, fundando a paz universal e definitiva. A morte de seu pai acabou com esse belo sonho. Mas pergunto a Vossa Majestade o que pensará o povo, o que pensará o mundo, quando souber que Frederico III, um dos heróis de 1870, um alemão, um alemão puro-sangue, respeitado por todos os concidadãos e até pelos inimigos, aceitava, e consequentemente considerava justa a devolução da Alsácia-Lorena?

Ele se calou por um instante, deixando o problema estabelecer-se de um modo claro na consciência do imperador, na sua consciência de homem, filho e soberano.

Depois, concluiu:

— Cabe a Vossa Majestade saber se quer ou não que a história registre esse tratado. Quanto a mim, Sire, veja que minha humilde pessoa não tem muito lugar nesse debate.

Um longo silêncio seguiu-se às palavras de Lupin. Ele esperou, com a alma aflita. Era seu destino que estava em jogo naquele minuto que ele tinha concebido e trazido ao mundo com tanto esforço e obstinação... Um minuto histórico nascido de seu cérebro, e onde sua "humilde pessoa", como ele dissera, pesava no destino dos impérios e da paz mundial.

Diante dele, na penumbra, César meditava.

O que ele iria dizer? Que solução daria ao problema?

Ficou andando pela cela durante alguns instantes que pareceram intermináveis a Lupin.
Depois, parou e disse:
— Há outras condições?
— Sim, Sire, mas são insignificantes.
— Quais?
— Encontrei o filho do grão-duque de Deux-Ponts--Veldenz. O grão-ducado será devolvido a ele.
— O que mais?
— Ele ama uma jovem, que o ama também, a mais bela e virtuosa das mulheres. Ele se casará com essa jovem.
— E?
— Só isso.
— Mais nada?
— Não. Basta que Vossa Majestade mande levar esta carta ao diretor do *Grand Journal* para que ele destrua, sem ler, o artigo que está para receber a qualquer momento.

Lupin estendeu a carta com o coração apertado, a mão trêmula. Se o imperador a pegasse, seria um sinal de que aceitava.

O imperador hesitou, mas com um gesto furioso pegou a carta, pôs o chapéu, vestiu seu casaco e saiu sem dizer uma palavra.

Lupin ficou alguns segundos hesitante, como que aturdido...

Depois, subitamente, caiu sobre a cadeira, gritando de alegria e orgulho...

– 2 –

— Senhor juiz de instrução, é hoje que anuncio, com pesar, meu adeus.

— Como, sr. Lupin, então você pretende nos deixar?

— A contragosto, senhor juiz, pode ter certeza, pois nossa relação era de uma cordialidade encantadora. Mas não há prazer que dure para sempre. Meu tempo na Santé-Palace terminou. Outros deveres me chamam. Tenho que sair daqui esta noite.

— Boa sorte, então, sr. Lupin.

— Obrigado, senhor juiz de instrução.

Arsène Lupin esperou então pacientemente o momento de sua fuga, não sem se perguntar como ela aconteceria, e de que modo França e Alemanha, unidas por essa causa nobre, conseguiriam realizá-la sem provocar um escândalo.

No meio da tarde, o guarda ordenou que ele se apresentasse no pátio de entrada. Ele foi de imediato e encontrou o diretor, que o pôs nas mãos do sr. Weber, que o fez subir num carro, onde já havia alguém.

Imediatamente, Lupin teve um acesso de riso.

— Como! É você, meu pobre Weber, é você quem paga este pato! Será você o responsável pela minha fuga?

Pode admitir que não fazia questão! Ah, meu caro, que pepino! Famoso por minha prisão, eis que agora você se imortaliza pela minha fuga.

Ele olhou para aquele personagem.

— Ora, senhor chefe de polícia, o senhor também está envolvido nesse negócio? Que belo presente jogaram no seu colo, hein? Se posso dar um conselho, fique nos bastidores. Deixe a honra toda para o Weber! É dele, de direito. Ele aguenta, o sujeito!...

Seguiam depressa, ao longo do Sena e por Boulogne. Atravessaram o rio em Saint-Cloud.

— Perfeito — gritou Lupin —, vamos direto para Garches! Vocês precisam de mim para reconstituir a morte de Altenheim. Vamos descer nos subterrâneos, eu vou desaparecer e vocês dirão que sumi por uma saída que só eu conhecia. Deus! Que tolice!

Ele parecia desolado.

— Tolice, tolice rematada! Estou morrendo de vergonha... E são vocês que nos governam!... Que época! Que infelicidade, vocês deveriam ter me consultado. Eu teria bolado uma fugazinha melhor, feito um milagre. Seria típico meu! O público ficaria exultante com esse prodígio e louco de contente. Em vez disso... Enfim, verdade que vocês foram pegos um pouco de surpresa... Ainda assim...

O programa foi como Lupin havia previsto. Entraram pela casa de repouso e foram até o pavilhão Hortênsia. Lupin e seus dois companheiros desceram e atravessaram a galeria. Do outro lado, o subchefe disse:

— Está livre.

— Pronto! — disse Lupin —, até que foi tranquilo! Muito obrigado, meu caro Weber, e me desculpe o incômodo. Senhor chefe, recomendações à sua senhora.

Ele subiu a escada que levava à vila de Glycines, levantou a tampa do alçapão e saltou para o cômodo.

Uma mão caiu sobre seu ombro. Diante dele, estava o primeiro visitante da véspera, aquele que acompanhava o imperador. Havia mais quatro homens, à direita e à esquerda.

— Ah! — disse Lupin. — Mas que brincadeira é essa? Então, não estou livre?

— Sim, está — rosnou o alemão com uma voz grossa —, você está livre... livre para viajar com nós cinco, se quiser.

Lupin olhou por um segundo, com uma vontade louca de mostrar quanto valia um soco no nariz.

Mas os cinco homens pareciam decididos. O chefe não o estava tratando com muita gentileza, e ele imaginou que o sujeito ficaria feliz se pudesse empregar meios extremos. Afinal, depois de tudo, que diferença fazia?

Ele zombou:

— Se quero! Mas era meu sonho! — No pátio, uma enorme limusine estava à sua espera. Dois homens subiram na frente e outros dois entraram na cabine. Lupin e o estrangeiro acomodaram-se na banqueta de trás.

— A caminho — exclamou Lupin, em alemão —, vamos para Veldenz.

O conde disse:

— Silêncio! Ninguém pode saber de nada. E fale em francês. Eles não entendem. Mas, para que falar?

— De fato — disse Lupin —, para que falar?

Durante toda a noite e a madrugada, viajaram sem qualquer incidente. Abasteceram duas vezes em vilarejos adormecidos.

Os alemães revezavam-se para vigiar o prisioneiro que, este sim, só abriu os olhos de manhã.

Pararam para a primeira refeição em um albergue no alto de uma colina, perto do qual havia uma placa. Lupin viu que estavam a meio caminho entre Metz e Luxemburgo. De lá, pegaram uma estrada que subia em direção nordeste, para os lados de Trêves.

Lupin disse ao companheiro de viagem:

— É com o conde de Waldemar que tenho a honra de falar, o confidente do imperador, que vasculhou a casa de Hermann III, em Dresden?

O estrangeiro permaneceu calado.

"Não fui com sua cara", pensou Lupin. "Mas um dia resolveremos isso. Você é feio, grande, troncudo. Enfim, não gostei."

E acrescentou, em voz alta:

— O senhor conde se engana em não responder. Eu estava falando em seu próprio interesse: vi, quando subimos, um carro atrás de nós, no horizonte. O senhor viu?

— Não, por quê?

— Por nada.

— Mas...

— Nada, não, era só uma observação... Além do mais, estamos uns dez minutos à frente e nosso carro tem pelo menos uns quarenta cavalos.

— Sessenta — disse o alemão —, que observava preocupado, com o canto do olho.

— Opa! Então, estamos tranquilos.

Subiram uma pequena ladeira. Lá em cima, o conde debruçou-se sobre a porta.

— Droga! — praguejou.

— O que foi? — perguntou Lupin.

O conde voltou-se para ele, e, com uma voz ameaçadora, disse:

— Tome cuidado... Se acontecer alguma coisa, azar o seu.

— Epa! Epa! Parece que o outro está se aproximando... Mas, está com medo de quê, meu caro conde? Talvez seja um turista... talvez alguém em nosso socorro.

— Eu não preciso de ajuda — grunhiu o alemão.

Ele se debruçou de novo. O carro estava a menos de duzentos ou trezentos metros. Apontando para Lupin, disse para seus homens:

— Amarrem ele! E se ele resistir... — E puxou o revólver.

— E por que eu resistiria, gentil teutão? — zombou Lupin.

E acrescentou, enquanto amarravam-lhe as mãos:

— É curioso ver como as pessoas tomam precauções nas horas mais inúteis, e não tomam quando precisam. Quem diabos pode estar naquele carro? Um cúmplice meu? Que ideia!

Sem responder, o alemão dava ordens ao motorista:

— Para a direita! Diminua... Deixe-os passarem... Se ralentarem, pare!

Mas, para seu grande espanto, o carro pareceu, ao contrário, dobrar a velocidade. Como um raio, ultrapassou-os, deixando-os numa nuvem de poeira.

De pé, atrás do carro parcialmente encoberto, via-se o vulto de um homem vestido de preto.

Ele ergueu o braço.

Soaram dois tiros.

O conde, que estava à porta da esquerda, sentou-se no banco.

Antes de cuidar dele, os dois companheiros saltaram sobre Lupin e terminaram de amarrá-lo.

— Estúpidos! Animais! — exclamou Lupin, tremendo de raiva. — Me soltem! Vamos, isso, parem! Mas, que imbecis, corram atrás dele... Peguem ele!... É o homem de preto... é o assassino! Ah! Imbecis...

E foi amordaçado. Depois, cuidaram do conde. O ferimento não parecia grave, e rapidamente fizeram um curativo. Mas o sujeito ferido, muito agitado, teve um acesso de febre e pôs-se a delirar.

Eram oito da manhã. Estavam em pleno campo, longe de qualquer vilarejo. Os homens não tinham nenhuma pista sobre o objetivo exato da viagem. Para onde iam? Tinham que avisar alguém?

Pararam o carro ao lado de um bosque e esperaram.

O dia transcorreu assim. Só de noite um pelotão de cavalaria chegou, enviado de Trêves, à procura do carro. Duas horas depois, Lupin descia da limusine e, sempre escoltado pelos dois alemães, subiu, à luz de uma lanterna, os degraus de uma escada que levava a um quartinho com barras de ferro nas janelas.

Ele passou a noite ali.

Na manhã seguinte, um oficial o levou, através de um pátio abarrotado de soldados, até o centro de uma série de prédios dispostos em círculo ao pé de um promontório, onde se viam ruínas monumentais.

Puseram Lupin num vasto cômodo, pouco mobiliado. Sentado diante de uma escrivaninha, o visitante da véspera lia jornais e relatórios que sublinhava com um lápis vermelho.

— Deixem-nos em paz — disse ao oficial.

E aproximou-se de Lupin:

— Os documentos.

O tom já não era o mesmo. Era agora o tom imperioso e seco de um senhor, na própria casa, dirigindo-se a um inferior — e que inferior! Um escroque, um aventureiro da pior espécie, diante do qual ele fora obrigado a se humilhar!

— Os documentos — repetiu.

Lupin não se deixou perturbar. Disse com calma:

— Estão no castelo de Veldenz.

— Estamos nas dependências do castelo de Veldenz.

— Os documentos estão nessas ruínas.

— Vamos. Me leve.

Lupin não se mexeu.

— Então?

— Ora! Sire, não é assim tão simples como pensa. É preciso um certo tempo para organizar os elementos necessários à abertura do esconderijo.

— De quanto tempo você precisa?

— De vinte e quatro horas.

Um gesto de cólera, logo reprimido.
— Ah! Isso não tinha sido combinado entre nós.
— Nada foi combinado, exatamente, Sire... Nem isso, nem a viagenzinha que Vossa Majestade me proporcionou, cercado por seis guardas. Eu tenho que entregar os documentos, só isso.
— E eu só tenho que libertar você mediante a entrega desses documentos.
— Questão de confiança, Sire. Eu teria me sentido igualmente comprometido a entregar esses papéis se tivesse sido libertado quando saí da prisão, e Vossa Majestade pode ter certeza de que eu não teria fugido com eles debaixo do braço. A única diferença é que eles já estariam em seu poder, Sire. Pois perdemos um dia. E um dia, neste caso... é muita coisa. Mas, precisava ter confiado.

O imperador olhava com certo estupor para aquele desclassificado, para aquele bandido que parecia irritado com a desconfiança em sua palavra.

Sem responder, ele tocou.
— O oficial de serviço — ordenou.

O conde de Waldemar apareceu, muito pálido.
— Ah! É você, Waldemar? Está melhor?
— Às suas ordens, Sire.
— Leve cinco homens com você... os mesmos, já que confia neles. Você não vai sair do lado deste... senhor, até amanhã de manhã. — E consultou o relógio.
— Até amanhã de manhã, às dez horas... Não, você tem até o meio-dia. Você irá aonde ele quiser e fará o que ele quiser. Enfim, ficará à disposição dele. Ao meio-dia,

encontro vocês. Se, assim que soar o meio-dia, ele não me entregar o maço com as cartas, você vai pôr ele de novo no carro, e, sem perder um segundo, vai levá-lo de volta à prisão de Santé.

— Se ele tentar fugir...
— Se vire.

E saiu.

Lupin pegou um charuto sobre a mesa e atirou-se em uma poltrona.

— Finalmente! Prefiro assim. Franco e categórico.

O conde tinha mandado seus homens entrarem. Disse a Lupin:

— Vamos!

Lupin acendeu o charuto e não se mexeu.

— Amarrem as mãos dele! — disse o conde.

E, assim que a ordem foi executada, repetiu:

— Vamos... em marcha!
— Não.
— Como, não?
— Estou pensando.
— Em quê?
— Onde poderia ficar esse esconderijo.

O conde teve um sobressalto.

— Como! Você não sabe?
— Caramba! — zombou Lupin. — Isso é o mais divertido de toda essa aventura, eu não tenho a menor ideia de onde fica esse esconderijo, nem como vou descobrir. O que me diz, meu caro Waldemar? Não é divertido?... Eu não tenho a menor ideia...

As cartas do imperador

– 1 –

As ruínas de Veldenz, bem conhecidas de todos que visitam as margens do Reno e do Moselle, compreendem os vestígios do antigo castelo feudal, construído em 1277 pelo arcebispo de Fistingen e, ao lado, a enorme torre aberta pelas tropas de Turenne, os muros intactos de um vasto palácio da Renascença onde os grão-duques de Deux-Ponts moravam, nos últimos três séculos.

Esse foi o palácio saqueado pelos súditos revoltados de Hermann II. As janelas, nuas, abrem duzentas bocas sobre as quatro fachadas. Todo o madeiramento, a tapeçaria, a maior parte dos móveis, foram queimados. Caminhando pelas vigas calcinadas do piso, o céu surge ocasionalmente através do telhado demolido.

Ao fim de duas horas, Lupin, seguido por sua escolta, tinha percorrido tudo.

— Fico muito contente com o senhor, meu caro conde. Jamais pensei em encontrar um cicerone tão ilustre e, o que é raro, tão taciturno. Agora, se me permite, vamos jantar.

No fundo, Lupin não sabia nada mais do que quando chegara, e sua confusão apenas aumentava. Para sair da prisão e impressionar a imaginação do visitante, ele havia blefado, fingindo saber de tudo, e agora ainda estava tentando saber por onde começaria a procurar.

"A coisa vai mal", dizia-se às vezes, "não poderia ir pior".
Além do mais, ele não estava em sua lucidez habitual. Estava obcecado por uma ideia, a do desconhecido, do assassino, do monstro que sabia ainda estar em seu encalço.

Como aquele misterioso personagem seguia seus passos? Como ficara sabendo de sua saída da prisão e da viagem em direção a Luxemburgo e à Alemanha? Seria uma intuição milagrosa? Ou o resultado de informações precisas? Mas, então, a que preço, com que promessas ou ameaças tinha sido capaz de obtê-las?

Todas essas perguntas assombravam o espírito de Lupin.

Por volta das quatro horas, no entanto, depois de uma nova caminhada pelas ruínas, ao longo da qual ele tinha em vão examinado as pedras, medido a espessura das muralhas, perscrutado a forma e a aparência das coisas, perguntou ao conde:

— Não sobrou nenhum criado do último grão-duque que tenha morado neste castelo?

— Todos os criados daquela época foram dispensados. Só um ainda vivia na região.

— E?

— Morreu há dois anos.

— Sem filhos?

— Ele tinha um filho que se casou e foi expulso, assim como a mulher, por conduta escandalosa. Eles deixaram a filha mais jovem, uma moça chamada Isilda.

— Onde ela mora?

— Ela mora aqui, no fundo das dependências de serviço. Seu velho avô trabalhava como guia dos visitantes, na época em que se podia visitar o castelo. A pequena Isilda, desde então, sempre viveu nestas ruínas, onde era tolerada por piedade: é uma pobre inocente que mal fala e que não sabe o que diz.

— Ela sempre foi assim?

— Parece que não. Quando tinha uns dez anos, foi perdendo a razão aos poucos.

— Depois de algum trauma ou de uma crise de pânico?

— Não, sem motivo, segundo me disseram. O pai era alcoólatra e a mãe se matou em um acesso de loucura.

Lupin refletiu e concluiu:

— Eu gostaria de vê-la.

O conde sorriu de um modo estranho.

— Pode ver, claro.

Ela estava justamente num dos cômodos abandonados para o uso dela.

Lupin surpreendeu-se ao ver uma criatura pequena, muito magra, muito pálida, mas quase bonita, com seus cabelos loiros e figura delicada. Seus olhos, de um verde-água, tinham uma expressão vaga, sonhadora, olhos de cega.

Ele fez algumas perguntas a que Isilda não respondeu, e outras a que respondeu com frases incoerentes, como se não compreendesse o sentido das palavras que lhe eram dirigidas nem o das que ela mesma pronunciava.

Ele insistiu, pegando em sua mão com muita doçura e perguntando, com voz afetuosa, sobre a época em que ainda era lúcida, sobre seu avô, sobre as lembranças que tinha de sua vida de criança, em liberdade no meio das ruínas majestosas do castelo.

Ela se calava, de olhos fixos, impassível, emocionada talvez, mas de uma emoção que não despertava sua inteligência adormecida.

Lupin pediu lápis e papel. Com o lápis, escreveu sobre a folha branca "813".

O conde sorriu mais uma vez.

— Ah! Do que é que você está rindo? — perguntou Lupin, irritado.

— Nada... nada... estou interessado... muito interessado... — A jovem olhava para a folha à sua frente e virava a cabeça, distraída.

— Não colou — zombou o conde.

Lupin escreveu as letras "Apoon".

A mesma desatenção de Isilda.

Ele não desistiu da prova e escreveu diversas vezes as mesmas letras, deixando cada vez um intervalo diferente entre elas. E olhava sempre para o rosto da moça.

Ela não se mexia, com os olhos fixos no papel e uma indiferença que nada parecia perturbar.

Mas de repente pegou o lápis, arrancou a última folha das mãos de Lupin e, como se estivesse tomada por uma inspiração repentina, escreveu um "l" no meio do intervalo deixado por Lupin.

Ele estremeceu.

Uma palavra surgiu ali: *Apolo*.

Mas não largou o lápis nem a folha e, com os dedos crispados, com traços tensos, esforçava-se para submeter a mão à ordem hesitante de seu pobre cérebro.

Lupin esperava, febril.

Ela escreveu rapidamente, como que alucinada, uma palavra, a palavra:

Diana.

— Outra palavra!... Outra palavra! — exclamou, bruscamente.

Ela torceu os dedos em volta do lápis, quebrou a ponta, riscou no papel um grande J e largou o lápis, esgotada.

— Outra palavra! Eu quero! — ordenou Lupin, agarrando-a pelo braço.

Mas viu nos olhos dela, de novo indiferentes, que aquele brilho fugaz de sensibilidade não luzia mais.

— Vamos — disse ele.

Ele já estava se afastando, quando ela correu e barrou sua passagem. Ele parou.

— O que você quer?

Ela estendeu a mão aberta.

— O quê! Dinheiro? Então ela tem o hábito de mendigar? — perguntou, dirigindo-se ao conde.

— Não — disse este —, e não estou entendendo nada...

Isilda tirou do bolso duas moedas de ouro que fez tinir uma contra a outra, alegremente.

Lupin as examinou.

Eram moedas francesas, novas, recém-cunhadas.

— Onde você conseguiu isso? — exclamou Lupin, agitado. — Moedas francesas! Quem te deu isso?... E quando?... Foi hoje? Fale!... Responda!

Ele deu de ombros.

— Imbecil que sou! Como se ela pudesse responder! Meu caro conde, queira me emprestar quarenta marcos... Obrigado... Tome Isilda, é para você...

Ela pegou as duas moedas, fez tinir com as duas outras na palma da mão e depois, estendendo o braço, mostrou as ruínas do palácio da Renascença, com um gesto que parecia indicar particularmente a ala da esquerda e a parte superior dessa ala.

Seria um gesto automático? Ou deveria ser considerado um agradecimento pelas duas moedas de ouro?

Ele observou o conde. Este não parava de sorrir.

— Do que é que ele está rindo, esse animal? — perguntou Lupin. — Parece até que está zombando de mim.

Pelo sim, pelo não, seguiu na direção do palácio, acompanhado de sua escolta.

No térreo, havia imensas salas que se comunicavam umas com as outras, e onde tinham reunido alguns móveis que escaparam do incêndio.

No primeiro andar, do lado norte, havia uma longa galeria para a qual se abriam doze belas salas perfeitamente idênticas.

A mesma galeria repetia-se no segundo andar, mas com 24 quartos, também semelhantes uns aos outros. Tudo isso vazio, em ruínas, num estado lamentável.

Em cima, nada. As mansardas tinham sido queimadas.

Durante uma hora, Lupin andou, correu, galopou, incansável, com os olhos atentos.

Quando a noite caiu, correu na direção de uma das doze salas do primeiro andar, como se a tivesse escolhido por razões particulares, que só ele conhecia.

Ficou surpreso ao encontrar o imperador fumando, sentado numa poltrona que mandara trazer.

Sem se incomodar com sua presença, Lupin começou a examinar a sala, segundo os procedimentos que tinha o costume de empregar nesses casos, dividindo a sala em setores, que inspecionava um depois do outro. Ao fim de vinte minutos, disse:

— Gostaria de pedir que se afastasse, Sire. Aqui há uma chaminé...

O imperador balançou a cabeça.

— Preciso mesmo me afastar?

— Sim, Sire, essa chaminé...

— Essa é uma chaminé como outra qualquer, esta sala não difere em nada das salas vizinhas.

Lupin olhou o imperador sem compreender. Este então se levantou e disse, rindo:

— Creio — sr. Lupin —, que o senhor estava zombando de mim.

— Como, Sire?

— Oh! Meu Deus, nada demais! Você ganhou a liberdade sob a condição de me entregar os papéis que me interessavam, mas não tem a menor ideia de onde eles estão. Fui... como é que vocês dizem? Enrolado?
— Acha, Sire?
— Oras! O que sabemos onde está, não precisamos procurar, e lá se vão bem umas dez horas que você está procurando. Não acha que cabe aqui um retorno imediato à prisão?

Lupin pareceu estupefato:
— Vossa Majestade não marcou para amanhã, ao meio-dia, o prazo final?
— Por que esperar?
— Por quê? Para que eu possa concluir minha obra.
— Sua obra? Mas ela nem mesmo começou, sr. Lupin.
— Nisso, Vossa Majestade está enganada.
— Prove, e eu esperarei até amanhã, ao meio-dia.

Lupin refletiu e declarou, sério:
— Se Vossa Majestade precisa de provas para poder confiar em mim, ei-las. As doze salas que dão para esta galeria receberam cada uma um nome diferente, cuja inicial está marcada na entrada. Uma dessas inscrições, menos apagada do que as outras pelas chamas, me chamou a atenção quando eu estava atravessando a galeria. Examinei as outras salas e descobri, já um pouco apagadas, outras iniciais gravadas na galeria, acima dos frontões.

"Ora, uma dessas iniciais era um D, a primeira letra de Diana. A outra era um A, a primeira letra de Apolo.

E esses são dois nomes de divindades mitológicas. As outras iniciais seriam da mesma natureza? Reconheci um J, inicial de Júpiter. Um V, inicial de Vênus, um M, inicial de Mercúrio. Um S, inicial de Saturno etc. Essa parte do problema estava resolvida: cada uma das doze salas leva o nome de uma divindade do Olimpo, e a combinação Apoo, completada por Isilda, designa a sala de Apolo.

"É aqui, portanto, nesta sala, que estão escondidas as cartas. Agora basta alguns minutos para descobri-las."

— Alguns minutos ou anos... ou mais! — disse o imperador, rindo.

Ele parecia estar se divertindo muito, e o conde também demonstrava muita alegria.

Lupin perguntou:

— Vossa Majestade quer me explicar?

— Sr. Lupin, a fascinante investigação que está realizando hoje, e da qual nos traz brilhantes resultados, eu já fiz. Sim, há duas semanas, na companhia de seu amigo Herlock Sholmès. Juntos, interrogamos a pequena Isilda. Juntos, empregamos com ela o seu mesmo método, e juntos descobrimos as iniciais da galeria e chegamos até aqui, à sala de Apolo.

Lupin estava lívido. E balbuciou:

— Ah! Sholmès... chegou... até aqui?...

— Sim, depois de quatro dias de buscas. É verdade que isso não nos ajudou, pois não descobrimos nada. Apesar disso, sei que as cartas não estão aqui.

Tremendo de raiva, atingido no fundo de seu orgulho, Lupin protegia-se com a ironia, como se tivesse levado uma chicotada. Jamais se sentira tão humilhado. Em seu furor, teria estrangulado o enorme Waldemar, cujo riso o exasperava.

Contendo-se, ele disse:

— Sholmès precisou de quatro dias, Sire. Eu precisei de algumas horas. E teria levado ainda menos tempo, se minhas buscas não tivessem sido interrompidas.

— Por quem, meu Deus? Por meu fiel conde? Espero que ele não tenha...

— Não, Sire, pelo meu mais terrível e poderoso inimigo, por aquele ser diabólico que matou o próprio cúmplice, Altenheim.

— Ele está aqui? Você acha? — exclamou o imperador, numa agitação que demonstrava que nenhum detalhe daquela história dramática lhe era estranho.

— Ele está em todo lugar onde estou. Ele me ameaça com seu ódio constante. Foi ele quem me descobriu debaixo do sr. Lenormand, chefe da Sûreté, foi ele quem me pôs na prisão, e foi ele também quem me perseguiu, no dia em que fui libertado. Ontem, tentando me atingir no carro, ele feriu o conde de Waldemar.

— Mas quem garante, quem diz que ele está em Veldenz?

— Isilda ganhou duas moedas de ouro, duas moedas francesas!

— E por que ele viria até aqui? Para quê?

— Não sei, Sire, mas ele é o próprio espírito do mal. Cuidado, Majestade! Ele é capaz de qualquer coisa.

— Impossível! Tenho cem homens nestas ruínas. Ele não pode ter entrado. Teríamos visto.

— Alguém certamente o viu.
— Quem?
— Isilda.
— Vamos interrogá-la! Waldemar, leve o prisioneiro à presença da jovem.

Lupin mostrou suas mãos amarradas.

— A batalha vai ser dura. Consigo me defender assim?

O imperador disse ao conde:

— Solte-o... E mantenha-me informado...

E assim, mencionando de modo repentino, com alguma ousadia e sem nenhuma prova, a figura abominável do assassino, Arsène ganhava tempo e voltava ao controle da investigação.

"Ainda tenho dezesseis horas", pensava. "É mais do que preciso."

Ele chegou ao local ocupado por Isilda, no lugar mais afastado das dependências de serviço, os prédios que serviam de caserna aos duzentos guardas das ruínas, cuja ala esquerda, onde estavam, era reservada aos oficiais.

Isilda não estava lá.

O conde enviou dois de seus homens. Eles voltaram. Ninguém tinha visto a jovem.

Mas ela não podia ter saído pelas muralhas das ruínas. Quanto ao palácio da Renascença, ele estava, por assim dizer, ocupado por metade das tropas, e ninguém poderia entrar ali.

Por fim, a esposa de um oficial que morava no alojamento ao lado afirmou que, estando o tempo todo à janela, não viu a moça sair.

— Se não saiu — exclamou Waldemar —, deveria estar aqui, mas não está.

Lupin observou:

— Existe um andar aqui em cima?

— Existe, mas deste aposento até esse andar, não há nenhuma escada.

— Há, sim.

Ele indicou uma pequena porta aberta, num canto escuro. Na penumbra, viam-se os primeiros degraus de uma escada, íngreme como uma escada portátil.

— Por favor, meu caro conde — disse a Waldemar que queria subir —, me dê a honra.

— Por quê?

— É perigoso.

Ele avançou e, imediatamente, saltou para dentro de um ático estreito e baixo.

Soltou um grito:

— Opa!

— O que houve? — disse o conde, chegando por sua vez.

— Aqui... neste piso... Isilda...

Ele se ajoelhou, mas imediatamente, ao primeiro exame, notou que a jovem estava apenas aturdida, e que não havia nenhum indício de ferimento, exceto alguns arranhões nos punhos e nas mãos.

Em sua boca, servindo de mordaça, havia um lenço.

— Foi isso — disse ele. — O assassino esteve aqui com ela. Quando chegamos, ele a derrubou com um soco e a amordaçou para que não ouvíssemos os seus gemidos.

— Mas por onde ele fugiu?

— Por ali... veja... há um corredor que se comunica com todas as mansardas do primeiro andar.

— E de lá?

— De lá, desceu pela escada de um dos alojamentos.

— Mas teríamos visto!

— Pff! Como vamos saber? Esse sujeito é invisível. Tanto faz! Mande avisar seus homens. Que eles procurem em todas as mansardas e alojamentos do térreo!

Ele hesitou. Iria também atrás do assassino? Mas um ruído o trouxe de volta à jovem. Ela tinha se levantado, e uma dúzia de moedas de ouro rolaram de suas mãos. Ele examinou. Eram todas francesas.

— Olha só — disse —, eu não estava enganado. Mas, por que tanto ouro? Em troca de quê?

De repente, notou um livro no chão e abaixou-se para pegá-lo. Mas, com um movimento rápido, a jovem avançou, agarrou o livro e o apertou contra o peito com uma energia selvagem, como que prestes a defendê-lo de qualquer investida.

— É isso, as moedas tinham sido oferecidas em troca do livro, mas ela se recusou a se desfazer dele. Daí os arranhões em sua mão. O interessante seria saber por que o assassino queria esse livro. Será que conseguiu ler?

E disse a Waldemar:

— Meu caro conde, dê a ordem, por favor...

Waldemar fez um sinal. Três homens avançaram sobre a jovem e, depois de uma luta obstinada, em que a infeliz se torcia, tremendo de raiva e gritando, arrancaram-lhe o livro.

— Calma, criança — dizia Lupin —, calma... É por uma boa causa... Vigiem ela! Enquanto isso, vou examinar o objeto da disputa.

Era, numa velha capa que datava de pelo menos um século, um volume avulso de Montesquieu, intitulado *O Templo de Gnide*. Assim que abriu, Lupin exclamou:

— Olha, que interessante. Do lado direito de cada página, colaram uma folha de pergaminho e, sobre essas folhas, escreveram algo em letras muito pequenas e amontoadas.

Ele leu, logo no início:

"Diário do cavaleiro Gilles de Mairèche, criado francês de sua Alteza Real, o príncipe de Deux-Ponts--Veldenz, iniciado no ano da graça de 1794."

— Como assim? — disse o conde...

— O que há de estranho nisso?

— O avô de Isilda, o velho que morreu há dois anos, chamava-se Malreich, ou seja, é o mesmo nome germanizado.

— Ótimo! O avô de Isilda deve ser filho ou neto do criado francês que escreveu seu diário num tomo avulso de Montesquieu. E foi assim que este diário passou para as mãos de Isilda.

Ele folheou ao acaso:

"15 de setembro de 1796 — Sua Alteza caçou.

"20 de setembro de 1796 — Sua alteza saiu a cavalo. Montou no Cupido."

— É — murmurou Lupin —, até aqui, nada de muito interessante. — Ele leu mais adiante:

"12 de março de 1803. Mandei dez escudos para Hermann. Ele é cozinheiro em Londres."

Lupin começou a rir.

— Ah! Ah! Hermann foi destronado. O respeito está degringolando.

— O grão-duque regente — observou Waldemar —, de fato foi expulso do reino pelas tropas francesas.

Lupin continuou:

"1809 — Hoje, terça-feira, Napoleão dormiu em Veldenz. Fiz a cama de Sua Majestade e, no dia seguinte, esvaziei seu penico."

— Ah! — disse Lupin. — Napoleão então dormiu em Veldenz?

— Sim, sim, quando se reuniu com a tropa, durante a campanha da Áustria, que deveria terminar em Wagram. Foi uma honra para a família do duque, que ficou muito orgulhosa, depois disso.

Lupin retomou:

"28 de outubro de 1814 — Sua Alteza Real voltou para o reino."

"29 de outubro — Esta noite, levei Sua Alteza até o esconderijo, e fiquei feliz em mostrar que ninguém soube de sua existência. Além disso, como imaginar que um esconderijo pudesse ter sido feito em..."

Uma pausa brusca... um grito de Lupin... Isilda subitamente escapara dos homens que a vigiavam, lançara-se sobre ele e fugira, levando o livro.

— Ah! Menina! Corram... Deem a volta por baixo. Eu vou atrás dela pelo corredor.

Mas ela fechou a porta atrás de si e passou o ferrolho. Ele teve que descer e percorrer o corredor dos alojamentos, assim como os outros, procurando uma escada para subir de novo ao primeiro andar.

Sozinho, e estando o quarto alojamento aberto, ele pôde subir. Mas o corredor estava vazio, e ele precisou bater em portas, forçar fechaduras e entrar em quartos vazios, enquanto Waldemar, empenhado como ele na perseguição, rasgava as cortinas e a tapeçaria com a ponta do sabre.

Ouviram-se gritos que vinham do térreo, da ala direita. Eles acorreram. Era uma das mulheres dos oficiais acenando do fundo do corredor, dizendo que a jovem estava na sua casa.

— Como você sabe? — perguntou Lupin.

— Eu a vi entrar no meu quarto. A porta estava fechada, e eu ouvi o barulho.

Lupin, de fato, não conseguiu abrir.

— A janela, gritou, deve haver uma janela.

Foi levado para fora e, imediatamente, usando o sabre do conde, quebrou os vidros com um golpe.

Depois, apoiado em dois homens, subiu na parede, enfiou o braço, girou a trava e caiu dentro do quarto.

Agachada junto à chaminé, viu Isilda em frente às chamas.

— Ah! Miserável! — gritou Lupin. — Ela atirou no fogo! — Ele a afastou bruscamente, tentou pegar o livro, mas queimou as mãos. Então, com uma pinça da lareira, puxou o livro e cobriu-o com a passadeira da mesa, para abafar as chamas.

Mas era tarde demais. As páginas do velho manuscrito, consumidas, desfizeram-se em cinzas.

− 2 −

Lupin olhou durante um longo tempo para ela. O conde disse:

— Parece até que ela sabe o que está fazendo.

— Não, não, ela não sabe. Mas seu avô deve ter confiado o livro a ela como a um tesouro, um tesouro que ninguém deveria olhar, e, em seu instinto um pouco estúpido, ela achou melhor lançar no fogo do que ficar sem ele.

— E agora?

— Agora, o quê?

— Você não vai encontrar o esconderijo?

— Ah! Ah! Meu caro conde, ao menos por um instante você considerou possível meu sucesso? E Lupin não lhe parece mais um completo charlatão? Fique tranquilo, Waldemar, Lupin tem outros trunfos no bolso. Eu vou conseguir.

— Antes do meio-dia, amanhã?

— Antes da meia-noite, hoje. Mas estou morrendo de fome. E se puder me fazer essa gentileza...

Ele foi levado a uma dependência de serviço reservada à alimentação dos suboficiais, onde serviram uma refeição substancial, enquanto o conde fazia o relatório para o imperador.

Vinte minutos depois, Waldemar voltava. Sentaram-se um diante do outro, em silêncio e pensativos.

— Waldemar, um bom charuto seria bem-vindo... Obrigado. Este estala como convém a um cubano de respeito.

Ele acendeu o charuto e, ao cabo de um ou dois minutos, disse:

— Pode fumar, conde, isso não me incomoda. — Uma hora se passou. Waldemar estava com sono e, de tempos em tempos, para manter-se acordado, tomava uma taça de fina champanhe. Soldados iam e vinham, a serviço.

— Café — pediu Lupin.

Trouxeram-lhe café.

— Está péssimo — resmungou. — Se é deste que bebe o César! Mais uma xícara, mesmo assim, Waldemar. A noite talvez seja longa. Nossa! Que horror de café!

Ele acendeu outro charuto e não disse mais nenhuma palavra.

Minutos se passaram. Ele não se mexia nem falava.

Subitamente, Waldemar levantou-se com um ar indignado e disse a Lupin:

— Ei! De pé!

Nesse momento, Lupin estava assobiando. E continuou a assobiar tranquilo.

— De pé — estou dizendo.

Lupin voltou-se. Sua Majestade acabava de entrar. Ele se levantou.

— Como estamos? — disse o imperador.

— Acredito, Sire, que daqui a pouco poderei dar uma satisfação a Vossa Majestade.

— O quê? Você sabe...

— O esconderijo? Mais ou menos, Sire... Ainda me escapam alguns detalhes... mas, quando estiver no local, tudo vai se esclarecer, não tenho dúvidas.

— Devemos ficar aqui?

— Não, Sire, eu pediria que me acompanhasse até o palácio da Renascença. Mas temos tempo e, se Vossa Majestade me autoriza, eu gostaria agora de refletir sobre dois ou três pontos.

Sem esperar a resposta, ele se sentou, para a grande indignação de Waldemar.

Em seguida, o imperador, que havia se afastado e estava conversando com o conde, voltou a se aproximar.

— O sr. Lupin está pronto?

Lupin ficou em silêncio. Mais uma pergunta, e ele baixou a cabeça.

— Mas, ele está dormindo, parece que está dormindo.

Furioso, Waldemar sacudiu-o bruscamente pelos ombros. Lupin caiu da cadeira, rolou pelo chão, teve duas ou três convulsões e não se mexeu mais.

— O que é que houve? — exclamou o imperador. — Espero que não esteja morto!

Pegou uma vela e se agachou.

— Ele está pálido! Como cera!... Olhe, Waldemar... Ponha a mão no coração dele... Ele está vivo, não está?

— Sim, Sire — disse o conde, depois de um instante —, o coração está batendo normalmente.

— Então, o que houve? Não estou entendendo... O que aconteceu?

— E se eu for buscar um médico?

— Vá, corra.

O médico encontrou Lupin no mesmo estado, inerte e sereno. Pediu que o estendessem sobre uma cama, examinou-o por um longo tempo e perguntou como o doente havia se alimentado.

— Receia que ele possa ter sido envenenado, doutor?

— Não, Sire, não há vestígios de envenenamento. Mas, acho que... O que este prato e esta xícara estão fazendo aqui?

— Café — disse o conde.

— Para o senhor?

— Não, para ele. Eu não bebi.

O médico pegou o café, provou e concluiu:

— Eu tinha razão: o enfermo aqui dormiu com a ajuda de um narcótico.

— Mas, quem...? — exclamou o imperador, irritado. — Ora, Waldemar, isso tudo é irritante!

— Sire...

— É! Sim, para mim, chega! Estou começando a acreditar que este homem tem razão, e que há alguém aqui no castelo... As moedas de ouro, o narcótico...

— Se alguém tivesse entrado por aqueles muros, saberíamos, Sire... Faz três horas que estamos buscando por toda parte.

— Mas, não fui eu quem preparou o café, isso eu garanto... E se não foi você...

— Oh! Sire!

— Muito bem! Busque... investigue... Você tem duzentos homens à disposição, e o lugar não é tão grande assim! O bandido deve estar por aqui, atrás desses prédios... na cozinha... sei lá! Vá! Mexa-se!

Durante toda a noite, o enorme Waldemar trabalhou conscienciosamente, seguindo as ordens do seu superior, mas sem convicção, pois era impossível que houvesse um estranho escondido no meio de ruínas tão bem vigiadas. E de fato os acontecimentos lhe deram razão: as buscas foram inúteis, e ninguém foi capaz de descobrir a mão misteriosa que preparara a bebida soporífera.

Lupin passou a noite toda deitado em sua cama, inerte. De manhã, o médico, que não havia deixado o local, disse a um enviado do imperador que o doente ainda estava dormindo.

Às nove horas, no entanto, ele fez um primeiro gesto, uma espécie de esforço para se levantar.

Um pouco mais tarde, balbuciou:

— Que horas são?

— Nove e trinta e cinco.

Ele fez um novo esforço, e sentia-se que lutava, em seu torpor, para recobrar a consciência. Um relógio bateu dez horas.

Ele estremeceu e disse:

— Me levem... me levem até o palácio.

Com a aprovação do médico, Waldemar chamou seus homens e mandou avisar o imperador.

Deitaram Lupin em uma maca e seguiram em direção ao palácio.

— Para o primeiro andar — murmurou.

E subiram.

— No fim do corredor — disse —, o último quarto à esquerda.

Levaram-no até o último quarto, de número doze, e deram-lhe uma cadeira onde se sentou, exausto.

O imperador chegou: Lupin não se mexeu, parecendo inconsciente, com um olhar inexpressivo.

Alguns minutos depois, pareceu acordar, olhou as paredes à sua volta, o teto, as pessoas, e disse:

— Narcótico, não foi?

— Sim — declarou o médico.

— Encontraram... o homem?

— Não.

Ele pareceu meditar e, por diversas vezes, balançou a cabeça com um ar pensativo, mas logo perceberam que estava dormindo.

O imperador aproximou-se de Waldemar.

— Mande preparar seu carro.

— Ah! Mas, Sire?...

— O quê! Estou começando a achar que ele está zombando de nós, e que tudo isso não passa de uma comédia para ganhar tempo.

— Talvez... pode ser... — concordou Waldemar.

— Mas é claro! Ele está tirando proveito de algumas coincidências curiosas, mas não sabe de nada, e essa história das moedas de ouro, do narcótico, é tudo invenção! Se continuarmos aceitando esse jogo ele vai acabar escapando pelas nossas mãos. O carro, Waldemar.

O conde deu as ordens e voltou. Lupin ainda não tinha acordado. O imperador, que estava examinando a sala, disse para Waldemar:

— Esta é a sala de Minerva, não é?

— Sim, Sire.

— Mas, então, por que esse N, em dois lugares?

Havia de fato dois N, um sobre a chaminé, o outro sobre um velho relógio encastrado na parede, em mau estado, com um complicado mecanismo à mostra, e pesos inertes, na ponta das correntes.

— Esses dois N — disse Waldemar...

O imperador não ouviu a resposta. Lupin tinha se agitado outra vez, abrindo os olhos e articulando sílabas incompreensíveis. Ele se levantou, caminhou pela sala e caiu de novo, esgotado.

Seguiu-se então uma luta, a luta feroz de seu cérebro, dos seus nervos, de toda sua vontade contra aquele torpor terrível que o paralisava, a luta de um moribundo contra a morte, a luta da vida contra o nada.

E foi um espetáculo imensamente doloroso.

— Ele está sofrendo — murmurou Waldemar.

— Ou fingindo que está sofrendo — disse o imperador —, mas finge que é uma maravilha. Que ator!

Lupin balbuciou:

— Um pouco, doutor, um pouquinho de cafeína... agora...

— Me permite, Sire? — perguntou o médico.

— Claro... Até o meio-dia, faremos tudo o que ele quiser. Ele tem minha palavra.

— Quantos minutos... até o meio-dia? — retomou Lupin.

— Quarenta, disseram.

— Quarenta?... Eu consigo... eu sei que eu consigo... Preciso...

Ele pôs as mãos na cabeça.

— Ah! Se meu cérebro estivesse aqui, o verdadeiro, meu cérebro bom, o que pensa! Seria coisa de um segundo! Tem só um ponto obscuro... Mas não consigo... o raciocínio foge... não consigo segurar... é horrível...

Suas costas estremeciam. Estaria chorando?

Ele repetia:

— 813... 813...

E, mais baixo:

— 813... um 8, um 1... um 3... é, é claro... mas, por quê?... Não basta.

O imperador murmurou:

— Estou impressionado. Custo a crer que um homem possa interpretar um papel assim...

Onze e meia... onze e quarenta e cinco...

Lupin continuava imóvel, os punhos colados contra a testa.

O imperador esperava, com os olhos fixos no relógio que estava nas mãos de Waldemar.

— Mais dez minutos... mais cinco...

— Waldemar, o carro está aí? Seus homens estão prontos?

— Sim, Sire.

— Seu relógio bate as horas?

— Sim, Sire.

— Quando soar o último toque do meio-dia...

— Mas...

— Quando soar o último, Waldemar.

A cena tinha qualquer coisa de trágico, aquela espécie de grandeza e solenidade que as horas adquirem quando estamos próximos de um possível milagre. É como se a própria voz do destino estivesse a ponto de soar.

O imperador não escondia sua aflição. Aquele aventureiro bizarro chamado Arsène Lupin, cuja vida prodigiosa ele conhecia, aquele homem o perturbava, e ainda que decidido a encerrar com todo o equívoco que era aquela história, ele era incapaz de não esperar.

Mais dois minutos... um minuto. Em seguida, contaram os segundos.

Lupin parecia estar dormindo.

— Vamos, prepare-se — disse o imperador ao conde.

Este avançou em direção a Lupin e pôs a mão em seu ombro.

O toque cristalino do relógio de bolso soou... um, dois, três, quatro, cinco...

— Waldemar, suspenda os pesos do velho relógio.

Um momento de estupor. Foi Lupin quem falou, com toda calma.

Waldemar deu de ombros, indignado com tamanha intimidade.

— Obedeça, Waldemar — disse o imperador.

— Obedeça, meu caro conde — insistiu Lupin, que voltava com sua ironia —, está nas suas mãos, é só puxar as cordas do relógio... Uma depois da outra... um, dois... Maravilha... Assim é que se dava corda, antigamente.

De fato, o pêndulo foi acionado, e ouviram o tique-taque esperado.

— Agora, os ponteiros — disse Lupin. — Posicione-os um pouco antes do meio-dia... Não se mexa... deixe que eu faço...

Ele se levantou e avançou em direção ao mostrador, a um passo de distância no máximo, com os olhos fixos, perfeitamente atento.

Soaram as doze batidas, doze batidas pesadas, profundas.

Um longo silêncio. Nada aconteceu. Mas o imperador esperava, como se tivesse certeza de que algo iria acontecer. E Waldemar não se mexia, com os olhos escancarados.

Lupin, que estava muito próximo do mostrador, afastou-se e murmurou:

— Perfeito... estou chegando...

Ele voltou em direção à cadeira e ordenou:

— Waldemar, ponha os ponteiros em dois para o meio-dia. Ah! Não, meu caro, no sentido anti-horário, não... no sentido deles... É! Demora mais, mas... fazer o quê?

Todas as horas e todas as meias horas soaram, até as onze e meia.

— Ouça, Waldemar — disse Lupin.

E ele falava sério, sem zombaria, como que emocionado e ansioso.

— Ouça, Waldemar, está vendo um pontinho redondo no mostrador, marcando a primeira hora? Esse pontinho mexe, não mexe? Encontre o indicador da mão esquerda nele e aperte. Isso. Faça o mesmo com o polegar, no ponto que marca as três horas. Isso... Com a mão direita, aperte o ponto que marca as oito horas. Isso. Obrigado. Agora sente-se, meu caro.

Um instante, e em seguida o ponteiro maior se movimentou, chegando nas doze horas... E soou de novo o meio-dia.

Lupin estava quieto, muito pálido. No silêncio, soaram as doze batidas.

Ao soar a última, ouviu-se um ruído, algo que se punha em marcha. O relógio parou. O pêndulo ficou imóvel.

Subitamente, o motivo em bronze que estampava o mostrador, uma cabeça de carneiro, abriu-se para baixo, revelando uma espécie de nicho talhado em plena pedra.

Nesse nicho, havia uma caixa de prata cinzelada.

— Ah! — disse o imperador. — Você tinha razão.

— Ainda duvidava, Sire? — disse Lupin.

Ele pegou a caixa, que entregou ao imperador.

— Queira Vossa Majestade abrir. As cartas que me incumbiu de encontrar estão aqui.

O imperador abriu a tampa e pareceu surpreso...

A caixa estava vazia.

– 3 –

A caixa estava vazia!

Foi um golpe de cena, imenso, imprevisto. Depois do êxito dos cálculos de Lupin, depois da descoberta tão engenhosa do segredo do relógio, o imperador, para quem o triunfo final era certo, parecia confuso.

Diante dele, Lupin, pálido, com as mandíbulas contraídas, o olhar injetado de sangue, rangia de raiva e ódio impotentes. Ele enxugou a testa coberta de suor, pegou rapidamente a caixa, virou-a, examinou-a, como se esperasse encontrar um fundo falso. Por fim, para que não restasse dúvida, num acesso de fúria, arrebentou-a com um aperto irresistível.

Aquilo o aliviou. Ele respirou mais tranquilo.

O imperador disse:

— Quem fez isso?

— A mesma pessoa. Sire, o sujeito que está na mesma pista que eu, e atrás do mesmo objetivo, o assassino do sr. Kesselbach.

— Quando?

— Esta noite. Ah! Sire, se me tivessem deixado livre, quando saí da prisão! Livre, eu teria chegado aqui sem perda de tempo. Eu teria chegado antes dele! Antes dele, eu teria dado aquelas moedas para a Isilda!... Antes dele, eu teria lido o diário de Malreich, o velho criado francês!

— Você acha então que ele se guiou pelas revelações daquele diário?...

— Ah! Sim, Sire, ele teve tempo de ler. E nas sombras, não sei onde, seguindo nossos movimentos, não sei como nem por quem, ele me pôs para dormir, para se livrar de mim durante esta noite.

— Mas o palácio estava sendo vigiado.

— Vigiado pelos seus soldados, Sire. E isso faz alguma diferença para um homem como ele? Não duvido que Waldemar tenha concentrado suas buscas nas dependências de serviço, deixando livres as portas do palácio.

— Mas e o ruído do relógio? As badaladas durante a noite?

— Um jogo de criança, Sire! É um jogo de criança impedir um relógio de soar!

— Isso tudo está me parecendo bem inverossímil.

— Isso tudo está me parecendo muito claro, Sire. Se fosse possível dar uma busca agora no bolso de todos os seus homens, saber tudo o que vão comprar nos próximos anos, encontraríamos dois ou três que, a esta hora, estão de posse de algum dinheiro, dinheiro francês, que fique bem claro.

— Ora! — protestou Waldemar.

— Claro, meu caro conde, é uma questão de preço, e *para ele*, isso não é nada. Se ele quisesse, tenho certeza que você mesmo...

O imperador não estava escutando, absorto em suas reflexões. Ele caminhou da direita para a esquerda pelo quarto, depois fez um sinal para um dos oficiais que estava na galeria.

— Meu carro... e depressa... vamos embora.

Ele parou, observou Lupin por um instante e, aproximando-se do conde, disse:

— Você também, Waldemar, vamos... direto para Paris, sem parar...

Lupin aguçou o ouvido. Ouviu Waldemar responder:

— Quero mais uma dúzia de guardas, com o diabo desse homem!...

— Pode levar. E depressa, você precisa chegar ainda esta noite.

Lupin deu de ombros e murmurou:

— Que absurdo!

O imperador voltou-se na sua direção, e Lupin continuou:

— É! Sim, Sire, pois Waldemar é incapaz de me vigiar. Minha fuga seria certa, e acha...

Ele bateu um pé com violência.

— Acha, Sire, que mais uma vez eu vou perder tempo? Se vocês estão abandonando a luta, eu não estou. Comecei e vou terminar.

O imperador objetou:

— Eu não abandonei, mas minha polícia agora vai entrar em ação.

Lupin estourou num riso.

— Desculpe, Majestade! Que graça! A polícia de Vossa Majestade! Ela vale o mesmo que qualquer outra polícia deste mundo, ou seja, nada, absolutamente nada! Não, Sire, eu não vou voltar para a Santé. Para a prisão, não estou nem aí. Mas preciso da minha liberdade contra esse homem, e eu a terei.

O imperador impacientou-se.

— Você nem sabe quem esse homem é.

— Mas vou saber, Sire. E só eu posso descobrir. E ele sabe que só eu posso descobrir. Sou seu único inimigo. É só a mim que ele ataca. Fui eu que ele tentou atingir, outro dia, com uma bala de revólver. Fui eu que ele pôs para dormir, esta noite, para ficar livre para agir à vontade. O duelo é entre nós. O mundo não tem nada a ver com isso. Ninguém pode me ajudar, e ninguém pode ajudá-lo. Somos só nós dois, e pronto. Até aqui, a sorte o favoreceu. Mas, no fim das contas, é inevitável, é fatal que eu leve a melhor.

— Por quê?

— Porque eu sou mais forte.

— E se ele te matar?

— Ele não vai me matar. Eu vou arrancar as garras dele, eu vou reduzi-lo a nada. E vou ficar com as cartas. Não tem força humana capaz de me impedir de recuperá-las.

Ele falava com uma convicção e uma certeza que conferiam ao que estava prevendo a aparência real das coisas já acontecidas.

O imperador, a contragosto, sentia algo confuso, inexplicável, uma espécie de admiração e muito daquela confiança que Lupin exigia de um modo tão categórico. No fundo, era apenas por escrúpulo que ele hesitava em empregar aquele homem e fazer dele, por assim dizer, seu aliado. E, preocupado, sem saber que partido tomar, ele andava da galeria até as janelas, sem pronunciar uma palavra.

Por fim, disse:

— E quem garante que essas cartas foram roubadas esta noite?

— A data está escrita, Sire.

— O que você está dizendo?

— Olhe na parte interna do frontão que cobria o esconderijo. A data está escrita em giz branco: meia-noite, 24 de agosto.

— É mesmo... é mesmo... — murmurou o imperador, desconcertado. — Como foi que não vi?

E acrescentou, revelando sua curiosidade:

— Como aqueles dois N escritos no muro... não entendo. Este é o salão da Minerva.

— Este é o salão onde dormiu Napoleão, imperador da França — declarou Lupin.

— Como você sabe?

— Pergunte ao Waldemar, Sire. Quando li o jornal do velho criado, tive uma revelação. Entendi que Sholmès e eu havíamos seguido uma pista falsa. *Apoo*, a palavra incompleta que o grão-duque Hermann escreveu em seu leito de morte, não é abreviação da palavra *Apolo*, mas de *Napoleão*.

— Verdade... você tem razão... — disse o imperador. — São as mesmas letras nas duas palavras, e na mesma ordem. É claro que o grão-duque quis escrever *Napoleão*. Mas, e o número 813?...

— Ah! Esse foi o ponto que me deu mais trabalho para esclarecer. Sempre achei que era preciso somar os três números 8, 1 e 3, e o número 12 assim obtido imediatamente me remeteu a esta sala, que é a décima segunda da galeria. Mas isso não era o suficiente. Deveria haver outra coisa, outra coisa que meu cérebro, então enfraquecido, não conseguia formular. Quando vi o relógio, este relógio, justamente na sala Napoleão, tive uma revelação. O número 12, é claro, referia-se à décima segunda hora. Meio-dia! Meia-noite! Não é o horário mais solene, o que escolhemos com mais frequência? Mas por que esses três números 8, 1 e 3, e não outros, que dariam o mesmo resultado?

"Foi então que pensei em fazer soar o relógio uma vez, a título de preparação. E foi fazendo soar que vi que os indicadores da primeira, da terceira e da oitava hora eram móveis. Eu então tinha três números, 1, 3 e 8 que, postos numa sequência fatídica, davam o número 813. Waldemar apertou os três pontos. Que iniciou todo aquele processo. O resultado, Vossa Majestade já sabe...

"Eis, Sire, a explicação dessa palavra misteriosa e dos três números 813 que o grão-duque escreveu enquanto agonizava, e graças aos quais ele tinha a esperança de que seu filho descobrisse um dia o segredo de Veldenz e se apoderasse das famosas cartas que ele tinha escondido ali."

O imperador escutara fascinado e atento, cada vez mais surpreso com o engenho, a elegância, a clarividência e a inteligência daquele homem.

— Waldemar? — disse ele.
— Sire?

Mas no momento em que ia falar, ouviu brados na galeria. Waldemar saiu e voltou.

— É aquela louca, Sire, estão tentando impedir ela de entrar.

— Deixem-na entrar — gritou Lupin rapidamente —, ela precisa vir, Sire.

A um gesto do imperador, Waldemar foi buscar Isilda. Quando a jovem entrou, foi um estupor. Seu rosto pálido estava coberto de manchas escuras. Seu rosto convulsionado revelava o mais vivo sofrimento. Ela estava ofegante, com as duas mãos crispadas contra o peito.

— Ah! — disse Lupin, espantado.

— O que houve? — perguntou o imperador.

— Seu médico, Sire! Imediatamente!

E avançando:

— Fale, Isilda... Você viu alguma coisa? Você tem alguma coisa para dizer?

A jovem parou, com os olhos vagos, como que iluminados pela dor. Ela articulou sons... nenhuma palavra.

— Ouça — disse Lupin. — Responda sim ou não... com um movimento de cabeça... Você o viu? Sabe onde ele está?... Sabe quem ele é?... Ouça, se você não responder...

Ele reprimiu um gesto de cólera. Mas, de repente, lembrando-se dos acontecimentos da véspera, e que ela parecia ter guardado alguma memória visual do tempo em que era lúcida, escreveu na parede branca um L e um M maiúsculos.

Ela estendeu o braço em direção às letras e sacudiu a cabeça, como se concordasse.

— Que mais? — disse Lupin. — Que mais?... Escreva.

Mas ela soltou um grito terrível e se jogou no chão, aos berros.

Depois, subitamente, silêncio e imobilidade. E mais uma convulsão. Ela não se mexeu mais.

— Morreu? — perguntou o imperador.

— Envenenada, Sire.

— Ah! Infeliz... mas quem?

— *Ele*, Sire. Ela o conhecia, sem dúvida. Ele deve ter receado que ela pudesse revelar algo.

O médico chegou. O imperador mostrou Isilda. Depois, dirigindo-se a Waldemar, falou:

— Todos os homens atentos... Vasculhem a casa... Mandem um telegrama para os postos da fronteira...

Ele se aproximou de Lupin:

— De quanto tempo você precisa para recuperar as cartas?

— De um mês, Sire...

— Bem, Waldemar vai esperar você aqui. Ele vai receber minhas ordens e terá plenos poderes para providenciar o que você quiser.

— O que eu quero, Sire, é liberdade.

— Você está livre...

Lupin viu-o afastar-se e disse, entredentes:

— Primeiro, a liberdade... Depois, quando eu tiver devolvido suas cartas, Majestade, um simples aperto de mãos, exatamente, um aperto de mãos, de imperador a ladrão de casaca... Como prova de que está enganado, quando banca o difícil comigo. Ora, é inacreditável! Por ele, saí do meu apartamento no Santé-Palace, estou aqui prestando serviços e ele se permite essa arrogância... Se eu volto a pegar esse cliente!

Os sete bandidos

– 1 –

— A madame pode receber?

Dolorès Kesselbach pegou o cartão que o empregado estendeu e leu: *André Beauny*.

— Não — disse ela —, não o conheço.

— Este senhor insiste, madame. Disse que madame está aguardando a visita dele.

— Ah!... talvez... pode ser... Traga-o aqui.

Desde que aqueles acontecimentos abalaram sua vida, atingindo-a com uma obstinação implacável, Dolorès, após uma estada no hotel Bristol, veio se instalar em uma casa tranquila na rua des Vignes, em Passy.

Um belo jardim estendia-se nos fundos, cercado por outros jardins frondosos. Quando crises mais dolorosas não a mantinham dias inteiros no quarto, de janelas fechadas, invisível a todos, ela passeava debaixo das árvores e ficava lá, deitada, melancólica, incapaz de reagir contra o mau destino. A areia da vereda estalou de novo e, acompanhado pelo empregado, vinha um jovem elegante, vestido com simplicidade, no estilo antiquado de certos pintores, o colarinho rebatido e a gravata à Lavallière com bolinhas brancas, sobre um fundo azul-marinho.

O empregado afastou-se.

— André Beauny, não é? — disse Dolorès.

— Sim, madame.

— Não nos conhecemos...

— Sim, madame. Sabendo que eu era amigo da sra. d'Ernemont, avó de Geneviève, a senhora escreveu a ela, em Garches, dizendo que queria conversar comigo. Eis-me aqui.

Dolorès levantou-se, muito emocionada.

— Ah! O senhor é...

— Sou.

Ela balbuciou:

— Mesmo? É o senhor? Não estou reconhecendo.

— Não reconhece em mim o príncipe Paul Sernine?

— Não... nada é parecido... Nem a testa, nem os olhos... E também não foi assim que...

— Que os jornais descreveram o detento da Santé — disse ele, sorrindo. — Mas sou eu mesmo.

Seguiu-se um longo silêncio, durante o qual ambos permaneceram constrangidos e pouco à vontade.

Por fim, ele disse:

— Posso saber a razão?

— Geneviève não lhe disse?

— Eu não a vi... Mas a avó dela pareceu entender que a senhora precisava dos meus serviços.

— Isso... Isso.

— E para quê? Fico honrado em...

Ela hesitou um instante, depois murmurou:

— Tenho medo.

— Medo! — exclamou ele.

— Sim — disse ela à meia voz —, tenho medo, medo de tudo, medo do dia de hoje e de amanhã, e de depois de amanhã... tenho medo da vida. Sofri tanto... Não aguento mais.

Ele a olhava com grande piedade. O sentimento confuso que sempre o ligara àquela mulher adquiria uma natureza mais precisa, agora que ela pedia proteção. Era uma necessidade ardente de devotar-se a ela por inteiro, sem esperança de recompensa.

Ela prosseguiu:

— Agora estou só, completamente só, com empregados que contratei ao acaso, e estou sentindo medo... sinto muita agitação à minha volta.

— Em que sentido?

— Não sei. Sinto que o inimigo está me rodeando e se aproximando de mim.

— A senhora o viu? Reparou em alguma coisa?

— Sim, na rua, esses dias, passaram dois homens diversas vezes e pararam diante da minha casa.

— Como eram?

— Teve um que vi melhor. Era alto, forte, barbeado e usava um casaco preto, curto.

— Como um garçom?

— Sim, ou um mordomo, talvez. Pedi para um dos meus empregados segui-lo. Ele pegou a rua de la Pompe e entrou em uma casa com aparência estranha, com um comércio de vinhos no térreo, a primeira casa à esquerda. Enfim, outra noite...

— Outra noite?
— Vi, da janela do meu quarto, um vulto no jardim.
— Só isso?
— Só.

Ele refletiu e propôs:
— Permite que dois de meus homens durmam aqui embaixo, em um dos quartos do térreo?
— Dois homens seus?
— Não! Não tenha medo... São dois homens valentes, o pai, Charolais, e o filho... que não são absolutamente o que parecem... Com eles, pode ficar tranquila. Quanto a mim...

Ele hesitou. Esperava que ela implorasse por sua volta. Como ela não dizia nada, ele disse:
— Quanto a mim, é melhor que não me vejam por aqui... É, é melhor... para a senhora. Meus homens vão me manter informado.

Ele quis falar mais e ficar, e sentar-se ao lado dela, e reconfortá-la. Mas tinha a impressão de que tudo estava dito, e que qualquer palavra a mais seria uma ofensa.

Então, despediu-se em voz baixa e se retirou.

Ele atravessou o jardim, caminhando depressa, ansioso por sair dali e dominar sua emoção. O empregado estava esperando por ele no vestíbulo. Quando atravessou a porta de entrada, na rua, alguém tocou a campainha, era uma jovem.

Ele estremeceu:
— Geneviève!

Ela fixou nele seus olhos assustados e, imediatamente, ainda que desconcertada pela extrema juventude daquele olhar, ela o reconheceu, e aquilo causou nele uma tal perturbação que ela vacilou e teve que se apoiar na porta.

Ele havia tirado o chapéu e olhava para ela sem ousar estender a mão. Será que ela estenderia? Não era mais o príncipe Sernine... era Arsène Lupin. E ela sabia que ele era Arsène Lupin, e que estava saindo da prisão.

Lá fora, chovia. Ela deu o guarda-chuva para o empregado, murmurando:

— Abra a porta, por favor, e ponha ali do lado...

E passou direto.

"Meu pobre velho", pensou Lupin de partida, "é muita emoção para um sujeito sensível como você. Cuide desse coração, senão... Bom, vamos, você está se molhando! Mau sinal, Lupin, você está ficando velho".

Ele bateu no ombro de um jovem que estava atravessando a rua de la Muette, em direção à rua des Vignes. O jovem parou e, depois de um instante, disse:

— Desculpe, senhor, mas creio que não o conheço...

— Está enganado, meu caro sr. Leduc. Ou então, perdendo a memória. Lembre-se de Versalhes... do quartinho no hotel Trois-Empereurs...

— Você!

O jovem recuou, assustado.

— Meu Deus, eu mesmo, o príncipe Sernine. Ou melhor, Lupin, você sabe meu verdadeiro nome! Achou que Lupin estivesse morto? Ah! Sim, eu entendo, a prisão... você achou que... Ora, meu rapaz!

E bateu gentilmente em seu ombro.

— Vamos, meu jovem, calma, ainda temos alguns dias de sossego para fazer versos. A hora ainda não chegou. Faça versos, poeta!

E agarrou bruscamente em seu braço e disse, encarando-o:

— Mas a hora está chegando, poeta. Não se esqueça de que você me pertence, de corpo e alma. E prepare-se para cumprir seu papel. Ele será brutal e magnífico. E, meu Deus, você não me parece a pessoa adequada para o papel!

Ele desatou a rir, girou o próprio corpo e deixou o jovem Leduc estupefato.

Mais ao longe, na esquina da rua de la Pompe, ficava a casa de vinhos mencionada pela sra. Kesselbach. Ele entrou e conversou durante um longo tempo com o dono. Depois, entrou num carro que o levou até o Grand-Hôtel, onde morava sob o nome de André Beauny.

Os irmãos Doudeville estavam à sua espera.

Ainda que indiferente àquela espécie de prazer, Lupin apreciou o testemunho de admiração e devoção de seus amigos.

— Mas, chefe, explique... O que aconteceu? Estamos acostumados com suas proezas... mas, há limites... Então, o senhor está livre? E está aqui, em plena Paris, disfarçado.

— Aceita um charuto? — ofereceu Lupin.

— Não, obrigado.

— Mas deveria, Doudeville. Este é muito bom. Ganhei de um fino conhecedor, que se orgulha de minha amizade.

— Ah! Podemos saber?
— O Kaiser... Ei, não fiquem aí com essas caras de bobos, ponham-me a par de tudo, não tenho lido os jornais. Minha fuga, que efeito ela provocou no público?
— Fulminante, chefe!
— E a versão da polícia?
— Sua fuga teria acontecido em Garches, durante a reconstituição do assassinato de Altenheim. Infelizmente, os jornalistas provaram que aquilo teria sido impossível.
— E?
— E, que a surpresa foi geral. Procuraram, riram e se divertiram muito.
— E Weber?
— Weber está numa situação difícil.
— Fora isso, nada de novo no serviço da Sûreté? Descobriram alguma coisa sobre o assassino? Algum indício que nos permita estabelecer a identidade de Altenheim?
— Não.
— Incrível! E pensar que pagamos uma fortuna todo ano para alimentar esse tipo de gente. Se continuar assim, vou me recusar a pagar impostos. Sente-se e pegue uma caneta. Você vai levar uma carta esta noite para o *Grand Journal*. Faz tempo que o mundo não tem notícias minhas. Devem estar impacientes. Escreva:

"*Senhor diretor,*
"*Peço desculpas ao público, que com sua legítima impaciência vai ficar decepcionado.*

"Fugi da prisão, mas não posso revelar como fugi. Seja como for, depois disso, descobri o famoso segredo, mas não posso revelar qual é, nem como o descobri.

"Mais dia menos dia, tudo isso será matéria de um livro, excêntrico talvez, que a partir de minhas notas contará minha biografia. Essa será uma página da história da França que nossos netos lerão com algum interesse.

"Mas, por enquanto, tenho mais o que fazer. Revoltado por ver nas mãos de quem foram parar as funções que eu exercia, cansado de constatar que o projeto Kesselbach-Altenheim ainda se encontra no mesmo estágio, destituo o sr. Weber e retomo o lugar de honra que ocupava, com tanto brilho, e para satisfação geral, sob o nome de Sr. Lenormand.

"Arsène Lupin, chefe da Sûreté."

– 2 –

Às oito da noite, Arsène Lupin e Doudeville entravam no Caillard, o restaurante da moda. Lupin, de fraque, mas com calças largas de artista e gravata um pouco folgada. Doudeville, de sobrecasaca, com o aspecto e os modos sérios de um magistrado.

Escolheram um recesso do restaurante, separado do salão principal por duas colunas.

Um maître, correto e indiferente, aguardava as ordens com um caderno à mão. Lupin fez os pedidos com a minúcia e o refinamento de um apreciador de boa gastronomia.

— Bem — disse ele —, a prisão como um todo era aceitável, mas uma refeição bem cuidada faz falta.

E comeu com apetite e em silêncio, contentando-se às vezes com pronunciar uma frase curta, por meio da qual indicava suas preocupações.

— Claro, cuidaremos disso... mas vai ser difícil... E que adversário!... O que me espanta é que, depois de seis meses de luta, não sei nem mesmo o que ele quer!... Seu principal cúmplice está morto, chegamos ao fim da batalha, e no entanto não vejo com clareza qual é o seu jogo... O que ele quer, esse miserável?...

Meu plano é claro: pôr a mão no grão-ducado, entronar um grão-duque de minha escolha, casá-lo com Geneviève... e reinar. Isso é claro, honesto e leal. Mas ele, esse personagem ignóbil, essa larva das profundezas, qual é o objetivo ele?

E chamou:

— Garçom!

O maître se aproximou.

— O senhor deseja?

— Charutos.

O maître voltou e abriu diversas caixas.

— Qual me aconselha? — perguntou Lupin.

— Aqui tem uns Upman excelentes.

Lupin ofereceu um Upman a Doudeville, pegou um para si e cortou-o. O maître acendeu o fogo e ofereceu a ele. Rapidamente, Lupin o agarrou pelo punho.

— Nem uma palavra... eu conheço você... seu verdadeiro nome é Dominique Lecas...

O homem, que era alto e forte, quis soltar-se. Abafou um grito de dor. Lupin havia torcido seu punho.

— Seu nome é Dominique... você mora na rua de la Pompe, no quarto andar, onde se aposentou com uma pequena fortuna adquirida a serviço — escute, imbecil, senão quebro seus ossos —, adquirida a serviço do barão Altenheim, em cuja casa trabalhava como mordomo.

O outro ficou imóvel, o rosto pálido de medo.

Em volta deles, o pequeno salão estava vazio. Ao lado, no restaurante, três senhores fumavam e dois casais conversavam, bebendo licor.

— Viu, estamos tranquilos... podemos conversar.

— Quem é você? Quem é você?

— Não está me reconhecendo? É só lembrar daquele famoso jantar na vila Dupont... Foi você mesmo, velho criado, quem me ofereceu o prato com os bolinhos... e que bolinhos!...

— O príncipe... o príncipe... — balbuciou o outro.

— Sim, o príncipe Arsène, o príncipe Lupin em pessoa... Ah! Ah! Você voltou a respirar... Acha que não tem nada a temer, em se tratando de Lupin, não é? Está enganado, meu caro, você tem sim o que temer.

Ele tirou do bolso uma carta e mostrou:

— Olhe aqui, agora sou da polícia... Fazer o quê, é sempre assim que terminamos... nós, os grandes mestres do roubo, os reis do crime.

— E agora? — retomou o maître, ainda inquieto.

— Agora, vá atender aquele cliente que está te chamando, faça seu serviço e volte. Sobretudo, nada de brincadeiras, não queira aprontar. Tenho dez agentes lá fora que estão de olho em você. Vá.

O maître obedeceu. Cinco minutos depois, voltava e, de pé diante da mesa, de costas para o restaurante, como se estivesse comentando a qualidade dos charutos com os clientes, ele dizia:

— E então? Do que se trata?

Lupin enfileirou sobre a mesa algumas notas de cem francos.

— Uma nota para cada resposta correta às minhas perguntas.

— Está bem.

— Começo. Quantos vocês eram, ao lado do barão Altenheim?

— Sete, sem contar comigo.

— Não mais que isso.

— Não. Uma vez só, chamamos uns operários italianos para construir as galeras da vila de Glycines, em Garches.

— Havia duas galerias?

— Sim, uma dava no pavilhão Hortênsia, a outra começava na primeira e dava no pavilhão da sra. Kesselbach.

— O que vocês queriam?

— Levar a sra. Kesselbach.

— As duas empregadas, Suzanne e Gertrude, eram cúmplices?

— Eram.

— Onde elas estão?

— No exterior.

— E os sete companheiros do bando de Altenheim?

— Eu saí de lá. Eles continuam.

— Onde posso encontrá-los?

Dominique hesitou. Lupin mostrou dois bilhetes de mil francos e disse:

— Seus escrúpulos são louváveis, Dominique. Agora, esqueça-os e responda.

Dominique respondeu:

— Na estrada de la Révolte, número 3, em Neuilly. Um deles se chama Antiquário.

— Perfeito. E, agora, o nome, o nome verdadeiro de Altenheim? Você sabe?

— Sim. Ribeira.

— Dominique, isso não vai terminar bem. Ribeira é só um nome de guerra. Quero saber o nome verdadeiro.

— Parbury.

— Outro nome de guerra.

O maître hesitou. Lupin mostrou mais três notas de cem francos.

— Pff! — exclamou o homem. — Ele está morto mesmo, não está? Bem morto.

— O nome dele? — disse Lupin.

— O nome? Cavaleiro de Malreich.

Lupin teve um sobressalto.

— O quê? O que é que você disse? Cavaleiro?... Repita... cavaleiro?

— Raoul de Malreich.

Um longo silêncio. Lupin, de olhos fixos, pensava na louca de Veldenz, morta envenenada. Isilda tinha o mesmo nome: Malreich. E era o nome do fidalgo francês que chegou à corte de Veldenz, no século XVII.

Ele prosseguiu:

— De que país era esse Malreich?

— De origem francesa, mas nascido na Alemanha... Vi os documentos dele, uma vez... Foi assim que fiquei sabendo o seu nome. Ah! Se ele soubesse, acho que me estrangularia.

Lupin refletiu e disse:

— Era ele quem comandava vocês?

— Era.

— Mas ele tinha um cúmplice, um sócio?

— Não! Não vamos falar sobre isso... sobre isso, não...

Uma enorme ansiedade estampava agora o rosto do maître. Lupin identificou a mesma espécie de medo, de repulsa, que ele próprio sentia ao pensar no assassino.

— Quem é? Você o viu?
— Não vamos falar dele, não devemos falar dele.
— Quem é, estou perguntando.
— É o mestre... o chefe... ninguém o conhece.
— Mas você o viu. Responda. Você o viu?
— Na penumbra, uma vez ou outra... de noite. De dia, nunca. As ordens chegavam por escrito nuns pedacinhos de papel... ou por telefone.
— O nome dele?
— Não sei. Nunca falamos nele. Dá azar.
— Ele se veste de preto, não?
— É, de preto. Ele é pequeno e magro... loiro...
— E mata, não é?
— É, mata... mata como quem rouba um pedaço de pão.

A voz dele tremia. Ele suplicou:

— Vamos mudar de assunto... Melhor não falar disso... Acredite... dá azar.

Lupin se calou, impressionado com a angústia daquele homem. Ficou pensativo durante um longo tempo, depois se levantou e disse ao maître:

— Tome, aqui está seu dinheiro, mas se quer viver em paz, não fale com ninguém sobre esta nossa conversa.

Ele saiu do restaurante com Doudeville e andou até à porta Saint-Denis, sem dizer nada, preocupado com o que tinha acabado de saber.

Por fim, pegou o braço do companheiro e disse:

— Ouça bem, Doudeville. Você vai até a estação, a Gare du Nord, e vai chegar a tempo para pegar o expresso de Luxemburgo. Você irá até Veldenz, a capital do grão-ducado de Deux-Ponts-Veldenz. Na prefeitura, vai obter facilmente a certidão de nascimento do cavaleiro de Malreich e informações sobre sua família. Depois de amanhã, no sábado, você vai voltar.

— Devo avisar a Sûreté?

— Eu me encarrego disso. Vou avisar por telefone que você está doente. Ah! Mais uma coisa. Vamos nos encontrar ao meio-dia em um pequeno restaurante na estrada de la Révolte, chamado Buffalo. Vá vestido como um operário.

No dia seguinte, Lupin, vestindo uma jaqueta de lona e quepe, foi até Neuilly e começou a investigação pelo número 3 da estrada de la Révolte. Uma porta dupla abria para um primeiro pátio, e aquilo era uma verdadeira cidade, com uma sequência de galerias e lojas lotadas de artesãos, mulheres e crianças. Em alguns minutos, ele conquistou a simpatia da zeladora, com quem conversou durante uma hora sobre os assuntos mais diversos. Durante essa hora, viu passar, um após o outro, três sujeitos cuja aparência chamaram sua atenção.

"Isso", pensou, "é cheiro de presa... e forte... Parece gente honesta, mas nem me diga, pelo faro sei que o inimigo está por aqui, e que cada arbusto, cada moita pode esconder uma emboscada".

De tarde e na manhã do sábado, ele continuou investigando e teve a certeza de que os sete cúmplices de Altenheim moravam todos naquelas casas. Quatro deles exerciam abertamente a profissão de "comerciantes de roupas". Outros dois vendiam jornais, o sétimo se dizia antiquário e assim, aliás, era conhecido.

Passavam uns pelos outros sem dar na vista que se conheciam. Mas, de noite, Lupin constatou que se reuniam em uma espécie de galpão situado no fundo do último pátio, onde o Antiquário guardava suas mercadorias, ferramentas velhas, fornalhas desmontados, tubos enferrujados e possivelmente também a maior parte dos objetos roubados.

"Vamos", pensou, "a missão está avançando. Pedi um mês para o meu primo alemão, mas creio que quinze dias serão suficientes. E, o que me deixa mais satisfeito, é começar a operação por esses sujeitos que me fizeram dar um mergulho no Sena. Meu pobre amigo Gourel, finalmente vou vingar você. Já era hora!"

Ao meio-dia, ele estava entrando no Buffalo, num salão pequeno e baixo, onde pedreiros e cocheiros vinham consumir o prato do dia. Alguém veio sentar-se ao lado dele.

— Feito, chefe.

— Ah, é você, Doudeville. Bom. Estou ansioso por saber. Tem as informações? A certidão de nascimento? Depressa, conte.

— Muito bem! Aqui está. O pai e a mãe de Altenheim morreram no exterior.

— Pule isto.

— Deixaram três filhos.

— Três?

— Sim, o mais velho teria hoje trinta anos. Chamava-se Raoul de Malreich.

— É o nosso homem, Altenheim. Que mais?

— A mais jovem era uma mulher, Isilda. O registro menciona, a tinta fresca, "falecida".

— Isilda... Isilda, disse de novo Lupin, foi o que pensei, Isilda era irmã de Altenheim... Bem que eu vi que tinha uma fisionomia conhecida... Era isso o que os ligava... Mas o outro, o terceiro filho, ou melhor, o homem mais jovem?

— O homem. Teria hoje vinte e seis anos.

— E o nome?

— Louis de Malreich.

Lupin teve um choque.

— É isto! Louis de Malreich... As iniciais L. M. A assinatura terrível, medonha... O assassino se chama Louis de Malreich... Era o irmão de Altenheim e de Isilda. Matou um e outro com medo de suas revelações...

Lupin ficou taciturno e sombrio durante um longo tempo, obcecado talvez por aquele sujeito misterioso. Doudeville objetou:

— Por que ele temeria a irmã Isilda? Me disseram que estava louca.

— Louca, sim, mas capaz de se lembrar de alguns detalhes da infância. Ela deve ter reconhecido o irmão com quem foi criada... e essa lembrança lhe custou a vida.

E acrescentou:

— Louca! Mas eram todos loucos... A mãe, louca... O pai, alcoólatra... Altenheim, um verdadeiro bruto... Isilda, uma pobre demente... Quanto ao outro, o assassino, é um monstro, um maníaco imbecil...

— Imbecil, o senhor acha, chefe?

— Imbecil, claro! Com alguns lampejos de genialidade, com alguma estratégia e uma intuição infernal, mas maluco, louco como toda a família Malreich. Só loucos matam, sobretudo loucos como ele. Porque...

Ele parou, e seu rosto se contraiu tão profundamente que Doudeville ficou impressionado.

— O que foi, chefe?

— Olhe.

– 3 –

Um homem acabava de entrar, e pendurou num gancho o seu chapéu — um chapéu preto, de feltro mole — sentou-se a uma mesinha, examinou o cardápio que um garçom trouxera, pediu e esperou, imóvel, empertigado, com os braços cruzados sobre a toalha da mesa.

E Lupin o viu bem de frente.

Tinha o rosto magro e seco, imberbe, com órbitas profundas no fundo das quais viam-se olhos acinzentados, cor de ferro. A pele parecia esticada de um osso a outro, feito um pergaminho, tão rígida e grossa que nenhum pelo seria capaz de transpassar.

Seu rosto era sombrio. Nenhuma expressão o animava. Nenhum pensamento parecia viver debaixo daquela fronte de mármore. E as pálpebras, sem cílios, não se moviam, o que dava ao olhar a fixidez de uma estátua.

Lupin fez sinal para um dos rapazes do estabelecimento.

— Quem é aquele senhor?
— Aquele que está comendo?
— Sim.
— É um cliente. Vem aqui duas ou três vezes por semana.

— Você sabe o nome dele?
— Mas claro! Léon Massier.
— Ah! — murmurou Lupin, emocionado. L. M., as duas letras, seria Louis de Malreich?
Ele o contemplou avidamente. Na verdade, o aspecto do homem correspondia às suas previsões, ao que sabia dele e de sua existência monstruosa. Mas o que o perturbava era o olhar moribundo. Onde esperava ver vida e chama, ele era impassível; onde supunha tormento e desordem, havia o esgar poderoso dos grandes malditos.
Ele disse ao rapaz:
— O que esse senhor faz?
— Juro que não sei dizer. É um sujeito esquisito... Está sempre sozinho... Nunca fala com ninguém. Aqui, nunca ouvimos sua voz. Ele aponta com o dedo o que quer comer, no cardápio... Em vinte minutos, já era... Paga... e sai.
— E volta?
— A cada quatro ou cinco dias. Não tem muita regularidade.
— É ele, só pode ser ele — repetia para si mesmo Lupin —, é Malreich, é ele... Está respirando a quatro passos de mim. Essas são as mãos que matam. Esse é o cérebro que fica embriagado com o cheiro de sangue... Esse é o monstro, o vampiro...
Mas, seria possível? Lupin via-o como um ser tão fantástico, que estava desconcertado agora que o via como um ser vivo, que ia, vinha e agia. Não entendia como podia comer, como os demais, pão e carne, ou

beber cerveja como uma pessoa qualquer, ele que Lupin imaginara como uma besta selvagem que se alimenta de carne viva e bebe o sangue de suas vítimas.

— Vamos, Doudeville.
— O que é que houve, chefe? O senhor está pálido.
— Estou precisando de ar. Vamos sair.

Fora, ele respirou fundo, enxugou a testa coberta de suor e murmurou:

— Estou melhor. Estava sufocado.

E, dominando-se, retomou:

— Doudeville, o desfecho está próximo. Há semanas que luto tateando contra o inimigo invisível. E eis que de repente o acaso o põe em meu caminho! Agora, a partida será justa.

— E se nos separássemos, chefe? Ele nos viu juntos. Vamos chamar menos atenção, um sem o outro.

— Ele nos viu? — perguntou Lupin, pensativo. — Parece que ele não vê, não ouve nem olha para nada. Que sujeito desconcertante!

E, de fato, dez minutos depois, Léon Massier surgiu e afastou-se, sem nem observar se estava sendo seguido. Acendeu um cigarro e estava fumando com uma mão atrás das costas, caminhando como quem curte o sol e o ar fresco, passeando sem suspeitar que poderia estar sendo observado.

Ele atravessou a barreira aduaneira, caminhou ao longo das fortificações, saiu de novo pela porta Champerret e voltou pela estrada de la Révolte.

Iria entrar na casa de número 3? Lupin desejava que sim, pois teria sido a prova certa de sua cumplicidade com o bando de Altenheim. Mas o homem voltou-se e entrou na rua Delaizement, que seguiu até ultrapassar o velódromo do Buffalo.

À esquerda, na frente do velódromo, entre as quadras de tênis e as barracas da rua Delaizement, havia um pequeno pavilhão isolado, cercado por um modesto jardim.

Léon Massier parou, pegou um molho de chaves, abriu primeiro o portão do jardim, e em seguida a porta da casa, e sumiu lá dentro.

Lupin avançou com cuidado. Imediatamente, notou que os imóveis da estrada de la Révolte prolongavam-se para trás, até o muro do jardim.

Tendo-se aproximado mais, viu que esse muro era bastante alto, e que havia um galpão, no fundo do jardim, encostado nele.

Pela disposição do todo, concluiu que aquele galpão ficava encostado no galpão que se erguia no pátio dos fundos do número 3, e que servia de depósito ao Antiquário.

Portanto, Léon Massier morava em uma casa contígua ao lugar onde se reuniam os sete cúmplices do bando de Altenheim. Logo, Léon Massier era o chefe supremo do bando, e era evidente que se comunicava com seus acólitos por uma passagem aberta entre aqueles dois galpões.

— Eu estava certo — disse Lupin —, Léon Massier e Louis de Malreich são a mesma pessoa. A situação assim fica mais simples.

— Muito mais — aprovou Doudeville —, e daqui a alguns dias estará tudo resolvido.

— Isso quer dizer que minha garganta terá sido rasgada por um punhal.

— Que é isso, chefe? Que ideia!

— Hmm! Quem sabe? Sempre tive o pressentimento de que aquele monstro me traria azar.

De agora em diante, tratava-se, por assim dizer, de acompanhar a vida de Malreich, de modo que nenhum dos seus gestos fosse ignorado.

Aquela vida, a crer nos moradores do bairro que Doudeville interrogava, era das mais bizarras. O sujeito do pavilhão, como o chamavam, vivia lá havia alguns meses apenas. Ele não via nem recebia ninguém. Não se sabia se tinha empregados. E as janelas, sempre abertas, mesmo de noite, ficavam sempre às escuras, sem que a claridade de uma vela ou de uma lâmpada jamais as iluminasse.

Além disso, na maior parte do tempo, Léon Massier saía ao entardecer e só voltava muito tarde — ao amanhecer, diziam aqueles que o haviam visto ao nascer do sol.

— E alguém sabe o que ele faz? — perguntou Lupin ao companheiro, quando se reuniram.

— Não. Os hábitos dele são completamente irregulares, ele some durante alguns dias ou então fica trancado. Enfim, ninguém sabe de nada.

— Muito bem! Nós saberemos, e logo mais.

Ele estava enganado. Depois de oito dias de investigação e esforços contínuos, não tinha nenhuma informação a mais sobre aquele estranho indivíduo. Uma coisa extraordinária acontecia. Quando Lupin o seguia, o homem, que andava a passos curtos pelas ruas e sem jamais parar, de repente desaparecia, como que por milagre. Às vezes, usava casas com duas saídas. Outras vezes, parecia desaparecer no meio da multidão, como um fantasma. E Lupin ficava lá, paralisado, surpreso, confuso e com raiva.

Ele corria então para a rua Delaizement e montava guarda. Minutos e mais minutos se passavam, horas e horas. Uma parte da noite transcorria. E então, o homem misterioso ressurgia. O que poderia ter feito?

– 4 –

— Correspondência para o senhor, chefe — disse Doudeville uma noite, por volta das oito horas, ao se encontrarem na rua Delaizement.

Lupin abriu. A sra. Kesselbach suplicava que ele fosse ao seu socorro. No fim da tarde, dois homens pararam debaixo de suas janelas e um deles disse: "Que sorte, não viram nada... Então, tudo certo, vamos dar o golpe esta noite". Ela desceu e constatou que a janela do escritório não fechava mais ou que, pelo menos, podia ser aberta por fora.

— Finalmente — disse Lupin —, é o próprio inimigo nos chamando para a luta. Ainda bem! Estou cansado de ficar plantado debaixo da janela de Malreich.

— Ele está aqui, agora?

— Não, me aprontou de novo, em Paris. Eu já ia aprontar com ele. Mas, primeiro, preste atenção, Doudeville. Você vai reunir uns dez homens dos mais fortes... Olhe, chame o Marco e o contínuo Jérôme. Desde aquela história no Palace-Hôtel, que eles estão de férias... Que venham agora. Depois de reunir os homens, leve-os até a rua des Vignes. O pai Charolais e o filho devem ficar de guarda imediatamente. Se entenda com eles e, às onze e meia, me encontre na esquina da rua des Vignes com a Raynouard. De lá, vamos vigiar a casa.

Doudeville afastou-se. Lupin esperou mais uma hora até que a tranquila rua Delaizement estivesse completamente deserta, depois, vendo que Léon Massier não voltava, resolveu aproximar-se do pavilhão.

Ninguém em volta dele... Tomou impulso e saltou o muro de pedra, ao lado do portão do jardim. Um pouco depois, estava no local.

Seu plano consistia em forçar a porta da casa e vasculhar os quartos, a fim de encontrar as famosas cartas do imperador, roubadas por Malreich em Veldenz. Mas pensou que uma visita ao galpão seria mais urgente.

Ficou muito surpreso ao ver que não estava fechado e constatar, em seguida, com a luz da lanterna, que estava vazio e que não havia nenhuma porta no muro dos fundos.

Procurou demoradamente, sem sucesso. Mas, do lado de fora, avistou uma escada apoiada no galpão, e que servia para subir a uma espécie de vão que havia debaixo do telhado de ardósia.

Caixas velhas, fardos de palha e madeiras de estufa obstruíam esse vão, ou pareciam obstruir, pois encontrou com facilidade uma passagem que terminava no muro.

Lá, ele se deparou com uma janela, que tentou abrir.

Não tendo conseguido, examinou de perto e reparou, primeiro, que estava bem presa ao muro, e, depois, que um dos vidros estava faltando.

Ele enfiou o braço, que caiu no vazio. Rapidamente, apontou a lanterna e viu: era uma espécie de hangar, um galpão ainda maior do que o do pavilhão, e repleto de ferragens e objetos de todo tipo.

"É aqui", pensou Lupin, "esta trapeira foi aberta no galpão do Antiquário, bem no alto, e é daqui que Louis de Malreich vê, ouve e vigia os cúmplices, sem ser visto nem ouvido por eles. Agora entendo por que eles não conhecem o chefe".

Sabendo disso, apagou a luz e dispôs-se a partir, quando uma porta se abriu à sua frente, lá embaixo. Alguém entrou. Acenderam uma lâmpada. Ele reconheceu o Antiquário.

Ele decidiu então ficar, pois a expedição não poderia acontecer enquanto aquele homem estivesse por lá.

O Antiquário tirou dois revólveres do bolso.

Verificou o funcionamento deles e trocou as balas, assobiando um refrão de café-concerto.

Uma hora se passou assim. Lupin estava começando a se inquietar, mas não se resolvia a partir.

Passaram-se mais dez minutos, meia hora, uma hora...

Por fim, o homem disse em voz alta:

— Entre.

Um dos bandidos entrou furtivamente no galpão e, um após o outro, chegou o terceiro, o quarto...

— Estamos todos — disse o Antiquário. — Dieudonné e Joufflu vão se encontrar com a gente lá. Vamos, não temos tempo a perder... Estão todos armados?

— Bem armados.

— Melhor assim. A coisa vai ser quente.

— Como você sabe, Antiquário?

— Eu vi o chefe... Vi, modo de dizer...Não... Enfim, falei com ele...
— É — disse um dos homens —, como sempre, numa esquina e na sombra. Ah! Eu preferia o jeito do Altenheim trabalhar. Pelo menos, a gente sabia o que estava fazendo.
— Você não sabe? — perguntou o Antiquário. — Vamos roubar a casa da Kesselbach.
— E os dois guardas? Os dois sujeitos que Lupin colocou lá?
— Azar o deles. Somos sete. Eles vão ter que ficar quietinhos.
— E a Kesselbach?
— Primeiro, a gente amordaça, depois amarra, depois traz ela aqui... Aqui, nessa velha poltrona... Depois, vamos aguardar as ordens.
— Pagam bem?
— Primeiro, as joias da Kesselbach.
— Sim, se der certo, mas estou falando do garantido.
— Trezentos francos adiantados, para cada um de nós. Depois, o dobro.
— Você está com o dinheiro?
— Estou.
— Que bom. Falem o que quiserem, mas em matéria de grana, não tem como esses dois. — E, em voz baixa, que Lupin mal pôde ouvir, um deles disse:
— Escuta, Antiquário, e se tivermos que usar o punhal, tem prêmio?
— O de sempre. Dois mil.
— E se for Lupin?
— Três mil.

— Ah, se a gente pega esse cara.
Um depois do outro, saíram do galpão.
Lupin ainda ouviu essas palavras do Antiquário:
— Este é o plano de ataque. Vamos nos separar em três grupos. Um assobio, e todos avançam...
Depressa, Lupin saiu do esconderijo, desceu a escada, contornou o pavilhão sem entrar e saltou de novo o portão.
— O Antiquário tem razão, a coisa vai ser quente... Ah! Então é minha pele que eles querem! Um prêmio por Lupin! Canalhas! — Ele atravessou a barreira aduaneira e entrou num táxi.
— Rua Raynouard.
Mandou parar a cem metros da rua des Vignes e caminhou até a esquina das duas ruas.
Para seu grande estupor, Doudeville não estava lá.
"Estranho", pensou Lupin, "já passa da meia-noite... Isso está esquisito."
Ele esperou pacientemente dez, vinte minutos. À meia-noite e meia, ninguém. Um atraso poderia ser perigoso. Mas, se Doudeville e seus amigos não tinham podido vir, Charolais, o filho e Lupin bastariam para impedir o ataque, sem falar na ajuda dos empregados.
Ele avançou, mas viu dois homens tentando se esconder na sombra de um recuo.
"Merda, são os primeiros caras do bando, Dieudonné e Joufflu. Eu não devia ter me atrasado."
E perdeu ainda mais tempo. Iria ele avançar na direção deles, para tirá-los de combate e em seguida entrar pela janela do escritório, que sabia estar aberta? Seria o

mais prudente, e permitiria ainda levar a sra. Kesselbach imediatamente, livrando-a do perigo.

Sim, mas seria também o fracasso do seu plano, e ele ainda perderia aquela ocasião única de pegar o bando todo na armadilha, e, sem dúvida, Louis de Malreich também.

De repente, ouviu um assobio, vindo de algum lugar do outro lado da casa.

Seriam já os outros? E iriam contra-atacar pelo jardim?

Mas, a um sinal, os dois homens entraram pela janela. E desapareceram.

Lupin saltou, escalou o balcão e entrou no escritório. Pelo ruído dos passos, julgou que os assaltantes tinham ido para o jardim, e o ruído foi tão claro que ele ficou tranquilo. Charolais e seu filho teriam ouvido.

Ele subiu. O quarto da sra. Kesselbach ficava logo no patamar da escada. Rapidamente, ele entrou.

À luz fraca de uma lâmpada, viu Dolorès desmaiada em um divã. Aproximou-se dela, ergueu-a e, num tom imperioso, obrigando-a a responder, perguntou:

— Ouça... E Charolais? E o filho?... Onde estão?

Ela balbuciou:

— Como?... Mas... saíram...

— O quê? Saíram!

— Recebi um telegrama seu há uma hora... Ele pegou ao lado dela um papel azul e leu:

"*Mande os dois vigias voltarem imediatamente... e todos os homens... espero no Grand-Hôtel. Não há perigo*".

— Droga! E você acreditou! E seus empregados?

— Saíram.

Ele se aproximou da janela. Lá fora, três homens vinham da extremidade do jardim.

Pela janela do quarto ao lado, que dava para a rua, viu mais dois homens fora da casa.

Lembrou de Dieudonné, de Joufflu, e sobretudo de Louis de Malreich, que devia estar rodeando, invisível e formidável.

— Merda — murmurou —, estou começando a achar que estou perdido.

O homem de preto

−1−

Nesse instante, Lupin teve a impressão, a certeza, de que caíra numa armadilha, preparada de um modo que não saberia explicar, mas com uma habilidade e uma destreza prodigiosas.

Estava tudo arranjado, tudo previsto: o afastamento de seus homens, o desaparecimento ou a traição dos empregados e a presença dele na casa da sra. Kesselbach.

Era evidente, tudo aquilo tinha acontecido conforme a vontade do inimigo, graças a circunstâncias milagrosamente favoráveis — pois ele poderia ter chegado antes que a falsa mensagem fizesse seus amigos partirem. Então, seria a batalha de seu bando contra o bando de Altenheim. E Lupin, lembrando-se da conduta de Malreich, do assassinato de Altenheim, do envenenamento da louca de Veldenz, perguntou-se se a armadilha teria sido dirigida apenas contra ele, e se Malreich não teria entrevisto a possibilidade de uma confusão geral e da supressão de cúmplices que agora o incomodavam.

Era uma intuição, uma ideia que aflorava. Mas era hora de agir. Tinha que defender Dolorès, cujo sequestro, com toda probabilidade, era a razão mesma do ataque.

Ele entreabriu a janela da rua e apontou o revólver. Um tiro, um alarme disparado no bairro, e os bandidos fugiriam.

"Hum! Não", murmurou ele, "não. Ninguém dirá que fugi da luta. A ocasião é boa demais... E, depois, quem sabe se fugiriam mesmo? Eles estão em maior número e não estão nem aí para os vizinhos".

Ele voltou a entrar no quarto de Dolorès. Embaixo, um ruído. Ele ouviu e, como o ruído vinha da escada, fechou a porta com duas voltas da chave.

Dolorès chorava, debatendo-se no divã.

Ele suplicou:

— Você tem forças? Estamos no primeiro andar. Eu poderia ajudar você a descer... com um lençol pela janela...

— Não, não, não me deixe sozinha... Eles vão me matar... Me defenda.

Ele a pegou nos braços e a levou para o quarto ao lado. E, debruçando-se sobre ela, disse:

— Não se mexa, fique calma. Juro que, se eu estiver vivo, nenhum daqueles homens vai tocar em você.

A porta do primeiro quarto trepidou. Dolorès gritou, agarrando-se a ele:

— Ah! São eles... são eles... Eles vão te matar... você está sozinho...

Ele disse com fervor:

— Não estou sozinho: você está aqui... você está aqui ao meu lado.

Ele quis se soltar. Ela agarrou sua cabeça com ambas as mãos, olhou profundamente nos seus olhos e murmurou:

— Aonde você vai? O que você vai fazer? Não, não morra, eu não quero, temos que viver... temos...

Ela murmurou palavras incompreensíveis, e que parecia abafar nos lábios para que ele não entendesse, e, já sem forças, extenuada, desmaiou.

Ele se debruçou sobre ela, contemplando-a por um instante. Gentilmente, beijou de leve seus cabelos.

Depois, voltou para o primeiro quarto, fechou com cuidado a porta que separava os dois cômodos e acendeu a luz.

— Um minuto, meninos! — gritou ele. — Estão ansiosos para derrubar tudo?... Vocês sabem que Lupin está aqui? Prestem atenção na valsa!

Enquanto falava, abria um biombo para esconder de vista o sofá onde há pouco repousava a sra. Kesselbach, e jogou sobre ele roupas e cobertas.

A porta estava cedendo sob os golpes dos invasores.

— Pronto! Estou indo! Estão prontos? Bom! Vamos ao primeiro!

Rapidamente, girou a chave e abriu o ferrolho.

Gritos, ameaças, uma confusão de homens brutos e raivosos do outro lado da porta aberta.

Mas ninguém ousava avançar. Antes de se lançarem sobre Lupin, hesitavam, tomados de medo e preocupação...

Foi o que ele tinha previsto.

De pé, no meio do cômodo bem-iluminado, e de braços estendidos, tinha nas mãos uma pilha de cédulas que contava, e com as quais fazia sete maços iguais. E tranquilamente, anunciou:

— Três mil francos de prêmio para cada um se Lupin for enviado *ad patres*? Foi isso que prometeram a vocês, não? Aqui tem o dobro.

Ele pôs os maços sobre a mesa, ao alcance dos bandidos.

O Antiquário gritou:

— Conversa! Ele está querendo ganhar tempo. Pra cima dele!

Ele ergueu o braço. Os companheiros o detiveram. E Lupin prosseguiu:

— Ouçam, isso não muda em nada o plano de vocês. Vocês estão aqui: primeiro, para levar a sra. Kesselbach; segundo, e se possível, para pôr as mãos nas joias dela. Eu seria o último dos miseráveis se me opusesse a essa dupla vontade.

— Ah! Aonde você quer chegar? — rosnou o Antiquário, que ouvia a contragosto.

— Ah! Ah! Antiquário, você está começando a se interessar. Entre, meu caro... Entrem todos... Bate uma corrente de ar no alto dessa escada, e gente delicada como vocês poderia se resfriar... O quê? Estão com medo? Mas estou sozinho... Vamos, coragem, minhas ovelhinhas.

Eles entraram no quarto, intrigados e desconfiados.

— Feche a porta, Antiquário, vamos ficar mais à vontade. Obrigado, meu caro. Ah! Estou vendo que as

notas de mil sumiram. Portanto, estamos de acordo. Assim é que gente honesta se entende!
— E?
— E? Ora! Já que somos sócios...
— Sócios!
— Como! Vocês não aceitaram meu dinheiro? Vamos trabalhar juntos, meu caro, e juntos vamos: primeiro, levar a jovem; segundo, levar as joias.
O Antiquário zombou:
— Não precisamos de você.
— Precisa, sim, meu caro.
— Para quê?
— Porque vocês não sabem onde as joias estão escondidas, e eu sei.
— Vamos encontrar.
— Amanhã. Não, esta noite.
— Então, fale. O que é que você quer?
— Dividir as joias.
— Por que não ficou com tudo, já que sabe onde fica o esconderijo?
— Porque é impossível abrir sozinho. Existe um segredo, mas eu desconheço. Vocês estão aqui, vou usar vocês.
O Antiquário hesitou.
— Dividir... dividir... Umas pedrinhas e uns pedaços de couro...
— Imbecil! Aqui tem mais de um milhão.
Os homens tremeram, impressionados.
— Pode ser — disse o Antiquário —, mas e se a Kesselbach der o fora? Ela está no outro quarto, não está?

— Não, ela está aqui.

Lupin empurrou uma das folhas do biombo e deixou, por um instante, que entrevissem a pilha de roupas e cobertas que tinha preparado no sofá.

— Ela está aqui, desmaiada. Mas eu só a entrego depois da partilha.

— Mas...

— É pegar ou lagar. Não adianta tentar sozinhos. Vocês sabem meu valor. Então...

Os homens se consultaram e o Antiquário falou:

— Onde as joias estão escondidas?

— Debaixo da lareira. Mas, sem o segredo, temos que levantar toda a chaminé, o vidro, o mármore, e parece que tudo de uma vez. É trabalho pesado.

— Pff! Somos fortes. Você vai ver. Em cinco minutos...

Ele deu as ordens e imediatamente seus companheiros se puseram a trabalhar com uma força e uma disciplina admiráveis. Dois deles subiram numa cadeira e estavam tentando levantar o vidro. Os outros quatro cuidavam da chaminé. O Antiquário, de joelhos, vigiava a sala e dava ordens:

— Força, rapazes! Juntos, vamos lá. Atenção! Um, dois, ah! Opa, está se mexendo.

Imóvel, atrás deles, com as mãos no bolso, Lupin olhava com compaixão e, ao mesmo tempo, saboreava com orgulho de artista e mestre aquela prova tão poderosa de autoridade, de força, e do impressionante domínio que exerce sobre os demais. Como é que aqueles bandidos puderam acreditar por um segundo que fosse naquela história inverossímil, perdendo completamente a noção das coisas e entregando a ele todas as chances de vencer aquela batalha?

Ele tirou do bolso dois sólidos e formidáveis revólveres, estendeu os braços e, com tranquilidade, escolhendo os dois primeiros homens que abateria e os outros dois que cairiam em seguida, apontou, como se mirasse em dois alvos num estande. Dois tiros de uma vez, e mais dois tiros...

Gritos... Quatro homens caíram, um depois do outro, feito bonecos num parque de diversões.

— Sete menos quatro, três — disse Lupin. — Preciso continuar?

Continuava de braços estendidos, com os dois revólveres apontados para o grupo formado pelo Antiquário e seus dois companheiros.

— Canalha! — rosnou o Antiquário, procurando uma arma.

— Patas para cima! — exclamou Lupin. — Ou eu atiro... Perfeito! Agora, desarmem ele, senão...

Os dois bandidos, tremendo de medo, imobilizaram o chefe, obrigando-o a obedecer.

— Amarrem ele! Amarrem, diabos! O que há demais nisso? Quando eu sair, vocês estarão todos livres... Vamos? Primeiro, os punhos, com o cinto... e os tornozelos. Mais depressa...

Desamparado, vencido, o Antiquário não mais resistia. Enquanto os companheiros o amarravam, Lupin agachou e deu duas coronhadas na cabeça. Eles se sentaram.

— Bom trabalho — disse ele, respirando. — Pena que não tem mais uns cinquenta... Eu cuidaria de todos... E tranquilamente, com um sorriso nos lábios... O que acha disso, Antiquário?

O bandido resmungou. Ele disse:

— Não fique triste, meu caro. Console-se pensando que está cooperando por uma boa causa, a saúde da sra. Kesselbach. Ela virá pessoalmente agradecer a gentileza.

Ele foi em direção ao segundo quarto e abriu a porta.

— Ah! — disse, parando junto à soleira, confuso, estupefato.

O quarto estava vazio. Ele se aproximou da janela e viu uma escada apoiada no balcão, uma escada de metal, portátil.

— Levaram... levaram ela... — murmurou. — Louis de Malreich. Ah! Bandido...

– 2 –

Ele refletiu por um instante, tentando dominar sua aflição, e pensou que, afinal, como a sra. Kesselbach não parecia estar correndo perigo imediato, ele não tinha motivos para se alarmar. Mas foi invadido por uma raiva súbita e se precipitou sobre os bandidos, distribuiu chutes nos feridos que se agitavam, procurou e recuperou o dinheiro, depois amordaçou-os, amarrou-lhe as mãos com tudo o que encontrou, cordões de cortina, fitas, cobertas e lençóis rasgados em tiras, e por fim alinhou sobre o tapete, na frente do sofá, sete pacotes humanos, apertados uns contra os outros e amarrados, como se fossem encomendas.

— Pastéis de múmia — zombou. Que prato suculento, para um apreciador! Bando de idiotas, como foi que caíram nessa? Estão prontinhos para a morgue... Mas então querem atacar Lupin, Lupin, o defensor das viúvas e dos órfãos! Estão tremendo? Não é preciso, minhas ovelhinhas! Lupin nunca fez mal a uma mosca... Mas é um cavalheiro que não gosta de gente desonesta, e Lupin sabe o seu dever. Ora, vocês acham que é possível viver com gente reles, como vocês? Hein? Sem respeito pelos outros? Sem respeito pelos bens dos outros? Sem leis? Sem sociedade? Sem consciência? Sem nada? Onde iríamos parar, meus senhores, onde?

Sem nem tomar a precaução de fechar a porta, saiu do quarto, ganhou a rua e andou até encontrar seu táxi. Mandou o motorista procurar outro carro e levou os dois carros para a frente da casa da sra. Kesselbach.

Uma boa gorjeta, paga adiantado, evitou explicações inúteis. Com a ajuda dos dois homens, desceu os sete prisioneiros, que pôs nos carros, de qualquer jeito, um em cima do outro. Os feridos gritavam, gemiam. Ele fechou as portas.

— Cuidado com as mãos — disse.

E acomodou-se no carro da frente.

— Vamos!

— Para onde? — perguntou o motorista.

— Cais de Orfèvres, número 35. Para a Sûreté.

Os motores roncaram, pondo-se em marcha, e o estranho cortejo desembestou pelas ladeiras do Trocadéro.

Nas ruas, ultrapassaram algumas carroças de legumes. Carregados de percas, os pescadores apagavam os lampiões.

O céu estava estrelado. Uma brisa fresca soprava no espaço.

Lupin cantava.

Praça da Concórdia, Louvre... Ao longe, o vulto sombrio da Notre-Dame...

Ele se virou e entreabriu a porta:

— Tudo certo aí, meus caros? Eu também, obrigado. A noite está deliciosa, e o ar está fresco!

Saltavam sobre o piso irregular do cais. Logo, viram o Palácio de Justiça e a porta da Sûreté.

— Fiquem aqui — disse Lupin aos motoristas —, e, principalmente, cuidem bem destes sete clientes.

Ele atravessou o primeiro pátio e seguiu pelo corredor da direita, que terminava no serviço central. Havia inspetores ali o tempo todo.

— Temos presas, senhores — disse ao entrar —, e das boas. O sr. Weber está aí? Eu sou o novo comissário de polícia de Auteuil.

— O sr. Weber está em casa. Devo avisá-lo?

— Um minuto. Estou com pressa. Vou deixar um bilhete. Sentou-se diante de uma mesa e escreveu:

> "Meu caro Weber,
> "Trago aqui os sete bandidos do bando de Altenheim, os que mataram Gourel e tantos outros, e que também me mataram, sob o nome de Sr. Lenormand.
> "Agora, só falta o chefe. Vou proceder à sua prisão imediata. Venha comigo. Ele mora em Neuilly, na rua Delaizement, sob o nome de Léon Massier.
> "Saudações cordiais.
> "Arsène Lupin
> "Chefe da Sûreté."

E pôs num envelope.

— Aqui está, para o sr. Weber. É urgente. Agora, preciso de sete homens para pegar a mercadoria. Ela está no cais.

Diante dos carros, um inspetor-chefe juntou-se a ele.

— Ah! É o sr., Lebœuf. Foi uma bela pescaria... Todo o bando de Altenheim... Estão dentro dos carros.

— Onde os pegou?

— Eles iam sequestrar a sra. Kesselbach e roubar a casa dela. Mas, no momento oportuno, explicarei tudo.

O inspetor chamou-o à parte, e com ar surpreso:

— Me desculpe, disseram que o senhor era o comissário de Auteuil. Mas, não me parece... Com quem tenho a honra de falar?...

— Com o sujeito que lhe trouxe este belo presente, sete bandidos da melhor qualidade.

— Mas, posso saber?

— Meu nome?

— Sim.

— Arsène Lupin.

E passou uma rápida rasteira em seu interlocutor, correu até à rua de Rivoli, saltou para dentro de um carro que estava passando e seguiu até a porta de Ternes.

As casas da estrada de la Révolte estavam próximas. Ele foi até o número 3.

Apesar de todo o seu sangue-frio e do domínio que tinha sobre si próprio, Arsène Lupin não conseguia dominar a emoção que o invadia. Conseguiria encontrar Dolorès Kesselbach? Louis de Malreich tinha levado a jovem para a casa dele ou para o galpão do Antiquário?

Lupin pegara no bolso do Antiquário a chave do galpão, de modo que foi fácil abrir a porta e entrar na loja de quinquilharias, depois de tocar a campainha e atravessar todos os pátios.

Ele acendeu a lanterna e se orientou. Um pouco à direita, ficava o espaço onde tinha visto os cúmplices em seu último conluio.

No sofá indicado pelo Antiquário, viu um vulto.

Encoberta e amordaçada, Dolorès jazia ali...

Ele a socorreu.

— Ah! Você... você — murmurou ela. — Não fizeram nada com você?

E, imediatamente, ajeitando-se e mostrando o fundo da loja:

— Lá, *ele* foi por ali... eu ouvi... tenho certeza... temos que ir... por favor...

— Primeiro você — disse ele.

— Não, ele... pegue ele... por favor... pegue ele.

O medo, dessa vez, em vez de abatê-lo, parecia dar-lhe forças inusitadas, e ela repetia, com imenso desejo de entregar o inimigo assustador que a torturava:

— Ele, primeiro... Não consigo mais viver, você precisa me salvar dele... precisa... não consigo mais viver...

Ele a desamarrou, estendeu-a cuidadosamente sobre o sofá e disse:

— Você tem razão... Além do mais, aqui você está segura... Espere, que eu já volto...

Quando ia se afastar, ela segurou com força em sua mão:

— Mas, e você?

— O quê?

— E se aquele homem...

Ela parecia apreensiva por Lupin, por expô-lo a um supremo combate, mas, no último instante, parecia feliz por impedi-lo.

Ele murmurou:

— Obrigado, fique tranquila. O que eu posso temer? Ele está sozinho.

E, deixando-a, seguiu em direção ao fundo. Conforme esperava, encontrou uma escada apoiada contra o muro, e que o levou até a pequena trapeira por onde assistira à reunião dos bandidos. O mesmo caminho que Malreich tinha feito para chegar até sua casa, na rua Delaizement.

Ele refez esse caminho, como fizera algumas horas antes, passou para o outro galpão e desceu até o jardim. Estava atrás do pavilhão onde vivia Malreich.

Estranhamente, não duvidou nem por um segundo que Malreich estivesse lá.

Era inevitável que o encontrasse, e aquele duelo formidável estava chegando ao fim. Mais alguns minutos e estaria tudo terminado.

Ele ficou confuso! Tendo agarrado a maçaneta de uma porta, ela girou e a porta cedeu, sem esforço. O galpão não estava fechado.

Atravessou a cozinha, um vestíbulo, subiu uma escada, e avançou deliberadamente, sem procurar abafar o ruído de seus passos.

No patamar, parou. O suor escorria pela testa, e as têmporas latejavam sob o afluxo do sangue.

Mas ele estava calmo, senhor de si e consciente de seus menores pensamentos.

Deixou os dois revólveres sobre um degrau.

— Nada de armas — disse ele —, apenas as mãos, basta a força das minhas mãos... é melhor assim.

Diante dele, três portas. Escolheu a do meio e tentou a maçaneta. Nenhum obstáculo. Ele entrou.

Não havia luz no quarto, mas o luar entrava pela janela aberta e, na penumbra, ele via os lençóis e as cortinas brancas da cama.

E alguém ali, que estava se vestindo.

Rapidamente, jogou o facho da lanterna sobre o vulto.

— Malreich!

O rosto pálido de Malreich, os olhos sombrios, a face cadavérica, o pescoço esquelético...

E estava imóvel, a cinco passos dele, e ele não saberia dizer se aquele rosto inerte, aquela face da morte, exprimia o menor terror ou alguma inquietude.

Lupin deu um passo, deu o segundo e o terceiro.

O homem não se mexeu.

Ele estaria vendo? Estaria compreendendo? Seus olhos pareciam fitar o vazio, e ele parecia estar sendo assombrado por uma alucinação, mais do que visitado por uma imagem real.

Mais um passo...

"Ele vai se defender", pensou Lupin, "ele tem que se defender".

E Lupin estendeu o braço em sua direção.

O homem não fez um gesto, não recuou, não piscou. O contato tinha sido feito.

E foi Lupin quem, abalado, assustado, perdeu a cabeça. Derrubou o homem, deitou-o sobre a cama, enrolou-o nos lençóis, amarrou-o com as cobertas, e ajoelhou-se sobre ele como a uma presa, mas o homem não esboçou o menor gesto de resistência.

— Ah! — exclamou Lupin, louco de contente, com a raiva saciada. — Finalmente eu te peguei, seu animal odioso! Finalmente, eu venci!

Ele ouviu um barulho do lado de fora, na rua Delaizement, golpes contra portão. Avançou até a janela e gritou:

— É você, Weber! Puxa! Até que enfim! Você é um funcionário modelo! Force o portão, meu caro, e venha, você será bem-vindo. — Em minutos, vasculhou a roupa do prisioneiro e apoderou-se de sua carteira, remexeu nos papéis que encontrou nas gavetas da escrivaninha e do escritório, jogou-os sobre a mesa e examinou.

Deu um grito de alegria: o maço de cartas estava lá, o famoso maço que tinha prometido entregar ao imperador.

Pôs os papéis de volta no lugar e correu para a janela.

— Consegui, Weber! Pode entrar! Você vai encontrar o assassino de Kesselbach na cama, prontinho, todo amarrado... Adeus, Weber...

E Lupin, voando escada abaixo, correu até o galpão, e enquanto Weber entrava na casa, ele se encontrava com Dolorès Kesselbach.

Sozinho, ele tinha prendido os sete homens de Altenheim! E tinha entregue à justiça o misterioso chefe do bando, o monstro infame, Louis de Malreich!

– 3 –

Sobre um balcão largo de madeira, sentado diante de uma mesa, um jovem escrevia.

Às vezes, erguia a cabeça e contemplava com o olhar vago o horizonte das colinas onde as árvores, despojadas pelo outono, soltavam suas últimas folhas sobre os telhados vermelhos das casas e a grama dos jardins. Depois, voltava a escrever.

Num dado momento, pegou a folha e leu em voz alta:

Os dias vão-se à deriva
levados pela corrente
a um rio que a gente viva
Aborda desvanecente

— Nada mal — disse uma voz atrás dele —, Amable Tastu não teria feito melhor. Enfim, nem todos podem ser Lamartine.

— Você! Você! — murmurou o jovem, fora de si.

— Claro, meu poeta, eu mesmo, Arsène Lupin, em visita a seu caro amigo Pierre Leduc.

Pierre Leduc pôs-se a tremer, como num acesso de febre. E disse em voz baixa:

— Chegou a hora?

— Sim, meu grande Pierre Leduc, chegou a hora de deixar, ou melhor, de interromper a vida mole de poeta que você vem levando há vários meses ao lado de Geneviève Ernemont e da sra. Kesselbach, e de interpretar o papel que reservei para você no meu espetáculo... Um belo espetáculo, posso garantir, um pequeno drama bem urdido, segundo as regras da arte, com rufos, risos e ranger de dentes. Chegamos ao quinto ato, o desfecho se aproxima, e o herói é você, Pierre Leduc. Que glória!

O jovem se levantou:

— E se eu me recusar?

— Tonto!

— Sim, e se eu me recusar? Afinal, quem me obriga a me submeter à sua vontade? Quem me obriga a aceitar um papel que não conheço ainda, mas que já me repugna, e do qual me envergonho?

— Tonto! — repetiu Lupin.

E, forçando Pierre Leduc a sentar-se, posicionou-se ao lado dele e, com sua voz mais ce, falou:

— Você esquece, meu jovem, que não se chama Pierre Leduc, mas Gérard Baupré. E se leva o nome admirável de Pierre Leduc, é porque você, Gérard Baupré, assassinou Pierre Leduc e roubou a personalidade dele.

O jovem saltou de indignação:

— Você está louco! Você sabe muito bem que foi você quem arranjou tudo...

— Calma, eu sei muito bem, mas e a justiça, quando eu provar que o verdadeiro Pierre Leduc foi morto por morte violenta e que você pegou o lugar dele?

Aflito, o jovem gaguejou:

— Ninguém vai acreditar... Por que eu faria isso? Com que objetivo?

— Tolo! O objetivo é tão claro que até mesmo Weber percebeu. Você mente quando diz que não quer aceitar um papel que ignora. Esse papel, você conhece. É o que teria interpretado Pierre Leduc, se não estivesse morto.

— Mas Pierre Leduc, para mim, para todo mundo, não passa de um nome. Quem era ele? Quem sou eu?

— Que diferença isso faz para você?

— Quero saber. Quero saber aonde eu vou.

— Se souber, vai seguir nessa direção?

— Vou, se o objetivo de que você tanto fala valer a pena.

— Se não fosse assim, você acha que eu me daria a todo esse trabalho?

— Quem sou eu? E não importa qual seja o meu destino, pode ter certeza de que eu serei digno dele. Mas quero saber. Quem sou eu?

Arsène Lupin tirou o chapéu, inclinou-se e disse:

— Hermann IV, grão-duque de Deux-Ponts-Veldenz, príncipe de Berncastel, príncipe de Trêves e senhor de outros lugares.

Três dias depois, Lupin levava a sra. Kesselbach de carro até a fronteira. A viagem transcorreu em silêncio.

Lupin lembrava com emoção o gesto assustado de Dolorès e as palavras dela na casa da rua des Vignes, no momento em que ele ia defendê-la dos cúmplices de Altenheim. E ela devia se lembrar também, pois estava incomodada com sua presença, e visivelmente perturbada.

De noite, chegaram a um pequeno castelo coberto de folhas e flores, coroado por um telhado de ardósia e cercado por um belo jardim de árvores seculares.

Encontraram Geneviève já instalada, voltando da cidade vizinha, onde havia escolhido empregados da região.

— Eis sua morada, madame — disse Lupin. — O castelo de Bruggen. É aqui que vai aguardar em total segurança o desfecho dos acontecimentos. Amanhã, Pierre Leduc, que já está avisado, será seu convidado.

Ele partiu imediatamente, dirigiu-se a Veldenz e enviou ao conde de Waldemar o maço com as famosas cartas que havia recuperado.

— Você se lembra das minhas condições, meu caro Waldemar — disse Lupin. — Trata-se, antes de mais nada, de reerguer a casa de Deux-Ponts-Veldenz e de entregar o grão-ducado ao grão-duque Hermann IV.

— A partir de hoje, vou começar as negociações com o Conselho da Regência. Segundo me informei, a coisa vai ser fácil. Mas esse grão-duque Hermann...

— Sua Alteza hoje mora no castelo de Bruggen, sob o nome de Pierre Leduc. Darei todas as informações necessárias sobre a identidade dele.

Nessa mesma noite, Lupin seguiu de volta para Paris, com a intenção de tocar ativamente o processo de Malreich e dos sete bandidos.

Seria cansativo falar sobre esse caso, o modo como foi conduzido e como progrediu, de tal modo os fatos, até os menores detalhes, estão presentes na memória de todos. É um daqueles acontecimentos sensacionais que os camponeses mais simples dos vilarejos mais distantes contam e comentam entre si.

Mas o que eu gostaria de lembrar é o importante papel de Arsène Lupin na condução do caso e durante a fase de instrução.

De fato, a instrução foi comandada por ele. Desde o início, substituiu o poder público, ordenando investigações, indicando medidas a serem tomadas, redigindo perguntas a serem feitas aos réus, e tendo respostas para tudo...

Quem não se lembra da estupefação geral, de manhã, quando se liam nos jornais aquelas cartas de lógica e autoridade irresistíveis, e assinadas sucessivamente:

> Arsène Lupin, juiz de instrução.
> Arsène Lupin, procurador-geral.
> Arsène Lupin, ministro da Justiça.
> Arsène Lupin, inspetor.

Ele conduzia a missão com entusiasmo, ardor e ímpeto surpreendentes, ele, que de hábito era sempre tão irônico e, por temperamento, tão inclinado a uma indulgência de caráter profissional.

Não, dessa vez, ele odiava.

Ele odiava aquele Louis de Malreich, bandido sanguinário, animal imundo, de quem sempre tivera medo e que, mesmo preso, mesmo vencido, inspirava ainda o mesmo horror e repugnância que temos à visão de um réptil.

Além disso, não tivera Malreich a audácia de perseguir Dolorès?

"Ele jogou, perdeu", pensava Lupin, "e sua cabeça vai rolar".

Era o que queria para seu terrível inimigo: o cadafalso, a pálida manhã em que a lâmina da guilhotina desliza e mata.

Estranho réu, aquele que o juiz de instrução interrogava durante meses entre as paredes de seu gabinete! Estranho personagem, aquele homem ossudo, de aparência esquelética e olhos mortos!

Ele parecia ausente. Ele não estava lá, mas em outro lugar. E tão pouco preocupado em responder!

— Meu nome é Léon Massier.

Essa foi a única frase em que se refugiou.

E Lupin respondia:

— Mentira. Léon Massier, natural de Périgueux, órfão aos dez anos de idade morreu há sete anos. Você teve acesso a esses documentos. Mas esqueceu-se da certidão de óbito. Aqui está.

E Lupin enviava ao Ministério Público uma cópia da certidão.

— Eu sou Léon Massier — afirmava de novo o réu.

— Mentira — respondia Lupin —, você é Louis de Malreich, o último descendente de uma modesto nobre que se estabeleceu na Alemanha no século XVIII. Você tinha um irmão que alternadamente apresentava-se como Parbury, Ribeira ou Altenheim: esse irmão, você o matou. Você tinha uma irmã, Isilda de Malreich: essa irmã, você a matou.

— Eu sou Léon Massier.

— Mentira. Você é Malreich. Aqui está sua certidão de nascimento. Aqui está a do seu irmão, a da sua irmã.

E Lupin encaminhou as três certidões.

Além disso, salvo no que dizia respeito a sua identidade, Malreich não se defendia, vencido talvez por um acúmulo de provas que levantavam contra ele. O que poderia dizer? Havia quarenta bilhetes escritos por ele — a comparação da letra demonstrava —, escritos por ele para o seu bando de cúmplices, e que ele não se preocupou em rasgar, depois de tê-los recuperado.

E todos aqueles bilhetes eram ordens sobre o caso Kesselbach, o sequestro do sr. Lenormand e de Gourel, a perseguição do velho Steinweg, a construção das galerias de Garches etc. Seria possível negar?

Uma coisa bastante estranha desconcertou a justiça. Confrontados com o chefe, os sete bandidos afirmaram não o conhecer. Eles nunca o tinham visto. Recebiam instruções por telefone ou na penumbra, justamente por meio daqueles bilhetinhos que Malreich entregava de modo rápido, sem dizer uma palavra.

Mas, além disso, a comunicação entre o pavilhão da rua Delaizement e o galpão do Antiquário não era prova suficiente de cumplicidade? De lá, Malreich via e ouvia. De lá, o chefe vigiava seus homens.

As contradições? Os fatos aparentemente inconciliáveis? Lupin explicou tudo. Num artigo célebre, publicado na manhã do processo, ele retomou o caso desde o princípio, revelou o que havia por trás, deslindou a trama, mostrou que Malreich morava, sem ninguém saber, no quarto de seu irmão, o falso major Parbury, indo e vindo, invisível, pelos corredores do Palace-Hôtel, e tendo assassinado Kesselbach, o funcionário do hotel e o secretário Chapman.

Todos se lembram dos debates. Eles foram ao mesmo tempo terríveis e tristes. Terríveis pela atmosfera de angústia que pesava sobre todos e pelas lembranças do crime e do sangue que assombrava a memória de todos. Tristes, pesados, obscuros, sufocantes, pelo silêncio formidável que o acusado guardou em seguida.

Nenhuma revolta. Nenhum movimento. Nenhuma palavra.

Estátua de cera, que não via nem ouvia! Visão pavorosa de calma e impassibilidade. Na sala, estremeciam. Quando atiçada, a imaginação evocava, mais do que um homem, uma espécie de ser sobrenatural, um gênio das lendas orientais, um daqueles deuses da Índia que são o símbolo de tudo o que é feroz, cruel, sanguinário e destrutivo.

Quanto aos outros bandidos, ninguém nem mesmo olhava para eles, comparsas insignificantes que se perdiam nas sombras daquele chefe desmedido.

O depoimento mais emocionante foi o da sra. Kesselbach. Para espanto geral e surpresa do próprio Lupin, Dolorès, que não havia respondido a nenhuma das convocações do juiz, e cujo retiro ignoravam também, Dolorès apareceu, viúva dolorosa, para fazer um testemunho irrecusável contra o assassino de seu marido.

Ela disse simplesmente, depois de ficar olhando para ele durante um longo tempo:

— Foi ele quem entrou na minha casa na rua des Vignes, foi ele quem me levou, e foi ele quem me trancou no galpão do Antiquário. Eu o reconheço.

— A senhora tem certeza?

— Juro perante Deus e perante os homens.

Dois dias depois, Louis de Malreich, que se dizia Léon Massier, era condenado à morte. E sua personalidade absorvia de tal modo a de seus cúmplices, que esses se beneficiaram de circunstâncias atenuantes.

— Louis de Malreich, você não tem nada a dizer? — perguntou o presidente do júri.

Ele não respondeu.

Uma questão apenas permanecia obscura aos olhos de Lupin. Por que Malreich tinha cometido todos aqueles crimes? O que ele queria? Qual era o seu objetivo?

Lupin não tardaria em saber, e estava próximo o dia em que, ofegante de horror, abalado de desespero, mortalmente atingido, conheceria a assustadora verdade.

Naquele momento, sem que no entanto a ideia deixasse de lhe ocorrer, ele não se ocupou mais do caso Malreich. Decidido a dar uma guinada na vida, como ele dizia, tranquilo com relação ao destino da sra. Kesselbach e de Geneviève, cuja existência sossegada ele acompanhava de longe, e, por fim, informado por Jean Doudeville, que tinha enviado a Veldenz, sobre as negociações entre a corte da Alemanha e a regência de Deux-Ponts-Veldenz, Lupin empregava seu tempo em liquidar o passado e preparar o futuro.

A ideia de uma vida diferente que queria levar sob os olhos da sra. Kesselbach suscitava nele novas ambições e sentimentos imprevistos, misturados à imagem de Dolorès, sem que ele se desse conta.

Em algumas semanas, destruiu todas as provas que um dia o pudessem comprometer, todos os indícios que pudessem levar até ele. Deu a cada um de seus antigos companheiros dinheiro suficiente para que ficassem ao abrigo de qualquer necessidade, e despediu-se anunciando que estava de partida para América do Sul.

Uma manhã, depois de uma noite de minuciosa reflexão e de um exame aprofundado da situação, exclamou:

— Acabou. Não tenho mais nada a temer. O velho Lupin morreu. Vamos dar lugar ao novo.

Trouxeram-lhe uma correspondência da Alemanha. Era o desfecho esperado. O Conselho da Regência, fortemente influenciado pela Corte de Berlim, tinha submetido a questão aos príncipes eleitores do grão-ducado, e os eleitores, influenciados pelo Conselho da Regência, reafirmaram seus laços inabaláveis à antiga dinastia de Veldenz. O conde de Waldemar foi encarregado, assim como três delegados da nobreza, do exército e da magistratura, de ir ao castelo de Bruggen, confirmar rigorosamente a identidade do grão-duque Hermann IV e organizar com Sua Alteza todas as medidas relativas à sua entrada triunfal no principado de seus pais, o que aconteceria por volta do início do mês seguinte.

— Agora está feito — disse Lupin —, o grande projeto do sr. Kesselbach está se realizando. Só falta fazer Waldemar engolir essa história do Pierre Leduc. Brincadeira de criança! Amanhã, será publicado o anúncio do casamento de Geneviève e de Pierre. E a noiva do grão-duque será apresentada a Waldemar!

E, feliz, partiu de automóvel até o castelo de Bruggen. Cantava no carro, assobiava e conversava com o chofer.

— Octave, sabe quem você está tendo a honra de conduzir? O senhor do mundo... É, meu caro, impressionado, hein? Exatamente, essa é a verdade. Eu sou o senhor do mundo.

Ele esfregava as mãos e seguia com seu monólogo:

— Foi uma longa história. Já faz um ano que essa luta começou. A verdade é que foi a luta mais formidável de que já participei... Caramba, guerra de gigantes!...

E repetiu:

— Mas agora está feito. Os inimigos estão na lona. Não há mais obstáculos entre o objetivo e eu. O terreno está livre, vamos construir! O material está todo à mão, tenho os operários, vamos construir, Lupin! E que seja um palácio digno de você!

Ele mandou parar a algumas centenas de metros do castelo para que sua chegada fosse mais discreta, e disse a Octave:

— Você vai entrar daqui a vinte minutos, às quatro horas, e vai deixar minhas malas no chalezinho que fica no fundo do parque. É lá que vou morar.

Na primeira curva do caminho, o castelo surgiu, no fim de uma alameda sombreada de tílias. De longe, na galeria onde terminava a escadaria, viu Geneviève caminhando.

Seu coração se enterneceu.

— Geneviève, Geneviève — disse com ternura. — Geneviève, a promessa que fiz à sua mãe, que morria, está se realizando... Geneviève, grã-duquesa... E eu, na sombra, ao lado dela, velando por sua felicidade e realizando os grandes planos de Lupin.

Ele desatou num riso, saltou para trás das árvores, do lado esquerdo da alameda, e caminhou ao longo dos arbustos frondosos. Chegava assim ao castelo, sem ser visto das janelas do salão nem dos quartos principais.

Seu desejo era ver Dolorès antes que ela o visse, e como havia feito com Geneviève, pronunciou seu nome várias vezes, mas com uma emoção que surpreendeu a si próprio:

— Dolorès... Dolorès...

Furtivamente, seguiu pelos corredores e chegou à sala de refeições. Daquele cômodo, através de um vidro, podia ver metade do salão sem ser visto.

Ele se aproximou.

Dolorès estava deitada numa espreguiçadeira, e Pierre Leduc, ajoelhado diante dela, olhava-a extasiado.

O mapa da Europa

– 1 –

Pierre Leduc amava Dolorès!

Lupin sentiu uma dor profunda, aguda, como se tivesse sido ferido no princípio mesmo de sua vida, uma dor tão forte que — pela primeira vez — viu com clareza o que Dolorès tinha se tornado para ele, pouco a pouco, sem que ele se conscientizasse disso.

Pierre Leduc amava Dolorès e olhava para ela como quem olha para alguém que ama.

Lupin sentiu, cego e furioso, um instinto homicida. Aquele olhar, aquele olhar amoroso pousado na jovem, aquilo era enlouquecedor. Sentia o grande silêncio que os envolvia, e naquele silêncio, na inércia das atitudes, nada era mais vivo do que aquele olhar amoroso, aquele hino feito de silêncio e volúpia, pelo qual os olhos revelavam toda a paixão, todo o desejo, todo o entusiasmo, todo o furor de um pelo outro.

E via a sra. Kesselbach também. Os olhos de Dolorès escondiam-se atrás das pálpebras fechadas, pálpebras delicadas, de longos cílios negros. Mas como ela sentia o olhar amoroso que buscava o seu olhar! Como estremecia debaixo daquela carícia impalpável!

"Ela o ama... ela o ama", pensou Lupin, ardendo de ciúmes.

E, a um gesto de Pierre: "Oh! Miserável, se ele ousar tocar nela, eu o mato".

E pensava, constatando a perda da própria razão, e esforçando-se para combatê-la:

"Tolo, que eu sou! Como você, Lupin, se deixa embarcar! Ora, é natural que ela o ame... Bom, verdade que você acreditou que ela sentia uma certa emoção quando você estava por perto, uma perturbação qualquer... Três vezes tolo, você não passa de um bandido, de um ladrão, enquanto ele é um duque, ele é jovem".

Pierre não tinha se mexido. Mas seus lábios sim, e parecia que Dolorès despertava. Doce e lentamente, ela abriu as pálpebras, virou um pouco a cabeça e entregou seus olhos aos olhos daquele jovem, olhos que se oferecem, que se rendem, numa troca de olhares mais profunda que o mais profundo dos beijos.

E foi de repente, rápido como um trovão. Em três saltos, Lupin entrou no salão, avançou sobre o jovem, derrubou-o no chão e, ajoelhado no peito do rival, fora de si, olhando para a sra. Kesselbach, gritou:

— Então, você não sabe? Ele não disse, o espertinho aqui? E você o ama? Ele parece um grão-duque? Ah! Que graça!

Ele zombava com ódio, enquanto Dolorès o olhava, estupefata:

— Grão-duque, ele! Herman IV, duque de Deux-Ponts-Veldenz! Príncipe regente! Grande príncipe! É de morrer de rir. Ele! O nome dele é Baupré, Gérard Baupré, é o último dos vagabundos... um mendigo que catei na lama. Grão-duque? Eu que fiz dele um grão-duque! Ah! Ah! Que graça!... Se tivesse visto ele cortando o próprio dedinho... desmaiou três vezes... o frangote... Ah! E você se acha digno de olhar nos olhos de uma dama... e se rebelar contra o mestre. Espere só, grão-duque de Deux-Ponts-Veldenz.

E pegou-o nos braços, feito um embrulho, deu um impulso e atirou o rapaz pela janela aberta.

— Cuidado com as rosas, grão-duque, elas têm espinhos.

Quando se voltou, Dolorès estava à sua frente, olhando-o com olhos desconhecidos, olhos de mulher que odeia, exasperada de cólera. Seria possível que aquela fosse Dolorès, a frágil e adoentada Dolorès?

Ela murmurou:

— O que você está fazendo?... Como ousa?... E ele?... Então, é verdade?... Ele mentiu para mim?

— Se mentiu? — exclamou Lupin, compreendendo a humilhação da mulher. — Se mentiu? Ele, grão-duque! É um fantoche, um instrumento que afinei para tocar uma fantasia! Ah! Imbecil! Imbecil!

Novamente com raiva, ele batia o pé e erguia o punho contra a janela aberta. E pôs-se a andar de um lado para o outro da sala, disparando frases que denunciavam a violência secreta dos seus pensamentos.

— Imbecil! Ele então não viu o que eu esperava dele? Não pressentiu a grandiosidade do seu papel? Ah! Eu seria capaz de enfiar esse papel à força no crânio dele. Levante a cabeça, cretino! Você vai ser grão--duque por minha vontade! E príncipe regente! Com renda e súditos para espoliar! E um palácio digno de Carlos Magno! E um mestre que serei eu, Lupin! Entende isso, estúpido? Levante a cabeça, diabos, mais alto! Olhe para o céu, lembre-se que um Deux-Ponts foi enforcado por roubo antes que existissem os Hohenzollern. E você é um Deux-Ponts, porcaria, nada menos, e eu estou aqui, eu, eu. Lupin! E você vai ser grão-duque, estou dizendo, grão-duque de fachada? Que seja, mas grão-duque mesmo assim, animado pelo meu sopro, ardendo com a minha febre. Fantoche? Que seja. Mas um fantoche das *minhas* palavras, dos *meus* gestos e das *minhas* vontades, um fantoche que realizará os meus sonhos... isso... os meus sonhos.

Agora ele não se mexia, como que fascinado pela grandiosidade do seu sonho.

Depois, aproximou-se de Dolorès e, com a voz abafada, numa espécie de exaltação mística, proferiu:

— À minha esquerda, a Alsácia-Lorena... à minha direita, Baden, Wurtemberg, a Baviera... A Alemanha do Sul, todos aqueles Estados mal cosidos, descontentes, esmagados pela bota do Carlos Magno da Prússia, mas inquietos, prestes a se libertar... Entende o que um homem como eu pode fazer com tudo isso, as aspirações que pode despertar, o ódio que pode insuflar, a revolta e a cólera que pode suscitar?

Mais baixo ainda, ele repetiu:

— E, à esquerda, a Alsácia-Lorena!... Entende? Isso, sonhos, vamos! Isso vai ser realidade depois de amanhã, amanhã. Sim... eu quero... eu quero... Tudo o que quero e tudo o que farei, ninguém nunca viu!... Imagine, a dois passos da fronteira da Alsácia! Em plena Alemanha! Ao lado do velho Reno! Basta um pouco de intriga, um toque de gênio, para abalar este mundo. O gênio, eu tenho... para dar e vender... E eu serei o mestre! Serei aquele que comanda. Já o outro, o fantoche, deixo para ele os títulos e as honras... Para mim, o poder! Eu ficarei na sombra. Sem cargos: nem ministro, nem mesmo camareiro! Nada. Serei um dos funcionários do palácio, o jardineiro, talvez... Isso, o jardineiro... Ah! Que vida formidável! Cultivar flores e mudar o mapa da Europa!

Ela o contemplava avidamente, dominada, submetida à força daquele homem. E seus olhos exprimiam uma admiração que ela não buscava dissimular. Ele pôs as mãos nos ombros da jovem e disse:

— Esse é meu sonho. Por maior que seja, ficará pequeno diante da realidade, eu juro. O Kaiser já viu meu valor. Um dia, vai me ver diante dele, firme, face a face. Tenho todos os trunfos nas mãos. Valenglay virá comigo!... A Inglaterra também... Os dados já foram lançados... Esse é meu sonho... Há mais um...

Ele se calou de repente. Dolorès não tirava os olhos dele, e seu rosto revelava uma emoção infinita.

Sentia uma imensa alegria ao constatar, uma vez mais, e com clareza, que a proximidade daquela mulher o perturbava. Ele não tinha mais a impressão de ser, para ela, o que era, um ladrão, um bandido, mas um homem, um homem que ama, e cujo amor revolvia, no fundo de uma alma amiga, sentimentos não declarados.

Então, ele não falou, mas disse em silêncio todas as palavras de ternura e adoração, e sonhou com a vida que poderiam levar em algum lugar, não longe de Veldenz, incógnitos e poderosos.

Um longo silêncio os uniu. Em seguida, ela se levantou e ordenou com delicadeza:

— Vá embora, por favor, saia daqui... Pierre vai se casar com Geneviève, eu prometo, mas é melhor você sair... não fique aqui... Vá embora, Pierre vai se casar com Geneviève...

Ele esperou um instante. Talvez desejasse palavras mais claras, mas não ousava pedir nada. E saiu, fascinado, em êxtase, e tão feliz em obedecer e submeter seu próprio destino ao dela!

A caminho da porta, deparou com um banco, que teve que afastar. Mas seu pé tocou em alguma coisa. Ele baixou a cabeça. Era um espelhinho de bolso, de ébano, com uma inscrição gravada em ouro.

Subitamente, teve um sobressalto, e recolheu depressa o objeto.

A inscrição eram duas letras entrelaçadas, um L e um M.

Um L e um M!

— Louis de Malreich — disse ele, estremecendo.

Ele se voltou para Dolorès.

— De onde vem este espelho? De quem é? Isto é muito importante...

Ela pegou o objeto e o examinou:

— Não sei, nunca vi... de um empregado, talvez.

— Um empregado, sim — ele disse —, mas é muito estranho... uma coincidência...

Nesse momento, Geneviève entrou pela porta do salão e, sem ver Lupin, que estava atrás de um biombo, imediatamente exclamou:

— Olha! Seu espelho, Dolorès... encontrou? Faz tempo que você me pediu para procurar! Onde estava?

E a jovem saiu, dizendo:

— Ah! Que bom! Você estava preocupada! Vou avisar agora mesmo para pararem de procurar...

Lupin não se mexeu, confuso e tentando em vão compreender. Por que Dolorès não tinha dito a verdade? Por que não se explicou imediatamente, a respeito do espelho?

Uma ideia lhe ocorreu e ele disse, um pouco ao acaso:

— Você conhece Louis de Malreich?

— Conheço — ela disse, observando-o como se fizesse um esforço para adivinhar seus pensamentos.

Ele avançou na direção dela, muito agitado.

— Conhece? Quem é? Quem é? Quem é? E por que não disse nada? Onde você o conheceu? Fale... Responda... Por favor...

— Não — disse ela.

— Mas você tem... tem... Imagine! Louis de Malreich, o assassino! O monstro! Por que não disse nada?

Ela, por sua vez, pôs a mão nos ombros de Lupin, e disse com uma voz muito firme:

— Ouça, nunca me pergunte isso, porque eu nunca direi... É um segredo que vai morrer comigo... Aconteça o que acontecer, ninguém saberá, ninguém no mundo, eu juro...

− 2 −

Durante alguns minutos, ficou diante dela, ansioso, o cérebro em desordem.

E se lembrou do silêncio de Steinweg, do terror do velho quando pediu a ele a revelação do terrível segredo. Dolorès também sabia, e se calava.

Sem dizer nada, ele saiu.

O céu aberto, o espaço, fizeram-lhe bem. Ele saiu dos muros do parque, e durante um bom tempo andou a esmo pelo campo. E falava em voz alta:

— O que há aqui? O que está acontecendo? Faz meses que estou lutando, agindo, mexendo as cordinhas para fazer esses personagens executarem comigo os meus projetos. E, durante esse tempo todo, esqueci completamente de me debruçar sobre eles e olhar o que se passa nos seus corações e mentes. Eu não conheço Pierre Leduc, não conheço Geneviève, não conheço Dolorès... E tenho os tratado como fantoches, mas são personagens vivos. E agora, tenho me deparado com obstáculos...

Ele bateu o pé e exclamou:

— Com obstáculos que não existem! O estado de alma de Geneviève e de Pierre, dane-se... estudo isso mais tarde, em Veldenz, quando estiverem felizes. Mas Dolorès... Ela conhece Malreich e não disse nada!... Por quê? Qual é relação entre os dois? Ela tem medo dele? Tem medo de que ele fuja e venha se vingar de uma indiscrição?

De noite, ele chegou ao chalé reservado a ele no fundo do parque e jantou muito mal-humorado, criticando Octave, que servia rápido ou lento demais.

— Estou satisfeito, me deixe em paz... Você só fez besteira hoje... E esse café?... Está horrível.

Jogou fora a xícara, cheia pela metade, e durante duas horas passeou pelo parque, remoendo as mesmas ideias. Por fim, uma hipótese ganhou corpo:

"Malreich fugiu da prisão, está ameaçando a sra. Kesselbach, e já sabe por ela do incidente do espelho..."

Lupin deu de ombros:

"E, hoje à noite, ele virá puxar os pés dela. Não, estou delirando. É melhor dormir".

Ele voltou para o quarto e se deitou na cama. Imediatamente, cochilou, um sono pesado, agitado por pesadelos. Acordou duas vezes e quis acender as velas, mas duas vezes voltou a dormir, exausto.

Ouvia o relógio da cidade bater as horas, ou pensava que ouvia, pois estava mergulhado numa espécie de torpor, onde parecia estar lúcido.

E foi assombrado por pesadelos aflitivos e assustadores. Claramente, ouviu ruídos na janela, que se abria. Nitidamente, pelas pálpebras fechadas, na escuridão cerrada, *viu* um vulto que avançava.

E esse vulto debruçou-se sobre ele.

Com grande esforço, abriu as pálpebras e olhou, ou pelo menos imaginou. Estaria sonhando? Estaria acordado? Ele se perguntava em desespero.

Mais um ruído... Alguém pegava uma caixa de fósforos ao seu lado.

"Vou lá ver", pensou ele com grande alegria.

Um fósforo estalou. A vela foi acesa.

Dos pés à cabeça, Lupin sentiu o suor correr pela pele, ao mesmo tempo em que sentia seu coração parar, as batidas suspensas pelo pavor. *O homem estava lá.*

Seria possível? Não, não... E, no entanto, *ele via*... Que espetáculo terrível!... O homem, o monstro estava lá.

— Não quero... Não quero... — murmurava Lupin, aterrorizado.

O homem, o monstro estava lá, vestido de preto, com uma máscara no rosto, o chapéu de feltro mole rebatido sobre os cabelos loiros.

— Oh! Estou sonhando... estou sonhando — disse Lupin, rindo. — Isto é um pesadelo...

Com toda as forças, com toda vontade, quis fazer um gesto, um só, para afugentar o fantasma.

Não conseguiu.

E, de repente, lembrou: a xícara de café! O gosto da bebida... igual ao gosto do café que bebera em Veldenz... Ele gritou, fez um último esforço e desfaleceu, exausto.

Mas, em seu delírio, ele sentia que o homem abria os primeiros botões da sua camisa, revelando sua garganta, erguia o braço, e viu que agarrava o cabo de um punhal, um pequeno punhal de aço, semelhante àquele que rasgou o sr. Kesselbach, Chapman, Altenheim e tantos outros...

– 3 –

Algumas horas depois, Lupin acordou, moído de cansaço e com a boca amarga.

Ficou tentando juntar as ideias durante alguns minutos, e subitamente, lembrando-se, fez um movimento instintivo de defesa, como se estivesse sendo atacado.

— Que imbecil que sou — gritou, saltando da cama.
— Tive um pesadelo, uma alucinação. É só pensar. Se ele, se *realmente* um homem de carne e osso, aqui, esta noite, tivesse erguido um braço, teria me degolado como se eu fosse um frango. *Aquele sujeito* não hesita. Sejamos lógicos. Por que teria me poupado? Pelos meus belos olhos? Não, eu sonhei, foi isso...

Pôs-se a assobiar e vestiu-se, aparentando grande calma, mas seu espírito não parava de trabalhar, e seus olhos procuravam...

No chão, no batente da janela, nenhum indício. Como seu quarto ficava no térreo e ele dormia de janelas abertas, era evidente que o agressor tinha entrado por lá.

Mas não descobriu nada, e nem do lado de fora da parede, nem no chão de areia da vereda que contornava o chalé.

— Mas... mas... — repetia, entredentes.

Ele chamou Octave.

— Onde você preparou o café que me serviu ontem à noite?

— No castelo, patrão, como tudo o mais. Não temos fogão aqui.

— Você tomou aquele café?

— Não.

— E jogou fora o que ficou na cafeteira?

— Sim, patrão, claro. O senhor achou tão ruim. Só bebeu uns goles.

— Está bem. Apronte meu carro. Vamos sair.

Lupin não era homem de conviver com a dúvida. Queria uma explicação decisiva sobre Dolorès. Mas, para isso, precisava antes esclarecer alguns pontos que lhe pareciam obscuros, e ver Doudeville, que trazia de Veldenz algumas informações bastante bizarras. Sem parar no caminho, foi até o grão-ducado, aonde chegou por volta das duas horas. Conversou com o conde de Waldemar, a quem pediu, sob um pretexto qualquer, para atrasar a visita da delegação da regência a Bruggen. Depois, encontrou-se com Jean Doudeville em uma taverna de Veldenz.

Doudeville levou-o então para outra taverna, onde apresentou um senhor pobremente vestido: Herr Stockli, empregado nos arquivos do Registro Civil.

A conversa foi longa. Saíram juntos, e os três passaram discretamente pela prefeitura. Às sete horas, Lupin jantou e saiu. Às dez, chegava ao castelo de

Bruggen, onde perguntou por Geneviève, para entrar com ela no quarto da sra. Kesselbach.

Responderam que a srta. Ernemont tinha sido chamada a Paris por sua avó, por telegrama.

— Sei — disse —, mas a sra. Kesselbach está por aqui?

— Madame retirou-se logo depois do jantar. Deve estar dormindo.

— Não, eu vi uma luz ao lado do quarto dela. Ela vai me receber.

E não esperou a resposta da sra. Kesselbach. Entrou na antecâmara depois da criada, dispensou-a e disse a Dolorès:

— Preciso falar com você, é urgente... Desculpe... Admito que meu comportamento pode parecer inoportuno... Mas tenho certeza de que vai compreender...

Ele estava muito agitado e não parecia disposto a dar explicações, ainda mais porque, antes de entrar, acreditou ter ouvido um barulho.

Mas Dolorès estava sozinha, deitada. E ela disse, com voz cansada:

— Podíamos deixar isso para amanhã.

Ele não respondeu, surpreso com aquele odor no quarto da mulher, um cheiro de tabaco. Imediatamente, intuiu, teve a certeza de que havia um homem lá, no momento mesmo em que chegou, e que ele ainda estava lá, escondido em algum lugar...

Pierre Leduc? Não, Pierre Leduc não fumava. Então?

Dolorès murmurou:

— Vamos acabar logo com isso, por favor.

— Sim, sim, mas antes, poderia me dizer...? — Ele parou. De que serviria interrogá-la? Se de fato houvesse um homem ali escondido, ela o denunciaria? Então, decidido, e procurando domar aquela espécie de medo que o fazia sentir uma presença estranha no local, falou baixo, para que apenas Dolorès ouvisse:

— Escute, soube de uma coisa que não estou entendendo, e isso está me perturbando profundamente. Você precisa me responder, não é, Dolorès?

E pronunciou seu nome com muita delicadeza, como se quisesse conquistá-la pela amizade e pela ternura na voz.

— Que coisa? — disse ela.

— No registro civil de Veldenz constam três nomes, que seriam os últimos descendentes da família Malreich, que foi para a Alemanha...

— Sim, você já me disse isso...

— Você se lembra, primeiro Raoul de Malreich, mais conhecido pelo nome de guerra, Altenheim, o bandido, o criminoso da alta sociedade; hoje morto, assassinado.

— Sim.

— Em seguida, Louis de Malreich, o monstro, aquele, o assassino terrível que daqui a alguns dias vai ser decapitado.

— Sim.

— Depois, por fim, Isilda, a louca...

— Sim.

— Tudo isso está bem provado, certo?

— Certo.

— Muito bem! — disse Lupin, aproximando-se ainda mais dela. — Uma investigação que fiz há pouco tempo mostrou que o segundo dos três nomes, Louis, ou melhor, que onde está escrito esse nome algo foi adulterado. A letra é outra, mais grossa, a escrita é mais recente, mas não cobriu tudo o que estava embaixo. Então...

— Então? — perguntou a sra. Kesselbach, em voz baixa.

— Então, com uma boa lupa, mas principalmente por meio de um procedimento especial, consegui fazer com que algumas das sílabas apagadas aparecessem e, sem erro, com toda certeza, reconstituí a escrita original. E não é Louis de Malreich o que está escrito lá, mas...

— Oh! Não fale, não fale...

Subitamente vencida, apesar de um longo esforço de resistência, ela se curvou com a cabeça entre as mãos, e tremendo, em convulsões, chorou.

Lupin ficou olhando para aquela criatura lânguida e fraca, tão digna de compaixão, e desamparada. Quis calar-se e suspender o torturante interrogatório que impunha a ela.

Mas não era para salvá-la que ele agia assim? E, para salvá-la, ela não precisava saber a verdade, por dolorosa que fosse?

Ele continuou:

— Por que falsificaram?

— Foi meu marido — murmurou ela —, foi ele quem fez aquilo. Com a fortuna que tinha, ele podia tudo e, antes do nosso casamento, conseguiu que um empregado subalterno alterasse no registro o nome do segundo filho.

— O nome e o gênero — disse Lupin.

— Sim — disse ela.

— Então — prosseguiu ele —, eu não estava enganado: o antigo nome, o verdadeiro, era Dolorès? Mas, por que seu marido?

Ela murmurou, com o rosto banhado de lágrimas, muito envergonhada:

— Você não entende?

— Não.

— Pense — disse ela, tremendo —, eu era a irmã de Isilda, a louca, a irmã do bandido Altenheim. Meu marido, ou antes, meu noivo, não queria me ver assim. Ele me amava. Eu também o amava, e consenti. Ele apagou nos registros Dolorès de Malreich, comprou outros documentos para mim, outra identidade, outra certidão de nascimento, e eu me casei na Holanda com outro nome de solteira, Dolorès Amonti.

Lupin refletiu por um instante e disse, pensativo:

— Sim, sim, eu compreendo... Mas então Louis de Malreich não existe, e o assassino do seu marido, o assassino da sua irmã e do seu irmão, não se chama assim... O nome dele...

Ela se recompôs, e rapidamente:

— O nome dele! Sim, esse é o nome dele... é esse mesmo o nome dele... Louis de Malreich... L e M... Você sabe... Ah! Não tente... é um segredo horrível... Mas, que importa!... O culpado está lá... Ele é o culpado... estou dizendo... Ele se defendeu, quando eu o acusei na frente dele? Ele poderia se defender, com esse ou com outro nome? Foi ele... foi ele... ele matou... ele enfiou... o punhal... o punhal de aço... Ah! Se eu pudesse contar tudo!... Louis de Malreich... Se eu pudesse...

Ela se contorceu na espreguiçadeira numa crise nervosa, apertando a mão de Lupin, e ele ouviu sua voz gaguejando palavras indistintas:

— Me proteja... me proteja... Só você pode... Ah! Não me abandone... Sou tão infeliz... Ah! Que tortura... que tortura! É um inferno.

Com a mão livre, ele acariciava seus cabelos e sua testa com infinita doçura, e ela, sentindo seu carinho, pouco a pouco relaxava e se acalmava.

Então, ele a olhou de novo, e durante muito, muito tempo, ficou se perguntando o que poderia haver por trás daquele rosto puro e belo, que segredo devastava aquela alma misteriosa. Ela também sentia medo? Mas do quê? Contra quem ela suplicava que ele a protegesse?

Uma vez mais, ficou obcecado pela imagem do homem de preto, aquele Louis de Malreich, inimigo tenebroso e incompreensível, cujos ataques ele deveria conter, sem saber de onde vinham, nem mesmo se viriam.

Que estivesse na prisão, sendo vigiado noite e dia, grande coisa! Lupin não sabia por experiência própria que há pessoas para quem a prisão não existe, e que se livram de suas correntes no instante fatal? E Louis de Malreich era esse tipo de sujeito.

Sim, havia alguém na prisão de Santé, na cela dos condenados à morte. Mas poderia ser um cúmplice ou uma vítima de Malreich, enquanto ele, Malreich, rodeava o castelo de Bruggen, entrava furtivamente protegido pelas sombras, como um fantasma invisível, penetrava no chalé do parque e, de noite, erguia seu punhal sobre Lupin, adormecido e paralisado.

E era Louis de Malreich quem aterrorizava Dolorès, que a enlouquecia com suas ameaças, que a mantinha em seu poder com algum segredo terrível e que a obrigava ao silêncio e à submissão.

E Lupin imaginava o plano do inimigo: jogar Dolorès, assustada e temerosa, nos braços de Pierre Leduc, acabar com Lupin e reinar no seu lugar, ali, com o poder do grão-duque e os milhões de Dolorès.

Hipótese provável, hipótese certa, que se ajustava aos acontecimentos e solucionava todas as questões.

"Todas?", objetava Lupin. "Sim... Mas então, porque ele não me matou aquela noite no chalé? Era só querer, e ele não quis. Um gesto, e eu estaria morto. Esse gesto, ele não fez. Por quê?"

Dolorès abriu os olhos, viu-o e sorriu, um sorriso pálido.

— Me deixe — disse ela.

Ele se levantou, hesitante. Iria ver se o inimigo estava atrás daquela cortina ou escondido atrás das roupas, naquele armário? Ela repetiu, gentil:

— Vá, eu vou dormir...

E ele saiu.

Mas, lá fora, parou debaixo das árvores que cobriam de sombras a fachada do castelo. Viu que havia luz na antecâmara de Dolorès. Depois, a luz passou para o quarto. Alguns minutos depois, a escuridão.

Ele esperou. Se o inimigo estivesse lá, talvez saísse do castelo?

Uma hora se passou, duas horas... Nenhum ruído.

"Nada a fazer", pensou Lupin. "Ou ele está escondido em algum canto do castelo, ou então saiu por uma porta que não consigo ver daqui... A menos que tudo isso não passe de uma hipótese absurda de minha parte."

Ele acendeu um cigarro e caminhou na direção do chalé.

Ao aproximar-se, percebeu, de longe ainda, uma sombra que parecia se afastar.

Ele não se mexeu, com medo de dar o alarme.

A sombra atravessou uma vereda. Sob a luz, pareceu reconhecer o vulto de Malreich.

Ele avançou.

O vulto fugiu e desapareceu.

— Vamos — disse ele —, fica para amanhã. E dessa vez...

– 4 –

Lupin entrou no quarto de Octave, seu chofer, acordou-o e ordenou:

— Pegue o carro. Você vai chegar em Paris às seis da manhã. Vai ver Jacques Doudeville e dizer: primeiro, para me dar notícias do condenado à morte. Segundo, para me enviar um telegrama, assim que abrirem os correios, dizendo o seguinte...

E redigiu o telegrama num pedaço de papel, e acrescentou:

— Assim que terminar, volte, mas por aqui, seguindo o muro do parque. Vá, ninguém deve desconfiar da sua ausência.

Lupin entrou no quarto, acendeu a lanterna e fez uma inspeção minuciosa.

— É isso — disse depois de um instante —, esta noite vieram aqui enquanto eu estava de guarda embaixo da janela. E, se vieram, me pergunto com que intenções. Definitivamente, estou certo, a coisa está ficando quente. Desta vez, posso estar seguro da minha apunhalada.

Por prudência, pegou um cobertor, escolheu um lugar do parque bem isolado e dormiu a céu aberto.

Por volta das onze horas da manhã, Octave o procurou.

— Feito, patrão. O telegrama foi enviado.

— Muito bem. E Louis de Malreich, ainda está na prisão?

— Ainda. Doudeville passou na frente da cela dele ontem à noite, na Santé. O guarda estava saindo. Eles conversaram. Malreich continua daquele jeito, ao que parece, mudo feito uma porta. Ele está esperando.

— Esperando o quê?

— A hora fatal, oras! Na chefatura, dizem que a execução vai acontecer depois de amanhã.

— Ótimo, ótimo — disse Lupin. — Está claro, então, que ele não fugiu.

Ele desistia de entender e até de procurar a chave do enigma, porque sentia que a verdade toda seria revelada. Agora era só preparar o plano e esperar o inimigo cair na armadilha.

"Se eu mesmo não cair", pensou, rindo.

Ele estava muito feliz, sentia-se livre, e jamais uma batalha se anunciara com melhores chances para ele.

Do castelo, um empregado trouxe o telegrama que pedira para Doudeville enviar, e que o carteiro tinha acabado de entregar. Ele o abriu e guardou no bolso.

Pouco antes do meio-dia, encontrou Pierre Leduc pelo caminho e disse, sem preliminares:

— Estava procurando você, aconteceram umas coisas sérias... Você precisa me responder com franqueza. Desde que chegou aqui ao castelo, você já viu algum outro homem, além dos empregados alemães que contratei?

— Não.

— Pense bem. Não se trata de um visitante qualquer. Estou falando de um homem que estaria se escondendo, estou perguntando se você percebeu, aliás, se suspeita da presença de alguém, se teve algum indício ou impressão?

— Não... você está suspeitando de alguma coisa?

— Estou. Alguém está se escondendo por aqui, rondando... Onde? E quem? Com que objetivo? Não sei, mas vou saber. Já tenho uma suposição. Você, abra o olho, vigie e sobretudo não comente nada com a sra. Kesselbach... Ela não precisa se preocupar...

E se foi.

Pierre Leduc, desconcertado, confuso, tomou a direção do castelo.

No caminho, na grama, encontrou um papel azul. Pegou. Era um telegrama, mas não estava amassado, como se tivesse sido jogado fora. Estava dobrado com cuidado — e fora visivelmente perdido.

Estava endereçado ao sr. Meauny, nome que Lupin adotava em Bruggen. E continha as seguintes palavras:

"Sabemos toda verdade. Revelações impossíveis por carta. Pego trem esta noite. Encontro amanhã de manhã oito horas estação Bruggen".

"Perfeito!", pensou Lupin, que de um bosque próximo vigiava o comportamento de Pierre Leduc. "Perfeito! Daqui a dez minutos, esse tolo terá mostrado o telegrama a Dolorès, e revelado a ela minhas apreensões.

Vão conversar sobre isso durante o dia, o outro vai ouvir, vai ficar sabendo, porque ele sabe de tudo, porque vive à sombra de Dolorès, e Dolorès está nas mãos dele, feito uma presa... E esta noite ele vai agir, temendo que o segredo me seja revelado."

E afastou-se, cantarolando.

— Esta noite... esta noite... vamos dançar... esta noite... Que valsa, meu amigo! A valsa do sangue, sob a melodia do pequeno punhal prateado... Finalmente! Vamos nos divertir.

Na porta do chalé, chamou Octave, subiu ao seu quarto, jogou-se na cama e disse para o chofer:

— Sente-se aqui, Octave, e não durma. Seu patrão vai descansar. Vele por ele, fiel servidor.

E dormiu um sono tranquilo.

— Como Napoleão, na manhã de Austerlitz — disse ao acordar.

Era a hora do jantar. Ele comeu bem, depois, fumando um cigarro, verificou as armas e trocou a munição de seus dois revólveres.

— "A pólvora seca e a espada afiada", como diz meu colega, o Kaiser... Octave!

Octave acorreu.

— Vá jantar no castelo com os empregados. Avise que esta noite você vai a Paris, de carro.

— Com o senhor, patrão?

— Não, sozinho. E assim que terminar a refeição, você vai de fato partir, e com alarde.

— Mas vou para Paris?

— Não, você vai esperar do lado de fora do parque, na estrada, a um quilômetro de distância... até eu voltar. Vou demorar.

Ele fumou outro cigarro, caminhou, passou diante do castelo, viu a luz nos aposentos de Dolorès, depois voltou para o pavilhão.

Lá, pegou um livro. Era *As vidas dos homens ilustres*.

— Está faltando uma, a mais ilustre — disse ele. — Mas o futuro está logo aí, e vai pôr as coisas no devido lugar. Cedo ou tarde, terei o meu Plutarco.

Leu a *Vida de César*, e anotou algumas reflexões nas margens.

Às onze e meia, subiu.

Pela janela aberta, debruçou-se na vasta noite, clara e sonora, com seus ruídos indistintos. Lembranças vieram-lhe aos lábios, lembranças de frases de amor por ele lidas ou pronunciadas, e repetiu várias vezes o nome de Dolorès, com um fervor de adolescente que ousa confiar apenas ao silêncio o nome de sua amada.

— Vamos — disse —, vamos nos preparar.

Ele deixou a janela entreaberta, afastou uma mesinha que barrava a passagem e pôs as armas debaixo do travesseiro. Depois, tranquilamente, sem a menor emoção, deitou-se, todo vestido, e soprou a vela.

E o medo começou.

Foi imediato. Assim que a escuridão o encobriu, o medo começou!

— Ah, meu D...! — exclamou ele.

Saltou da cama, pegou as armas e jogou-as no corredor.

— Com as mãos, só com as mãos! Nada vale mais do que o aperto das minhas mãos!

Ele se deitou. A escuridão e o silêncio, de novo. E, de novo, o medo, o medo pérfido, lancinante, inoportuno...

No relógio da cidade, doze badaladas...

Lupin pensava no ser imundo que, a cem metros dali, a cinquenta metros, se preparava, afiando a ponta aguda de seu punhal...

— Que venha! Que venha! — murmurou, tremendo.

— E os fantasmas se dissiparão...

Uma hora, na cidade.

E minutos, minutos intermináveis, minutos de febre e angústia... Da raiz dos seus cabelos brotavam gotas que escorriam pela testa, e ele se sentia como que banhado de sangue pelo corpo inteiro...

Duas horas...

E eis que, em algum lugar perto dali, um ruído quase imperceptível, um ruído de folhas, diferente do ruído das folhas que a brisa da noite arrasta...

Como Lupin havia previsto, sentiu de imediato uma imensa calma. Em sua natureza de grande aventureiro, vibrou de alegria. Finalmente, a luta!

Outro ruído, mais claro, debaixo da janela, mas ainda tão leve que foi preciso o ouvido treinado de Lupin para perceber.

Minutos, minutos aterrorizantes... A escuridão era impenetrável. E nem a luz das estrelas nem o luar aliviavam.

E, de repente, sem que tivesse ouvido nada, soube que o homem estava em seu quarto.

E andava em direção à sua cama. Andava como um fantasma, sem mover o ar do quarto, e sem deslocar os objetos que tocava.

Mas, com todo seu instinto, com toda sua sensibilidade, Lupin via os gestos do inimigo e adivinhava a sucessão de suas ideias.

Ele mesmo não se mexia, apoiado na parede, e quase de joelhos, prestes a saltar.

Sentiu que a sombra roçava, apalpava os lençóis, para entender onde deveria atingir. Lupin ouviu sua respiração. Acreditou mesmo ouvir as batidas de seu coração. E constatou com orgulho que seu coração não estava acelerado, enquanto o coração do outro... Ah! Sim, como ele ouvia aquele coração desordenado, louco, que batia como os dobres de um relógio, nas paredes do peito.

A mão do outro se ergueu...

Um segundo, dois segundos...

Será que ele hesitava? Iria poupar o adversário?

E disse Lupin, no imenso silêncio:

— Ataque! Ataque!

Um grito de raiva... o braço desceu com ímpeto.

Em seguida, um gemido.

O braço. Lupin agarrara o braço no ar, na altura do punho... E, saltando para fora da cama, formidável, irresistível, agarrou o homem pela garganta e o derrubou.

Foi tudo. Não houve luta. Nem poderia. O homem estava no chão, pregado, grampeado por dois rebites de aço, as mãos de Lupin. E não havia homem no mundo, por forte que fosse, que pudesse livrar-se daquele aperto.

Nem uma palavra! Lupin não pronunciou nenhuma das palavras com que de hábito se divertia, com sua verve zombeteira. Não sentia vontade de falar. O instante era solene demais.

Nenhuma alegria vã o comovia, nenhuma exaltação de vitória. No fundo, havia apenas um motivo de pressa, saber quem estava lá... Louis de Malreich, o condenado à morte? Ou outro? Quem?

Correndo o risco de estrangular o homem, apertou-lhe a garganta um pouco mais, e um pouco mais, e mais um pouco ainda.

E sentiu que a força do inimigo, tudo o que lhe restava de força, o abandonava. Os músculos do seu braço relaxaram e ficaram inertes. A mão se abriu e largou o punhal.

Livre para agir, e com a vida do adversário paralisada pela espantosa morsa de suas mãos, ele pegou a lanterna, apoiou o dedo no botão sem apertar e aproximou-a do rosto do homem.

Era só apertar o botão, era só querer, que ele saberia.

Durante um segundo, saboreou seu poder. Uma onda de emoção o invadiu. A visão do seu triunfo o fascinou. Uma vez mais, e de um modo soberbo, heroico, ele era o mestre.

Com um gesto seco, fez-se a luz. O rosto do monstro surgiu.

Lupin soltou um grito de terror.

Dolorès Kesselbach!

A assassina

- 1 -

Aquilo foi, no cérebro de Lupin, como um furacão, um ciclone, onde o estrondo de um trovão, uma borrasca, uma tempestade de elementos em fúria desencadeou-se em tumulto numa noite de caos.

Violentos raios açoitaram na escuridão. E na réstia fulgurante desses raios, aterrorizado, sacudido por tremores, convulsionado de horror, Lupin via e tentava compreender.

Ele não se mexia, agarrado à garganta do inimigo, como se seus dedos tensos não pudessem mais soltar aquele aperto. Além do mais, ainda que agora soubesse, ele não tinha, por assim dizer, a impressão exata de que se tratava de Dolorès. Era ainda o homem de preto, Louis de Malreich, o animal imundo das trevas. E esse animal, ele agora o tinha nas mãos, e não o largaria.

Mas a verdade assaltou-lhe o espírito e a consciência e, vencido, torturado de aflição, ele murmurou:

— Oh! Dolorès... Dolorès...

Imediatamente, viu a desculpa: a loucura. Ela era louca. A irmã de Altenheim, de Isilda, a filha dos últimos Malreich, da mãe demente e do pai alcoólatra, ela mesma era louca. Uma louca estranha, louca com toda a aparência de lucidez, mas louca assim mesmo, desequilibrada, doente, desnaturada, verdadeiramente monstruosa.

Com toda convicção, ele compreendia! Era a loucura do crime. Obcecada por um objetivo para o qual caminhava sem pensar, ela matava, ávida de sangue, inconsciente e diabólica.

Ela matava porque queria alguma coisa, matava para se defender, matava para esconder que havia matado. Mas matava também, e sobretudo, para matar. O assassinato satisfazia nela apetites súbitos e irresistíveis. Em certos momentos da vida, sob certas circunstâncias, diante de determinado ser, transformado de repente em adversário, era preciso que seu braço matasse.

E ela matava, louca de raiva, feroz e freneticamente.

Estranha louca, irresponsável por seus crimes, mas lúcida em sua cegueira! Tão lógica em sua desordem! Tão inteligente em seu absurdo! Quanta habilidade! Que perseverança! Que planos, ao mesmo tempo detestáveis e admiráveis!

E Lupin, numa visão rápida, com uma acuidade prodigiosa, via a longa série de aventuras sangrentas e adivinhava os caminhos misteriosos que Dolorès tinha seguido.

Ele a via obcecada e possuída pelo projeto do marido, projeto que devia conhecer apenas em parte. Ele a via procurando, ela também, aquele Pierre Leduc que o marido perseguia, e procurando-o para casar-se com ele e voltar, rainha, àquele pequeno reino de Veldenz de onde seus antepassados tinham sido cassados ignominiosamente.

E ele a via no Palace-Hôtel, no quarto de seu irmão Altenheim, quando imaginavam que estivesse em Monte Carlo. Ele a via, durante dias, espionando o marido, encostada às paredes na penumbra, discreta e incógnita em seu disfarce de sombras.

E, uma noite, ela encontrou o sr. Kesselbach amarrado e o matou.

E, de manhã, prestes a ser denunciada pelo funcionário do hotel, ela matou.

E, uma hora depois, prestes a ser denunciada por Chapman, ela o levou para o quarto do irmão e o matou.

Tudo isso sem piedade, de modo selvagem, com uma habilidade diabólica.

E, com a mesma habilidade, comunicava-se por telefone com suas duas empregadas, Gertrude e Suzanne, as duas recém-chegadas de Monte Carlo, onde uma delas havia assumido o papel de sua patroa. E Dolorès, de novo em trajes de mulher, tendo-se livrado da peruca loira que a tornava irreconhecível, descia ao térreo para encontrar-se com Gertrude no momento em que esta entrava no hotel, fingindo ela mesma que acabava de chegar, ignorante da tragédia que a aguardava.

Atriz incomparável, fazia o papel da esposa cuja vida fora despedaçada. Era motivo de compaixão. Choravam por ela. Quem teria suspeitado dela?

E agora começava a guerra com ele, Lupin, aquela guerra bárbara, guerra nunca antes vista, que mantinha alternadamente contra Lenormand e contra o príncipe Sernine, de dia na espreguiçadeira, doente e desfalecida, mas de noite, de pé, correndo pelas ruas, incansável e assustadora.

E fazia planos diabólicos. Gertrude e Suzanne, cúmplices assustadas e disciplinadas, uma e outra servindo-lhe de emissárias, disfarçando-se como ela, talvez, como no dia em que o senhor Steinweg tinha sido levado pelo barão Altenheim, em pleno Palácio de Justiça.

E aquela série de crimes. Gourel afogado. Altenheim, seu irmão, apunhalado. Oh! A luta implacável nas galerias da vila de Glycines, o trabalho invisível do monstro na escuridão, como tudo aquilo agora parecia claro!

E foi ela quem revelou sua máscara de príncipe, foi ela quem o denunciou, quem o pôs na prisão, quem desfez seus planos, gastando milhões para vencer a batalha.

E, depois, os acontecimentos precipitando-se. Suzanne e Gertrude desaparecidas, mortas talvez! Steinweg, assassinado! Isilda, a irmã, assassinada!

— Oh! Ignomínia, horror! — murmurava Lupin, num acesso de repugnância e ódio.

Ele a execrava, a abominável criatura. E quis esmagá-la, destruí-la. E era alucinante ver aqueles dois seres agarrados um ao outro, jazendo imóveis na palidez da aurora que começava a temperar as sombras da noite.

— Dolorès... Dolorès — murmurou, desesperado.

E saltou para trás, ofegando de terror, os olhos esbugalhados. O quê? O que ele tinha? O que era aquela ignóbil impressão de frio que gelava suas mãos?

— Octave! Octave! — exclamou, sem se lembrar da ausência do chofer.

Socorro! Ele precisava de socorro! Alguém que lhe desse conforto e ajuda. Ele estava tremendo de medo. Oh! Aquele frio, um frio mortal que havia sentido. Seria possível?... Então, durante aqueles minutos trágicos, ele tinha, com seus dedos crispados...

Bruscamente, forçou-se a olhar. Dolorès não se mexia.

Ele caiu de joelhos e se debruçou sobre ela.

Ela estava morta.

Por alguns instantes, ficou entorpecido, e sua dor parecia dissolver-se. Ele não sofria mais. Não havia furor, nem raiva, nenhum sentimento além de um abatimento estúpido, a sensação de um homem que recebeu um golpe de clava, e que não sabe se vive ainda, se pensa, ou se não passa de uma marionete de um pesadelo.

Entretanto, sentia que algo de justo acabava de acontecer, e não pensou nem por um instante que ele a havia matado. Não, não foi ele. Estava além dele e de sua vontade. Foi o destino, o destino inflexível quem concluiu aquela obra de equidade, exterminando o animal nocivo.

Lá fora, os pássaros cantavam. A vida despertava sob as velhas árvores que a primavera fazia florir. E Lupin, saindo de seu torpor, sentiu aos poucos uma indefinível e absurda compaixão por aquela mulher miserável — odiosa, por certo, abjeta e vinte vezes criminosa, mas tão jovem ainda, e já morta.

E pensou na tortura que seriam para ela os momentos de lucidez, quando, de volta à razão, a inominável louca contemplava a paisagem sinistra dos seus atos.

— Proteja-me, sou tão infeliz! — ela suplicava. Era contra si própria que pedia que a protegessem, contra seus instintos animais, contra o monstro que habitava nela e que a forçava a matar, sempre a matar.

— Sempre? — pensou Lupin.

E lembrou-se da noite da antevéspera quando, debruçada sobre ele, com o punhal erguido contra o inimigo que, havia meses, a perseguia, contra o incansável inimigo que a havia acuado em todos os seus crimes, e lembrou que, naquela noite, ela não tinha matado. Teria sido fácil, no entanto: o inimigo dormia inerte e impotente. De repente, a luta implacável terminava. Não, ela não tinha matado, dominada, ela também, por sentimentos mais fortes do que a crueldade, por obscuros sentimentos de simpatia e admiração por aquele que, com tanta frequência, a dominara.

Não, naquele dia, ela não matou. E eis que, por uma reviravolta espantosa do destino, era ele quem a matava.

"Eu matei", pensava ele, tremendo dos pés à cabeça. "Minhas mãos exterminaram um ser vivo, e esse ser era Dolorès! Dolorès... Dolorès..."

Ele não cessava de repetir seu nome, seu nome doloroso, e não cessava de olhar para ela, triste coisa inanimada, inofensiva agora, pobre pedaço de carne, sem mais consciência do que um punhado de folhas ou um passarinho degolado, à beira de uma estrada.

Como poderia ele não tremer de compaixão, uma vez que, diante dela, era ele o assassino, ele, e que ela não era mais do que uma vítima?

"Dolorès... Dolorès... Dolorès..."

O dia o surpreendeu, sentado ao lado da morta, lembrando-se e pensando, enquanto seus lábios articulavam, de tempos em tempos, as sílabas desoladas, "Dolorès... Dolorès..."

No entanto, era preciso agir, e perdido entre os destroços que eram seus pensamentos, ele não sabia mais em que sentido devia agir, nem por onde começar.

"Primeiro, vamos fechar os olhos dela", pensou.

Vazios, cheios do nada, aqueles belos olhos dourados guardavam ainda a doçura melancólica que era seu charme. Como era possível que aqueles fossem os olhos do monstro? A contragosto, e mesmo diante da realidade implacável, Lupin ainda era incapaz de fundir em um só personagem aqueles dois seres tão distintos em seu pensamento.

Rapidamente, debruçou-se sobre ela, baixou as longas pálpebras de seda e recobriu com um véu a pobre figura convulsionada.

Então, pareceu-lhe que Dolorès ficava mais distante, e que o homem de preto, dessa vez, estava ali, ao lado dele, em seus trajes sombrios, em seu disfarce de assassino.

Ele ousou tocar nele, e apalpou suas roupas.

Num bolso interno, havia duas carteiras. Pegou uma delas e abriu.

Encontrou primeiro uma carta assinada por Steinweg, o velho alemão.

Nela, leu as seguintes palavras:

> *"Se eu morrer antes de revelar o terrível segredo, saibam o seguinte: o assassino de meu amigo Kesselbach é sua mulher, e seu verdadeiro nome é Dolorès de Malreich, irmã de Altenheim e irmã de Isilda.*
>
> *"As iniciais L e M referem-se a ela. Nunca, na intimidade, Kesselbach chamava sua mulher de Dolorès, que é um nome de dor e luto, mas de Laetitia, que quer dizer alegria. L e M — Laetitia de Malreich — essas eram as iniciais inscritas em todos os presentes dele para ela, por exemplo, na cigarreira encontrada no Palace--Hôtel, e que pertencia à sra. Kesselbach. Ela tinha adquirido, nas viagens, o hábito de fumar.*
>
> *"Laetitia! — E ela foi de fato a alegria dele durante quatro anos, quatro anos de mentiras e de hipocrisia, em que preparava a morte daquele que a amava com tanta bondade e confiança.*

"Talvez, eu devesse ter falado imediatamente. Não tive coragem, em memória de meu velho amigo Kesselbach, de quem ela levava o nome.
"E depois, tive medo... No dia em que a desmascarei, no Palácio de Justiça, li nos olhos dela minha sentença de morte.
"Minha fraqueza será minha salvação?"

"Ele também", pensou Lupin, "ele também foi morto por ela! Ah, meu Deus, ele sabia coisas demais! As iniciais... o nome Laetitia... o hábito secreto de fumar".

E lembrou-se, na noite anterior, do cheiro de tabaco no quarto.

E continuou a examinar a primeira carteira.

Havia trechos de cartas, em linguagem cifrada, devolvidas talvez a Dolorès por seus cúmplices, no curso de seus encontros tenebrosos...

Havia também endereços em pedaços de papel, de costureiras e modistas, mas também de pardieiros, de hotéis de terceira... E nomes, também... vinte, trinta nomes, nomes bizarros, Hector, o Açougueiro, Armand de Grenelle, o Doente...

Mas uma foto chamou a atenção de Lupin. Ele olhou. E, imediatamente, como que ejetado por uma mola, largou a carteira e saiu do quarto, saiu do pavilhão e correu até o parque.

Ele havia reconhecido o retrato de Louis de Malreich, preso na Santé.

E só então, naquele instante, ele se lembrou: a execução deveria acontecer no dia seguinte.

E uma vez que o homem de preto, uma vez que o assassino não era outro senão Dolorès, Louis de Malreich chamava-se de fato Léon Massier, e era inocente. Inocente? Mas, e as provas encontradas na casa dele, as cartas do imperador, e tudo, tudo o que o acusava inegavelmente, todas aquelas provas irrefutáveis?

Lupin parou um segundo, com o cérebro em brasa.

— Ah! — exclamou ele. — Estou ficando louco, também. Mas, vejamos, tenho que agir... amanhã será o dia da execução... amanhã... amanhã de manhã... ele puxou o relógio.

— Dez horas... De quanto tempo preciso para chegar a Paris? Está bem, estarei lá cedinho, cedinho, eu preciso... E esta noite mesmo vou tomar medidas para impedir... Mas, que medidas? Como provar a inocência dele? Como impedir sua execução? Ah! Não importa! Quando chegar lá, eu vejo. Não me chamo Lupin? Então, vamos...

E partiu correndo, entrou no castelo e gritou:

— Pierre! Vocês viram Pierre Leduc? Ah! Aí está você... Ouça...

E puxou-o à parte, e com voz entrecortada, mas categórica:

— Ouça, Dolorès não está mais aqui... É, uma viagem, urgente. Partiu esta noite, no meu carro... Sim, eu vou também... Fique quieto! Silêncio, um segundo que perdemos, e a coisa pode ser irreparável. Você vai dispensar todos os empregados, sem dar explicações. Aqui está o dinheiro. Daqui a meia hora, este castelo tem que estar vazio. E ninguém deve entrar aqui até eu voltar! Nem você, entendeu, eu proíbo você de entrar aqui... Depois, explico... o motivo é grave. Tome, leve a chave, e me espere no vilarejo...

E de novo, ele correu.

Dez minutos depois, encontrou Octave.

E saltou para dentro do carro.

— Paris — ele disse.

– 2 –

A viagem foi uma verdadeira corrida de morte.
Lupin, julgando que Octave não estava dirigindo suficientemente rápido, assumiu o volante e seguiu em marcha desconcertada e vertiginosa. Nas estradas, pelos vilarejos, nas ruas povoadas das cidades, iam a cem quilômetros por hora. Quem ficava para trás gritava de raiva, mas o bólido já ia longe e desaparecia.

— Patrão — balbuciava Octave, lívido —, vamos ficar por aqui.

— Você, talvez, o carro, talvez, mas eu vou chegar — dizia Lupin.

Ele tinha a sensação de que não era o carro quem o transportava, mas ele quem transportava o carro, quem rasgava o espaço com as próprias forças, com a própria vontade. Então, que milagre poderia fazer com que não chegasse, uma vez que suas forças eram inesgotáveis, e sua vontade não tinha limites?

— Vou chegar porque tenho que chegar — ele repetia.

E pensava no homem que iria morrer se ele não chegasse a tempo para salvá-lo, no misterioso Louis de Malreich, tão desconcertante em seu silêncio obstinado e rosto hermético. E no tumulto da estrada, sob as árvores cujos galhos faziam um ruído de ondas furiosas, em meio ao zunido de suas ideias, ainda assim Lupin se esforçava para estabelecer uma hipótese. E a hipótese tomava forma aos poucos, lógica, inverossímil, é claro, ele pensava, agora que conhecia a terrível verdade sobre Dolorès, e que entrevia todos os recursos e os desígnios odiosos daquele espírito desequilibrado.

"É, foi ela quem bolou toda aquila espantosa intriga contra Malreich. O que ela queria? Casar-se com Pierre Leduc, por quem se fez amar, e tornar-se a soberana do pequeno reino de onde ela tinha sido banida. O objetivo estava acessível, ao alcance de suas mãos. Mas havia um obstáculo... eu, eu, que surgia depois de cada crime, eu, cuja clarividência ela temia, eu, que não desistiria até descobrir o culpado e encontrar as cartas roubadas do imperador...

"Bem! Como eu precisava de um culpado, o culpado seria Louis de Malreich, ou melhor, Léon Massier. Quem é esse Léon Massier? Ela o conhecia antes do seu casamento? Tinham se amado? É provável, mas nunca saberemos. O certo é que ela deve ter ficado impressionada com a semelhança de altura e aparência entre ela e Léon Massier, e que podia acentuar vestindo-se como ele, com roupas pretas e peruca loira. Ela deve ter observado a vida bizarra daquele homem solitário, suas andanças noturnas, seu modo de andar pelas ruas e de despistar quem o poderia estar seguindo. E, a partir dessas observações, e prevendo uma eventualidade, deve ter aconselhado o sr. Kesselbach a riscar dos registros de identidade o nome de

Dolorès e substituir pelo nome de Louis, para que as iniciais fossem justamente as de Léon Massier.

"Chegou a hora de agir, ela já urdiu o complô e agora precisa executar. Léon Massier mora na rua Delaizement? Ela manda os cúmplices se estabelecerem na rua paralela. E ela mesma me dá o endereço do maître Dominique e me põe na pista dos sete bandidos, sabendo muito bem que, uma vez na pista, eu iria até o final, ou seja, para além dos sete bandidos, até o chefe deles, até o sujeito que os vigia e dirige, até o homem de preto, até Léon Massier, até Louis de Malreich.

"E, de fato, eu cheguei primeiro nos sete bandidos. E depois, o que acontece? Ou eu sou derrotado, ou nos destruímos mutuamente, que é o que ela devia estar esperando aquela noite, na rua des Vignes. Em qualquer dos casos, Dolorès fica livre de mim.

"Mas, acontece o seguinte: sou eu quem pega os sete bandidos. Dolorès foge da rua des Vignes. Eu a encontro no galpão do Antiquário. Ela me empurra na direção de Léon Massier, ou seja, na direção de Louis de Malreich. Eu encontro com ele as cartas do imperador, *que ela mesma colocou lá*, e entrego ele à justiça, e denuncio a passagem secreta *que ela mesma mandou abrir* entre os dois galpões, e forneço todas as provas *que ela mesma preparou*, e mostro com documentos que ela mesmo fabricou que Léon Massier roubou a identidade de Léon Massier, e que na verdade o nome dele é Louis de Malreich.

"E Louis de Malreich vai morrer.

"E Dolorès de Malreich, finalmente vitoriosa, livre de qualquer suspeita, uma vez que o culpado foi descoberto, livre do seu passado de infâmias e crimes, morto o marido, morto o irmão, a irmã morta, as duas empregadas mortas, morto Steinweg, livre de seus cúmplices, que entreguei todos amarrados nas mãos de Weber, livre ela própria, e por mim, que levei ao cadafalso o inocente que ela pôs no seu lugar, Dolorès, vitoriosa, milionária, amada por Pierre Leduc, Dolorès finalmente reinará."

— Ah! — exclamou Lupin, fora de si. — Esse homem não vai morrer. Juro pela minha vida, ele não vai morrer.

— Cuidado, patrão — disse Octave, assustado —, estamos chegando... Estamos na periferia, nos subúrbios...

— O que você quer que eu faça?

— Vamos acabar capotando... E a pista está escorregadia, vamos derrapar...

— Azar.

— Cuidado... Ali...

— O quê?

— Um bonde, na curva...

— Ele que pare!

— Freie, patrão.

— Nunca!

— Estamos perdidos...

— Vamos passar.

— Não vamos.

— Vamos.

— Ah! Meu Deus...

Um estrondo, gritos... o carro enganchou no bonde, foi jogado contra uma paliçada, derrubou dez metros de cerca e, finalmente, arrebentou-se em um talude.

— Motorista, você está livre?

Era Lupin, deitado na grama, chamando um táxi. Ele se levantou, viu o carro destruído, viu gente em volta de Octave e saltou para dentro do táxi.

— Para o Ministério do Interior, praça Beauvau... Vinte francos de gorjeta.

E, acomodando-se no fundo do fiacre, continuou:

— Ah! Não, ele não vai morrer! Não, mil vezes não, eu não terei isso na minha consciência! Já basta ter me tornado um joguete nas mãos dessa mulher e ter caído nessa farsa feito um colegial... Basta! Chega de erros! Aquele infeliz foi preso por minha causa... condenado à morte, por minha causa, eu mesmo o levei até a beira do cadafalso... mas ele não vai subir! Não vai! Se subir, só me resta meter uma bala na cabeça!

Aproximaram-se de uma barreira aduaneira. Lupin avançou:

— Mais vinte francos, chofer, para não parar.

E gritou diante da barreira:

— A serviço da Sûreté!

Passaram.

— Não freie, por favor! — gritou Lupin. — Mais depressa! Mais depressa! Está com medo de machucar algum velhinho? Atropele. Eu pago.

Em minutos, chegaram ao ministério da praça Beauvau. Lupin atravessou o pátio correndo e subiu os degraus da escadaria de honra. A antessala estava cheia de gente. Escreveu numa folha de papel: "Príncipe Sernine", e puxando um contínuo de lado, disse:

— Sou eu, Lupin. Está me reconhecendo, não? Eu arranjei este emprego para você, uma boa aposentadoria, hein? Mas você vai me pôr aí dentro agora mesmo. Vá, anuncie meu nome. Só peço isso. O presidente vai agradecer, pode ficar tranquilo... eu também... Mas, depressa, sua besta! Valenglay está me esperando...

Dez segundos depois, Valenglay em pessoa enfiava a cabeça na porta e dizia:

— Mande entrar "o príncipe".

Lupin avançou, fechou rapidamente a porta e, interrompendo o presidente, disse:

— Não, não fale nada, o senhor não pode me interromper... Para não comprometer nem o senhor nem o imperador... Não... Não é nada disso. Escute. Malreich é inocente. Eu descobri o verdadeiro culpado... É Dolorès Kesselbach. Ela morreu. O cadáver dela está lá. Tenho provas irrefutáveis. Não há nenhuma dúvida. Foi ela...

Ele se calou. Valenglay não aprecia compreender.

— Vamos, senhor presidente, temos que salvar Malreich... Pense... um erro judiciário!... a cabeça de um inocente!... Dê as ordens... um mandado extraordinário... eu é que sei?... Mas depressa, o tempo urge.

Valenglay olhava atento para ele, depois aproximou-se de uma mesa, pegou um jornal e o estendeu, apontando com o dedo para um artigo.

Lupin bateu os olhos no título e leu:

"A execução do monstro. Hoje de manhã, Louis de Malreich sofreu seu último suplício..."

Ele não prosseguiu. Aturdido, aniquilado, desabou na poltrona com um gemido de desespero.

Por quanto tempo ficou assim? Estava lá fora, e não saberia dizer. Lembrava-se de um longo silêncio, depois via Valenglay debruçado sobre ele, borrifando água fria no seu rosto, lembrava-se sobretudo da voz abafada do presidente, sussurrando:

— Ouça... não precisa falar nada sobre isso, está bem? Inocente, pode ser, não digo que não... Mas para que essas revelações? Um escândalo? Um erro judiciário pode ter consequências graves. Vale a pena? Uma retratação? Para quê? Ele nem foi condenado sob o nome verdadeiro. Foi Malreich o nome que levaram à execração pública, o mesmo nome da culpada... Então?

E, empurrando aos poucos Lupin em direção à porta, disse:

— Vamos... volte para lá... suma com aquele cadáver... E não deixe traços, hein? Nem o menor indício dessa história toda... Conto com você, ouviu?

E Lupin voltou. Voltou como um autômato, porque alguém tinha mandado que ele agisse assim, e porque não tinha mais vontade própria.

Ele esperou horas na estação. Maquinalmente, comeu, comprou a passagem e se instalou num vagão do trem.

Dormiu mal, com a cabeça quente, entre pesadelos e intervalos confusos de vigília, em que tentava entender por que Massier não tinha se defendido.

"Era um louco... com certeza... meio louco... Eles se conheceram no passado... e ela arruinou a vida dele... deixou ele louco... Então, melhor morrer... Defender-se para quê?"

A explicação o satisfazia apenas em parte, e ele prometia a si próprio, mais dia, menos dia, esclarecer aquele enigma e entender exatamente o papel de Massier na vida de Dolorès. Mas aquilo não importava no momento! Uma coisa apenas parecia clara: a loucura de Massier, e ele repetia obstinado:

"Ele era louco... esse Massier com certeza era louco... Aliás, todos os Massier, uma família de loucos..."

Ele delirava, embaralhando os nomes, com o cérebro enfraquecido.

Mas, ao descer na estação de Bruggen, sentiu, com o ar fresco da manhã, que recobrava a consciência. De repente, as coisas tomavam outro aspecto. E ele dizia:

— É! Azar, enfim! Ele tinha que contestar, só isso... Eu não sou responsável por nada... Foi ele quem se suicidou... Ele era só um comparsa nessa aventura... Sucumbiu... eu lamento... Fazer o quê?

A necessidade de agir o premia de novo. E, ainda que ferido, torturado por aquele crime do qual se sabia, apesar de tudo, o autor, ele olhava para o futuro.

"São acidentes de guerra. Não pense mais nisso. Nem tudo está perdido. Ao contrário. Dolorès era um empecilho, pois Pierre Leduc a amava. Dolorès está morta. Então, Pierre Leduc me pertence. E vai se casar com Geneviève, como eu decidi! E vai reinar! E eu serei o mestre! E a Europa, a Europa será minha!"

Ele se animava, já mais tranquilo, subitamente confiante, febril, e gesticulava pela estrada, desferindo golpes com uma espada imaginária, a espada do chefe que quer, comanda e triunfa.

"Lupin, você será rei! Você será rei, Arsène Lupin."

No vilarejo de Bruggen, pediu informações e ficou sabendo que Pierre Leduc havia almoçado em um albergue, no dia anterior. Depois, não foi mais visto.

— Como — disse Lupin —, ele não dormiu aqui?

— Não.

— Mas, para onde ele foi depois do almoço?

— Pegou a estrada em direção ao castelo.

Lupin saiu, surpreso. Ele havia aconselhado ao jovem fechar as portas e não voltar mais, depois que os empregados tivessem sido dispensados.

Logo em seguida, obteve a prova de que Pierre o havia desobedecido: o portão estava aberto.

Ele entrou, percorreu o castelo, chamou. Ninguém respondeu.

De repente, lembrou-se do chalé. Quem sabe! Pierre Leduc, sofrendo pela mulher amada e guiado por uma intuição, talvez tivesse procurado por aqueles lados. E o cadáver de Dolorès estava lá!

Preocupado, Lupin pôs-se a correr.

À primeira vista, não parecia haver ninguém no castelo.

— Pierre! Pierre! — gritou ele.

Não ouvindo barulho, entrou no vestíbulo e no quarto que havia ocupado.

E parou, pregado junto à porta.

Acima do cadáver de Dolorès, pendia Pierre Leduc, com uma corda no pescoço, morto.

– 3 –

Impassível, Lupin ficou rígido dos pés à cabeça. Não queria se abandonar a um gesto de desespero. Não queria pronunciar uma só palavra de violência. Depois dos golpes atrozes recebidos do destino, depois dos crimes e da morte de Dolorès, depois da execução de Massier, depois de tantas convulsões e catástrofes, sentia a absoluta necessidade de manter-se senhor de si. Senão, enlouqueceria...

— Imbecil! — disse ele, apontando para Pierre Leduc. — Três vezes imbecil, você não podia esperar? Em menos de dez anos, teríamos recuperado a Alsácia-Lorena.

Para distrair-se, procurava palavras, atitudes, mas as ideias lhe escapavam, e seu cérebro parecia prestes a explodir.

— Ah! Não, não — ele exclamou —, isso não, diabos! Lupin, louco, também! Ah! Não, meu caro! Meta uma bala na cabeça, porque não vejo outro desfecho possível. Mas Lupin gagá, numa cadeira de rodas, isso não! Em grande estilo, meu caro, acabe a vida em grande estilo!

E caminhava batendo os pés e erguendo os joelhos bem alto, como fazem alguns atores quando simulam a loucura. E dizia:

— Você é bravo, meu caro, bravo, os deuses te contemplam. Cabeça para o alto! E estômago, diabos! Couraça! Está tudo ruindo à sua volta!... E daí? É um desastre, nada dá certo, um reino naufraga, eu perco a Europa, o universo evapora?... E daí? Ria, oras! Seja Lupin ou não seja nada... Vamos, ria! Mais alto... Até que enfim... Deus, que engraçado! Dolorès, um cigarro, minha cara!

E agachou zombeteiro, tocou no rosto da morta, vacilou por um instante e caiu, desfalecido.

Uma hora depois, estava se levantando. A crise tinha terminado e, senhor de si, tenso, sério e taciturno, examinava a situação.

Sentia que era chegado o momento de decisões definitivas. Sua vida tinha sido arruinada, em poucos dias, por catástrofes imprevistas, que desabaram umas sobre as outras no momento em que ele acreditava que a vitória era certa. O que ia fazer? Recomeçar? Reconstruir? Não tinha coragem. E agora?

Durante toda a manhã, caminhou a esmo pelo parque, passeio trágico durante o qual examinou a situação nos menores detalhes e, pouco a pouco, sentiu a ideia da morte impor-se com rigor inflexível.

Mas, matando-se ou vivendo, havia antes uma série de providências objetivas que ele precisava tomar. E via-as com clareza, com o cérebro já mais sereno.

O relógio da igreja soou o Angelus do meio-dia.

— Mãos à obra — disse —, e nada de erros.

Ele voltou ao chalé, muito calmo, entrou em sem quarto, subiu num banquinho e cortou a corda onde pendia Pierre Leduc.

— Pobre diabo, você tinha que terminar assim, com uma gravata de cânhamo no pescoço. Pena! Você não foi feito para a grandeza... Eu devia ter previsto isso, não deveria ter amarrado minha fortuna a um fazedor de rimas.

Vasculhou nas roupas do jovem e não encontrou nada. Mas, lembrando-se da segunda carteira de Dolorès, pegou-a do bolso onde a havia deixado.

Teve um gesto de surpresa. Na carteira, havia um maço de cartas familiar, e nelas reconheceu imediatamente as várias caligrafias.

— As cartas do imperador! — ele murmurou. — As cartas do velho chanceler!... Todo o maço que eu mesmo fui buscar na casa de Léon Massier e que entreguei ao conde de Waldemar... Como assim?... Será que ela pegou de volta daquele estúpido do Waldemar?

E, de repente, batendo a mão na testa:

— Não, o estúpido sou eu. Estas são as cartas verdadeiras! Que ela guardou para chantagear o imperador, no momento certo. E as outras, as que eu entreguei a ele, são falsas, copiadas por ela, é evidente, ou por algum cúmplice, e que ela deixou ao meu alcance: e eu caí feito um imbecil! Que diabos, quando há mulheres no meio...

Só havia mais um papel na carteira, uma fotografia. Ele olhou. Era a sua.

— Duas fotos... Massier e eu... que ela amava mais, talvez... porque ela me amava... Um amor bizarro, feito de admiração pelo aventureiro que sou, pelo homem que derrotava sozinho os sete bandidos que ela havia encarregado de me atacar. Estranho amor! Que senti palpitar nela no dia em que revelei meus sonhos de grandeza! Foi nesse dia que ela teve a ideia de sacrificar Pierre Leduc e submeter seus sonhos ao meu. Se não fosse o incidente com o espelho, ela teria se rendido. Mas ficou com medo. Eu estava descobrindo a verdade. Para vencer, ela precisava da minha morte, e foi o que ela decidiu.

Várias vezes, ele repetiu, pensativo:

— E, no entanto, ela me amava... Sim, ela me amava, como outras me amaram... outras, cuja infelicidade eu também causei... Puxa! Todas que me amam, morrem... E essa morreu também, estrangulada por mim... Para que viver?

Em voz baixa, repetiu:

— Para que viver? Não é melhor juntar-se a elas, a todas as mulheres que me amaram?... E que morreram por amor: Sonia, Raymonde, Clotilde Destange, a srta. Clarke?...

Ele estendeu os dois cadáveres um ao lado do outro, cobriu-os com um mesmo véu, sentou-se diante de uma mesa e escreveu:

"Triunfei em tudo: e fui vencido. Alcancei meu objetivo e caí. O destino é mais forte do que eu. E quem eu amei não existe mais. Morro também."

E assinou: *Arsène Lupin*.

Pôs a carta num envelope, que guardou dentro de um frasco e atirou pela janela, na terra mole de um canteiro.

Em seguida, fez no piso de madeira uma pilha com jornais velhos, palha e pedaços de lenha, que buscou na cozinha.

Por cima, derramou querosene.

Depois, acendeu uma vela, que jogou no meio da lenha.

Imediatamente, a chama correu, outras chamas brotaram, rápidas, ardentes, crepitantes.

— Vamos embora — disse Lupin —, o chalé é de madeira: vai queimar feito um fósforo. E, quando vierem do vilarejo, mais o tempo de forçar o portão, de correr até esta extremidade do parque... será tarde demais! Vão encontrar cinzas, dois cadáveres carbonizados e, aqui perto, numa garrafa, meu bilhete de despedida... Adeus, Lupin! Meu bom povo, enterrem-me sem cerimônia... um carro fúnebre dos pobres... nem flores, nem coroas... uma simples cruz, e este epitáfio:

AQUI JAZ
ARSÈNE LUPIN, O AVENTUREIRO

Ele alcançou o muro da propriedade, escalou-o e, ao voltar-se, viu as chamas turbilhonando em direção ao céu...

Voltou a pé na direção de Paris, errante, com o coração em desespero, curvado perante o destino.

Os camponeses espantavam-se ao ver aquele viajante que pagava refeições de trinta dinheiros com notas de banco.

Três ladrões de estrada o atacaram, uma noite, em plena floresta. Com golpes de bastão, ele os deixou quase mortos no local...

Passou oito dias num hotel. Não sabia aonde ir... O que fazer? A que se agarrar? A vida o estava abandonando. Ele não queria mais viver... não queria mais viver...

— Você!

A sra. Ernemont, no pequeno cômodo da vila de Garches, estava de pé, tremendo, assustada, lívida, com os olhos arregalados e fixos na aparição que surgia à sua frente.

Lupin!... Lupin estava lá!

— Você! — ela disse. — Você!... Mas os jornais disseram que...

Ele sorriu com tristeza.

— Sim, que estou morto.

— Que bom!... Que bom!... — disse ela, com ingenuidade...

— Vai me dizer que, se estou morto, não tenho o que fazer aqui. Acredite, tenho razões importantes, Victoire.

— Como você mudou! — disse ela, com compaixão.

— Umas pequenas decepções... Mas acabou. Ouça, Geneviève está aqui?

Ela saltou sobre ele, subitamente furiosa.

— Você vai deixá-la em paz, não vai? Ah! Mas, dessa vez, não vou sair de perto dela. Ela voltou cansada, pálida, preocupada, e vai custar para recuperar aquele rosto corado. Você vai deixá-la em paz, eu juro.

Ele pôs a mão firme no ombro da velha senhora.

— Eu *quero*... entende... eu *quero* falar com ela.

— Não.

— Eu vou falar com ela.

Ele a sacudiu. Ela se refez e, de braços cruzados, disse:

— Só passando por cima do meu cadáver, ouviu? A menina vai ser feliz aqui, e não em outro lugar... Com todas essas suas ideias de dinheiro e nobreza, você a tornaria infeliz. E isso, não. E o que houve com o seu Pierre Leduc? E com Veldenz? Geneviève, duquesa! Você é louco. Essa não é a vida dela. No fundo, olha, você só pensou em si mesmo. Era o seu poder, a sua fortuna, o que você queria. Com a menina, você não está nem aí. Você ao menos perguntou a ela se ela amava aquele safado do grão-duque? Você ao menos perguntou se ela amava alguém? Não, você foi atrás do que você queria, só isso, correndo o risco de machucar Geneviève, de fazê-la infeliz para o resto da vida. Muito bem! Eu não quero. O que ela precisa é de uma existência simples, honesta, e isso você não pode dar. Então, o que você veio fazer aqui?

Ele pareceu abalado, mas, ainda assim, com a voz baixa e uma grande tristeza, murmurou:

— É impossível que eu não a veja mais. É impossível que eu não fale mais com ela...

— Ela acha que você morreu.

— É isso que eu não quero! Eu quero que ela saiba a verdade. É uma tortura imaginar que ela pense em mim como alguém que não existe mais. Traga ela aqui, Victoire.

Ele falava com voz tão calma, tão desolada, que ela se enterneceu e perguntou:

— Ouça, antes de mais nada, eu quero saber. Depende do que você vai dizer a ela... Seja sincero, meu menino... O que você quer dela, de Geneviève?

Ele disse, sério:

— Quero dizer o seguinte: "Geneviève, eu prometi à sua mãe que daria a você fortuna, poder e uma vida de contos de fadas. Nesse dia, depois de ter alcançado meu objetivo, eu iria pedir um lugarzinho não muito longe de você. Feliz e rica, você teria esquecido, tenho certeza, teria esquecido quem eu sou, ou melhor, quem eu fui. Infelizmente, o destino é mais forte do que eu. Eu não vim trazer fortuna nem poder. Eu não vim trazer nada. Ao contrário, sou eu quem precisa de você. Geneviève, você pode me ajudar?"

— Em quê? — perguntou a mulher, ansiosa.

— A viver...

— Oh! — disse ela. — Você está assim, meu menino...

— Estou — respondeu simplesmente, sem sofrimento. — Sim, estou assim. Três pessoas acabaram de morrer, e que eu matei, matei com minhas próprias mãos. O fardo dessa lembrança é pesado demais. Estou sozinho. Pela primeira vez na vida, preciso de socorro. Tenho direito de pedir socorro a Geneviève. E o dever dela é me ajudar... Senão...?

— Tudo acabou.

A velha senhora se calou, pálida e trêmula. Ela voltava a sentir todo o afeto por aquele que nutrira com seu leite, em tempos distantes, e que ainda era, apesar de tudo, seu "menino". E perguntou:
— O que você vai fazer com ela?
— Vamos viajar... Com você, se quiser vir, também...
— Mas você está esquecendo... está esquecendo...
— O quê?
— Seu passado...
— Ela também vai esquecer. E vai entender que não sou mais aquilo, e que não posso mais ser.
— Então, na verdade, o que você quer é compartilhar sua vida com ela, a vida de Lupin?
— A vida do homem que eu serei, do homem que vai trabalhar para que ela seja feliz, para que ela se case com quem ela quiser. Vamos morar em algum lugarzinho no mundo. Vamos lutar juntos, um ao lado do outro. E você sabe do que eu sou capaz...

Ela repetiu lentamente, com os olhos fixos nele:
— Então é isso, você quer compartilhar com ela a vida de Lupin?

Ele hesitou por um segundo, apenas um segundo, e afirmou com clareza:
— Quero, eu quero, é meu direito.
— Você quer que ela abandone todas as crianças a quem se dedicou, toda uma vida de trabalho que ela ama e que é tão importante para ela?
— Sim, eu quero, é o dever dela.

A velha senhora abriu a janela e disse:
— Nesse caso, chame ela.

Geneviève estava no jardim, sentada num banco. Quatro meninas se espremiam ao redor dela. Outras brincavam e corriam.

Ele a olhou de frente. Via seus olhos sorridentes e sérios. Com uma flor na mão, ela arrancava uma a uma as pétalas e dava explicações às crianças, atentas e curiosas. Depois, perguntava. E cada resposta valia um beijo de recompensa.

Lupin olhou-a demoradamente, com emoção e aflição infinitas. Uma porção enorme de sentimentos desconhecidos despertava nele. Tinha vontade de abraçar aquela bela jovem, de beijá-la, de falar de seu respeito e de seu afeto. Ele agora lembrava a mãe, morta no vilarejo de Aspremont, morta de tristeza...

— Chame ela — repetiu Victoire.

Ele desabou em uma poltrona, murmurando:

— Eu não posso... não posso... não tenho o direito... É impossível... É melhor ela achar que eu morri... É melhor...

Ele chorava, sacudindo em soluços, arrebatado por um desespero imenso, cheio de uma ternura crescente, como flores tardias que morrem no mesmo dia em que brotam.

A velha senhora ajoelhou-se e, com uma voz trêmula, perguntou:

— Ela é sua filha, não é?

— É, é minha filha.

— Oh! Meu menino — disse ela chorando —, meu pobre menino!...

EPÍLOGO

O suicídio

- 1 -

— A cavalo, disse o imperador.

E corrigiu:

— Num asno, aliás — disse ele, vendo o magnífico asno que lhe traziam. — Waldemar, tem certeza de que esse animal é dócil?

— Ponho a mão no fogo por ele, Sire — afirmou o conde.

— Nesse caso, fico tranquilo — disse o imperador, rindo.

E, virando-se para sua escolta oficial:

— Senhores, a cavalo.

Havia lá, na praça principal do vilarejo de Capri, uma multidão vigiada pelos *carabinieri* italianos e, no centro, todos os asnos do país, requisitados para a visita do imperador àquela maravilhosa ilha.

— Waldemar — disse o imperador, tomando a frente da caravana —, por onde começamos?

— Pela vila de Tibère, Sire.

Passaram sob uma porta, depois seguiram por um caminho mal pavimentado que se elevava aos poucos no promontório oriental da ilha.

O imperador estava de mau humor e zombava do colossal conde de Waldemar, cujos pés tocavam no chão, dos dois lados do infeliz asno que estava esmagando.

Quarenta e cinco minutos depois, chegaram ao Saut-de-Tibère, um rochedo prodigioso, de trezentos metros de altura, de onde o tirano lançava suas vítimas ao mar.

O imperador apeou, aproximou-se da balaustrada e lançou um olhar em direção ao abismo. Depois, quis seguir a pé até as ruínas da vila de Tibère, por onde caminhou entre salas e corredores destroçados.

Ele parou um instante.

Dali, tinha-se uma vista magnífica da península de Sorrento e de toda a ilha de Capri. O azul intenso do mar preenchia a curva admirável do golfo, e odores frescos misturavam-se ao perfume dos limoeiros.

— Sire — disse Waldemar —, a vista é ainda mais bonita da capela do eremita, que fica lá no topo.

— Vamos.

Mas o eremita vinha descendo por uma trilha íngreme. Era um senhor de idade, de andar vacilante e costas curvadas. E segurava um caderno onde os viajantes costumavam anotar suas impressões.

Ele apoiou o caderno em um balcão de pedra.

— O que devo escrever? — perguntou o imperador.

— Seu nome, Sire, a data de sua visita e o que mais quiser.

O imperador pegou a pena que lhe estendeu o eremita e inclinou-se.

— Cuidado, Sire, cuidado!

Gritos de susto e um estrondo, vindo da capela, o imperador se voltou. Viu um enorme rochedo rolando em sua direção.

Nesse instante, foi agarrado pelo eremita e lançado a dez metros de distância.

O rochedo chocou-se contra o balcão de pedra onde estava o imperador, apenas um segundo antes, fazendo-o em pedaços.

Sem a intervenção do eremita, seria o fim do imperador.

Ele estendeu a mão e disse simplesmente:

— Obrigado.

Os oficiais acorreram à sua volta.

— Não foi nada, senhores... Só um susto... mas um belo susto, eu admito... Se não fosse pela intervenção desse valoroso homem...

E, aproximando-se do eremita, perguntou:

— Seu nome, meu amigo?

O eremita estava de capuz. Afastou-se um pouco, e, em voz baixa, de modo a ser ouvido apenas pelo interlocutor, disse:

— O nome de alguém muito feliz por causa de um simples aperto de mãos, Sire.

O imperador estremeceu e recuou. Mas recompondo-se, disse em seguida:

— Senhores — disse aos oficiais —, peço que subam até a capela. Outras rochas podem rolar, e seria prudente prevenir as autoridades da região. Nos encontraremos em seguida. Quero agradecer a esse valoroso homem.

Ele se afastou, acompanhado do eremita. Quando estavam sozinhos, disse:

— Você? Por quê?

— Precisava falar com o senhor. Se pedisse uma audiência, seria concedida? Preferi agir diretamente, e pensei em me revelar quando Vossa Majestade estivesse assinando o livro de registros, mas esse acidente estúpido...

— Enfim? — disse o imperador.

— As cartas que Waldemar entregou de minha parte, Sire, são falsas.

O imperador esboçou um gesto de viva contrariedade.

— Falsas? Tem certeza?

— Absoluta, Sire.

— Mas, aquele Malreich...

— Malreich não era o culpado.

— Quem era, então?

— Peço que Vossa Majestade guarde minha resposta em segredo. O verdadeiro culpado era a sra. Kesselbach.

— A mulher de Kesselbach?

— Sim, Sire. Ela está morta. Foi ela quem fez ou mandou fazer as cópias que estão em seu poder. Ela ficou com as cartas verdadeiras.

— Mas onde elas estão? — exclamou o imperador. — Isso é que importa! Preciso encontrá-las a qualquer preço! Essas cartas têm um valor considerável para mim.

— Estão aqui, Sire.

O imperador ficou perplexo por um instante. Olhou para Lupin, olhou para as cartas, ergueu de novo os olhos para Lupin, depois embolsou o maço sem examinar.

Era evidente que aquele homem, mais uma vez, o desconcertava. De onde vinha aquele bandido que, tendo uma arma terrível como aquela, usava-a assim, generosamente, sem impor nenhuma condição? Teria sido tão simples guardar as cartas e usá-las conforme sua vontade! Não, ele tinha prometido. E agora cumpria sua palavra.

O imperador pensava em todas as coisas impressionantes que aquele homem tinha feito.

E disse:

— Os jornais deram a notícia de sua morte...

— Sim, Sire. Na verdade, estou morto. E a justiça do meu país, contente por se livrar de mim, mandou enterrar os restos incinerados e irreconhecíveis do meu cadáver.

— Então, você está livre?

— Como sempre estive.

— Não tem laços com ninguém?

— Com ninguém.

— Nesse caso...

O imperador hesitou, depois disse com clareza:

— Nesse caso, fique a meu serviço. Ofereço o comando de minha segurança pessoal. Você será o senhor absoluto. Com todos os poderes, inclusive sobre a polícia.

— Não, Sire.

— Por quê não?

— Sou francês.

Houve um silêncio. A resposta não agradou ao imperador. Ele disse:

— Mas, se não tem laços com mais ninguém...

— Esse laço não pode ser desfeito, Sire.

E acrescentou, rindo:

— Estou morto como homem, mas vivo, como francês. Me surpreende que Vossa Majestade não compreenda.

O imperador deu alguns passos para um lado e para o outro. E retomou:

— Mas eu gostaria de ficar quite. Soube que as negociações a respeito do grão-ducado de Veldenz foram rompidas.

— Sim, Sire. Pierre Leduc era um impostor. Ele está morto.

— Que posso fazer por você? Você me devolveu estas cartas... Você me salvou a vida... O que posso fazer?

— Nada, Sire.

— Faz questão, então, que eu fique em dívida?

— Sim, Sire.

O imperador olhou pela última vez para aquele estranho homem que, diante dele, comportava-se como um igual. Depois, inclinou de leve a cabeça e, sem dizer mais nada, afastou-se.

— É! Majestade, deixei-o sem palavras — disse Lupin, seguindo-o com os olhos.

E, filosoficamente, acrescentou:

— Verdade que a revanche foi pouca, eu preferia ter ficado com a Alsácia-Lorena... Mas...

Parou e bateu o pé.

— Diabos, Lupin! Você vai ser sempre o mesmo, até o fim da vida, insuportável e cínico! Aja como um homem sério, caramba! É agora ou nunca, seja um homem sério!

Ele subiu a trilha que levava até a capela e parou no lugar de onde a rocha tinha se soltado.

E riu.

— Foi um belo trabalho, e os oficiais de Sua Majestade não perceberam nada. Mas como poderiam adivinhar que fui eu que preparei aquela rocha e que, no último instante, dei o impulso para ela rolar, seguindo o caminho que tracei entre ela e um imperador de quem eu fazia questão de salvar a vida?

E suspirou:

— Ah! Lupin, como você é complicado! Tudo isso porque jurou que Sua Majestade apertaria as suas mãos! "A mão de um imperador não tem mais do que cinco dedos", como disse Victor Hugo.

Ele entrou na capela e abriu, com uma chave especial, a porta baixa de uma pequena sacristia.

Sobre um amontoado de palha, jazia um homem, de mãos e pés atados e uma mordaça na boca.

— Muito bem! Meu caro eremita — disse Lupin —, até que foi rápido, não foi? Vinte e quatro horas, no máximo... Mas que belo trabalho fiz por você! Imagine que você acaba de salvar a vida do imperador... É, meu caro. Você é o homem que salvou a vida do imperador. Que sorte. Vão construir uma catedral para você e erguer uma estátua, até o dia em que descobrirem... Essa gente sabe fazer o mal! Sobretudo a quem deixa o orgulho subir à cabeça. Tome, eremita, pegue suas roupas.

Aturdido, quase morto de fome, o eremita levantou-se titubeando.

Lupin vestiu-se rapidamente e disse:

— Adeus, meu caro. Desculpe a confusão. E ore por mim. Vou precisar. A eternidade está me abrindo as portas. Adeus!

Ele permaneceu por alguns segundos na entrada da capela. Foi o instante solene em que um sujeito hesita, apesar de tudo, diante do terrível desfecho. Mas sua resolução era irrevogável e, sem mais refletir, ele avançou, desceu de novo a ladeira correndo, atravessou a plataforma do Saut-de-Tibère e saltou a balaustrada.

— Lupin, dou três minutos para você se exibir. Para quê? Você dirá, não tem ninguém aqui... E você não está aqui? Não pode encenar sua última peça para você mesmo? Caramba, o espetáculo vale a pena... Arsène Lupin, peça cômico-heroica em oitenta cenas... Sobe a cortina, na cena da morte... o papel é interpretado por Lupin, em pessoa... Bravo, Lupin!... Ponham a mão no meu coração, senhoras e senhores... setenta pulsações por minuto... E um sorriso nos lábios! Bravo! Lupin! Ah! Que graça, quanta audácia! É! Bem, salte, marquês... Está pronto? É a aventura suprema, meu caro. Você lamenta? Não lamenta? Por quê, meu Deus! Minha vida foi magnífica. Ah! Dolorès! Se você não tivesse aparecido, monstro abominável! E você, Malreich, por que você não falou?... E você, Pierre Leduc... Eis-me aqui!... Meus três mortos, vou me juntar a vocês... Oh! Minha Geneviève, minha cara Geneviève... Ah! Isso, já acabou, velho cão?... Eis-me! Eis-me! Estou chegando...

Ele passou a outra perna, olhou no fundo do abismo para o mar imóvel e sombrio e, erguendo a cabeça, despediu-se:

— Adeus, natureza imortal e bendita! *Moriturus te salutat!* Adeus, tudo o que é belo! Adeus, esplendor das coisas! Adeus, vida!

E lançou beijos em direção ao espaço, ao céu, ao sol... E, cruzando os braços, saltou.

– 2 –

Sidi-bel-Abbes. A caserna da Legião Estrangeira. Perto da sala de reuniões, uma salinha baixa onde um subtenente fuma e lê jornal.

Ao lado dele, perto da janela que se abre para o pátio, dois enormes suboficiais falam em gíria e com sotaque gutural, mesclado de expressões em alemão.

A porta se abriu. Alguém entrou. É um homem magro, de altura mediana, vestido com elegância.

O subtenente levantou-se mal-humorado com o intruso e rosnou:

— Ah! Cadê a guarda de plantão? E você, o que quer?
— Trabalho.

Aquilo foi dito de forma clara, categórica.

Os dois suboficiais deram uma risada tola. O homem olhou atravessado.

— Diz logo, você quer entrar pra Legião Estrangeira? — perguntou o subtenente.
— Quero, mas com uma condição.
— Com uma condição, caramba! Qual?
— Não quero ficar mofando aqui. Tem uma companhia indo para o Marrocos. Quero estar nela.

Um dos suboficiais zombou de novo, dizendo:

— Ô dó dos marroquinos... Olha o almofadinha...
— Silêncio! — exclamou o homem. — Não gosto que zombem de mim.

O tom era seco e autoritário.

O suboficial, um gigante com ar de bruto, respondeu:
— Opa! Ninguém fala assim comigo, não... Senão...
— Senão, o quê?
— Vou te mostrar com quem está falando...

Mas o homem se aproximou, pegou-o pela cintura, deu um impulso e o atirou no pátio, pela janela. Depois, disse para o outro:
— Na sua vez. Cai fora.

O outro saiu.

O homem virou-se para o subtenente e disse:
— Tenente, avise o major que don Luis Perenna, Grande de Espanha e francês de coração, deseja alistar-se na Legião Estrangeira. Vá, meu amigo.

O outro não se mexeu, confuso.
— Vá, meu amigo, e depressa, não tenho tempo a perder.

O subtenente levantou-se, olhou espantado para aquele personagem desconcertante e, o mais educadamente possível, saiu.

Então, Lupin pegou um cigarro, acendeu, e em voz alta, sentando-se no lugar do subtenente, disse:
— Como o mar não me quis, ou melhor, como no último momento eu não quis saber do mar, vamos ver se as balas dos marroquinos terão um pouco mais de compaixão. Seja como for, será tudo mais elegante... Diante do inimigo, Lupin, e pela França!

FIM

Compartilhando propósitos e conectando pessoas
Visite nosso site e fique por dentro dos nossos lançamentos:
www.gruponovoseculo.com.br

‹ns

- facebook/novoseculoeditora
- @novoseculoeditora
- @NovoSeculo
- novo século editora

gruponovoseculo.com.br

Edição: 1
Fonte: Manuale

os artifícios de
**MAURICE
LEBLANC**

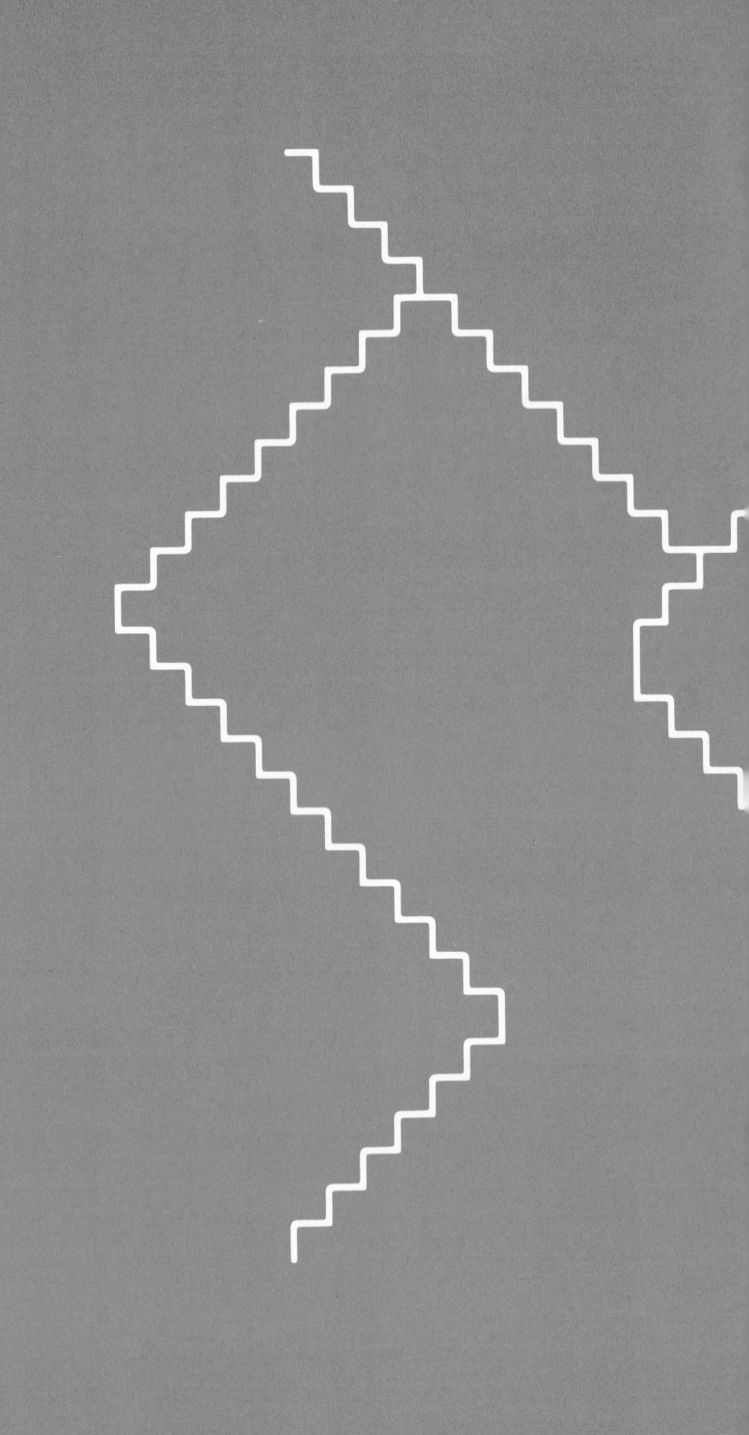

SUMÁRIO

Sobre o autor
5

O artifícios de Maurice Leblanc
por Celso Moura Coelho
7

Título em português

Arsène Lupin: o ladrão de casaca
Arsène Lupin contra Herlock Sholmès
813

maurice leblanc

(1864-1941) nasceu em Rouen, Normandia. Passou a maior parte de sua vida na França, onde teve contato com autores consagrados como Gustave Flaubert e Guy de Maupassant. Chegou a escrever romances e novelas, mas conquistou grande visibilidade com o personagem Arsène Lupin, passando a dedicar-se exclusivamente às aventuras de seu herói. Por conta do sucesso da série de histórias de Lupin, publicadas inicialmente no periódico *Je Sais Tout*, as aventuras de seu personagem passaram a ser editadas e reunidas em volumes e, logo, ganharam importantes adaptações para o cinema, o teatro e a TV.

Título original	Data em que foi escrito
Arsène Lupin Gentleman Cambrioleur	1907
Arsène Lupin Contre Herlock Sholmès	1908
813	1910

Os artifícios de
Maurice Leblanc

por Celso Maduro Coelho

CELSO MADURO COELHO é doutor em letras pela PUC-Rio, onde produziu pesquisas e artigos acadêmicos sobre literatura policial, com ênfase na obra do autor brasileiro Rubem Fonseca. Em Itanhandu, MG, sua cidade de origem, desenvolveu diversos trabalhos na área do patrimônio cultural a partir de seus estudos a respeito da revista modernista *Electrica*, realizados durante o seu pós-doutorado na Fundação Casa de Rui Barbosa (FCRB), no Rio de Janeiro. Também dirigiu encenações teatrais públicas em seu município. Atualmente, depois de lecionar no ensino superior, dedica-se exclusivamente à leitura, à pintura e à escrita crítica e literária, produzindo artigos, narrativas e poemas.

O francês Marie Émile Maurice Leblanc (1864--1941) escreveu, sob encomenda, a primeira aventura do charmoso e astuto cavalheiro Arsène Lupin, o ladrão de casaca, para o número seis da revista mensal *Je Sais Tout*, de julho de 1905. O autor, que havia obtido algum reconhecimento da crítica no início de sua carreira literária, era considerado apenas mais um contista freelancer no meio cultural parisiense, em decorrência de suas participações na imprensa, como no jornal diário e literário *Gil Blas*. A proposta do editor da *Je Sais Tout*, Pierre Lafitte, consistia em lançar uma série policial com um personagem semelhante ao detetive Sherlock Holmes, do escocês Sir Arthur Conan Doyle, e com a intenção de conquistar algum sucesso de público. Leblanc superou as expectativas, deu nova inflexão à sua obra e, até o final da vida, dedicou-se a criar histórias para Arsène Lupin, consolidando o protagonismo do anti-herói no gênero policial em 23 livros de narrativas curtas e longas.

O conto, intitulado "A prisão de Arsène Lupin", foi o responsável por inaugurar a sequência na *Je Sais Tout*, para a qual o autor contribuiria, com alguns intervalos, até maio de 1909, totalizando 24 episódios durante 35 meses. Essa produção inicial viria a compor, com alguma modificação em seu conteúdo e em sua ordem cronológica, três coletâneas em livro: *Arsène Lupin, o ladrão de casaca*, de 1907, com nove contos; *Arsène Lupin contra Herlock Sholmès*, de 1908, com duas novelas, compostas respectivamente por seis e dois capítulos; e *A agulha oca*, de 1909, um romance de sete capítulos. No ano seguinte, a editora de Pierre Lafitte lança o quarto volume da série, denominado *813: a dupla vida de Arsène Lupin*. Integram o livro um romance composto de duas partes: a narrativa homônima e "Os três crimes de Arsène Lupin". Os episódios, contudo, foram publicados originalmente no diário *Le Journal*, entre março e maio de 1910. Posteriormente, na edição de 1917, o título genérico foi reduzido para *813* e manteve-se a divisão em duas partes, sendo que a primeira passou a se chamar apenas "A dupla vida de Arsène Lupin".

Na *Je Sais Tout*

Nos três episódios iniciais da série na revista *Je Sais Tout*, "A detenção de Arsène Lupin", "Arsène Lupin na prisão" e "A evasão de Arsène Lupin", Leblanc caracteriza gradativamente o protagonista em casos autônomos, interligados entre si pela prisão do protagonista e vivenciados em sequência, nos quais a polícia e o inspetor Ganimard são enganados. Aliás, até o leitor é trapaceado pelo narrador, que lhe oferece informações e pistas falsas. A cronologia estrita, contudo, é abandonada após "O viajante misterioso", o quarto episódio, dando lugar a histórias fechadas, de um capítulo ou mais, desenroladas em momentos diversos da vida do personagem. Com esse ajuste, as narrativas tornam-se mais versáteis e elaboradas, mostrando enredos e enigmas mais complexos; as características psicológicas e sociais do personagem são aprofundadas; e o narrador é retratado como confidente.

Assim, em "O colar da rainha", o quinto episódio, a gênese da personalidade criminosa e galante de Arsène Raoul Lupin, seu nome completo, é revelada retroativamente, por meio da narração do primeiro furto do menino de seis anos Raoul. Os dois últimos contos se encerram com as notícias da solução dos mistérios publicadas no jornal fictício "Echos de Paris", pelo qual as proezas passam a ser divulgadas de forma suspeita e sistemática na imprensa, o que deixa ver um pouco do contexto profissional do próprio autor. Por sua vez, em "O cofre-forte da Sra. Imbert", o sexto episódio, também retrospectivo, assistimos a um golpe fracassado do ladrão, que admite que foi ludibriado em grande estilo no começo da carreira, quando ainda não era famoso. Durante esse conto, começa a ser trabalhado o caráter do narrador enquanto personagem, o qual ganhará melhor definição mais tarde.

Entre o plágio e a farsa

Antes, porém, em "Sherlock Holmes chega tarde", o sétimo episódio da série na *Je Sais Tout*, é retomada brevemente a sequência linear interrompida após "O viajante misterioso". Durante o confronto entre o herói britânico e o anti-herói francês é possível identificar uma proximidade entre a personalidade do criador Maurice Leblanc e aquela da criatura Arsène Lupin. Isso fica evidente quando esse escritor se apropria de Sherlock Holmes, da mesma maneira que seu protagonista bate a carteira do famoso detetive, o que ridiculariza não só

Arsène Lupin contre Herlock Sholmès, peça de Victor Darlay e Henry de Gorsse, 1910

o personagem plagiado, mas o autor escocês, devido à duplicação do gesto de infração e pelo reconhecimento público da manobra ficcional. Em última análise, a impressão que se tem é de que Leblanc bateu a carteira de Doyle, embarcando no seu sucesso editorial. Todavia, não prejudicou o colega de profissão e acabou acrescentando-lhe um pouco de fama. De certa forma, agiu em consonância com a ética do ladrão de casaca, que costumava ser gentil com suas vítimas.

Essas particularidades ficcionais do episódio, cujo título por si só já enfatizava a ineficiência do herói britânico e denunciava o plágio, não passaram despercebidas de Doyle e provocaram a fúria do escritor escocês de língua inglesa, que buscou salvaguardar seus direitos autorais. A solução encontrada por Leblanc, com a ironia que lhe era peculiar, foi criar um divertido trocadilho, produzindo o anagrama não muito discreto "Herlock Sholmès". Por esse caminho ousado, tortuoso e criativo,

Sherlock Holmes, o modelo ficcional a ser seguido, surge como um grande arqui-inimigo, para dar notabilidade a Arsène Lupin, como se observa nas seguintes passagens de "Herlock Sholmès chega tarde":

> – Amanhã, às quatro da tarde, Herlock Sholmès, o grande policial inglês para quem não há mistério, Herlock Sholmès, o mais extraordinário decifrador de enigmas que já vimos, o personagem prodigioso que parece ter sido criado pela imaginação de um romancista, Herlock Sholmès será meu convidado. (LEBLANC, 2021, p. 223)

> E, se alguém os tivesse surpreendido naquele momento, teria tido uma visão impressionante do primeiro encontro desses dois homens tão únicos, tão poderosos, ambos verdadeiramente superiores e destinados inevitavelmente por suas aptidões especiais a colidirem como duas forças iguais que a ordem das coisas empurrava uma contra a outra através do espaço. (LEBLANC, 2021, p. 243-244)

Apesar dos elogios ao famoso detetive, a ironia de Leblanc é explicitada por Arsène Lupin quando encontra Herlock Sholmès:

> – E estou feliz por ser o primeiro a cumprimentá-lo. Herlock Sholmès não tem admirador mais fervoroso que eu. Havia em sua voz um tom imperceptível de ironia da qual ele imediatamente se arrependeu, pois Herlock Sholmès o estudou da cabeça aos pés. (LEBLANC, 2021, p. 242)

De acordo com Emma Bielecki (2014, s/p.), no artigo "Arsène Lupin: rewriting history" (tradução literal,

"Arsène Lupin: história reescrita"), o personagem Herlock Sholmès de Leblanc conserva a mente brilhante, mas não apresenta as características marginais do original, como o uso de drogas, o esteticismo, o cultivo da sensação e o desejo flamante. A ausência da boemia, do traje refinado, do cuidado com a aparência pessoal e da excentricidade tira-lhe o glamour de homem marginal do *fin-de-siècle*, para ser mais um indistinguível cidadão honesto, como nas seguintes passagens do episódio "Herlock Sholmès chega tarde":

> *Era um homem de uns cinquenta anos, talvez, bastante forte, com o rosto barbeado e roupas que sugeriam sua origem estrangeira. Ele carregava uma pesada bengala e uma das mãos em uma bolsa a tiracolo.* (LEBLANC, 2021, p. 242)

> *O juiz de instrução e o procurador haviam partido depois de investigações infrutíferas, e Herlock Sholmès era esperado com uma curiosidade justificada por sua grande reputação. Ficaram um pouco desapontados com sua aparência de bom burguês, que era profundamente diferente da imagem que tinham dele. Ele nada tinha do herói de um romance, do personagem enigmático e diabólico que a ideia de Herlock Sholmès evoca nas pessoas.* (LEBLANC, 2021, p. 244)

Dessa maneira, o ladrão de casaca assume isoladamente a posição de dândi da Belle Époque na obra de Leblanc, por meio do seu cavalheirismo anarquista, pois questiona a ordem social na qual está inserido de maneira elegante, licenciosa e bem-humorada. Essa caracterização já é perceptível em "A detenção de Arsène Lupin", em que o protagonista é apresentado como um cidadão do mundo, viajando em um luxuoso transatlântico em direção à América, ou seja, como um homem cosmopolita e em trânsito, conforme afirma Bielecki (2014, s/p). Também nesse sentido, vale citar a descrição do espírito do protagonista, disfarçado sob o nome materno de família, nas primeiras linhas do romance *La Demoiselle Aux Yeux Verts* (*A moça dos olhos verdes*), publicado originalmente no diário *Le Journal*, em dezembro de 1926 e janeiro de 1927:

> *Raoul de Limésy flânait sur les boulevards, allègrement, ainsi qu'un homme heureux qui n'a qu'à regarder pour jouir la vie, de ses spectacles charmants, et de la gaieté légère qu'offre Paris en certains jours lumineux d'avril.* (LEBLANC, 2013, s/p)

> *Raoul de Limésy passeava pelas avenidas, alegremente, como um homem satisfeito que só precisa olhar para desfrutar a vida, seus encantadores espetáculos e a leve alegria que Paris oferece em certos dias claros de abril.* (tradução nossa)

Especificamente em "Herlock Sholmès chega tarde", Arsène Lupin é apresentado como um ladrão nacional por sua futura vítima, que chama o famoso detetive inglês para enfrentá-lo. Na verdade, todos esses conflitos são criados por Leblanc: autoral, entre os escritores; ficcional, entre os personagens; e metropolitano, entre

Paris e Londres, pois esta é descrita como uma cidade melancólica e triste em oposição à alegria da outra – todos eles fomentam a tradicional rivalidade política entre franceses e ingleses, bem como se nutrem dela. Além disso, a mobilização desse conjunto contribuiu para criar uma polêmica internacional na literatura policial, a qual segue até os dias atuais, dividindo os leitores contemporâneos mais aficionados entre *lupiniennes* e *holmesianos*.

Ainda na *Je Sais Tout*

Retomando a sequência na *Je Sais Tout*, em "A pérola negra", o oitavo episódio, ocorre mais um confronto entre vilões e o encontro do protagonista com seu biógrafo no gabinete de trabalho deste último ao final do conto. Já em "O sete de copas", o nono e último episódio de apenas um capítulo na *Je Sais Tout*, o qual vem antecedido pela primeira narrativa longa da série, é narrada a breve convivência do jovem ladrão de casaca com o confidente e futuro escritor de suas aventuras. O primeiro aparece sob o disfarce do jornalista Jean Daspry, que escreve no "Le Journal" sob o pseudônimo de Salvator. O segundo é um personagem anônimo e, ao mesmo tempo, uma espécie de alter ego de Maurice Leblanc. E, como este autor, que já escrevera para o *Gil Blas*, é colaborador desse mesmo diário literário. Logo, um e outro são colegas de profissão. Todavia, somente durante a resolução do caso policial o narrador faz o reconhecimento da identidade de Arsène Lupin.

Nessa construção literária, o narrador, obedecendo parcialmente a uma característica da literatura de enigma, é um amigo menos inteligente do protagonista. Todavia, devido à vida de foragido da polícia de Arsène Lupin, a amizade entre os dois não se torna tão íntima e termina se restringindo a aparições e momentos de confidência que lhe faz o criminoso no gabinete de trabalho de seu biógrafo, pois este não pode acompanhá-lo em novas aventuras. Sob outra perspectiva, vale lembrar que o narrador, enquanto alter ego do escritor francês, é também comparado a um grande mestre da lógica, da ironia e da farsa, ou seja, ao próprio Maurice Leblanc, por meio da sua representação no texto. No entanto, esse personagem-narrador que mal aparece no primeiro episódio da versão original na *Je Sais Tout*, mas é enriquecido nessa passassem da edição em livro, pode se descolar, conforme as circunstâncias ficcionais, da construção de seu caráter e se dissolver nas brumas da onisciência.

Na imprensa parisiense: *Edições Lafitte*, *Le Journal* e outros

Na publicação da primeira coletânea, *Arsène Lupin, o ladrão de casaca*, Leblanc altera a sequência dos últimos quatro contos, com destaque para a antecipação de "O sete de copas" e para o avanço de "Herlock Sholmès chega tarde", que é colocado estrategicamente no final. O primeiro movimento favorece a caracterização menos tardia do narrador e confidente, colocando-a logo após a apresentação da origem criminosa do protagonista, quando se aprofunda a personalidade do menino Raoul e do jovem Arsène Lupin, disfarçado de cavalheiro Floriani, em "O colar da rainha". O segundo prepara o

Uma das primeiras edições de *Les trois crimes d'Arsene Lupin*, pela Éditions Pierre Lafitte, 1910

leitor para as aventuras do livro seguinte: *Arsène Lupin contra Herlock Sholmès*, em que o bem-humorado ladrão de casaca enfrenta, por mais duas vezes, o circunspecto e antipático detetive Herlock Sholmès, em vez de um excêntrico e carismático Sherlock Holmes. Essa segunda coletânea é constituída pelas duas histórias intercaladas pelo episódio "O sete de copas" na *Je Sais Tout*: "A dama loura" e a "A lâmpada judaica", que recebem algumas modificações, especialmente nos epílogos. Em ambas, Leblanc intensifica a rivalidade entre o famoso detetive inglês e o ladrão nacional francês. Como última narrativa na revista mensal, aparecem os sete capítulos de *A agulha oca* com uma breve participação de Herlock Sholmès ao final do romance. A terceira coletânea também apresenta pequenas alterações em relação ao original.

Em 1910, a série policial estreia no diário *Le Journal* com "813: a dupla história de Arsène Lupin", seguida da publicação de "Os três crimes de Arsène Lupin", as quais compõem a primeira e a segunda parte do mesmo romance. Essa quarta coletânea é considerada a obra mais sombria de Leblanc, pois apresenta em seu enredo três mortes violentas, a grande ambição do vilão Arsène Lupin em conquistar a Europa e o inimigo poderoso e invisível L.M. Nesse contexto, não é difícil ao leitor associar o protagonista à figura de Napoleão, já referida em outros momentos em função das alusões históricas a pretexto da rivalidade com a Inglaterra. Porém, desde o "O sete de copas", também um caso de espionagem, outra nação rival, a Alemanha, insinua-se em meios aos planos do vilão francês, ganhando significado especial durante a Primeira Guerra Mundial, o que, inclusive, leva Leblanc a realizar modificações na reedição de *813*, em 1917.

As histórias dessa quarta coletânea, cheias de reviravoltas, costumam ser comparadas às narrativas de Agatha Christie. Nesse sentido, antecipa em solo francês alguns elementos de ruptura com a tradição literária policial inglesa, perpetrados pela dama do crime. Esta autora sucessivamente desconstrói em suas histórias policiais os rígidos parâmetros da literatura de enigma, tais como: a) é preciso ter um assassinato; b) o assassino é uma pessoa apenas; c) ele não pode ser o detetive, nem o narrador; d) o detetive não deve ser da polícia; e) o narrador não pode falsear pistas impedindo sua reinterpretação pelo leitor; f) a intuição pode colaborar, mas a solução do mistério deve atender à lógica dedutiva, científica e até mesmo positivista; dentre outros. A não observância dessas características permite compreender o caminho marginal da proposta de Leblanc e a diferenciação da sua proposta em relação ao gênero policial inglês. Torna-se evidente que a divergência não trata apenas da "profissão" do protagonista, mas dos recursos usados na decifração do enigma e da maneira de os narrar, deixando ver o confronto entre a fleuma e a impassividade inglesas diante da verve e vivacidade francesas.

Apesar do grande sucesso de público obtido, já nas primeiras publicações, com as aventuras de Arsène Lupin, Maurice Leblanc não teve o reconhecimento da crítica, que, à época, considerava as obras policiais uma subliteratura voltada ao entretenimento e sem maiores pretensões. Esse fato frustrou as expectativas do escritor, que havia, até 1905, se dedicado a produzir uma literatura em conformidade com a tradição literária francesa, inspirado em dois autores normandos da sua região natal, Gustave Flaubert e Guy de Maupassant, mas também nas últimas correntes do realismo francês. São obras desse período, tendo algumas recebido boa acolhida dos críticos: *Des Couples* (Os casais), romance de 1890, dedicado ao mestre Maupassant; *Une Femme* (Uma mulher), romance de 1893, que chegou a ser comparado a Flaubert; *Contes du Gil Blas* (Contos de *Gil Blas*), coletânea apreciada de narrativas curtas e publicadas no periódico homônimo entre 1892 a 1904; e *L'Enthousiasme* (O entusiasmo), romance autobiográfico de 1901. Com a persistência do impasse autoral entre alta e baixa literaturas, Leblanc parece querer se livrar de Arsène Lupin já em *813*, mas o personagem apenas simula a sua morte e chega ao Marrocos alistado na Legião Estrangeira, com sua fama de exército de mercenários e criminosos. Todavia, o criador mata a criatura mais tarde, em outras narrativas, mas a ressuscita em seguida, assim como Doyle, para se dedicar aos seus romances históricos, também o fez ao seu detetive Sherlock Holmes, juntamente com o vilão James Moriaty, em "O problema final", trazendo-o de volta à vida em "A aventura da casa vazia", depois de oito anos de ausência do público, a pedido e sob protestos dos seus leitores.

Paralela à cronologia da obra policial de Leblanc que segue de 1905 até 1941, com uma publicação póstuma em 2012, existe a temporalidade da vida de Arsène Lupin. Ainda que não seja possível evitar algumas falhas de continuidade na reconstituição da historiografia do personagem, os aficionados procuram compreender sua trajetória no tempo, bem como a utilização dos diversos disfarces em diferentes episódios. O site *Tout Arsène Lupin* (2021) classifica o percurso do ladrão de casaca assim: a) a infância de Raoul, de 1874 a 1896; b) o período anarquista, de 1987 a 1914; c) o período patriota, de 1914 a 1919; d) o período burguês, de 1920 a 1929; e) a retratação de Arsène Lupin, de 1929 até 1941. A infância e o anarquismo est*ão* relacionados ao período de paz da Belle Époque, depois da Guerra Franco-Prussiana, terminada em 1871, enquanto o período patriota é vivenciado durante a Primeira Guerra Mundial. Durante o momento burguês, o protagonista não deixa de agir conforme seu bom coração, roubando, mas evitando causar maiores danos ou mortes. Por sua vez, em 1933, durante o período da retratação do protagonista, Leblanc escreve o artigo "Qui est Arsène Lupin?", para deleite do leitor.

Um nome e várias faces

O título do primeiro livro da série na versão francesa, que interferiu em passagens dos originais, era *Arsène Lupin Gentleman Cambrioleur*, assim mesmo, sem vírgula e sem hífen, ao menos na capa, como ainda se preserva em algumas edições. A tradução literal, *Arsène Lupin cavalheiro ladrão*, sugere que os nomes próprios do personagem se estendem pelos nomes comuns do epíteto, numa espécie de transformação dos substantivos e das substâncias, culminando com a revelação do disfarce cavalheiresco do ladrão. Essa metamorfose dos elementos é acentuada pelo fato de, em francês, "Arsène" ser sinônimo de "arsênio" ou "arsênico", um veneno e remédio na farmacologia, e de "Lupin" designar "tremoço", uma haste florida, cujas sementes são uma espécie de feijão e a base de certos pratos da culinária, o que promove a contaminação dos nomes próprios por seus significados comuns. Em português, teríamos algo como "Arsênio Tremoço" se articulando com "cavalheiro ladrão" à maneira de uma dobradiça principal. Já os substantivos próprios e comuns se desdobram em palavras com características aparentemente opostas. O conjunto mostra a capacidade de o personagem apresentar as faces mais diversas ao público-leitor, conforme são articuladas suas peripécias e construídos seus disfarces, como nessas descrições camaleônicas no primeiro conto:

> *Arsène Lupin, o homem de mil disfarces: já foi motorista, tenor, bookmaker, herdeiro de boa família, adolescente, velho, vendedor de Marselha, médico russo, toureiro espanhol!* (LEBLANC, 2021, p. 19)

> *Descrevê-lo? Como eu poderia? Vi Arsène Lupin vinte vezes, e vinte vezes um ser diferente apareceu para mim... ou melhor, o mesmo ser do qual vinte espelhos teriam me devolvido muitas imagens distorcidas, cada uma com seus olhos particulares, seu formato especial de corpo, seus*

23

gestos próprios, sua silhueta e seu caráter. (LEBLANC, 2021, p. 35)

Esse aspecto multifacetário de Arsène Lupin é observável também quando se considera as duas pessoas reais e contemporâneas a Leblanc, nas quais o autor se inspirou para construir a personalidade do seu protagonista: o ladrão Alexandre Jacob, mais conhecido como Marius Jacob, e o cavalheiro Arsène Lopin. O primeiro era um anarquista ilegalista, nascido em uma família de trabalhadores de Marselha e considerado um criminoso habilidoso, inteligente e de bom humor, que costumava tratar bem suas vítimas. Seu julgamento chegou às manchetes dos jornais franceses em 1905. O segundo era um conselheiro municipal de Paris e reclamou do afrontoso uso de seu nome na ficção policial, o que levou Leblanc a mudar sutilmente a grafia de "Lopin" para "Lupin", retrabalhando a sua complexa significação. O objetivo do escritor, que tinha simpatias para com o anarquismo, era ironizar a aristocracia francesa. Por isso, associou num mesmo personagem a imagem de uma autoridade, no caso um político tradicional de casaca, e a figura de um anarquista e criminoso. Todavia, com a eclosão da Primeira Guerra Mundial, o anarquismo de Arsène Lupin é substituído por um forte patriotismo, o que o aproxima das instituições legais. Depois do confronto armado, o protagonista também perde um pouco da criminalidade, tornando-se cada vez mais um colaborador da polícia.

Os modelos reais e ficcionais, contudo, não se limitam o ladrão Marius Jacob, ao cavalheiro Arsène Lopin, de certa forma ao jornalista Maurice Leblanc e ao famoso detetive inglês Sherlock Holmes. No que se refere a este último, é possível afirmar que Arsène Lupin não é uma cópia do original. Seria mais apropriado dizer que se trata de um simulacro, pois é cópia de outra cópia. Ainda que ele desenvolva o raciocínio lógico e dedutivo a partir de provas e pistas para desvendar o mistério à maneira do modelo original britânico, aproxima-se mais do cavalheiro e ladrão Arthur J. Raffles, um personagem parodiado de Sherlock Holmes e criado pelo escritor inglês E. W. Hornung, cunhado de Conan Doyle. Por meio desse artifício, Leblanc produz um distanciamento bem-humorado em relação ao modelo inicial. O procedimento funciona também como um jogo de espelhos bastante complexo, pois apresenta, propositadamente e, muitas vezes, bem à vista do leitor, diversos traços de outros escritores e seus personagens, os quais o autor não titubeia em falsear, citando e deturpando descaradamente os originais.

Esses rastros – ora estranhos para uns, ora familiares para outros – simulam na obra policial do autor francês o que ocorre em "A carta roubada", publicada em 1844 pelo criador desse gênero, o estadunidense Edgar Allan Poe. Nesse conto, o objeto do furto é deixado exposto pelo ladrão e chantagista, com a finalidade de despistar o delegado de polícia, que busca com certa resistência a ajuda do detetive diletante C. Auguste Dupin (C. de "Chevalier", Cavaleiro da Legião de Honra da França). Ao final, o protagonista, cuja semelhança com o nome Lupin não é mera coincidência, identifica a correspondência no escritório do ministro criminoso, porque, por meio de seu método, é capaz de ler os sinais presentes na superfície do papel. Leblanc, em sua escrita, e Arsène Lupin, com seus disfarces, acentuam visivelmente o procedimento do vilão de "A carta roubada", à medida que um e outro mostram outras faces para se ocultarem, mas também ocultam a própria para se mostrarem.

Nessa perspectiva, além de Poe e Dupin, Doyle e Holmes, Hornung e Raffles, outros autores e personagens da ficção policial e não policial surgem nas linhas do texto. Nesse sentido, a tradição crítica costuma remeter a várias fontes de inspiração. Da literatura folhetinesca francesa do século XIX, são mencionados literalmente pelo narrador de Leblanc em *Os dentes do tigre* (1920) o vaidoso Porthos e o inteligente D'Artagnan, dentre os três mosqueteiros de Alexandre Dumas, bem como o misterioso Monte Cristo do mesmo autor. De modo menos direto, devido às reviravoltas das histórias de Arsène Lupin, é comum aproximar esse protagonista do trapaceiro Rocambole, de Pierre-Alexis, o Visconde Ponson du Terrail. No contexto literário de meados do século XIX, o uso da repetição, do gancho e de outras técnicas já haviam conquistado sua importância. Isso ocorreu porque, a partir de 1836, os jornais, que passaram a ser vendidos de forma avulsa, começaram a angariar leitores por meio dos romances-folhetim publicados em fascículos. Essa influência desse mercado refletiu posteriormente na literatura policial, produzida em episódios para a imprensa. E tanto o editor da *Je Sais Tout*, Pierre Lafitte, quanto o próprio Maurice Leblanc sabiam desses aspectos estratégicos de uma série romanesca.

A presença da literatura policial é percebida também por meio de autores franceses. Costuma-se citar o agente policial Monsieur Lecoq, um detetive analítico com raciocínio matemático e científico, criado por Émile Gaboriau. O personagem, inclusive, é tido como uma das inspirações do Sherlock Holmes de Conan Doyle, pois é mais vivaz e menos cerebral do que o Auguste Dupin de Edgar Allan Poe. Outro paradigma seria o repórter e dublê de detetive Rouletabille, de Gastoun Lerouv. Essa condição profissional coloca o personagem fora do círculo da polícia, conforme a preferência da literatura de enigma. Também pode ter servido de referência a Leblanc, se considerarmos que Arsène Lupin exerceu o jornalismo por algum tempo. Entretanto, um perfil ainda mais próximo do protagonista é aquele do ladrão cavalheiro Arthur Lebeau, criado por Octave Mirbeau, em *Os 21 dias de um neurastênico*, um romance que quebrava com a verossimilhança das narrativas realistas.

Existem outras possíveis referências literárias, como as *Memórias de Vidocq*, além de várias alusões à história da França nas narrativas policiais de Leblanc, que procura reescrever os acontecimentos nacionais do seu país (BIELECKI, 2014). Todavia, não se quer com essa enumeração fazer um levantamento de fonte e influência, até porque a criação literária se alimenta tanto da leitura dos livros quanto da leitura do mundo, procedendo a uma transfiguração dos elementos originais. Ao contrário, o objetivo é mostrar a capacidade de Leblanc em reelaborar suas leituras, ainda que o faça deixando ver, propositadamente, o conjunto multifacetado que compõe suas histórias policiais e a personalidade visível, volúvel e sedutora de Arsène Lupin. Nesse sentido, para se entender a produção literária de Maurice, são válidas as palavras do personagem-escritor de Rubem Fonseca ([1975] 1993, p. 174) em "Intestino grosso", do livro *Feliz ano novo*:

> Não estou dando conselhos. Mesmo porque o sujeito pode tentar escrever a Comédie humaine *aplicando à sua ficção as leis da natureza ou a Metamorfose, rompendo essas mesmas leis, mas cedo ou tarde ele acabará escrevendo o seu livro, dele. Cedo ou tarde acabará sujando as mãos também, se persistir.*

Se considerarmos a persistência do jovem escritor Maurice Leblanc na imprensa parisiense da Belle Époque, parece que em determinado momento ele sujou as mãos com Arsène Lupin e criou um personagem que o seguiria para o resto da vida, sempre lhe buscando para contar a última aventura. Desde então, sua escrita não abandonou a companhia dos mestres tutelares Flaubert e Maupassant, seus conhecidos da Normandia, nem deixou de ter a presença de autores contemporâneos, com os quais convivia no meio cultural da capital francesa, tampouco se esquivou das suas leituras dos folhetins de Dumas e Terrail, ainda que, por puro engenho e meio a contragosto, tenha se filiado a um novo gênero da literatura, o qual foi criado por Poe, um poeta estadunidense maldito, e elevado por Doyle a grande sucesso popular na Inglaterra, mas desvalorizado pela crítica.

Tradições e rupturas

Passado mais de um século, as narrativas policiais se popularizaram, ganhando as telas do cinema, os quadrinhos nas revistas, as séries nas TVs e nos streamings.

As linhas mestras do gênero, muitas vezes, colocam a tradição francesa em segundo plano, dando destaque às tradições inglesa e norte-americana. Para a maioria dos teóricos, a partir dos três contos inaugurais de Poe, "Os assassinatos na Rue Morgue" (1841), "O mistério de Marie Rogêt" (1842) e "A carta roubada" (1844), surgiram as duas principais variantes do gênero: a literatura de enigma e a literatura *noir*. A primeira é visível nos três textos seminais, enquanto a segunda estaria presente apenas potencialmente. Essa última seria desenvolvida pelo estadunidense Dashiell Hammett, que criaria uma tradição dentro do gênero policial a partir da publicação de *O falcão maltês* (1930).

A diferença básica é que na literatura de enigma ocorre um crime, e o detetive busca reconstituir os fatos, de maneira lógica, dedutiva e científica, o que valoriza o respeito à verossimilhança e coloca o detetive praticamente invulnerável. Como se observa, tem-se duas histórias: a do assassinato, oculta; e a da investigação, visível. Na literatura *noir*, o importante é o desenrolar dos acontecimentos no presente da narrativa, seja o planejamento da ação criminosa, o próprio crime ou a investigação, o que torna as cenas mais violentas e deixa o detetive vulnerável. Uma das grandes vantagens da linha estadunidense é que o detetive se torna um personagem mais complexo do que aqueles da literatura de enigma. Ele, inclusive, pode assumir o lugar de suspeito da polícia, de próxima vítima e até mesmo de vilão.

Ora, se considerarmos os ladrões franceses do gênero policial, em especial Arsène Lupin, já possuíamos um protagonista mais aberto à complexidade humana, pois trazia consigo o raciocínio lógico menos rígido, a vulnerabilidade, a condição de procurado da polícia, a possibilidade de ser atacado por outro criminoso e, também, o charme sedutor em relação às mulheres, bem como a inviabilidade do aprofundamento do relacionamento amoroso, à semelhança da literatura *noir*. Além disso, a dupla história da literatura de enigma é muitas vezes atenuada pela condição de vilão de Arsène Lupin, mostrando ao leitor ações como planejamentos de crime e fugas espetaculares. Parece que a única característica evitada por Maurice Leblanc é a violência. Todavia, a ausência desse elemento não o impediu de popularizar o protagonismo do vilão no gênero policial, afirmando o sentido próprio da tradição francesa.

Referências

BIELECKI, Emma. Arsène Lupin: rewriting history. In: KIMYONGÜR, Angela; WIGELSWORTH, Amy (Org.). *Rewriting wrongs*: French crime fiction and the palimpsest. Newcastle: Cambridge Scholars Publishing, 2014, p. 47-61.

FONSECA, Rubem. *Feliz ano novo*. São Paulo: Companhia das Letras, 1993.

LEBLANC, Maurice. Trad. Débora Isidoro. *Arsène Lupin, o ladrão de casaca*. Barueri: Novo Século, 2021.

LEBLANC, Maurice. *La Demoiselle Aux Yeux Verts*. Paris: Ink Book, 2013.

TOUT Arsène Lupin. Disponível em: http://arsenelupin-gc.free.fr/. Acesso em: 6 mar. 2021.

EDITOR: Luiz Vasconcelos
EDIÇÃO DE TEXTO E DE ARTE: Nair Ferraz
ILUSTRAÇÕES (P. 23): Kash Fire
CRÉDITOS DE IMAGENS (P. 12 E 18): gallica.bnf.fr / Biblioteca Nacional da França
REVISÃO: João Paulo Putini

As ilustrações que compõem este box foram produzidas por **Kash Fyre** – ilustrador, designer gráfico, quadrinista e publicitário paulista que, baseando-se em técnicas de alto contraste e minimalismo, dá uma atmosfera de dualidade, mistério para esse projeto, com um toque especial do surrealismo de Escher.

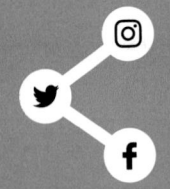

fontes
greta pro display
nue gothic round

@novoseculoeditora
nas redes sociais

gruponovoseculo
.com.br